KB247429

오늘도 행복을 구워냅니다

오늘도 행복을 구워냅니다

오늘도 행복을 구워냅니다

김나을 장편소설

한끼
Hän ki:

차 례

＊

입동

— 예년보다 이른 눈 소식입니다. 지난밤 내린 많은 눈으로 일부 산간 지역엔 설국을 방불케하는 풍경이 빚어졌습니다…

라디오 소리가 실내에 울렸다. 유운은 다소 높은 어조의 목소리를 들으며 햇볕을 막아주던 블라인드를 올렸다. 이른 아침, 하늘 높이 떠오른 해가 눈부셨다.

잠시 창문 너머의 풍경을 바라보던 운은 여유롭게 미소 띤 얼굴로 걸음을 옮겼다. 드르륵. 꼭 닫혀 있던 미닫이문을 힘주어 밀자 요란한 소리를 내며 열렸다. 운은 푹신한 털로 장식된 신발을 챙겨 신고 현관을 나서며 기지개를 켰다. 하룻밤 사이에 소복이 쌓인 눈은 마을을 흰색으로 칠해놓은 지 오래였다. 새파랗던

제 색을 하얗게 감춘 지붕, 굴뚝에서 피어나는 희뿌연 연기, 입 밖으로 숨을 내뱉으면 하얗게 이는 입김.

누군가 그랬다. 이런 시골에 누가 빵을 사 먹으러 오겠냐고.

"맞아."

아무도 안 오지. 유운이 나긋하게 웃으며 중얼거렸다.

"아무도 안 오면 내가 다 먹는 거지, 뭐."

온 세상이 새하얀 눈꽃들로 뒤덮인 아침. 불어오는 바람에 흩날리는 눈꽃이 겨울의 초입을 알리는 것 같았다.

천천히 걸어 나온 운이 익숙하게 마당의 대문을 밀자, 기름칠이 덜 된 철제문이 쇳소리를 내며 열렸다. 대문 앞 나무로 된 작은 입간판 위에 내려앉은 하얀 눈을 한번 소매로 쓱 훑은 그녀는 입간판에 쓰인 반듯한 검은색 글씨를 확인했다.

[행복과자점]

잠시 입간판을 바라보던 운은 다시 발걸음을 돌려 가게 안으로 들어섰다. 현관문을 열자 훈훈한 공기와 밝고 따스한 분위기가 그녀를 맞이했다. 마당 쪽으로 난 크고 네모난 창으로 아침 햇살 한 줄기가 들어와 원목 테이블 위에 놓인 투명한 유리병 속 꽃을 환히 비췄다. 가게에는 말끔하게 정리된 원목 테이블 네 개가 한적하게 놓여 있고, 그 뒤로는 카운터와 부엌이 깔끔하게 나뉘어 있었다. 카운터 옆에 놓인 나무로 된 쇼케이스 너머 부엌에는 에스프레소 머신이, 그 옆에는 적당한 크기의 전기 오븐이 놓여 있었다. 오븐에서는 아침부터 바쁘게 준비한 브라우니 반죽이 달콤한 초콜릿 냄새를 풍기며 구워지고 있었다.

운은 잠시 그 앞에 서서 부풀듯 말듯 올라오는 반죽을 구경하다가, 탁자 위에 브라우니를 자를 도구를 꺼내 가지런히 올려두었다. 냉동실 문을 열어 바닐라 아이스크림이 넉넉히 있는지 확인하고 선반에서 슈거 파우더도 미리 꺼내 두었다. 어느 정도 준비가 끝났다 싶었는지, 그녀는 그제야 의자에 앉아 미리 데워둔 우유를 한 모금 들이켰다.

이윽고 아침의 시작을 알리듯, 딸랑. 경쾌한 종소리와 함께 한 남자가 크림색 목도리를 풀며 자연스레 들어왔다.

"안녕하세요."

남자가 건네는 인사에 운이 습관처럼 반달눈을 하고 웃으며 입을 열었다.

"어서 오세요."

그가 습관처럼 디저트와 커피를 주문하자 그녀 역시 익숙하게 그의 카드를 받아 들었다. 카드를 읽기 전에 운은 오늘의 디저트와 어울리는 음료에 관해 물었다.

"오늘은 브라우니인데, 카페라테 따뜻하게 괜찮으세요?"

남자는 한 번 눈을 도르륵 굴리더니 "네, 좋아요." 하고 짧게 답했다. 그는 성실하고 꾸준하게 가게를 방문하는 말수 없는 단골손님이었고 운은 그에게 쓸데없는 말을 걸지 않는, 오지랖 부리지 않는 가게 주인이었다.

운은 곧장 에스프레소를 추출한 다음 데운 우유에 부었다. 금세 고소한 캐러멜 향이 피어올랐다. 따뜻하게 데운 흰 우유 사이로 커피가 갈색 그러데이션을 그리며 퍼져 나가는 모습을 물끄러미 바라보다가, 시선을 올려 평소처럼 창가 자리에 앉아 있는 남자를 보았다.

반달 모양의 브랜드 로고 자수가 가슴께에 새겨진 회색 맨투맨 차림에 조금 부스스한 새카만 머리칼, 그와 대조되는 밝고 깨끗한 피부가 눈에 띄었다. 그는 노트북 앞에서 한쪽에 턱을 괸 채 골똘한 표정으로 마우스를 딸각거리고 있었다.

남자의 이름은 김윤오.

그가 말해준 적은 없지만, 한 달 내리 같은 카드를 받아 긁고 있자면 기억하지 않는 것이 더 어려웠다. 그는 한 달 전부터 출몰하기 시작한 단골이었다. 어디서 무얼 하다 온 건지, 매일 눈가에 어두운 눈 그늘을 달고 사는 걸 보아하니 바쁜 도시인 같았다. 그러나 모순적으로 느긋했다. 캐주얼한 차림새도, 풍기는 분위기도 어딘지 모르게 느슨한 느낌이었다. 남자는 무감한 표정으로 뻐근한 목을 양쪽으로 움직이며 뚝뚝 소리를 내고는 제 할일을 시작했다.

'내 또래 같은데.'

이 시골에서 흔치 않은 젊은이. 매일 비슷한 시간대, 같은 자리에 앉아서 골똘한 얼굴로 노트북을 만지작거리다가 가는 사람. 운은 정체를 알 수 없는 남자를 곁눈질하다, 어느새 저도 모르게 그를 뚫어져라 쳐다보게 되었다. 그러다 남자가 노트북을 사용할 때만 쓰는 은색 테 안경, 그 너머의 무심한 눈동자와 마주쳤다. 운이 아차 하는 순간.

띵. 오븐에서 소리가 들렸다. 그녀가 반사적으로 뒤돌아서서 오븐으로 향했다. 그리고 자연스럽게 브라우니 팬을 꺼내서 식힘 망에 올려두곤 카페라테 한 잔을 나무 쟁반에 받쳐 그의 앞에 내려놓았다.

"음료 먼저 드릴게요. 브라우니는 한 김 식혀야 해서요."

"네, 감사합니다."

딱 주말만 빼고 한 달 내내 출근하듯이 방문하는 손님. 그에 대해 인간적으로 궁금하긴 했지만, 괜한 궁금증이 단골손님을 피곤하게 만들 수도 있단 생각에 무언가 먼저 물어본 적은 없었다.

운이 생각을 갈무리하곤 한 김 식은 브라우니를 정사각형 모양으로 잘라 흰 접시에 올렸다. 그 위로 바닐라 아이스크림을 크게 한 스쿱 떠서 올리고, 아몬드 슬라이스를 얹은 다음 슈거 파우더를 흰 눈처럼 솔솔 뿌리자 먹음직스러운 오늘의 디저트가 완성됐다.

운이 밝게 웃으며 쟁반에 올려 브라우니를 내가자, 잔뜩 인상을 찡그린 채 노트북 화면을 노려보고 있던 남자가 입꼬리를 살짝 올리며 낮게 웃었다.

"감사합니다."

그렇게 한참 노트북과 씨름하던 오전 단골이 돌아가는 오후 2시쯤이 되면, 다음은 오후 단골이 올 차례였다.

"오늘은 어떤 거 만들었어요?"

마당부터 가게 안까지 급하게 뛰어 들어온 여자아이의 양볼이 찬바람에 발갛게 물들어 있었다. 기껏해야 초등학교 저학년으로 보이는 여자아이는 반짝거리는 눈으로 카운터 앞에 서 있는 운을 쳐다보았다. 아이는 양어깨에 멘 분홍색 가방을 내려놓는 것도 잊은 채 운에게 물었다.

"초콜릿 냄새 나는 거 같은데!"

활기차게 안으로 들어선 조그만 여자아이 뒤로 남자아이가 잔뜩 풀이 죽은 채 따라 들어왔다.

"연준이는 왜 이렇게 기분이 안 좋아 보여?"

운은 평소와 다르게 기운 없이 어깨가 축 처진 연준에게 그리 물으며 유리컵 두 잔에 흰 우유를 따랐다. 그사이 아이들은 카운터와 가까운 테이블에 자리를 잡았다.

"받아쓰기 빵점 맞아서요!"

의자에 앉은 소율이 연준을 대신해서 발랄하게 대답하자, 연준의 조그만 입술이 삐죽 튀어나왔다.

"아, 진짜. 김소율⋯."

"박연준이 죄다 한 글자씩 실수했거든요."

연준은 맞은편에 앉은 소율을 눈으로 흘겼다. 그런 둘의 모습이 그저 귀엽다는 듯 운은 입가에 미소를 띤 채 바라보다가 부엌에서 쟁반을 들고나와 아이들 앞에 내려놓았다. 오전과는 다르게 브라우니를 한 입 크기로 먹기 좋게 잘라두었다.

"오늘 브라우니 구웠는데, 다들 맛 좀 봐줄래?"

둘은 손에 쥔 포크로 작은 조각을 콕 집어 동시에 입에 넣었다. 소율은 활짝 웃었고, 연준은 조용히 입을 오물거렸다.

"우와! 진짜 달아요! 이게 뭐예요?"

"브라우니라는 건데, 평소에 먹던 초코케이크랑은 좀 다르지?"

운의 물음에 소율이 크게 고개를 위아래로 끄덕였다.

"브라우니는 보통 초콜릿이랑 버터 그리고 호두를 넣고 만드는데, 일반 초코케이크보다 훨씬 단단하고 진하고 쫀득해. 연준이도 입에 맞아?"

운은 소율과 달리 별다른 말이 없는 아이에게 물었다.

"…네, 맛있어요."

조그만 목소리로 답하는 연준을 보며 운이 사뿐하게 웃곤 말을 이었다.

"있지, 브라우니는 실수로 만들어진 거다?"

"실수요?"

"브라우니가 처음에 어떻게 만들어졌는지 여러 이야기가 있는데, 그중 하나가 실수거든. 원래 케이크에는 베이킹파우더라는 게 들어가. 반죽을 부풀리기 위해서 넣는 건데, 어느 날 어떤 사람이 초콜릿케이크를 만들면서 실수로 베이킹파우더를 깜빡

한 거야."

소율이 호기심 어린 눈으로 운의 다음 이야기를 채근했다.

"베이킹파우더가 빠진 초코케이크는 부풀지 않은 대신 초콜릿 맛이 훨씬 진하고 쫀득해서 너무 맛있었대. 그게 바로 지금 너희가 먹은 브라우니야."

우와. 소율이 신기하다는 듯 입을 헤 벌렸다.

"처음엔 실수였는데 그걸로 맛있는 디저트가 만들어졌다는 이야기가 재밌지 않아?"

그녀는 연준이 내려놓은 포크로 다시 브라우니 한 조각을 찍어 건넸다.

"연준아, 실수가 나쁜 것만은 아니야. 누군가의 실수로 이렇게 맛있는 브라우니도 먹을 수 있게 됐잖아?"

그녀의 말에 기운 하나 없이 시무룩했던 연준의 까만 눈동자가 초롱초롱해졌다. 그때, 익숙한 듯 여자 손님이 가게 문을 열고 들어왔다.

"집에 안 오고 왜 또 여기 왔어?"

"엄마!"

소율의 엄마 은정이었다. 아이가 해맑게 웃으며 은정의 앞으로 깡충 뛰어가 품에 안기자, 은정은 못 말린다는 표정으로 품에 안긴 아이의 정수리를 내려다보며 작게 웃음을 터뜨렸다.

"죄송해요. 우리 소율이가 또!"

은정이 난처한 표정으로 말하자 운은 손사래 쳤다.

“아니에요. 마침 한가해서 심심할 때 딱 와주었는데요! 덕분에 항상 지루할 틈이 없어서 좋아요.”

운이 밝은 미소를 띠고서 은정에게 “차 한 잔 드실래요?” 하고 묻자 여느 때처럼 은정이 고개를 끄덕이며 카드를 내밀었다.

“애들이 먹고 있는 것까지 같이 계산해주세요.”

“아니에요, 이건 그냥 제가 주고 싶어서….”

“에이, 사장님. 이렇게 맨날 얻어먹기만 하면 미안해서 못 와요. 딱딱 받아야지.”

은정의 성화를 못 이겨낸 운은 옅게 웃으며 결국 카드를 받아 들었다.

그리고 얼마 후, 은정이 아이들과 함께 앉아 있는 테이블로 쿠키와 음료를 함께 내어갔다. 한쪽에 초콜릿이 살짝 발린 하트 모양의 버터 쿠키는 한눈에 봐도 꽤 먹음직스러워 보였다.

“이건 서비스예요. 이 정돈 그냥 받아주세요.”

운이 서둘러 덧붙이는 말에 은정은 어쩔 수 없다는 듯 고개를 가볍게 끄덕였다.

“그럼 나도 고맙게 먹을게요.”

기분 좋게 소란스러웠던 한때가 지나자 해가 저문 카페는 언제 그랬냐는 듯 한적해졌다. 운은 부엌에서 홍차 티백을 우려내어 손님용 테이블에 앉았다. 자신이 좋아하는 고요한 저녁 시간대.

네모난 창문 너머 어둡고 맑은 겨울 밤하늘과 빛바랜 논밭 앞

에 죽 늘어선 주황색 가로등. 그 불빛 아래로 굵은 눈발이 하늘
하늘 내려오고 있었다. 하얀 김이 모락모락 올라오는 찻물이 담
긴 흰 머그잔을 양손으로 붙잡고 있자, 온몸이 노곤해지는 기분
이었다.

호록. 그녀는 뜨거운 차를 한 모금 들이켜곤 중얼거렸다.

"내일은 눈이 더 많이 쌓이려나…."

뭐, 눈이 많이 와도 내일은 휴무니까. 그냥 따끈한 온돌 위에
누워 늦잠을 자고 천천히 일어나서 눈사람이나 만들어볼까.

잔잔하고, 따뜻하고, 고요하게 흘러가는 겨울은 오랜만이었
다. 줄곧 힘들고, 바쁘고, 정신없었는데. 손에 쥔 몇 안 되는 것들
을 내팽개치고 왔는데 이상하게도 후회는 없었다. 훗날 불안감
이 날 집어삼킨대도, 그건 나중 일일 테니까.

그러니까 오늘 하루도.

"잘 살았다. 유운."

그녀가 빙긋 웃었다.

동네 친구

유운이 가게를 열면서 첫 번째로 정한 규칙. 바로 주말에는 절대 일을 하지 않는다는 것.

나름대로 빼곡했던 평일을 보내고, 토요일을 맞이한 그녀가 기지개를 켜며 마당으로 나왔다. 밤새 마당 가득히 흰 눈이 쌓였다. 눈이 얕게 쌓였던 어제와는 달리, 한 걸음 내딛자 흰 눈 아래로 푹 하고 발이 들어갔다. 운의 눈은 무언가 생각해낸 듯 동그래졌다.

'오늘이다.'

운이 순식간에 방 안으로 들어가 곰돌이 모양 눈 틀을 찾아 들고나왔다. 곰돌이 모양 눈 틀. 요즘엔 다양한 모양의 틀에 눈을 넣어 찍어내는 게 유행이랬다. 그동안 이걸 개시할 만큼 눈이 내렸던 적은 없어서 때를 기다리고 있었는데, 마침내 써볼 수 있는 날이 찾아온 것이다. 운은 속으로 콧노래를 부르며 하늘색 눈 틀로 새하얀 눈을 한 뭉텅이 집었다가 열었다.

"뭐야. 곰돌이 몸통이 왜 이래⋯."

파스스. 눈 틀을 여니 목이 댕강 잘린 곰돌이 머리통 모양의 눈 뭉텅이가 보였다. 곰돌이는 머리만 멀쩡했고 몸통은 눈가루가 되어서 흩어져 내렸다. 미간을 찌푸린 운이 다시금 심기일전하여 눈을 모아 집었다. 하지만 이번에는 곰돌이의 몸통만 만들어지고, 머리가 눈가루가 되어 부서져 내렸다.

"하아아⋯."

세상에 쉬운 것 하나 없다지만, 애들이 갖고 노는 눈 틀로 눈 곰돌이를 만드는 것까지 어려울 필요는 없잖아. 유운은 허무한 눈으로 그것들을 잠시 바라보다가 다시 눈 뭉텅이를 눈 틀로 집었다 놓기를 무한 반복하기 시작했다.

"⋯더럽게 안 뭉쳐지네."

그렇게 스물아홉 번째 시도.

그녀가 신중하게 눈 틀 가득히 흰 눈을 모아 탁 소리가 나게 닫았다. 그리고 닫았던 눈 틀을 천천히 다시 벌렸다. 이내 운의 입에서 탄성이 툭 튀어나왔다.

"와!"

드디어 완벽한 눈 곰돌이가 탄생했다. 운은 세상 활짝 웃고는 소중한 단 하나의 눈 곰돌이를 아주 조심스럽게 두 손으로 들고 자리에서 일어섰다. 그리고 마당의 대문 바로 옆에 눈 곰돌이를 내려놓고선 만족스러운 눈으로 그것을 한참이나 바라보았다. 작고 귀여운 흰 눈 곰돌이가 운의 마음에 쏙 들었다.

"맞아, 사진 찍어둬야지!"

그 말과 함께 운은 어린아이처럼 들뜬 얼굴로 한걸음에 집 안으로 들어갔다. 스마트폰을 재빨리 들고나와 다시 신발을 신고 현관을 나서려는 그 순간, 끼익 하고 마당의 철제문이 열리는 익숙한 소리가 났다.

타박타박. 누군가의 발걸음 소리가 잇달아 들렸고, 곧이어 무언가 밟히는 소리가 아주 희미하게 들렸다. 현관문 앞에 서 있는 운과 마당에 막 들어온 남자의 시선이 허공에서 부딪혔다.

그녀가 남자의 발아래 부서진 눈 뭉치가 세상에 하나뿐인 자신의 소중한 눈 곰돌이인 것을 깨닫기까진 그리 오래 걸리지 않았다. 영문도 모른 채 운을 바라보던 남자는 운의 허망한 시선을 따라가다 자신의 발아래 부서진 눈 뭉치를 발견하곤 그제야 아차 하는 표정을 지었다.

"어…."

그는 눈 곰돌이를 밟은 발을 뒤로 물리고는 그것을 가리키며 물었다.

"이거 사장님 거예요?"

그의 물음에 운이 조용히 고개를 끄덕였다.

멋쩍게 주위를 둘러보던 남자의 눈에 바로 옆에 세워진 입간판이 들어왔다.

[정기 휴무 토, 일]

"…아, 오늘 휴무였구나."

그는 몰랐다. 한 번도 주말에 와본 적이 없었으니. 그저 오늘 따라 오전부터 커피가 마시고 싶었을 뿐이었다.

남자는 머쓱한 듯 제 뒷덜미를 만지작거리다가 조심스레 입을 열었다.

"저, 제가 새로 만들어 드릴까요?"

"아니에요. 그렇게까지 하실 필요는 없어요…."

운은 아쉬운 티를 내지 않고 말했다고 생각했지만, 그녀의 얼굴엔 한눈에 봐도 실망한 기색이 역력했다. 남자도 덩달아 난처한 얼굴이 되었다.

"저 이거 진짜 잘 만들어요."

남자가 바닥에 놓인 하늘색 눈 틀을 집어 들며 말했다.

"휴무 방해한 것도 죄송하니까 제가 몇 개 만들어 드리고 갈 게요."

그렇게 말한 남자는 커다란 키에 어울리지 않게 마당에 쪼그 려 앉았다. 그리고 툭, 탁. 단 두 번의 동작만으로 완벽한 눈 곰돌 이를 완성했다.

"…뭐예요?"

눈 틀 장인인가. 운이 토끼 눈을 하고서 금세 남자의 앞까지 다가와 중얼거리자, 그는 고개를 들어 대수롭지 않다는 듯 운과 시선을 맞췄다.

"방금 어떻게 하신 거예요? 어떻게 이런 완벽한 눈 곰돌이가 한번에 쉽게 나올 수 있어요?"

자신은 무려 스물아홉 번만의 시도 끝에 겨우 딱 한 마리 완성했는데 남자의 손끝에선 허무하리만큼 쉽게 완성됐다. 운이 왠지 모를 패배감으로 그를 응시하자 그 모습이 남자에겐 재미있었던지, 픽 웃고는 말했다.

"거봐요, 제가 잘 만든다고 했잖아요."

한겨울, 흰 눈이 쌓인 고요한 시골집 마당.

툭. 탁. 툭. 탁. 알 수 없는 딱딱한 소리가 일정한 간격으로 경쾌하게 울렸다. 마당 한편에는 낮은 파란색 플라스틱 의자에 앉아 붕어빵을 찍어내듯 끊임없이 눈 틀로 눈 곰돌이를 만들어내는 남자가 있었고, 그 옆으로는 완성된 곰돌이를 가져다 마당 앞쪽에 일렬로 죽 늘어놓으며 곰돌이 군단의 대열을 만드는 여자가 있었다. 둘은 오래된 친구처럼 호흡이 척척 맞아떨어졌다.

그렇게 마당의 눈 곰돌이 군단을 4열쯤 완성했을 때, 운은 불현듯 여기서 자신이 단골손님과 대체 뭘 하는 건지 의문이 들었다.

"…저, 이제 충분한 것 같은데요."

그만 만들어요. 운이 양볼을 빨갛게 물들인 채 말했다. 그러자 그가 고개를 돌려 운을 쳐다보았다.

"그럴까요."

그는 짧게 대꾸하더니 툭. 탁. 마지막 눈 곰돌이를 만들고서 눈 틀에 남아 있는 눈가루를 깨끗하게 털어냈다. 그리고 미련 없이 자리에서 일어났다. 남자가 제 검은 패딩에 묻은 하얀 눈가루를 탁탁 털어내고는 운에게 가볍게 고갯짓으로 인사하고 뒤돌아서려고 하자, 그녀가 다급하게 남자의 옷깃을 잡아당겼다.

"저, 여기까지 오셨는데 뭐라도 마시고 가세요!"

운은 남자가 자신의 눈 곰돌이 하나 밟았다가 이 추운 겨울 날씨에 눈 곰돌이를 몇십 개나 만들어줬는데, 휴무라고 그냥 보내자니 죄책감이 들었다.

"오늘 휴무잖아요."

남자가 담백하게 대꾸하자, 운은 정말로 괜찮다는 듯 웃으며 말했다.

"괜찮아요. 그보다 오늘은 커피 없는데 괜찮으세요?"

남자가 늘 커피를 마시던 것이 떠올라 운이 되물으니 그는 담백하게 답했다.

"아무거나 상관없어요."

둘은 서둘러 따뜻한 실내로 들어가 겉옷을 벗었다. 남자는 평소처럼 창문 옆 테이블에 앉았고, 운은 곧장 부엌으로 들어갔다. 찬장에서 작은 냄비를 꺼내 우유를 붓고 불을 올렸다. 우유가 적당한 온도로 끓어오르기를 기다리며 나무 숟가락으로 냄비 안을 휘젓던 운은 문득 피식 웃음이 나왔다. 다 큰 어른 둘이서 아침부터 마당에 쌓인 눈으로 한 시간을 놀다 들어오다니.

적막에 휩싸인 공간. 하지만 어색하다거나 불편하지 않았다. 커다란 창문 너머 하얗게 눈이 내린 마당을 배경으로 삼은 이곳은 그저 평온했다. 남자는 부엌에 선 운의 뒷모습을 지그시 바라보다가 먼저 말문을 열었다.

"그거 알아요?"

뜬금없는 그의 물음에 운이 물음표 띤 얼굴로 돌아보자, 그가 별다른 뜻 없다는 듯이 다시 말을 이었다.

"우리 오늘이 제일 말 많이 한 거."

"아, 그런가요."

설핏 웃으며 운이 대꾸했다.

"사장님은 원래 그렇게 말수가 적어요?"

남자는 시비조라기보단 정말로 궁금하다는 듯이 물었다. 그의 물음에 운이 눈을 요리조리 굴리며 생각하다가 말문을 열었다.

"아니요, 보통인 것 같은데요."

"그럼 혹시 말하는 거 안 좋아하세요?"

"아닐걸요?"

"다행이네."

그의 뜻 모를 말에 운이 고개를 갸웃하다가 냄비 안에서 낮게 끓어오르는 우유를 발견하고 얼른 불을 껐다. 그리고 민무늬 흰색 머그잔 두 개에 우유를 붓고서, 찬장에서 코코아 파우더와 설탕을 꺼내 몇 스푼 넣고는 열심히 저었다. 한참을 휘젓던 운은 문득 아차 하는 얼굴로 남자를 돌아보며 물었다.

"핫초코 괜찮으세요?"

"네, 좋아해요."

"다행이네요. 오늘은 커피 머신 세팅을 안 해놔서요."

그녀가 달달한 냄새가 풍기는 핫초코 두 잔을 내어왔다.

"평소에 커피만 드시길래, 혹시 단 거 싫어하시나 해서 물어봤어요."

사실 만들기 전에 물어야 했지만. 평소에 그가 케이크나 쿠키, 파운드 같은 달달한 디저트를 꺼리지 않는 거로 봐서 핫초코도 곧잘 마실 거라고 은연중에 생각한 탓이었다.

"뭐, 오늘은 일 안 하니까. 어차피 커피 마실 생각 없었어요."

그렇구나. 운은 고개를 끄덕이곤 더는 묻지 않았다. 그저 마주 앉아 적당한 온도로 데워진 핫초코를 한 모금 들이켤 뿐이었다.

'매일 일하러 왔던 거였나 보네.'

적막이 흘렀다.

"사장님, 남한테 관심 없다는 말 많이 듣죠?"

그가 나긋이 웃으며 하는 말에 운이 눈을 동그랗게 떴다.

"아니요?"

"아닌 거 같은데."

이번에는 그가 핫초코를 한 모금 하고는 마음에 드는지 나른

한 미소를 띠며 천천히 말했다.

"제가 여길 온 지 한 달이 다 되어가는데, 말 건 적 별로 없으시잖아요."

그냥 나한테 궁금한 게 없는 건가. 그가 낮게 중얼거리자 운이 당황해 반박했다.

"그냥 괜한 관심이 불편할 수도 있을 거 같아서…. 그래서 그런 건데요."

그리 말하는 운이 남자의 눈치를 잠시 살피고는 물었다.

"…혹시 관심받는 걸 좋아하는 편이세요?"

그녀의 한 점 악의 없는 물음에 남자가 핫초코를 들이켜다가 사레가 들려 연신 기침했다. 연거푸 나오던 기침이 멎자 그는 그제야 다시 입을 열었다.

"아니, 그런 얘기가 아니라…."

남자가 말꼬리를 흐리며 창 너머 잔뜩 늘어선 새하얀 눈 곰돌이 군락을 잠시 바라보았다. 그리고 나지막이 운을 뗐다.

"그냥."

운은 남자의 목소리에 귀 기울였다.

"사장님이랑 친구 하고 싶어서요."

남자가 옅은 웃음을 머금으며 그녀를 응시했다.

"제가 먼저 말 걸면 불편해할 거 같아서 가만히 있었는데, 이러다간 평생 카드만 긁다가 끝날 거 같아서?"

운은 뜬금없는 남자의 친구 제안에 어리둥절하기만 했다. 그는 아랑곳않고 말을 이어나갔다.

"원래 이런 시골에서 또래 친구는 귀하거든요."

천연덕스럽게 말하던 남자의 목소리 뒤로 희미한 진동음이 들렸다. 그도 알아챘는지 테이블 위에 올려둔 스마트폰을 집어 들고는 금세 자리에서 일어섰다.

"잠시만 통화 좀 할게요."

그는 반대편 창가로 가서 전화를 받았다. 그리고 얼마 지나지 않아 통화를 마치고는 스마트폰 화면을 심각하게 바라보았다. 운은 그의 뒷모습을 잠시 지켜보다가 얼마 전에 새로 사 온 티백들을 대충 선반에 올려뒀던 것이 떠올라 조용히 자리에서 일어나 부엌으로 향했다. 생각난 김에 꺼내서 정리나 해둬야겠다.

끙. 운이 작게 신음했다. 선반 맨 위에 올려뒀던 틴케이스에 손이 잘 닿지 않는 까닭이었다. 이전에 의자를 밟고 올라가 넣어 놓았던 것을 귀찮다고 대충 까치발하고서 잡으려고 하니 당연히 쉬울 리 없었다. 희망 고문 하듯 손끝에 살짝씩 스치는 틴케이스가 얄궂기만 했다.

조금만 더 하면 꺼낼 수 있을 것 같은데. 운이 잡힐 듯 잡히지 않는 틴케이스와 한참 씨름하는데, 불쑥 남자의 손이 뒤에서 튀어나왔다.

"이거?"

운이 놀라 숨을 삼켰다.

"이거 내리고 싶어서 그런 거 아니에요?"

남자는 선반 위 틴케이스를 커다란 손으로 손쉽게 꺼내 부엌 안 탁자에 내려놓았다.

"어, 어…. 감사합니다…."

남자가 유운의 등 뒤에 바짝 붙어 서니 그녀의 까만 정수리가 겨우 남자의 어깨 언저리에 와 있었다. 운은 저도 모르게 턱을 들고 그를 물끄러미 올려다보았다.

그가 아래를 내려다보는 순간, 눈이 마주쳤다. 그는 자신이 말도 없이 부엌 안까지 들어온 게 무례했나 생각하며 얼른 한 걸음 뒤로 물러서서 머쓱한 듯 뒷덜미를 만지작거리며 입을 열었다.

"사장님."

"네?"

조금 당황한 운은 우습게 어긋난 목소리로 대꾸했다. 그녀가 잠시 자괴감에 빠져있는데.

"혹시 홍차 좋아해요?"

그가 뜬금없이 물었다. 그리고 싱긋 웃으며 한 손에 들고 온 노란색 종이 상자를 내밀었다.

"좋은 홍차 티백이 생겨서요."

운이 동그래진 눈으로 남자를 보며 머뭇거리자, 그가 멋쩍은 얼굴로 제 뒷덜미를 만지작거리며 다시 말을 이었다.

"핫초코 답례 겸, 그동안 서비스 답례. 나도 눈 곰돌이 찍어내는 데 정신이 팔려서 이걸 들고 온 걸 완전히 까먹고 있었네."

요즘 젊은 손님들은 대놓고 아는 척을 하기보단 몰래몰래 조금씩 챙겨주는 걸 좋아한다는 이야기를 들은 적이 있다. 그걸 그대로 이행했던 운은 잠시 골똘히 생각하며 입술을 오므렸다가 이내 사뿐히 웃었다.

"감사합니다. 잘 마실게요."

이게 바로 시골의 정인가. 그가 건네는 상자를 두 손으로 받아 드는 운의 눈동자가 설렘으로 가득 찼다. 그가 건넨 홍차는 마침 그녀가 가장 좋아하는 브랜드의 것이었다.

"사실 오늘 이거 드리고 싶어서 겸사겸사 온 거였는데. 사장님이 한창 눈 곰돌이를 만들고 계실 줄은 몰랐죠."

"아, 그건⋯."

"그것도 머리통이 없거나 몸통이 없는 눈 곰돌이를 서른 개나."

남자가 픽 웃으며 덧붙이자 운은 입술을 살짝 깨물고는 기어들어 갈 듯 작은 목소리로 반박했다.

"⋯실패한 거, 스물여덟 갠데요."

그는 그렇게 말하는 운의 모습을 빤히 쳐다보다 금방이라도 새어 나올 것 같은 웃음을 꾹 참았다.

"그래요. 스물여덟 개."

눈 곰돌이 개수를 단호히 정정하는 운의 모습에 그는 못 말리겠다는 듯 웃음 지으며 말을 이었다.

"저는 일이 있어서 이만 가봐야 할 것 같아요. 뭐, 사장님 정기 휴무도 지켜드려야 할 것 같고."

남자가 문밖으로 걸음을 옮기며 말했다.

“덕분에 핫초코 잘 마셨어요.”

남자가 갑작스레 일어서자 운이 허둥대며 말했다.

“저, 저도! 눈 곰돌이 고마워요! 이것도요.”

유운은 노란 종이 상자를 흔들어 보이며 아주 밝은 얼굴로 웃어 보였다. 남자 역시 그녀를 따라 웃으며 돌아섰다. 그러다 멈칫하고는, 무언가 생각났다는 듯 문고리에 손을 얹은 채로 그녀를 돌아보며 다시 입을 열었다.

“제 이름은 김윤오예요.”

아까 친구 하자고 했으니까.

그 말 한마디를 남기고 그는 다시 요란하게 울리는 진동 소리와 함께 떠났다. 운은 가게의 창가에서 윤오가 마당의 대문을 열고 나서는 뒷모습을 가만히 바라보다가 제게 말했던 이름 석 자를 곱씹었다.

김윤오.

이미 한참 전부터 알고 있던 이름이었다.

밀크티

주말 내내 눈송이가 나풀대더니 월요일이 되자 언제 그랬냐는 듯 눈이 멎었다. 내리쬐는 햇볕은 겨울치고 따스했다. 하지만 그럼에도 이 계절을 실감하는 순간은.

"겨울딸기, 달다…."

어제 시장에서 사 온 딸기를 흐르는 물에 씻어 무심코 한 입 베어 문 유운의 생기 없이 흐리던 까만 눈동자에 빛이 돌았다. 빨갛게 잘 익은 딸기에 힘을 얻었는지, 운이 부지런히 스테인리스스틸 볼에 가득 담긴 딸기를 물에 깨끗이 씻어 손질하기 시작했다.

몇 개는 반으로 잘라 케이크 장식용으로, 나머지는 케이크 시트에 층층이 들어갈 슬라이스 형태로 손질을 마치고 나서야 자리에 앉아 한숨을 돌릴 수 있었다. 그러다 이내 자리에서 일어나 평소 즐겨 듣는 라디오를 틀고서 부지런히 오픈 준비를 시작했다. 아직 케이크가 완성된 건 아니지만, 어쨌든 오픈은 10시니까. 10분 전엔 대문을 열어두고 마저 케이크를 준비해야지. 운이 찌뿌둥한 어깨를 가볍게 두드리며 생각했다.

늘 10시만 되면 나타나는 단골손님. 사실 그가 아니면 이렇게까지 딱 시간에 맞춰 정시에 오픈할 생각은 없었다. 이 시골 동네에서 오픈 시간에 땡 맞춰서 찾아오는 손님은 그 말고는 없으니까.

그녀는 평소처럼 마당의 대문과 현관문을 열어놓고 도로 부엌으로 돌아와서, 어젯밤에 미리 구워놓았던 바닐라케이크 시트를 가로로 균일하게 세 장으로 자르고, 설탕 시럽을 꼼꼼히 바른 다음 고소한 우유 생크림을 듬뿍 올려 층층이 펴 발랐다. 그리고 손질해놓은 신선한 딸기 슬라이스를 빼곡히 채우고 다음 층을 쌓았다.

진중한 눈을 하고서 생크림과 딸기로 층층이 쌓아 올린 케이크의 맨 위에 생크림을 듬뿍 얹은 운은 윗면과 옆면을 모두 생크림으로 덮는 아이싱 작업을 시작했다. 섬세한 손길로 새하얀 크림을 몇 번이나 고르게 펴 바르고 나서야 마음에 들었는지, 입가에 만족스러운 미소를 띤 채 반으로 자른 딸기의 단면이 잘 보이도록 하나씩 올렸다.

딸기 생크림케이크.

그녀가 가장 좋아하는 겨울의 디저트였다. 운은 유리로 된 냉장 쇼케이스에 딸기 케이크 조각들을 채워 넣으며 원목으로 만들어진 벽걸이 시계를 힐긋 쳐다보았다. 오전부터 분주하게 움직였더니 어느새 시계 침이 10시 반을 지나가고 있었다. 하지만 오늘은 웬일인지 오전 단골의 모습이 보이질 않았다. 운이 고개를 한 번 갸웃하고는 평소처럼 자리에 앉아 차를 마시며 책을 읽기 시작했다. 오전 일과의 끝이었다.

"오늘 엄청나게 춥네."

오후의 단골손님 은정이 모처럼 아이들 없이 홀로 카페를 방문했다. 그녀는 여유롭게 두꺼운 겉옷을 벗어 의자에 걸쳐두고 자리에서 일어나 운이 있는 카운터 앞으로 걸어왔다.

"오, 딸기 케이크네?"

"네, 시장에 나온 딸기가 달더라고요."

쇼케이스에 먹음직스럽게 전시된 딸기 케이크를 발견한 은정의 눈이 아이처럼 기대로 가득 찼다. 그녀는 한 치의 망설임도 없이 딸기 케이크 한 조각과 아이스 아메리카노를 주문했다. 운은 서둘러 오늘의 첫 커피를 내리고, 초록색 테로 장식된 동그란 흰색 사기그릇에 케이크 한 조각을 내어왔다.

"딸기 케이크 엄청 좋아하는데. 여기서 보니까 너무너무 반갑다!"

여기서 이렇게 예쁜 케이크를 보다니 행복하다며 은정은 연신 칭찬을 아끼지 않았다. 정말로 아이처럼 행복하게 웃는 얼굴에 운은 가슴 한편이 몽글하게 부푸는 느낌이었다.

"가게가 들어선 게 엊그제 같은데, 여기가 생긴 지도 벌써 두 달이 넘었네. 시간이 참 빨라."

"하루하루는 긴데, 모아두고 보면 금방 지나가는 것 같아요."

운이 은정의 말에 고개를 끄덕였다. 도시에 있을 땐 쳇바퀴 굴리듯 똑같은 매일에 지쳐 시간이 어떻게 흐르는지 몰랐는데, 이곳에서의 하루는 자잘한 노동으로 빼곡이 차 시간이 어떻게 흐르는지 몰랐다. 시간이 어떻게 흐르는지 모르겠는 건 똑같아도, 도시와 이곳은 분명 달랐다.

"맞다! 밖에 눈 곰돌이들 엄청 많이 만들었던데. 역시 카페 사장님이라 손재주가 좋은가?"

은정의 말에 운은 지난 주말 있었던 일을 덥썩 풀어놓으려다 멈칫했다.

'작은 동네라 소문이 빠르니까, 괜한 말은 조심하는 게 낫겠지.'

운은 말을 아끼기로 결심하곤, 은정의 칭찬에 머쓱한 웃음으로 답을 대신했다. 양심이 조금 찔렸다.

"저번에 소율이가 준 틀로 만든 거죠? 소율이가 저거 죽 늘어선 거 보면 진짜 좋아하겠다."

"그러게요."

운은 웃으며 동감했다.

"그나저나 딸기 디저트가 자주 나오면 좋겠는데 딸기 수급이 쉽지 않죠? 음…. 아, 맞아! 그럼 되겠네."

홀로 중얼거리던 은정은 갑자기 좋은 생각이 떠오른 듯 가방을 뒤적거리더니 명함 한 장을 꺼내 운에게 건넸다. 얼떨결에 명함을 받아 든 운의 눈동자가 어리둥절했다.

"거기로 연락해봐요. 아마 소량도 도매 가격으로 살 수 있을 거예요."

이웃 좋다는 게 뭐야. 은정이 한쪽 눈을 찡긋하더니, 전화를 받았다가 금방 끊고서 남은 커피를 한 모금 얼른 들이켜곤 급히 자리에서 일어섰다.

"급한 일이 생겨서 이제 가봐야겠네요. 그럼, 오늘도 잘 먹었습니다, 사장님!"

"네, 안녕히 가세요."

운은 사근사근하게 웃으며 인사했다. 그리고 깨끗하게 비워진 접시를 바라보다가 테이블을 정리하고서 부엌 서랍에 보관해두었던 홍차 티백을 하나 꺼내 들었다. 그러고 나서 창문 너머 하얀 눈 곰 군락지를 바라보았다.

"정말 든 자리보다 난 자리가 표 나네."

문득 티백을 선물한 단골손님의 행방이 궁금해졌다. 하지만 행방이 묘연한 오전 단골의 빈자리를 한가하게 곱씹을 새도 없이 손님이 모여들었다. 오늘따라 동네의 단골손님뿐 아니라 인근 공공기관의 직원들까지 와 카페가 북적였다.

나름대로 분주했던 낮이 지나가고 나자, 다시 어둑한 밤이 찾아왔다. 저녁 8시쯤 운은 서둘러 가게를 마감하고, 대문을 닫고는 밖으로 나섰다. 운은 낮에 은정이 준 명함에 적힌 딸기 농장과 좀 전에 통화했던 내용을 곱씹으며 걸음을 옮겼다. 전화를 걸어 은정에게 소개받았다고 말하자 상대는 기다렸다는 듯 반가워하며 대번에 행복과자점 딸기 납품 건이냐 물었다. 이어 자세한 이야기는 대면으로 진행하는 게 좋겠다며 약속 시간을 잡았다.

'혹시 저희 집으로 와주실 수 있을까요? 요즘 일이 하도 바빠서 하우스가 손님 맞을 상황이 아니거든요.'

예상보다 젊은 남자의 목소리에 운은 조금 놀랐다. 딸기 농장 주인이 일러준 주소는 생각보다 가까워서 그 약속을 핑계 삼아 일렬로 죽 늘어선 가로등의 주황색 불빛 아래서 겨울밤 산책을 즐길 수 있었다.

눈이 내린 지 얼마 안 돼서인지 겨울 공기는 오히려 포근했고, 길에는 녹은 눈이 얕게 남아 흙과 뒤섞여 한 걸음 디딜 때마다 차박차박 경쾌한 소리가 났다. 자신의 키보다 조금 더 높은 갈색 벽돌 담벼락, 그리고 그 위로 겨울의 찬기에 눌려 죽은 듯 버석해 보이는 색이 바랜 넝쿨이 눈에 들어왔다.

넝쿨을 따라 다시 걸음을 옮기니 활짝 열린 대문 너머로 그린 듯 예쁜 주황색 지붕이 얹어진 가정 주택이 보였다. 담벼락과 같은 갈색 벽돌로 지어진 꽤 커다란 크기의 가정 주택은 따뜻하고 정감 가는 모습이었다. 앞마당을 대단히 화려하게 가꿔놓지는 않았지만 집으로 들어가는 길을 따라 커다란 돌들이 징검다리처럼 정갈히 놓여 있었고, 집 바로 옆에는 임시 창고처럼 보이는 건물이 보였다.

자연스럽게 주변 탐색을 마친 운은 마침내 집의 문 앞에 서서 초인종을 눌렀다. 띵동. 경쾌한 종소리와 함께 얼마 지나지 않아 문이 열리며 익숙한 목소리가 들렸다.

"누구세요-."

"어?"

문을 연 사람도, 문 앞에 서 있는 사람도 그저 당황할 뿐이었다. 낮에 은정에게서 소개받은 딸기 농장 주인을 만나러 온 것인데.

'왜 단골이 이 집에서 나와?'

마주친 서로의 두 눈이 동그래졌다. 가게 단골손님 김윤오였다. 그리고 그 뒤로는 머리를 양갈래로 묶은 소율이 뛰어오는 모습이 보였다.

"우와! 사장 언니다!"

운은 예상치 못하게 등장한 두 얼굴을 번갈아 보며 눈을 연신 끔뻑거리다, 의문과 함께 고개가 옆으로 비스듬히 기울어졌다. 생각해보니 지금껏 소율의 엄마 은정만 보았지, 아빠는 본 적이 없었다. 그렇다면….

"어…. 소율이 아버님?"

윤오는 잠시 멍하니 운을 쳐다보다가, 누군가 망치로 한 대 때린 것처럼 정신이 번쩍 든 얼굴로 큰소리를 쳤다.

"아니, 무슨 소릴 하시는 거예요?"

윤오가 기가 막힌다는 듯 손을 휘휘 내저으며 말을 이었다.

"남의 혼삿길 막히는 소릴 그렇게 쉽게 하면 어떡합니까?"

어느 때보다 진지한 윤오의 말에 운은 잠시 가만히 있다가, 다시 윤오의 뒤편에 선 소율을 응시했다. 두 사람의 모습을 관망하던 아이는 해맑게 웃더니, 뒤에서 짧은 팔로 윤오를 둘러 안았다.

"아빠!"

그 모습에 운이 미간을 찌푸렸다. 아이가 바로 옆에 있는데도 미혼이라고 잡아떼는 뻔뻔함이란. 운이 못 볼 사람을 본 것 같은 눈으로 저를 보자 윤오는 억울했다. 그가 한층 낮춘 엄한 목소리로 정색하며 아이를 불렀다.

"김소율. 삼촌이 이런 걸로 장난치지 말랬지."

윤오가 아이를 내려다보며 말하자, 아이는 꺄르르 웃었다. 운은 바보처럼 둘을 번갈아 바라보다가 눈치껏 다시 물었다.

"…아버님 아니세요?"

"아니라니까. 제 조카예요."

운이 그제야 수긍한 듯 작게 고개를 끄덕이자 윤오가 덧붙였다.

"여기 집주인이 제 사촌 형 되는 사람이라서요."

그가 땅 밑이 꺼질 듯한 한숨을 내쉬고 살짝 비껴 섰다.

"일단 들어오세요. 뭐, 제 집은 아니지만."

윤오는 재차 강조하듯 말하며 철제 현관문을 활짝 열어젖혔다. 그리고 영어 학습지나 마저 풀라며 소율을 방으로 밀어 넣었다. 아이가 사라지자 그제야 운은 어색한 얼굴로 엉거주춤 거실에 들어서 가죽 소파에 앉았다.

"근데 저희 형은 무슨 일로…."

남자가 익숙하게 흰색 머그잔에 녹차 티백을 넣고 따뜻한 물을 부어 운이 앉아 있는 거실 테이블로 내어오며 물었다.

"어…. 그게 딸기 좀 납품받을까 해서요. 잘 마실게요."

운은 남자가 테이블에 내려놓은 따뜻한 머그잔을 두 손으로 잡았다. 엄청 뜨겁지 않은, 적당히 따뜻한 온도. 주전자에 그냥 펄펄 끓인 게 아니라 마시기 좋게 적당히 따뜻한 온도에 맞춰 데운 물 같았다.

그녀가 차를 한 모금 마셨다. 오랜만에 남이 타주는 차라서 그런지, 더 향긋하고 맛있게 느껴졌다.

"아, 녹차 괜찮아요?"

그가 뒤늦게 물었다. 운은 고개를 끄덕이며 가볍게 웃었다.

운은 어쩐지 지금의 상황이 저번에 자신이 핫초코를 타줬던 상황과 비슷한 것 같다고 생각하며 다시 차를 한 모금 들이켰다. 그러다 고개를 들자, 맞은편 소파에 앉은 남자와 눈이 마주쳤다. 양팔을 얽어 팔짱을 낀 채 자신을 뚫어져라 쳐다보고 있는 것이 부담스러웠다. 그 탓에 운은 괜히 차만 계속 마셨다.

"근데 사장님은 제가 옆에 아이를 두고도 총각 행세나 하는 아빠 같았나 보죠?"

갑자기 남자가 말을 거는 탓에 사레가 들리고 말았다. 한참을 연거푸 기침하다가 큼큼 소리를 내며 겨우 목을 가다듬었다.

“…그건 죄송해요. 제가 그만 착각해서.”

“뭐, 그럴 수도 있죠. 내 인상이 거짓말이나 하는 나쁜 사람으로 보일 수도 있지.”

“….”

“그래요, 그렇게 매정한 사람으로 보일 수도 있지.”

이어지는 남자의 말에 운은 꿀 먹은 벙어리가 되어 가시방석에 앉은 표정을 지었다. 그러자 남자는 이내 너털웃음을 흘리며 말했다.

“장난이에요.”

운이 안도의 숨을 내쉬자 남자는 작게 웃었다.

“근데 사장님.”

“네?”

“저번에, 우리 친구 하기로 하지 않았어요?”

“어, 음. 네.”

운은 대화의 흐름을 알 수 없어 그저 남자를 따라가다가, 또다시 고개를 갸웃거리는 자신을 발견했다.

“근데 우리 서로 나이도 모르고, 이름도 모르는 거 같아서.”

“이름은 저번에 그쪽이 말해줬잖아요.”

김윤오라고. 운이 덧붙이는 말에 그가 무심한 눈으로 그녀를 보면서 다시 입을 열었다.

“그러니까요, 정 없네. 이름도 알려줬는데 그쪽이라뇨. 그리고…”

그때, 띠띠띠띠띠띠. 빠르게 눌리는 현관문 도어록 소리가 윤
오의 말허리를 잘랐다.

"아이고!"

그리고 다른 남자의 목소리가 불쑥 등장했다.

"카페 사장님 벌써 와 계셨구나. 제가 너무 늦었죠?"

운이 고개를 올려 목소리가 들리는 곳을 바라보자, 윤오와 많
이 닮진 않았는데 어딘가 비슷한 느낌이 드는 건장한 남자가 서
있었다. 막 농사일을 마치고 들어온 듯, 짧고 검은 머리칼은 겨
울임에도 땀에 젖은 듯 축축해 보였다. 목에는 하늘색 수건이 길
게 늘어져 있었다. 30대 후반? 40대 초반? 운은 눈으로 그의 나
이를 가늠해보려 했다. 그러다 명함에 쓰여 있던 '김서준'이란
이름을 떠올렸다.

"안녕하세요."

그녀가 어색하게 자리에서 일어나 웃으며 인사했다. 그 순간
벌컥 하고 방문이 열렸다. 곧바로 높고 맑은 목소리가 울렸다.

"아빠!"

소율이 쏜살같이 튀어나와 함박웃음을 지으며 서준의 품에 쏙
안겼다. 서준도 하나뿐인 딸을 보고 환하게 웃으며 아이를 안아
올렸다.

"김소율! 아빠 땀 냄새 나. 이따 안아줄게."

"아니, 아빤 흙냄새 나는데! 딸기 냄새도 나고!"

나 흙냄새 좋아해! 소율이 밝게 웃으며 하는 말에 남자가 따

라 웃었다. 그 모습을 지켜보던 윤오는 못 말린다는 듯 고개를 살짝 저었다. 서준은 개의치 않고 소율을 양손으로 높게 들어 안아 공중에서 한 바퀴를 빙 돌린 다음 바닥에 사뿐히 내려주었다. 그리고 아이에게 부엌에서 찬물을 한 컵 갖다 달라고 부탁했다. 소율은 신나게 고개를 위아래로 크게 끄덕이더니 금세 부엌으로 사라졌다.

"일이 생각보다 늦어져서요."

서준이 사람 좋게 웃으며 말했다.

"어, 근데 소율이 아버님이시면…."

운은 뒤늦게 명함을 건네줬던 소율의 엄마 은정을 떠올렸다. 그러다 당연한 사실을 혼자서만 늦게 깨달은 사람처럼 손뼉을 마주쳤다. 그 모습에 서준이 허허 웃더니 다시 입을 열었다.

"맞아요. 우리 와이프가 사장님네 카페 단골이잖아요. 요즘이 제일 바쁠 땐데, 커피 한 잔은 마셔야겠다고 오늘도 가더라고요."

그가 하소연처럼 늘어놓았지만, 딱히 아내를 탓하는 것 같지는 않았다. 되레 마지막에 은정을 변호하듯 사람은 잠깐의 꿀 같은 휴식이 있어야 더 나아갈 수 있다는 말을 나지막하게 덧붙였다.

운은 서준과 소율에 관해 소소한 이야기를 나누다 보니 어느새 맞은편에 앉아 있는 윤오의 존재를 까맣게 잊고 말았다.

"형, 용건."

윤오가 흘깃 눈으로 운을 가리켰다. 그가 중간에 끼어들지 않았다면 오늘 이곳에 온 목적도 잊고 신나게 수다만 떨다 갈 뻔했다. 운도 서준과 같이 아차 하는 표정을 지었다. 윤오는 둘을 보며 절레절레 고개를 젓고서 바람이라도 쐬려는 듯 현관문을 나섰고, 서준도 늦게나마 본론으로 들어가려 다시금 서두를 열었다.

"원래 소량 납품은 좀 곤란한데, 뭐 동네 분이시기도 하고! 소율 엄마가 사장님 팬이라고, 제발 딸기 부담 없이 맛있는 것 많이 만드시면 좋겠다고 하도 말해서."

그가 품종과 사이즈, 무게당 가격표 등이 인쇄된 A4용지 한 장을 내밀며 간단히 설명했다. 납품 이야기는 짧게 몇 마디 오가는 것으로 금방 끝을 맺었다.

"그럼 이번 건은 이렇게 납품해드리면 될까요? 주문량은 나중에 유동성 있게 변경하셔도 돼요."

사실 시골에서 재고 제때 소진하는 게 얼마나 어려운지 저희도 뻔히 잘 아는데요, 뭐. 그가 친근하게 웃으며 덧붙이자, 운이 활짝 웃으며 인사했다.

"네, 감사합니다."

"더 궁금하신 건 없고요? 뭐, 티엠아이도 괜찮고."

사투리 하나 없는 표준어. 운은 그게 조금 궁금했지만, 지금 그걸 물을 타이밍은 아닌 것 같아 없다고 답하려는 찰나였다.

"어, 뭔가 궁금하신 거 같은데. 말 아끼시는 거 같은데? 아, 혹시 사투리?"

운이 자신도 모르게 무언의 긍정을 하자, 서준은 딱 눈치챘다는 사실에 들뜬 듯 신명 나게 다시 말을 늘어놓았다.

"전 원래 서울에 살았거든요. 그냥 평범하게 회사 다녔었죠. 귀농한 지 이제 5년 됐나? 그 정도 됐네요. 그래서 사투리를 안 써요. 아, 제가 묻지도 않은 말에 너무 말이 길죠? 습관이라."

그의 사람 좋은 미소에 운이 따라 웃었다.

"아니에요. 전 듣는 거 좋아해요."

"그럼 다행이구요. 오늘 소율 엄마가 다른 일 때문에 없어서 내가 수다 떨 사람이 없었거든요. 에구, 그래도 너무 오래 붙잡아뒀네. 밤도 늦었는데."

서준은 그렇게 말하며 자리에서 일어나 가져온 하얀 스티로폼 상자 하나를 커다란 검은색 비닐봉지에 담아서 운에게 내밀었다.

"이건 샘플이라고 생각하고 그냥 먹어봐요. 우리 집 딸기가 진짜 달거든요. 우리 집 거라서 하는 말이긴 한데. 진짜 달아요. 하하하."

호쾌하게 웃는 서준의 목소리를 들으며 운은 잠시 고민하다가, 이내 그의 성의를 감사히 받아들였다.

"감사합니다. 그럼 가볼게요."

"여기까지 걸어왔죠?"

현관문 앞에서 서준과 소율의 배웅을 받고 나서려는데 갑자기 뒤에서 나타난 윤오가 운동화를 대충 구겨 신으며 물었다.

"어, 네."

그녀는 그의 물음에 얼떨결에 대답했다.

"형, 사장님 좀 데려다주고 올게."

"어, 그래. 밤도 늦었는데 그게 낫겠다."

"어…. 전 괜찮은데."

"시골 밤길은 안 괜찮으니까, 그냥 따라와요."

어어? 당황한 운이 꾸벅 서준에게 인사를 하고서 윤오의 뒤를 쫓았다.

그가 마당 앞에 세워놨던 검은색 SUV 차량의 조수석 문을 열었다. 운은 어색한 모양새로 차에 올라탔다. 차 안에서는 겨울밤 찬 공기와 뒤섞인 숲속의 나무 냄새가 났다. 윤오와 퍽 잘 어울리는 냄새라고 생각했다. 묘하게 차가우면서도 또 따뜻한 느낌이.

그녀가 시답잖은 생각을 하는 동안 운전석에 탄 윤오가 금세 안전벨트를 매고 시동을 걸어 매끄럽게 집 앞마당을 빠져나갔다. 그녀는 능숙하게 핸들을 돌리는 남자의 옆모습을 힐긋 바라보았다. 검은색 머리칼에 검은색 눈. 자신이 잘 아는 누군가와 완전히 반대되는 모습이라고 생각했다. 불현듯 떠오른 생각을 의식적으로 지워내며 운이 그에게 말을 걸었다.

"오늘 무슨 일 있었어요?"

뜬금없는 운의 물음에 남자가 무슨 뜻이냐는 듯이 고개를 갸웃했다.

"그냥. 오늘은 안 오시길래…."

평일이면 그는 하루도 빼놓지 않고 카페에 오곤 했으니, 운은 은연중에 오늘도 당연히 올 것이라 생각했다. 운의 말에 그는 웃음기 배인 나긋한 목소리로 물었다.

"혹시 저 기다렸어요?"

"아니요."

운은 저도 모르게 정색하며 단칼에 반박했다. 꽤나 단호한 운의 답변에 윤오는 가만히 소리 죽여 웃을 뿐이었다.

"아쉽네. 안 기다렸다니."

나름 이 시골에서 사귄 유일한 친군데. 그가 태연하게 덧붙였다.

"맞다. 사장님은 나이가 어떻게 돼요?"

"그건 왜요?"

운이 흠칫하며 반문했다. 하지만 그는 개의치 않고 대꾸했다.

"친구 하기로 했으니까. 그 정돈 호구 조사해도 되지 않나."

"…스물여덟이요."

아. 그가 짧게 소리 내고는 까딱 고개를 끄덕였다.

"동갑이네. 말 놔도 돼요?"

"…어, 네."

당황한 운이 더듬으며 답하자, 그는 웃음을 흘리고서 말을 이었다.

"그리고 이름."

"유운. 외자야."

"외자?"

"응."

“아, 윤이 아니었구나.”

마치 대단한 사실을 알게 된 사람처럼 그가 중얼거렸다. 그러다 운이 의아한 눈으로 자신을 바라보고 있다는 것을 느꼈는지 슬쩍 운을 보더니 모자란 설명을 더했다.

“아, 별건 아니고. 사실 이름이 ‘윤’인 줄 알았거든. 동네 어르신들이 윤이라고 부르는 걸 얼핏 들은 것 같아서.”

운은 딱히 신경 쓰지 않았는데, 장황하게 늘어놓는 그의 설명이 의아해 고개를 갸웃거렸다. 그때 다시, 듣기 좋은 중저음이 나지막하게 자신의 이름을 중얼거렸다.

“유운.”

이름 예쁘네. 운은 오랜만에 다른 사람에게서 듣는 자신의 이름이 새삼스러웠다. 혼잣말로 중얼거리는 저 목소리의 주인 때문일까?

운은 힐긋 그를 쳐다보았다. 그는 옷에 딱히 크게 신경 쓰진 않는 것처럼 보였지만, 평소의 캐주얼한 옷차림도 태가 나서 곧잘 어울렸다. 묘하게 설레는 기분이 들어 그에게 시선이 자꾸 머물렀다.

“어, 다 왔다.”

운은 자신의 집을 발견하고는 반가운 기색을 띠었다. 곧 차가 집 앞에 멈춰 서자 기다렸단 듯 빠르게 안전벨트를 풀었다.

“태워다주셔서 감사합니다.”

“어, 우리 말 놓기로 했는데. 우리 친구잖아.”

“아, 그렇지….”

그녀가 잠시 머뭇거리다가 어색하게 인사말을 건넸다.

“그래, 고마웠어. 잘 가.”

운이 차에서 내렸다. 그리고 한 치의 미련도 없이 뒤돌아서서 총총거리는 발걸음으로 활짝 열려 있는 마당의 대문을 넘었다. 근데 대문을 안 닫고 갔었나. 아주 잠깐 의아해하면서, 얼른 집으로 들어갔다.

대문 밖의 윤오는 서서히 멀어지는 운의 뒷모습을 바라보다가, 이내 불이 들어온 실내를 확인하고 슬슬 차를 돌리려고 기어를 드라이브에 두었다. 문득 아까 현관문을 열자 당황스러운 표정으로 자신을 응시하던 운의 모습이 떠올라 나직하게 웃었다. 그때였다.

“저, 김윤오 씨!”

미련 없이 집으로 들어갔던 운이 두 눈을 동그랗게 뜨고 헐레벌떡 뛰어오는 모습을 발견한 윤오가 드라이브에 놓았던 기어를 다시금 파킹으로 옮겼다. 그리고 창문을 내렸다.

“무슨 일이에요?”

“그! 벌레 잘 잡아요?”

붉게 상기된 얼굴로 묻는 말에 그는 그만 어이가 없어 픽 웃고 말았다.

“사장님이 리액션 그렇게 큰 거 처음 보네요.”

철컥. 그가 안전벨트를 풀고는 운전석에서 내렸다.

“못 잡진 않으니까, 가봅시다.”

“…….”

“사장님보단 나을 것 같네. 내가.”

“…다행이네요.”

급해지니 다시 존댓말을 쓰는 운이었다.

“대체 어떤 벌레길래 미련도 없이 돌아선 사람이 그런 속도로 달려와요?”

“그… 엄청 크고…. 다리가 엄청 많아요…. 잠깐 환기한다고 창문을 열어뒀는데, 닫는 걸 깜빡해서… 들어온 것 같아요….”

횡설수설하는 운의 말을 들으며 윤오는 태평하게 운의 뒤를 따랐다. 운을 따라 들어선 가게의 한가운데에 택배 상자 하나가 정갈하게 엎어져 있었다. 그 모습을 본 윤오가 운을 향해 고개를 돌리자 그녀는 머쓱한 목소리로 말했다.

“도망갈까 봐 대충 잡아둔 건데요….”

윤오는 직접 보지 않았어도 상황이 눈에 그려지는 것만 같았다. 엎어진 상자를 살짝 들춰본 그는 미간을 좁히며 말했다.

“진짜 다리가 많네.”

“역시 못 잡으시겠죠….”

운이 윤오에게 잔뜩 풀이 죽은 말투로 실망한 기색을 보이자 그가 살짝 발끈했다.

“아니, 누가 못 잡는대요? 그냥 그렇다는 거지.”

그리 말하곤 윤오는 어느샌가 현관에 있던 쓰레받기와 빗자루를 찾아 들었다.

"이거 좀 써도 되죠?"

운이 냉큼 고개를 끄덕였다. 윤오는 한쪽 무릎을 굽혀 바닥에 붙였다. 그러고는 엎어둔 종이 상자를 조심스레 들어내 재빨리 벌레를 쓰레받기에 쓸어 담았다.

"한겨울에 돈벌레라니. 밖에서 어떻게 살아 들어왔는지 모르겠네."

혼잣말처럼 말한 윤오는 자리에서 일어나 현관문을 열고 다시 마당으로 나섰다. 운은 그 모습을 지켜보다가 헐레벌떡 그의 뒤를 쫓아 나왔다. 윤오가 마당 밖에 있는 길 너머에 벌레를 버리고 나서 뒤돌아서자, 어리둥절해하며 눈을 깜빡이는 운이 보였다.

"돈벌레는 익충이라니까 그냥 풀어주는 게 나을 것 같아서요. 한겨울에 살아남은 노력이 가상하기도 하고."

그가 어깨를 으쓱이며 말했다. 운은 어쨌든 벌레를 눈앞에서 치우는 데 성공했으니 이젠 아무래도 좋았다. 그녀가 눈에 띄게 안도의 숨을 내뱉자 윤오가 툭 말을 건넸다.

"신기하네, 한겨울에 돈벌레라. 사장님, 돈 많이 벌 건가 봐요."

운은 그의 말에 그만 헛웃음을 터뜨리고 말았다.

"저도 그랬으면 좋겠네요."

이 시골에서 돈을 어떻게 많이 번다고. 그도 잘 알 텐데. 그리고 애초에 돈을 바라고 연 가게가 아니다.

"그나저나 홍차는 마셔봤어요?"

“아, 네.”

“어땠어요?”

“향도 좋고, 밀크티 만들어 마시니까 맛있더라고요.”

운은 꼭 좋아하는 것들을 나열하는 아이처럼 들떠 말했다. 그런 운과 눈이 마주친 윤오의 눈매가 부드럽게 휘어졌다.

“그럼 나도 내일 마시러 갈게.”

“…어?”

“내일은 갈 거니까, 내 꺼 남겨놓으라고.”

그가 나긋하게 웃었다.

“왜? 우리 친구 하기로 했잖아.”

“아…. 그랬지.”

운은 연신 어색한 표정을 숨기지 못하고 대꾸하다가, 이내 나직하게 웃으며 말했다.

“그래. 내일 봐.”

그 말에 윤오가 만족스러운 얼굴로 웃으며 손을 흔들어 보이곤 마당의 대문을 나섰다. 운은 그가 멀어지는 뒷모습을 잠시 바라보다가 이내 부엌으로 들어섰다. 그리고 윤오에게서 선물 받은 홍차 티백을 담아놓은 노란색 틴케이스를 집어 들었다.

자신이 좋아하는 브랜드의 홍차. 그냥 뜨거운 물로 우려서 차로 마셔도 좋지만, 이 종류는 냉침해 차가운 밀크티를 만들어 마셔도 맛있다.

냉장고에서 우유를 꺼내 커다란 유리병에 붓고서 티백 몇 개를 넣었다. 그리고 메이플 시럽의 양을 잘 조절해가며 넣고 다시 냉장고에 보관했다.

내일이나 모레쯤 먹으면 적당히 달달하고 진한 찻잎 향이 배어나겠지. 어젯밤 담아놓았던 것은 다른 단골분들하고 조금씩 나눠 마시니 금방 동이 났다.

이번에 만든 밀크티 역시 주변 사람들과 나눠 먹을 것이다. 아이들에게도 몇 모금 정도는 괜찮지 않을까. 카페인이 조금 걱정되긴 하지만, 분명 아이들도 좋아할 맛이니까.

골똘히 앉아서 생각하던 운이 기지개를 켜며 오늘 하루를 정리하려 다이어리를 펼쳐 들었다.

인절미 시폰케이크

오늘도 어김없이 평화로운 오픈 준비가 한창이었다. 아직 오븐에서 빼지 않은 시폰케이크가 바쁘게 부풀며 갓 구운 빵 냄새를 풍겼다. 유운은 흐뭇한 눈으로 그것을 지켜보며 어떤 크림을 곁들이면 좋을까 고민했다.

그러다 창문 쪽으로 고개를 돌리니 네모난 창틀 너머로 마당을 가로질러 느릿하게 걸어오는 할머니 삼인방이 보였다. 아직 오픈까지 10분은 족히 남았지만, 차가운 겨울 아침 공기에 손님들을 밖에서 기다리게 할 수는 없었다. 그녀는 주위 정리가 대강 끝났는지 눈으로 재빠르게 훑고는 가게 문을 열었다.

"좋은 아침이여-."

셋 중 가장 맏언니인 영숙이 능청스럽게 인사를 건네자 운도 마주 웃으며 인사했다.

"세 분이서 일찍 만나셨네요?"

운이 가게 안으로 할머니들을 안내하며 물었다.

"원래 나이 먹으면 아침잠이 없어서 그려. 근데 미숙이가 눈 뜨자마자 단 게 그렇게 먹고 싶다고 성화잖여."

그렇구나. 운이 단란하게 테이블에 자리 잡은 할머니들을 바라보며 나긋하게 웃었다.

"그런데 아직 케이크가 덜 구워져서 시간이 좀 걸리는데, 괜찮으세요?"

"아휴, 기다려야지. 우리가 일찍 온 탓인디. 그나저나 냄새가 참 좋네."

화사한 분홍색 상의를 차려입은 미숙 할머니가 말했다.

영숙, 미숙, 성숙. 세 사람은 성이 모두 달랐지만 이름 끝에 달린 '숙' 자가 같았다. '숙'이라는 공통분모를 가져 '숙자매'라고 불리는 할머니들은 친가족보다 더 오래 함께 해왔다. 이제는 서로가 진짜 가족보다도 더 가족 같다는 그들은 매일같이 함께 동네를 거닐곤 했다.

창가에 앉은 셋은 손주 얘기로 어느새 이야기꽃을 피우기 시작했다. 부지런하고 팔팔한 할머니들의 기운은 이 동네 몇 안 되는 젊은이인 자신보다 앞서는 것만 같았다.

운은 그런 실없는 생각을 잠시 하다가 시폰케이크에 곁들일 크림 준비를 시작했다. 모처럼 함께 방문했으니, 세 분 모두의 마음에 들 만한 케이크를 내어주고 싶었다. 할머니들이 카페에 처음 들렀을 땐 와준 게 그저 감사해서 차만 주문해도 자연스럽게 케이크나 쿠키, 구움 과자 같은 것들을 서비스로 대접했었다. 그렇게 두어 번쯤 더 대접했을까. 할머니들은 미안해서 더 이상 이렇게는 못 얻어먹는다며 크게 역정을 내면서 케이크값을 꼭 받으라고 당부했다. 할머니들은 당신들이 몰랐던 다양한 디저트에 대해 알려준 운에게 오히려 고마워했다.

"이렇게 맛있는 것들이 세상에 많은데 이런 즐거움을 이 나이까지 모르고 살았던 게 천추의 한이네그려."

운은 이 동네가 썩 마음에 들었다. 느슨한 분위기, 다정한 이웃들. 더 이상 남들보다 나아지려고 노력하지 않아도, 또 남과 계속 비교하며 자신을 채찍질하지 않아도 죄를 짓는 것 같지 않았다. 그냥 아무것도 하지 않고 있어도 숨이 편안하게 쉬어지는 그런 곳이었다.

땡. 오븐의 타이머 소리와 함께 또 다른 손님이 들어섰다. 언제나처럼 익숙하게 인사하며 들어서던 윤오는 자신이 늘 앉던 창가 자리를 차지한 할머니들을 발견하고는 눈을 동그랗게 떴다.

"오라고 해서 왔는데, 오늘은 아침부터 가게가 문전성시네?"

"아, 왔어요? 아니, 아니. 왔어?"

존댓말과 반말 사이를 오가는 그녀의 말투에 그는 작게 웃음을 터뜨리며 평소와 다르게 카운터 가까이에 위치한 동그란 테이블에 자리를 잡았다.

"오늘 뭔 날이래, 여사님들?"

윤오는 어르신들에게 익숙한 듯 아는 체하며 말을 걸었다. 곧 영숙이 혀를 차며 윤오에게 잔소리를 늘어놓았다.

"아따. 야가 어딜 그렇게 쏘다니나 했더니만, 맨날 여기 와서 죽치고 있었구먼."

"뭘 또 죽친다고 그래. 일하는 거라니까."

"넌 허구한 날 놀고 먹으면 어떡혀, 젊은이가!"

영숙이 테이블에 앉아 못마땅한 눈으로 윤오를 바라보며 혀를 끌끌 차자 옆에 있던 할머니들이 차례로 만류했다.

"뭐, 워뗘. 보기만 좋은디. 우리 한창일 땐 땡볕에 허리 한번 못 펴고 일헐 줄만 알았지, 이렇게 좋은 거 즐길 줄 알았어? 내비둬. 윤오 쟈가 어련히 잘할까."

그려, 이 동네에서 수재로 유명혔는디. 옆에서 만류하던 성숙이 덧붙였다. 운은 넷의 대화를 라디오처럼 흘려들으며 오븐에서 다 구워진 시폰케이크를 꺼내 식힘 망에 올려놓았다. 그리고 빠르게 생크림을 만들기 시작했다.

"사장님, 어제 돈벌레를 잡은 게 효과가 좀 있었나 봐."

윤오가 부엌 너머에서 말을 걸자, 정신없이 일하던 운이 그제야 시선을 돌렸다.

"…그러게."

생크림을 완성한 운은 잠시 케이크 준비를 미뤄두고는 냉침해 놓은 밀크티를 꺼냈다. 그리고 손잡이 없는 투명한 유리컵에 얼음을 담고서 밀크티를 가득 따랐다.

"약속했던 밀크티."

운이 그리 말하며 윤오의 테이블 위에 컵을 내려놓자, 그는 만족스러운 얼굴로 바라보다가 얼른 한 모금 들이켰다.

"달다."

"아, 많이 달아?"

"아니. 많이 안 달고 맛있어."

그의 말에 운은 웃었다. 그리고 곧장 발걸음을 돌려 숙자매가 있는 테이블로 다가갔다.

"오늘은 시폰케이크를 만들었는데, 괜찮으세요?"

"시퐁? 그게 뭐여?"

미숙이 고개를 갸웃거리며 되묻자, 운은 방긋 웃으며 대답했다.

"카스텔라랑 비슷한데, 더 폭신하고 부드러운 케이크예요."

미숙이 그녀의 말에 가볍게 고개를 끄덕이는데, 갑자기 옆에 앉아 있던 영숙이 자리에서 벌떡 일어났다.

"내 정신 좀 봐! 마실 걸 안 골랐구먼!"

그렇게 말하며 자리에 앉아 있는 둘을 대신해 얼른 카운터 앞으로 가 섰다. 운도 덩달아 서둘러 카운터 안으로 들어갔다. 영숙은 평소 그녀들의 취향을 고려해 캐머마일차 세 잔을 주문하고, 조금 전 들었던 시폰케이크도 빼먹지 않고 세 조각 주문했다. 한 조각으론 택도 없다며.

다정한 셋을 바라보던 유운은 흐뭇한 미소를 띠곤, 알맞은 온

도로 식어 따뜻한 시폰케이크를 보기 좋게 여섯 조각으로 잘라 한 조각씩 흰 사기그릇에 올려 담았다. 그러고는 방금 막 쳐낸 쫀득한 생크림을 한 스쿱 얹고, 얼마 전 동네 방앗간에서 사 온 고소하고 달콤한 콩가루를 꺼내 솔솔 뿌렸다. 뿌듯한 마음도 잠시, 어딘지 모르게 조금 아쉬운 마음이 들었다. 케이크를 물끄러미 바라보며 잠시 고민하던 그녀는 문득 며칠 전 졸여놓았던 통팥을 생각해냈다.

"인절미 시폰케이크 나왔습니다. 케이크에 여기 이 설탕에 조린 통팥을 곁들여 드시면 맛있을 거예요."

차를 먼저 받아서 마시고 있던 셋은 운이 쟁반에 내어온 세 접시를 보고 환하게 웃었다.

"늘그막에 이런 좋은 곳이 동네에 생겨서 입이 호강혀."

미숙은 그리 말하며 크림과 콩가루, 통팥 조림을 조금씩 떠서 시폰케이크에 곁들인 다음 한입에 넣었다. 그녀의 얼굴엔 금세 아이처럼 천진한 미소가 번졌다. 옆 두 사람 역시 얼른 케이크의 맛을 보곤 흐뭇한 얼굴로 고개를 끄덕였다. 그러다 영숙이 무언가 떠오른 듯 손뼉을 치며 입을 열었다.

"참, 이장님 생일 케이크를 사야 허는디. 오늘 저녁에 커다란 케이크 하나 되나?"

"네?"

갑작스러운 생일 케이크 주문에 운은 놀랐지만, 초롱초롱한 눈으로 자신을 바라보는 영숙에게 차마 어렵다고 거절할 순 없을 것 같았다. 마침 재료도 있고, 빨리 준비하면 그래도 홀 케이크 하나 정도는 완성할 수 있으려나. 운이 머릿속으로 냉장고에 남은 재료들을 재빨리 떠올리고는 결국 고개를 끄덕였다.

"김윤오! 너도 빠지지 말고, 사장님 챙겨서 싸게싸게 와라! 너 허는 것도 없으면서 허구한 날 바쁜 척허는 거 다 알어!"

건너편 테이블에서 안경을 쓰고 노트북을 두드리던 윤오는 난데없이 튄 불똥에 익숙하다는 듯이 약간의 한숨을 내쉬며 말했다.

"사장님, 뭐라고 말씀 좀 해주시죠."

"뭘?"

"여기 여사님들이 날 완전 백수로 안단 말이야."

퉁명스러운 윤오의 말에 운은 그저 어깨를 으쓱일 뿐 딱히 그를 두둔할 생각은 없어 보였다. 그는 이내 포기한 기색으로 고개를 가로젓다가 갑자기 운을 보며 물었다.

"그나저나, 너 술 좋아해?"

"술?"

운은 문득 치고 들어오는 윤오의 물음에 반사적으로 고개를 갸웃하며 반문했다.

"이장님 생일 잔치. 내일이 없는 것처럼 달릴 거거든."

"무슨 생신 잔치를 대학교 엠티처럼 말해?"

말도 안 된다는 듯 픽 웃으며 그의 말을 흘려들은 운은 부엌으로 들어와 생일 케이크 재료를 준비하기 시작했다. 버터, 밀가루,

달걀, 생크림. 다행히 기본적인 재료들은 부족함이 없었다. 역시 어르신들이니까 생크림케이크가 제일 무난하려나. 한참을 고민하는 그녀의 모습을 보며 윤오는 한쪽 턱을 괴고는 말을 이었다.

"넌 아직 잘 모른다, 우리 마을을."

"뭐?"

"어떻게 장수마을 칭호를 3년 연속 받았는지."

그가 운을 보며 씩 웃었다.

윤오가 말했던 장수마을 칭호에 가장 큰 공헌을 한 게 막걸리와 소주였다는 사실을 알게 되기까진 그리 오래 걸리지 않았다. 이장의 팔순 잔치를 위해 마을회관에 마련된 잔칫상 위로 대강 봐도 두어 짝은 족히 넘길 수많은 초록색 소주병과 하얀 막걸릿병들이 눈에 띄었다. 겨우 오늘 하루 잔치를 위해 준비했다고 하기엔 꽤나 많은 양이었다.

"아아. 원, 투, 쓰리. 마이크 테스트허겄습니다."

마이크를 잡은 이장이 기세등등한 목소리로 소리를 내었다.

"먼저, 아따. 요즘 동네에 자전거 도둑이 돈다는 말이 있는데, 문단속들 잘 허구. 엊그제도, 저어기 철수네랑 영숙이네 자전거가 없어졌다네?"

최근 동네에 연이어 일어나는 도난 사고를 전하는 이장의 목소리는 살짝 격양된 기색이었다. 옆 테이블에 앉은 동네 어르신들은 한마디씩 얹으며 웅성거렸지만 운은 크게 개의치 않았다. 테이블에 가만히 앉아 경청할 뿐이었다.

"에? 웬 놈의 자전거 도둑?"

"어이구, 그러게나 말이여."

아무렇게나 방치한 노트북과 스마트폰은 훔쳐가지 않아도 자전거는 꼭 훔쳐가는 아이러니함이란. 운이 앞에 놓인 물을 한 모금 들이켜며 생각했다.

"원래 바늘 도둑이 소도둑 된다고, 물건이야 잃으면 별수 없지만 사람은 아니잖어. 위험할 수도 있응께 문단속 조심허구, 저녁에 밤길도 조심허구."

한 동네 아주머니는 시골에 혼자 사는 사람들이 많지 않은데 홀로 지내는 운이 유독 걱정이 됐던지 그녀의 두 손을 꼭 쥐고서 말했다.

"아니면 저녁에 일 있으면 윤오 총각한테 부탁해! 어차피 하는 일도 없는 것 같더만."

"이모님… 저, 백수 아니라고요. 프리랜서, 프…. 아니다…."

그가 이젠 알 때도 되지 않았냐는 듯 허탈한 얼굴로 강조하려다 이내 포기했다.

"유운."

운은 자신을 부르는 목소리에 고개를 들어 맞은편에 앉은 그를 바라보았다.

"넌 언제부터 그렇게 예쁨받았어?"

윤오의 볼멘소리에 운이 나지막히 미소 지었다. 오랜만에 받는 다정한 마음들이 싫지 않았다.

자전거 도둑 이야기를 하던 이장은 내친김에 동네의 다른 안건을 줄줄이 늘어놓으려 했다. 하지만 주민들이 슬슬 지겨워하는 기색을 보이자 그제야 끝나지 않을 것만 같던 말을 멈추고 운이 가져온 생일 케이크를 테이블 가운데에 놓았다. 그리고 서둘러 초에 불을 붙이고는 후 하고 불어 껐다.

운이 준비한 생일 케이크는 2단 케이크였다. 겉은 통일성 있게 하얀 우유 생크림으로 모두 덮어 아이싱했고, 맨 위에는 꼭지를 뗀 딸기 몇 알과 타임 허브로 장식한 뒤 슈거 파우더를 뿌렸다. 겉으로 보기엔 2단 딸기 생크림케이크처럼 보였지만 막상 잘라서 단면을 보면 1층은 딸기와 우유 생크림이 층층이 들어 있는 딸기 생크림케이크였고, 2층은 콩가루를 섞은 고소한 인절미 크림이 가운데에 도톰하게 들어 찬 인절미케이크였다.

다행히 반응이 다들 괜찮았다. 작게 조각내서 납작하고 하얀 접시에 담은 생일 케이크를 맛보던 동네 주민들의 입가에는 해사한 웃음이 걸렸고, 이장 역시 케이크의 맛이 흡족한지 만면에 미소가 번졌다.

"난 떡케이크가 최고인 줄만 알았는디. 이것도 부드럽고 좋구먼!"

사실 이장이 떡케이크를 주문해 오라고 했지만, 전날까지 영숙 할머니가 이장의 생일 떡케이크를 맞추는 일을 까맣게 잊고 있었다고 전해 들었던 운은 안심한 듯 숨을 내쉬었다.

자리에서 일어나 홀가분한 얼굴로 모두가 만족스럽게 케이크를 맛보는 모습을 구경하는데, 얼떨결에 한 이웃 주민의 손에 이끌려 잔칫상이 차려진 테이블 하나에 끼어 앉게 되었다.

운은 새로운 자리에 어정쩡하게 앉아 있다가, 어느 순간부터 보이지 않는 윤오를 찾아 주위를 두리번거렸다. 어색한 얼굴들 가운데 그나마 친숙한 사람이라서 그런지 자신도 모르게 마음을 기대고 있던 모양이었다. 하지만 그의 모습은 보이질 않아서 곧 찾기를 그만두었다.

홀로 앉아 음식을 깨작거리고 있는데, 처음 보는 아주머니가 말을 걸어왔다.

"그런데 아가씨는 어쩌다 이 시골로 왔대?"

다들 묻지 않던 질문이 예상 밖의 인물에게서 아주 쉽게 나왔다.

아. 운이 그 물음에 짧게 침음하고, 맞은편의 아주머니를 응시했다. 오랜만에 멋을 내려고 빨간 장밋빛 루즈를 입술에 꼼꼼히 바른 아주머니의 얼굴을 가만히 바라보다가 운은 느지막이 입술을 뗐다.

"그게… 개인 사정으로…."

"개인 사정? 뭔 사정이길래 젊은 사람이 여기까지 와?"

"아토피가 있어서 요양하러 왔대요."

불쑥 나타난 윤오가 물통과 종이컵을 테이블에 내려놓으며 대신 답했다. 윤오와 눈이 마주치자 그가 태연하게 어깨를 으쓱였다.

"아휴. 그렇구나. 그래, 여기가 서울보다 공기도 좋고, 몸에도 좋지."

수긍한 듯 끄덕이던 아주머니의 관심은 이내 딴 데로 옮겨갔고, 운은 더 이상 어색한 대화를 이어 나가지 않아도 되었다. 그녀가 작은 안도의 숨을 내쉬다가 무심결에 윤오의 검은 눈동자와 마주쳤다.

'잘했지?'

그가 가볍게 웃으며 입 모양으로 그리 말했다. 그 모습에 유운은 덩달아 픽 웃어버리고 말았다. 윤오는 운의 옆자리에서 잔치 음식을 조금씩 집어 먹으며 맞은편의 아주머니와 소소하게 수다를 떨다가, 자신을 부르는 다른 테이블로 가서 막걸리 한 잔을 받아 들었다. 운은 그가 띄워놓은 잔치의 분위기가 너무 번잡하지도, 너무 가라앉아 있지도 않아서 좋다고 생각했다.

어느새 그녀도 그런 분위기에 스며들어 테이블에 함께 있던 이웃 주민의 겨울 농작물 얘기를 들으며 가볍게 술을 넘겼다. 그렇게 한창 잔치 분위기가 무르익어 가니, 평소에 잘 마시지도 않던 술이 음료수처럼 술술 들어갔다. 그러다 문득 얼굴이 붉게 달아오르는 느낌이 들어 바깥바람이 쐬고 싶어졌다.

운은 개켜두었던 얇은 크림색 패딩을 대충 걸치고는 조금 비틀거리는 몸으로 자리에서 일어나 건물 밖으로 나왔다. 언제 내리기 시작했는지 흰 설탕처럼 미세한 눈발이 흩날리고 있었다. 마을회관 앞마당의 원목으로 된 평상 끄트머리에 앉아 밤하늘을 올려다보며 숨을 내쉬자 하얀 입김이 검은 도화지 위로 흩어지는 것처럼 보였다.

드디어 겨울이었다. 운이 내내 더운 시험장에 고여서 상반기 채용 필기 시험을 반복하는 동안 친구들의 계절은 쉼 없이 변해갔다. 결혼했다는 친구, 승진했다는 친구, 이직을 했다는 친구. 오직 운만이 더운 계절에 갇혀서 끝도 없이 고여 있었다. 어렵게 들어간 은행에서 계약직으로 일하며 퇴근하면 곧장 독서실에 가서 공부했다. 주말이면 응시한 공기업 채용 필기시험을 치러 다니느라 바빴다. 대부분 떨어졌고 운이 좋으면 최종 면접에 가서 떨어졌고. 그리고 다시 반복. 그러다 다시 출근, 다시 독서실. 그렇게 같은 일들을 반복하고 나니 그런 생각이 들었다. 이게 숨을 쉴 만한 삶인가? 스스로에 대한 기대가 너무 커서 짓눌리는 것만 같았다. 나는 그런 기대를 감당할 수 있는 사람이 아닌데.

하. 운이 숨을 내뱉으니 하얀 입김이 피어올랐다. 그녀는 더 이상 무더운 여름의 답답한 시험장에 고여 있지 않다.

손에 쥔 휴대전화에서 느껴지는 진동에 운은 화면을 내려다보았다. 전화를 받지 않고 손에 쥔 채로 몇 번의 진동이 더 울렸을까. 곧 전화가 끊어졌다. 그때 뒤에서 인기척이 느껴졌다.

"사장님, 안 추워요?"

검은 패딩을 걸친 은정이 뒤에서 다가오며 말을 걸었다.

"왜 혼자만 밖에 나와 있어요? 잔치가 재미없나? 도망갈 거면 나도 같이 가요."

은정이 너스레를 떨었다.

"그냥 바람 좀 쐬려고요. 앉아서 마시기만 하니까 좀 취한 것 같아서…."

"그렇구나."

은정이 운의 옆에 나란히 앉으며 대꾸했다.

"사장님이 이장님 생신 케이크를 만드실 줄 몰랐는데. 덕분에 맛있게 먹었네요. 안 왔으면 큰일 날 뻔했어요."

운은 옆에서 웃으며 말하는 은정의 모습에 문득 그녀가 딸기 납품에 도움을 주었단 사실이 떠올랐다.

"저, 근데 딸기농장은…."

"아, 죄송해요. 일부러 그런 건 아닌데 본의 아니게 속인 게 됐네요. 혹시나 부담스러워할까 봐…."

은정이 눈썹을 휘며 난처해하자 운은 서둘러 손사래를 쳤다.

"아니에요. 신경 써주셔서 감사하다고 말씀드리고 싶었어요."

"에이, 그렇다면 다행이고. 그리고 이웃 간에 뭐 그런 걸로 감사 인사까지 해요. 그보다 하늘 좀 봐봐요."

은정이 가리키는 하늘을 올려다보자, 아까보다 더 별이 많아져 곧 쏟아질 것만 같은 밤하늘이 눈에 담겼다.

"여긴 별이 참 잘 보여요. 그렇죠?"

운이 고개를 끄덕였다. 그 모습을 힐긋 살핀 은정이 말을 이어

나갔다.

"여기가 시골이라 빛이 별로 없어서 그런지, 아니면 내가 이전보다 하늘을 올려다볼 일이 많아져서인지 모르겠는데. 서울에 있을 때보단 훨씬 별을 많이 보는 것 같아요. 그래서 좋아요."

차가운 겨울 공기가 폐부 깊숙이 밀려 들어왔지만 여전히 반짝이는 밤하늘에서 눈을 뗄 수 없었다. 둘은 얼마간 말없이 밤하늘을 올려다보고 있었다. 은정이 다시 말문을 열었다.

"맞아, 난 윤오가 카페 단골인지도 모르고 있었는데. 윤오가 사장님이랑 친한 친구라던데."

"…네."

"대답이 좀 늦었는데요."

은정이 놀리듯 말하자, 운은 머쓱하게 웃었다.

"윤오가 친해지고 싶은 거예요. 사장님이랑."

"…저도 친구가 생긴 것 같아서 좋아요."

"정말이죠?"

은정은 눈을 가늘게 뜨며 천연덕스럽게 되물었다. 운이 별다른 말 없이 그저 웃어 보이자, 은정은 이제 몸이 차가워졌다며 들어가야겠다고 자리에서 일어났다. 덩달아 운도 그녀를 따라 자리에서 일어나 걸음을 옮겼다.

"그래도 요즘 사장님은 괜찮아 보여요."

문득 은정이 건넨 말에 운은 눈을 동그랗게 떴다.

"그냥. 사장님이 처음 가게를 열었을 때."

그때 사장님 표정이, 내가 이 마을 처음 왔을 때랑 같아서. 그 래서 기억에 남았거든요. 기억을 더듬는 듯 은정은 시선을 느릿하게 굴렸다.

운은 은정의 말을 잠시 곱씹다 다시 마을회관으로 들어가 혼란한 테이블 사이를 가로질러 화장실로 향했다. 쏴아아. 수도꼭지 아래로 시원하게 쏟아지는 물에 손을 씻고, 고개를 들어 세면대의 거울을 빤히 응시했다.

"…지금 얼굴."

그렇네. 그녀는 거울 속의 자신을 보며 짧게 혼잣말하곤, 가볍게 손에 남은 물기를 털고서 화장실을 나왔다.

"어디 갔다 왔어?"

윤오가 자신이 앉아 있는 테이블 앞을 지나는 운의 옷깃을 잡아당겼다. 그 주위로는 부어라 마셔라 한바탕 술잔치를 했는지 이미 떨어져 나간 사람들이 많았다. 하지만 윤오의 얼굴은 붉은 기운 하나 없이 깨끗했다.

"그냥. 바람 좀 쐤어."

그가 운의 대답에 씩 웃었다. 그러곤 자신의 맞은편에 앉으라는 듯 손짓했다. 운은 별수 없이 그 자리에 털썩 주저앉았다.

"더 마실 거야?"

윤오가 소주병을 흔들어 보이며 묻자 그녀가 고개를 끄덕였다. 그때 테이블 위에 올려두었던 운의 휴대전화가 다시금 진동했다. 화면에 뜬 발신 화면을 힐긋 본 그녀는 진동을 끄곤 그대로 휴대전화를 뒤집어놓았다.

"안 받아?"

"어, 괜찮아."

"집에 언제 가려고. 좀 취한 거 같은데."

"안 취했어. 조금만 더 마시고 갈 거야. 어차피 내일 오픈 준비도 해야 하니까…."

나도 나름 사장이거든. 우스갯소리를 덧붙이며 운은 슬며시 웃었다. 그 얼굴을 마주 보곤 윤오도 따라 피식 웃었다.

"근데, 넌 왜 이 동네에서 백수로 통해?"

"프리랜서라 재택 근무를 주로 하는데 옛날 어르신들 눈에는 아침에 회사 안 나가니까 백수로 보이시겠지. 뭐, 어쩔 수 없지."

안 그래도 동네에 얼마 없는 청년이라고 힘쓸 일 있을 때마다 불려 나가. 윤오가 투덜거렸다.

"무슨 일 하는데? 그러고 보니 왜 내 신상만 털어가고 넌 아무것도 안 알려줘?"

"그냥 개발 외주. 그리고 네 신상이 털렸다기보단 작은 동네 가게 사장님은 원래 주민들만의 연예인이니까 그렇지. 얼굴이 익숙하잖아."

"연예인은 무슨…."

"뭐 아무튼, 네가 궁금하다니까. 궁금한 거 있으면 다 물어봐. 친구 하기로 했으니까 성심성의껏 답변드리겠습니다."

그렇게 별 의미도 없는 시답잖은 대화를 주고받으며, 운은 혼자서도 자꾸만 술잔을 기울였다. 흐려지는 의식 속에서 운은 생각했다. 아주 오랜만이라고. 이렇게 별생각 없이 술자리를 가지는 것도, 기분 좋게 취하는 것도.

코끝에 감도는 알코올향이 역하지 않고 달았다. 환기한다며 열어놓은 창문 사이로 불어오는 서늘한 바람이 겨울밤의 잔치를 비현실과 현실의 경계선에 놓는 것 같았다. 불과 몇 달 전만 하더라도 이런 자리에 앉아 있을 거라곤 상상조차 해보지 못했는데. 인생은 언제나 그렇듯 예상 밖으로 흘러간다고 생각했다.

그러다 고개를 드니, 맞은편의 윤오와 시선이 마주쳤다.

"유 사장님."

운은 가만히 그를 바라보았다.

"사장님은 왜 이 동네에 가게를 열었어?"

"그냥….”

알딸딸하게 취한 느낌이 목소리를 흐릿하게 만들었다. 이제 그만 마실 때가 된 게 분명하다. 머리론 그리 생각하면서도 서늘한 공기와 시끌벅적한 분위기가 좋아서 손이 자꾸만 투명한 액체가 든 작은 종이컵을 놓지 않았다.

"숨. 이곳이라면 숨을 쉴 수 있을 것 같았어."

그냥 살아 있어서 쉬는 숨이 아니라, 진짜로 쉬는 숨. 그때만큼 숨 쉬는 게 간절했던 때가 없었거든. 스르륵 감기는 눈과 함께 흐려지는 자신의 목소리가 느껴졌다. 툭. 힘없이 고개를 떨어트리자 차갑고 딱딱한 테이블 대신 커다랗고 말랑한 온기가 이마에 닿았다.

"유운."

이마에 닿은 커다란 손바닥은 따뜻했지만, 자신을 부르는 목소리는 흐릿했다. 순간 의식이 아득히 멀어졌다. 분명 눈을 감았다고 생각했는데 왜인지 그날의 전경이 보였다. 이제는 외할머니가 없는 집에서 한참을 가만히 앉아 있던 그날. 혼자서 가게 준비를 위한 가재도구 정리를 마치고 한참이나 멍하니 앉아 있었다. 지붕 끝에선 빗물이 뚝뚝 떨어졌다. 여름비였는지, 가을비였는지. 두 계절의 경계에서 내린 비에 축축히 젖은 공기가 마당을 두들기자 물에 젖은 흙냄새가 올라왔다.

이대로 그냥 머무르면 좋겠다고, 그때 그렇게 생각했었다.

※

05

내기

창문 너머로 비치는 아침 햇살이 유독 강렬했다. 운의 침실에 있는 작은 창문에서 들어오는 햇볕이라기엔 지나치게 환했다. 평소와 같지 않은 빛에 그녀가 미간을 찡그리며 눈을 떴다.

"…뭐야."

모골이 송연해지는 느낌. 생전 처음 보는 장소에서 아침을 맞이한 순간의 공포는 실로 엄청났다. 그녀는 빠르게 어젯밤 일을 떠올려보려고 했지만 소용없었다. 머리가 깨질 듯이 아팠고, 속은 텅 빈 위장에 공업용 알코올을 쏟아부은 것처럼 쓰려서 아무것도 할 수 없었다. 그때 닫혔던 방문 너머로 인기척이 느껴졌다. 그러다 똑똑 두드리는 소리가 나더니, 곧바로 문이 열렸다.

"일어났어?"

운은 아직도 상황 파악이 안 되어 어리둥절한 눈으로 문 앞의 윤오를 올려다보았다. 그는 양팔을 얽어 팔짱을 낀 채 아직도 비몽사몽인 운을 내려다보고 있었다. 운은 잠긴 목을 풀어보려고 큼큼 소리를 내어보았지만 여전히 가다듬어지지 않아 갈라진 목소리로 입술을 뗐다.

"…여기가 어디야?"

"어제, 기억 안 나?"

"…."

순간 잘린 필름 조각처럼 드문드문 무언가 스쳐 지나갔다.

'그… 그날 오해는 미안한데…. 얼굴이 워낙 특출나게 생겨서….'

이런 장면의 파편들.

'왜 그 얼굴로 연예인 안 해?'

'갑자기?'

'일반인은 뚫어져라 쳐다보면 눈치 보이는데. 연예인은 다 같이 쳐다보니까, 눈치 안 보고 볼 수 있잖아.'

어이없는 표정으로 자신을 바라보던 남자의 얼굴. 점차 선명해지는 기억 조각을 애써 외면해보았지만 소용 없었다. 제발 꿈이기만을 바랐다.

"안… 나는 것 같은데…."

"그래? 다행이네."

네 성격에 그거 기억하면 얼굴도 못 들 거 같아서 걱정했는데.

그가 진심으로 염려했다는 듯 고개를 위아래로 끄덕이며 덧붙였다. 그 말에 운은 속으로 다짐했다.

'평생 비밀로 안고 가야겠다. 그 기억들은.'

다신 그렇게 취할 정도로는 절대 마시지 않겠다고, 그녀가 아랫입술을 깨물며 다짐했다.

"…근데 여긴 어디야?"

"형네 게스트룸. 저번에 봤잖아, 딸기 농장주."

아. 운이 고개를 끄덕였다. 어쩐지 처음인데도 익숙했던 느낌은 착각이 아니었다. 이전에 한번 와본 적 있는 소율이네 집이었으니 당연했다.

"아무리 그래도 남녀가 유별한데 내 집에 데려갈 순 없잖아. 아무튼 일어나. 형수님이 해장국 끓여놨으니까."

그녀는 가볍게 고개를 끄덕이곤 얼른 일어나 이부자리를 정리하기 시작했다. 운이 부드러운 분홍색 극세사 이불을 개키는 동안 문가에 삐딱하게 기대어 선 윤오가 그 모습을 빤히 응시하고 있었다. 따가운 시선에 고개를 돌리자 윤오와 눈이 마주쳤다. 윤오의 입가에서는 바람 빠지는 소리와 함께 웃음이 새어 나왔다.

"할 말 있어?"

운이 미간을 살짝 찡그리며 약간 잠긴 목소리로 퉁명스레 말하자, 그는 가볍게 고개를 내저으며 "아무것도 아니야" 답하곤 싱긋 웃어 보였다. 하지만 그녀는 알았다. 그는 방금 지난밤 기억을 떠올리며 웃은 것이 틀림없었다.

운은 자신이 머물렀던 잠자리를 열심히 정리하고 나와 은정이 끓여놓은 콩나물북엇국에 쌀밥까지 야무지게 말아서 먹고 그 집을 떠났다. 아침을 잘 챙겨 먹는 편은 아니었지만, 숙취 탓인지 칼칼한 해장국이 유독 잘 넘어갔다. 비록 아침을 먹는 내내 윤오가 어젯밤 자신의 술주정 이야기를 조금씩 꺼내들고 놀려대서 얄미웠지만, 전날 과음한 것치고 나쁘지 않은 아침이었다.

밥을 다 먹고 집을 나서며 운은 아침 일찍 비닐하우스로 향한 은정과 서준에게 미처 감사 인사를 전하지 못했다며 윤오에게 대신 말을 전해달라는 당부도 잊지 않았다.

운을 배웅하고 혼자 남아 찬물을 들이켜던 윤오는 또다시 어젯밤 주정 부리던 운의 모습을 떠올리곤 혼잣말하며 웃었다.

"하여튼 특이해."

유운이 본격적으로 가게를 준비해 연 건 여름의 무더위가 아직 가시지 않은 초가을 무렵이었고, 자신은 가을 내내 이곳에 없었다. 하지만 그 시기, 서울에 올라가기 전에 그곳을 지나치다 한 번 본 적이 있었다. 활짝 열린 대문 너머 빈 주택의 바깥 마루에 멍하니 앉아 지붕 끝에서 뚝뚝 떨어지는 빗물을 바라만 보고 있던 여자. 아주 한참이나 그 자리에 앉아서 미동도 없이 가만히 있었다. 희한하게도 그 모습이 고요하면서도 불안정해 보여서 눈을 뗄 수가 없었다.

'너무 무채색이었어. 삶의 희로애락을 다 잃어버린 여든의 노인 같았어. 아, 내 얼굴이, 내 표정이 이렇게 텅 비었었나 싶었어.

차라리 영정사진 속에서 웃고 있는 할머니 표정이 더 생기 있어 보이더라고.'

문득 운이 술주정 끝에 했던 말이 떠올랐다. 그리고 어렴풋이 짐작했다. 그 말은 자신이 처음 물었던 질문에 대한 대답이라는 다는 것을.

유운에게 관심이 가는 건 자신과 닮아서 그런 게 아닐까. 그런 하릴없는 생각을 하다가 오늘 하루 새로운 일과를 머릿속으로 정리하며 움직이기 시작했다.

유운이 가게에 도착했을 때는 오전 10시가 조금 넘어 있었다. 잠자리가 바뀌어서 그런지, 기억을 잃을 만큼 마신 것을 생각하면 눈을 일찍 떴다. 부엌에 들어선 그녀는 가볍게 스트레칭하며 오늘 할 일들을 하나씩 떠올려 보았다.

오늘은 피곤하니까 간단하게 만들 만한 디저트가 좋겠는데. 운은 그리 생각하며 냉장고를 뒤적거렸다. 간단하게 할 만한 건 크루아상 생지를 와플 기계에 눌러 납작하게 만드는 크로플 정도였다. 그녀는 냉동실에 있던 생지를 발효시키기 위해 꺼내서 스테인리스스틸 볼에 담아 랩을 씌워 따뜻한 아랫목에 두었다. 얼마간의 시간이 지나 생지가 잘 녹으면 필요할 때마다 구워서 크림이나 아이스크림, 딸기를 곁들여 내어놓으면 될 일이었다.

그때 활짝 열린 마당 너머로 서성이는 인영이 보였다. 창문 가까이 다가서니 흰머리를 곱게 빗어 틀어 올린 노인이 그곳에 서서 한참 동안 입간판을 바라보고 있었다.

"어르신."

노인은 운의 목소리에 고개를 돌렸다.

"날씨가 많이 춥죠. 안 바쁘시면 들어오셔서 차 한 잔 어떠세요?"

사근사근 묻는 운의 물음에 노인이 희미하게 웃고는 걸음을 옮겨 카페로 들어왔다. 운이 동그란 나무 탁자 앞의 의자를 빼내어 권하자 노인은 고맙다는 말과 함께 자리에 앉았다.

"캐머마일 차인데, 이 차는 카페인이 없어서 겨울에 따뜻하게 마시기 좋아요."

그녀가 연한 노란빛을 띤 유리 주전자를 들어 작은 유리 찻잔에 쪼르륵 따랐다. 노인은 뿌연 김이 올라오는 찻잔을 만지작거렸다.

"따뜻하구먼."

나른하게 햇살이 들어오는 창가 자리 테이블에 조용히 앉아 무언가 생각에 잠긴 듯 노인은 한참을 창밖만 바라보았다. 그러다 카페 안으로 시선을 돌려 투명한 물병과 켜켜이 쌓인 유리컵이 놓인 낡은 탁자, 그리고 한쪽 벽에 걸린 낡은 원목 시계를 순서대로 쳐다보곤 차를 한 모금 들이켰다.

어느샌가 부엌에 다녀온 운이 나무 쟁반을 받쳐 들고 오더니, 옥색 그릇 위에 놓인 시폰케이크를 내려놓았다. 어제 만든 시폰케이크의 마지막 조각이었다.

"이것도 함께 드시면 좋을 것 같아요."

노인이 포크를 들어 한 입 맛을 보고는 해사한 미소를 지었다.

"많이 닮았어. 여기 살던 복희 언니 손녀딸이지?"

뜻밖의 물음에 운이 눈을 동그랗게 떴다.

"얼굴이 아주 빼다 박았어. 할머니를 닮은 건지 손재주도 좋고, 착하고."

"저희 할머니를 아세요?"

"알고말고. 참 좋은 사람이었거든. 늘 남을 먼저 챙기던 양반이었어."

그렇게 말하는 노인의 눈시울이 조금 붉어졌다.

"장례식에 갔어도 소식이 안 믿겨서 한참을 이 근처도 못 지나갔어. 나야, 멀리 떨어져 사는 형제보다야 복희 언니가 더 가족 같았으니까. 이젠 이 동네에 둘 다 안 살게 됐지만."

노인은 그저 같은 사람을 떠올리며 이야기를 나눌 수 있는 이를 찾아온 듯했다.

"여기가 텅 비어 있을 거 같아서 와보기가 싫었는데. 이렇게 따뜻하게 보전해줘서 고맙네. 복희 언니, 자네 할머니도 좋아할 거야. 사람을 참 아끼는 사람이었거든."

운은 노인의 말을 듣고 사뿐히 웃었다. 소중한 누군가에 대한 기억을 다른 사람과 따뜻하게 나눌 수 있다는 건 참 감사한 일이 아닐까.

노인이 차를 다 마시고 자리에서 일어나자 운은 물 흐르듯 자연스럽게 그녀를 배웅하고 자리로 돌아와 앉아 라디오를 틀었다. 그녀의 시선은 창문 너머를 향했다. 한쪽 손으로 테이블에 턱을 괸 운이 가볍게 눈을 감고 라디오 소리에 귀 기울였다. 부드러운 디제이의 목소리와 이어 흐르는 따뜻한 음악에, 이 집의 진짜 주인이었던 외할머니를 떠올렸다.

오랜 세월 엄마로, 할머니로 불리면서 이름조차 희미해진 사람. 윤복희. 그게 외할머니 이름이었단 사실을 한참이나 잊고 지냈다.

— 할머니가 돌아가셨어….

수화기 너머로 넘어온 엄마의 목소리는 이제 막 울음을 삼켜낸 것처럼 떨렸다. 어느 날 갑자기 날아든 죽음이었다. 할머니는 할아버지가 돌아가신 후에도 줄곧 엄마가 유년기를 보냈던 시골 동네에서 홀로 살았다. 그리고 작년 말쯤 지병으로 입원하신 지 한 달도 안 돼서 갑작스레 돌아가셨다. 아니, 사실 갑자기는 아니었을지도 모른다.

거의 밤을 새우다시피 하며 정신없이 할머니의 삼일장을 마치고 올라가는 기차 안에서 문득 자신이 행복해서 웃어본 지가 꽤 오래되었단 사실을 깨달았다. 그냥 기계적으로 사람들과 대화하고, 습관처럼 그리고 의무처럼 웃었다. 정말 행복하고 즐거워서 웃었던 적이 언제였는지, 떠올려보려고 아무리 노력해도 좀처럼 기억나질 않았다. 너무도 오래된 일이었으니까.

그런 생각을 할 때쯤 기차는 이제 막 어둡고 긴 터널을 지나고 있었다. 바깥이 까만 어둠으로 가득 차자, 유리창이 자신을 비추고 있었다. 그 순간 유리창에 비친 얼굴이 너무 무채색이라서 스스로가 낯설게 느껴질 지경이었다. 까맣게 텅 빈 표정에서 예전의 자신을 찾을 수가 없었다. 사는 게 왜 이렇게 건조하지. 그냥 매일매일 건조하기 짝이 없어. 메마른 흙 위에 가끔 얇은 물줄기가 내리더라도, 또다시 메마르고. 그게 전부인 일상. 올라오는 기차에서는 온통 그 생각뿐이었다.

운은 긴 회상에서 깨어나 오랜만에 찬장에서 원두 그라인더를 찾아 꺼내 들었다. 그리고 에티오피아 원두를 찾아 그라인더에 적당히 쏟아붓고, 핸들을 열심히 돌리기 시작했다. 도르륵, 도르륵. 적막한 공간에 그라인더가 돌아가며 뭉툭한 금속 날과 원두 알맹이들이 마찰하는 소리를 냈다. 그 뭉툭한 소리가 좋아서, 그리고 깨끗하게 갈려 나오는 가루의 향이 좋아서 자꾸만 빠져들었다.

"유운."

원두를 가는 데만 집중했던 운은 놀라서 고개를 들었다. 아무런 인기척도 느끼질 못했는데, 윤오가 어느샌가 와서 맞은편에서 자신을 바라보고 있었다.

"언제 왔어?"

"방금. 얼마나 집중했길래 사람이 들어오는 것도 몰라?"

"잠깐 다른 생각 좀 하느라…."

윤오가 고개를 가볍게 갸웃하곤, 그녀가 돌리고 있던 원두 그라인더를 내려다보았다.

"오랜만에 핸드드립 내리게?"

"응, 오랜만에."

그의 말대로 핸드드립 커피는 오랜만이었다. 생각이 많아질 때면 원두를 직접 갈아 핸드드립 커피를 내리길 좋아했다. 잘 볶아진 원두를 한참 집중해 잘게 가루 낼 때면, 어지럽게 널브러진 수많은 생각들도 잘게 갈려 나가서 머릿속이 말끔해지는 기분이 들곤 했으니까.

멍하니 그라인더 핸들을 돌리다 문득 윤오가 테이블에 올려둔 납작한 회색 노트북이 눈에 들어왔다. 회색 노트북 위로 와펜 같은 스티커들이 불규칙하면서도 조화롭게 붙어 있었다.

운은 문득 그에게 카페인과 단것을 주고 싶다고 생각했다.

"오늘은 핸드드립 커피랑 크로플 먹을래? 늦잠 자서 다른 건 준비 못 했거든."

"좋지. 그나저나 숙취는 좀 어때?"

"…덕분에."

그가 픽 웃으며 카드를 내밀자 그녀가 됐다는 듯 손을 휘휘 내저었다.

"이건 어제 민폐 값이라고 생각해. 오늘은 내가 살게."

"뭐, 그러든지."

그는 딱히 거절할 생각은 없다는 듯이 내밀었던 카드를 뒤로 물렸다.

"어제 너 데려오느라 힘들긴 했거든."

다 큰 어른을 업고 가는 게 얼마나 힘들던지. 그는 일부러 그녀를 놀리려는 듯 어젯밤 일을 곱씹듯 덧붙였다. 운은 약하게 아랫입술을 깨물며 또다시 다짐했다. 당분간 술을 멀리해야겠다고.

"그리고, 하나 더."

윤오가 제자리로 돌아가 앉고는 유운을 반듯하게 바라보며 다시 말을 이었다.

"어제 일 고마우면, 나 좀 도와."

다 갈아낸 까만 원두 가루를 종이 필터에 쏟아부은 운이 그를 바라보며 무슨 말이냐는 듯 옆으로 살짝 고개를 기울였다. 그러자 윤오가 빙긋 웃는 얼굴로 말했다.

"은혜 갚는 까치. 그거 하라고."

◎ ◎ ◎

운은 이번 주말을 누구보다 평화롭게 보낼 예정이었다. 지난주에는 대량으로 사둔 딸기와 레몬, 자몽으로 청을 담그느라 나름 바빴다. 그러니 이번 주말은 충분히 침대에 누워 늦잠을 자고, 아무것도 안 할 생각이었는데.

"사람 많네."

윤오가 운의 옆에서 한가롭게 말했다. 그녀는 애써 입꼬리를 당겨 웃으려고 노력하며 그를 보았지만, 그가 얄밉게 웃자 표정

81

관리가 어려워졌다.

한가로운 주말의 낮, 동네 아이들과 타지인들이 마구 뒤섞여 북적거리는 꽝꽝 언 야외 스케이트장. 자신은 정말이지 이곳에 올 계획이 전혀 없었다. 온종일 따뜻한 침대 속에서 뒹구는 소박한 꿈은 진즉 날아갔다.

'주말에 옆 동네 야외 스케이트장 개장하는데, 형이 애들 좀 데려가서 놀아주래.'

김윤오가 지난밤의 일을 인질 삼아서 이곳에 데려오지 않았더라면, 지금쯤 침대에 누워 밀린 드라마를 보거나 늦잠을 자고 일어나 밥상머리에 앉아 있을 것이었다.

운과 반대로 아이들은 잔뜩 들뜬 얼굴로 서둘러 스케이트화를 신더니 한 치의 머뭇거림도 없이 스케이트장 안으로 달려 들어갔다. 운은 아이들과 달리 잔뜩 꾸물거리며 스케이트화를 신고서, 가기 싫은 학원에 억지로 끌려가는 아이처럼 느릿느릿 빙판에 발을 디뎠다.

소율과 연준은 매년 스케이트를 탔다고 하더니, 역시나 자신과는 비교도 안 될 정도로 능숙하게 겨울 놀이를 마음껏 즐기고 있었다. 스케이트장 펜스 너머의 윤오는 미끄러운 빙판을 어설프게 엉거주춤 이동하는 운의 모습에 절로 웃음을 터뜨렸다. 그 웃음소리를 들었는지, 그녀가 제자리에 멈추곤 고개를 휙 돌려서 펜스 너머에서 팔짱 긴 채 구경하고 있는 그에게 눈을 흘겼다. 하지만 윤오는 천연덕스럽게 웃는 얼굴로 그녀를 바라볼 뿐이었다.

운은 이내 체념한 얼굴로 다시 스케이트를 살살 움직여 이동하다가, 어느 정도 감을 잡은 듯 처음보다 점차 속력을 내기 시작했다. 그녀는 천천히 속도를 내며 세 바퀴를 돌고서 윤오가 있는 펜스 앞에 섰다.

"내가 스케이트 잘 못 탄다고 했잖아….."

"그게 뭐 어때서."

윤오가 어깨를 으쓱이며 태평하게 말하자, 운이 살짝 눈을 흘기며 대꾸했다.

"난 중학생 때 이후로 처음이라고."

"다들 그런 거야. 괜찮아."

자신이 어설프게 아이들과 어울려 스케이트 타는 모습을 밖에서 편안하게 관전하며 화사하게 웃는 남자를 보고 있자니 한 대 때리고 싶은 마음이 불쑥 튀어나왔지만 참았다. 어쨌든 좁은 동네에서 장사하고 있고, 남자는 몇 안 되는 단골 손님이니까.

"근데 넌 왜 보기만 해?"

"스케이트 안 탄 지 오래돼서."

그리고 어제 늦게 자서 피곤해. 그가 고개를 양쪽으로 꺾으며 말했다. 방긋 웃는 얼굴에 황당해진 운의 입이 떡 벌어졌다. 뒤늦게 부아가 치밀어 오른 운은 무턱대고 펜스 너머 윤오의 팔목을 붙잡았다.

"내가 알려줄게, 타 봐. 여기까지 왔는데 그냥 가면 섭섭하지."

"아니, 난 그냥 보는 게 좋은데."

윤오가 어깨를 으쓱이며 답하자 운은 눈동자를 굴리다가 다시 입을 열었다.

"그럼 내기하자."

그녀의 말에 조금 전까지 아무런 관심도 없던 윤오의 까만 눈동자에 약간의 생기가 돌았다.

"무슨 내기?"

"이긴 사람 소원 들어주기 걸고. 누가 더 빨리 한 바퀴 도나 내기하자고."

흠. 윤오가 잠시 고민하는 눈빛으로 빙판을 바라보다가 고개를 가볍게 끄덕였다.

"뭐, 정 그렇다면."

그렇게 답한 윤오는 운영 부스에서 스케이트화를 빌려 신곤 금세 하얗고 투명하게 언 빙판 위로 올라탔다. 천천히 빙판에 S자 곡선을 그리며 앞으로 이동하는 모양이 어딘지 모르게 어색해 보였다.

"진짜 오랜만이네."

그러다 윤오는 제자리에 서서 날카로운 스케이트날을 빙판에 탁탁 쳤다. 방금 전까지만 하더라도 온 얼굴에 가득했던 귀찮아하는 기색이 사라지고, 차가운 빙판과 스케이트날을 바라보는 시선이 진중했다. 하지만 곧 느릿하고 어정쩡한 자세로 쓱쓱 스케이트를 움직여 자신의 앞에 선 모습을 보자 운은 제 착각이었단 사실을 깨달았다. 운은 겨우겨우 자신의 앞으로 와서 선 윤오가 양팔을 크게 휘청이자 재빨리 손을 뻗어 잡았다.

"넘어질 뻔했잖아…."

"이런 건 원래 무릎 깨져가면서 배우는 건데."

윤오가 대수롭지 않다는 듯 대꾸하자, 운은 그의 양손을 붙잡고서 스케이트 날을 밖으로 밀며 나아가라는 말과 함께 그를 앞으로 끌어주었다. 그렇게 두 바퀴를 돌고 나니 윤오는 혼자서도 곧잘 탔다. 아직 한참 어정쩡한 모양새긴 했지만.

"내기, 핸디캡 줄까?"

그가 고개를 왼쪽으로 갸웃했다.

"아니, 괜찮은데?"

일자로 입을 꾹 다문 운이 고민하는 기색으로 다시 입을 열었다.

"내가 너무 양심 없어 보이잖아."

운은 마치 상대방의 패를 다 보고 하는 게임 같아서 양심이 조금 찔렸다. 하지만 정말로 상관없다는 듯 윤오가 무심하게 말했다.

"괜찮아. 내기는 내기지."

운은 그 말에 픽 웃었다. 자신이 내기에서 이겨서 뭘 요구할 줄 알고. 운은 윤오에게서 무료 일꾼 이용권을 받아둘 생각이었다. 아무래도 시골에서는 잡다하게 힘 쓸 일이 많으니까. 그래도 양심이 조금 쿡쿡 찔려서 운은 윤오에게 핸디캡으로 자신이 조금 뒤에서 출발하겠다고 했다.

“그럴 필요 없는데.”

그가 옆으로 고개를 까딱거리며 대꾸했지만, 운이 더 이상 토 달지 말라며 딱 잘라냈다. 이제 막 점심 시간대에 접어들어서 그런지 스케이트장은 처음 왔을 때보다 한산해졌고, 남은 몇몇 사람들도 다 펜스를 붙잡고서 가장자리로만 돌고 있어서 내기할 수 있을 만한 공간이 생겼다.

운과 윤오가 어느 정도 적당한 출발점을 정해서 꽝꽝 언 빙판 위에 섰다. 내기를 한다기엔 두 사람에게서 비장함이 티끌도 보이지 않았다. 운은 당연히 자신이 이길 수밖에 없는 내기에 그다지 긴장할 필요성을 못 느끼고 있었다. 운이 윤오가 선 자리에서 1미터 이상 간격을 두고서 뒤에 섰다.

열심히 혼자서 스케이트를 타던 소율은 둘의 내기가 꽤나 흥미진진했는지, 심판을 자처해 근처에서 마르고 긴 나뭇가지를 주워다가 그들의 결승선을 지정해주고는 옆으로 비켜서서 그들을 구경했고, 연준은 출발하려고 대기하는 운의 옆에 서 있었다. 연준이 눈을 깜빡거리며 둘을 번갈아 보다가 입을 크게 벌려 외쳤다.

“준비! 땅!”

쉭―. 금속으로 된 스케이트 날이 빙판을 가르는 소리가 깔끔했다. 마치 잘 훈련된 선수처럼 거침없었다. 그가 익숙한 듯 자연스럽게 두 손을 뒷짐 지고서 빙판을 갈랐다. 빠르게 멀어지는 윤오의 뒷모습에 순간 넋을 잃고 쳐다보던 운은 얼른 그의 뒤를 쫓아 서툴게 빙판을 가르며 나아갔다. 꽤 여유로운 페이스로 빙판을 가르는 윤오의 모습은 오랜만에 스케이트를 탄 초보라기엔 가당치도 않았다. 순식간에 한 바퀴를 돌고서 소율이 정해놓은 결승선에 골인한 윤오에게서 조금 전까지만 해도 어설프게 스케이트를 타던 모습은 전혀 보이질 않았다. 승자는 따질 것도 없이 김윤오였다.

"…뭔데. 뭔데!"

뒤늦게 결승선에 들어온 운이 세상 억울한 표정으로 항변하며 스케이트화를 신고 있다는 사실도 잊은 채 화난 걸음으로 걸어오기 시작했다. 그 탓에 한 번 넘어질 듯 휘청하다가 간신히 두 발로 제자리에 섰다. 윤오는 그런 운의 모습을 흥미로운 눈으로 구경하며 여유롭게 스케이트 날을 빙판에 탁탁 치곤 제자리에 선 채 고개를 까딱까딱 양쪽으로 꺾고는 입꼬리를 낮게 올렸다.

"거봐, 내가 괜찮다고 했잖아. 핸디캡 필요 없다고."

"아니, 그건 내가…!"

진짜 실력을 전혀 몰랐을 때의 얘기지! 황당한 나머지 나오려던 말도 잊고 입만 벙긋거리고 있자 뒤에서 또랑또랑한 소율의 목소리가 들렸다.

"어? 언니는 몰랐어요?"

소율은 운의 반응이 놀랍다는 듯 커다란 눈을 깜빡였다.

"아빠가 삼촌 중학교 때까지 스케이트 선수였다고 그랬는데!"

완전히 당했다. 운이 그렇게 생각했을 땐 이미 늦은 뒤였다.

윤오는 그녀를 보며 싱글벙글 웃고 있었다. 그를 만나고서 지금까지 본 것 중에 가장 밝은 미소였다.

“내기는 내기지?”

“이건 사기잖아! 누가 일반인 상대로 내기를 해, 선수가!”

“내기는 네가 하자고 했잖아?”

그가 씩 웃자, 그녀는 입을 떡하니 벌리고 잠시 멍을 때리다가 다시 반박했다.

“…스케이트 왜 못 탄다고 했어?”

“못 탄다고 한 적 없는데. 오랜만이라고 했지.”

그가 어깨를 으쓱이며 대꾸하자 운이 눈을 흘겼다.

“…완전 사기꾼.”

혼잣말로 중얼거리던 운은 이내 두 손 다 든 듯한 얼굴로 짧은 한숨을 내뱉곤 다시 물었다.

“그래서 원하는 게 뭔데?”

어쨌건 내기는 내기니까. 그것도 자신이 먼저 제안한 내기. 양심 없이 왕초보를 상대로 이겨 먹으려다가 된통 당한 기분이었다.

“딸기농장 일일 아르바이트 좀 해줘.”

“뭐?”

“네가 대타해달라고.”

환한 미소를 머금은 윤오의 말에 운은 절로 헛웃음이 튀어나왔지만, 패자는 말이 없는 법이었다.

❋

06

자전거 도둑

어느덧 어둑해진 밤하늘 아래로 여전히 낮처럼 밝은 딸기 비닐하우스 안. 유운은 얼떨결에 콩쥐가 되어서 윤오 대신 딸기 수확 할당량을 채워가고 있었다. 그녀가 온통 흙냄새와 딸기 향으로 뒤덮인 드넓은 공간에서 짙은 초록색 줄기에 달린 빨갛게 익은 딸기 한 알을 똑 따 빨간색 소쿠리에 담았다. 오늘의 마지막 딸기다.

한참 만에야 허리를 펴서 겨우 기지개를 켜자 앓는 소리가 절로 튀어나왔다.

"…아, 허리 아파 죽는 줄."

그녀가 굽었던 허리를 연신 주먹으로 두들겨대며 비닐하우스에서 걸어 나오자, 밀린 일 때문에 바쁘다며 사라졌던 윤오가 언제 왔는지 앞을 지키고 서 있었다. 바지 주머니에 손을 넣은 채 자신을 바라보며 싱긋 웃곤 수고했다고 말하는 그 얼굴이 낮처럼 환해서 얄밉기 그지없었다.

밖은 토요일의 해가 완전히 자취를 감추고 짙은 남청색 어둠으로 가득 차 있었다. 운은 밤하늘에 뜬 달을 영혼 없는 눈으로 바라보곤 힘없이 조수석에 몸을 실었다. 그리고 기운이 쏙 빠져선 창문에 머리를 기대었다. 윤오가 그런 운을 힐긋 곁눈질했다.

"힘들어?"

그녀가 당연한 물음에 그만 어이가 없어져 입을 작게 벌린 채 헛웃음을 쳤다. 그렇게 잠시 윤오의 옆 모습을 가만히 쳐다만 보다가 미간을 구기며 느지막하게 대꾸했다.

"말이라고 해? 이 사기꾼⋯."

"난 못 탄다고 한 적 없다니까. 그러게 내기는 신중히 해야지."

젊은 사람이 벌써부터 사행성 도박 같은 거 좋아하면 큰일 나. 그렇게 떠들어대는 윤오의 입을 찰싹 때리고 싶었지만, 옴짝달싹할 수 없이 지친 몸을 조수석에 반쯤 뉘일 뿐이었다.

"아무튼 유운, 수고했어."

김윤오의 환히 웃는 얼굴이 제게 한 짓이랑은 다르게 친절했다. 괜히 화도 못 내게.

"네가 대타해준 덕분에 밀렸던 일도 다 끝냈어. 고마워."

어쩌다 말도 안 되는 동네 친구라는 이름으로 엮여선. 하지만 운은 제게 이제 화낼 기력도 남아 있지 않았음을 깨닫곤 아무런 대꾸 없이 가만히 앉아 있었다.

딸기 비닐하우스와 운의 집은 차로 20분 남짓 걸리는 거리였다. 적막한 어둠이 내려앉은 저녁의 시골. 이곳의 좁은 도로를 달리고 있는 건 윤오의 차 하나뿐이었다. 그는 조수석에 앉은 운이 힘없이 창가에 고개를 기대고 눈을 감은 모습을 슬쩍 훔쳐보았다. 아무래도 오늘 하루 완전히 방전된 모양이었다.

그 모습을 본 윤오는 저도 모르게 가벼운 웃음을 흘렸다. 평소 그의 눈에 비친 운은 생각이 너무 많아 보였다. 가끔 보이는 생각에 잠긴 눈은 정말이지 생기라곤 한 점도 없어서, 이곳에 발을 딛고 살아가고 있는 사람처럼 보이지 않는다고 생각했다. 그래서 차라리 몸을 움직이게 하고 싶었다. 사람은 가만히 있는 시간이 길어질수록 생각과 고민이 늘어나니까. 정신을 옭아매던 생각과 고민은 잊고 그저 몸을 움직이는 데만 집중하게끔. 자신도 그랬으니. 운을 보면 자신의 초상을 바라보는 기분이라 가만히 둘 수가 없는 건지도 몰랐다.

하루 끝에 찾아온 피로에 노곤하게 젖어 조용히 눈을 감고 있던 운은 슬쩍 눈을 떴다. 차 안은 어두웠고, 고요했다. 오랜만이었다. 타인과 공유하는 적막이 편안하게 느껴진 것은. 가늘게 눈을 뜬 채 고요함이 감도는 동네의 야경을 응시하다가, 그녀가 불쑥 입을 열었다.

"근데, 나 뭐 좀 물어봐도 되나."

자는 줄로만 알았던 운의 목소리에 윤오가 반문했다.

"자는 거 아니었어?"

"그냥 피곤해서 잠깐 눈 감은 건데. 멀지도 않은 거리인데 잠 들어서 뭐 해."

"그렇긴 하지."

그가 낮은 웃음소리와 함께 대꾸했다.

"그래서 궁금한 게 뭔데?"

장난스럽게 되묻는 그 말에 운이 무심코 질문을 내뱉었다.

"스케이트는 왜 관뒀어?"

툭 내뱉은 물음에 그답지 않게 한 박자 늦은 대답이 들려왔다.

"그땐 좋아하는 일이 싫어지는 게 겁났어."

장난스럽게만 말하던 평소 같지 않았다. 운은 그 모습이 어쩐지 어색했다.

"그렇게 좋아했는데, 아무리 노력해도 다른 친구보다 못하다는 걸 안 순간, 그게 싫어질 게 뻔해서. 어린 마음이지. 뭐, 다시 돌아간대도 그만뒀을 거 같긴 하지만."

윤오가 먼저 자신에게 친구 하자며 다가와 어영부영 친구가 되긴 했지만, 사실상 서로에 대해서는 아는 게 별로 없었다. 어쩌면 그냥 지나가는 동네 사람보다도 더. 운은 좀 더 깊게 물어보려던 것을 그만두었다. 아직 그 정도 사이는 아니라는 것을, 불현듯 의식했기 때문이다.

그는 그녀에 대해 지나가는 말을 주워들어 알고 있을지 몰라도 운은 아니었다. 잠깐의 적막에서 느껴지는 거리감이 멀기만 했다. 운은 느릿하게 눈을 감았다 뜨곤 말을 골랐다.

"그나저나 자전거 도둑은 잡았대?"

화제를 바꾸는 듯한 말에 윤오가 부드럽게 핸들을 돌리면서 대꾸했다.

"아직인 거 같아. 아무래도 외부인 같으니까, 너도 저녁에 문단속 좀 잘하고."

"우리 집엔 훔쳐 갈 것도 없어."

"그렇긴 해."

픽 웃으며 말함과 동시에 운의 집 앞에 도착한 차가 멈추어 섰다.

"내일은 일요일이니까 귀찮게 안 불러낼게. 푹 쉬어."

운도 바라던 바였는지, 굳센 얼굴을 하곤 고개를 크게 위아래로 한 번 끄덕였다. 윤오는 그 솔직한 모습을 보고 저도 모르게 웃음이 튀어나왔다. 다행히 전처럼 벌레가 또 나오지는 않았는지, 한 치의 고민도 없이 대문을 넘어 집으로 들어간 운은 다시 나오지 않았다.

유운은 방 안에 들어서자마자 기다렸다는 듯이 실내 난방을 켜고, 겉옷을 벗어서 아무렇게나 던져두고서 바닥에 대(大)자로 누웠다. 보일러를 튼 바닥이 곧 빠르게 데워지며 차가웠던 운의 몸 역시 데웠다. 종일 스케이트장에서 아이들과 놀아준 데다 저녁에는 딸기까지 수확하니 몸에 기운이 쭉 빠져 노곤하기만 했다. 아직 씻지도 않았는데, 제 몸은 바닥에 축 늘어진 채 일어날 줄을 몰랐다. 지금이 8시니까, 딱 30분만 자고 일어나면 되겠다 싶었다. 썰물처럼 밀려드는 수마에 당해낼 재간이 없었던 운은 딱 30분만, 중얼거리며 눈을 감았다. 딱 30분만 자고 일어나야지.

잠시 눈을 붙였다 떼자 딱 8시 반이었다. 운은 겨우겨우 스스로를 달래며 몸을 일으켜 앉았다. 크게 기지개를 켜고서, 낮에 마당에 내놓았던 의자가 불현듯 생각이 나 들여놓으려고 현관을 나섰다. 그때였다.

끼익. 커다랗고 기이한 쇳소리에 순간 현관문을 연 운의 손이 움찔했다.

"…잘못 들었나."

하지만 그녀의 생각이 틀렸다는 듯 다시금 끼익 하고 듣기 싫은 쇠붙이 소리가 들렸다. 일순간 윤오의 목소리가 뇌리를 스쳤다.

'아직인 거 같아. 아무래도 외부인 같으니까, 너도 저녁에 문단속 좀 잘하고.'

돌이켜 생각해보니 저번에도 그리고 오늘도, 내가 대문을 닫지 않고 나갔었나? 순간 팔에 오소소 닭살이 돋았다. 그녀는 어느샌가 윤오에게 전화를 걸고 있었다. 전신을 훑는 두려움에 자신도 모르게 반사적으로 한 행동이었다.

아니, 다시 생각해보니까 깜빡하고 대문을 닫지 않고 나갔던 것 같기도 하고. 평소에도 잠깐씩 집을 비울 때면 현관문은 자동으로 잠기니까 굳이 마당의 대문까지 걸어 잠가놓진 않고 닫아놓기만 했었다. 그러니 바람결에 대문이 혼자서 열린 것일 수도 있지 않나? 고작 쇳소리 좀 들은 거 갖고 지레 겁먹고선, 집에 도착해서 쉬고 있을 사람한테 괜히 전화해서 불러내는 것도 민폐라는 생각이 뒤늦게 들었다. 그리 판단한 운이 전화를 끊으려던 순간, 윤오의 목소리가 스피커를 타고 넘어왔다.

―어, 왜?

그 목소리를 듣는 순간 왠지 모를 안도감이 밀려들었다. 하지만 집에 도착한 사람을 이런 일로 불러내기엔 역시 오버 같았다.

"아니…. 그냥 집에 잘 도착했나 싶어서."

―왜? 무슨 일 있어?

"아니, 일 있을 게 뭐가 있어. 잘 도착했다니까 됐어."

그래, 잘 쉬어. 그녀가 대충 통화를 마무리하곤 전화를 끊었다. 그러다 설마 하는 마음으로, 버리려고 바깥에 내어놓았던 커다란 무쇠 프라이팬 하나를 손에 쥐었다. 그리고 천천히 주위를 둘러보았다.

"…그냥 바람 소리였나."

운이 마당에 나와 주변을 한참 두리번거리다 중얼거렸다. 역시 불어오는 겨울바람이 거세서 마당 문이 소리를 낸 건가. 한참 마당을 서성이던 운이 다시 집으로 돌아가려고 할 때였다.

끼익. 끼익. 부스럭.

꽤 오랫동안 방치된 마당 옆의 허름한 창고 쪽. 운이 이곳에 처음 왔을 때 딱 한 번 열어보고 그 뒤론 딱히 쓸 일이 없어 열어보지 않는 곳이었다. 하지만 분명히 그곳에서 소리가 들렸다.

바람 아니, 동물 소린가. 운은 찝찝한 마음을 떨쳐내지 못했지만 이대로 집 안으로 들어가 현관문이나 제대로 잠가야겠다고 생각했다. 하지만 그 순간.

"아, 그려. 마지막 집이여."

창고에서 낯선 남자의 목소리가 들렸다. 중후한 남자의 낯선 목소리에 심장이 내려앉았다. 운은 설마, 하며 최대한 기척을 줄이고서 창고 문 가까이 다가갔다.

"얼른 끝내고 술 한잔혀야지. 그려그려, 주인집도 들어가봐야 허고."

살짝 열린 창고 문 너머로 웬 남자의 인영이 보였다. 운은 그만 제자리에서 굳고 말았다. 하지만 한쪽 손에 든 프라이팬을 떨어뜨리지 않도록 손에 힘을 주었다. 지잉지잉. 이 와중에 주머니에 넣어 둔 휴대전화가 진동했다. 진동 소리를 들킬까 봐 두려운 마음에 한 손으로 황급히 주머니 속을 더듬거려 전원 버튼을 누르고 전화를 끊었다. 하지만 또 전화가 왔는지, 곧 진동이 다시 느껴졌다. 그녀는 전보다 훨씬 더 빠르게 전화를 끊었다.

문틈 너머로 흉기처럼 생긴 커다란 쇠붙이까지 눈에 들어오니 막연한 공포가 현실로 다가왔다. 지금이라도 도망가야 하나. 그녀가 뒤늦은 고민을 하며 제자리에 굳어 있는데, 이윽고 문틈 너머로 중년 남자의 목소리가 다시 들렸다.

"그려, 여기 젊은 아가씨가 혼자 살더라고."

그래, 지금이라도 도망가야 해. 그녀가 소리 죽여 뒷걸음질을 치는 순간, 차가운 겨울바람이 왈칵 들이닥쳤다. 덕분에 살짝 열려 있던 창고의 철문이 끼익 소리를 내며 활짝 열렸고, 그 안의 중년 남자와 눈이 마주쳤다.

인적이 드문 산골 동네. 빛이라곤 흐릿한 주황색 가로등 불빛이 전부인 이곳에서, 지금 당장 대문 밖으로 달려 나간다 해도 도움을 요청할 사람이 있을까? 머릿속에 밀려드는 최악의 시나리오 탓에 프라이팬 손잡이를 쥔 운의 손에는 한껏 힘이 들어갔다.

"아따, 여 아가씨가 귀가 밝네잉?"

햇볕에 탄 듯 거뭇한 피부의 중년 남자가 까맣게 얼룩진 수건으로 이마에 송골송골한 땀방울을 닦아내 목덜미에 대충 걸치고서 자리에서 일어섰다. 운은 순간 극도의 공포에 몰려 사고가 마비되는 것 같았다. 그녀가 하얗게 질린 얼굴로 살짝 뒷걸음질 치자, 남자는 느리게 그녀를 향해 다가왔다. 그때, 갑자기 멀리서 자동차의 요란한 엔진 소리가 작게 들려왔다. 점점 가까워지는 엔진 소리에 이어 급히 브레이크를 밟아 타이어와 흙바닥이 마찰하는 다급한 소리가 커다랗게 들렸다. 끽!

"유운!"

다급하게 운의 이름을 부르며 마당으로 급히 뛰어들어서는 김윤오의 모습이 보였다. 그녀는 순간 무어라 형용할 수 없는 안도감이 차오름과 동시에 팽팽했던 긴장이 탁 풀리는 걸 느낄 수 있었다. 다리에도 힘이 풀렸지만 가까스로 버티고 서 있었다.

"하… 살았다."

유운이 작게 탄식했다.

윤오는 창고 안의 중년 남자를 발견하고선 그대로 표정이 굳었다. 어두워서 남자의 얼굴을 제대로 볼 순 없었지만 남자가 손에 든 흉기 같은 쇠붙이만은 또렷이 보였다. 윤오는 재빨리 뛰어가 운의 손목을 꽉 잡아당겨 자신의 등 뒤로 그녀의 몸을 숨겼다.

"당신 뭐야."

운은 한 번도 들어본 적 없는 윤오의 차가운 음성이 낯설었지만, 자신을 붙잡고 있는 윤오의 손이 따뜻해서 잔뜩 얼어붙은 마음이 조금이나마 풀리는 걸 느꼈다. 한 손에 꼭 쥐고 있던 프라이팬이 둔탁한 소리를 내며 바닥에 떨어졌다.

"아고, 애 떨어지것소."

긴박한 상황에 어울리지 않는 태평한 음성에 윤오가 미간을 찡그렸다. 하지만 중년 남자는 아랑곳하지 않고 제 말만 척척 했다.

"아가씨가 무슨 기척도 없이 살쾡이마냥 거기 서 있대? 없는 애가 다 떨어지는 줄 알았네."

눈을 가늘게 뜨곤 창고의 희미한 불빛 사이로 비치는 남자의 얼굴을 빤히 응시하던 윤오가 다시 입을 열었다.

"…아저씨?"

"아따, 이게 누구여? 너, 윤오 아녀?"

중년 남자가 놀라움과 반가움이 뒤섞인 눈으로 윤오를 보며 말하자, 윤오가 황당한 얼굴로 되물었다.

"아저씨가 여긴 왜?"

둘의 모습은 꼭 오래 알고 지낸 사람들처럼 보였다.

지금 이 상황은 뭘까. 운이 상황을 파악할 새도 없이 남자가 반가운 기색을 띠고 윤오에게로 다가왔다. 운은 제 손목을 꽉 붙잡고 있던 윤오의 손에 힘이 빠져나가는 것을 느꼈다. 맞닿았던 손의 온기가 천천히 멀어지자 그가 잡고 있던 자리에 겨울의 찬 바람이 스쳤다.

"나야, 자전거 가져다주러 왔지."

"…자전거요?"

"아, 뭐여…. 그 처음 듣는다는 표정은….."

잔뜩 굳은 두 사람의 반응에 머쓱하다는 듯 남자는 뒷머리를 벅벅 긁었다.

"그것이 어떻게 된 거냐 하면….."

그제야 운은 창고 안이 눈에 들어왔다. 남자의 뒤편에는 낡은 자전거가 한 대 서 있었다. 남자가 손에 들고 있던, 자신이 흉기라 믿어 의심치 않았던 쇳덩이는 멍키스패너였다.

"아부지가 동네 사람들 자전거가 영 부실해서 다 수거해서 한꺼번에 싹 고쳐주라고 혔는디."

"이장님이요?"

"그려. 저번에 전화로 하도 성화를 내갖고, 여기 돌아오자마자 바쁘게 고치고 다녔다는 거 아니냐."

"…이장님이 요새 자전거 도둑이 생겼다고."

"허? 이 양반이 또 깜빡혔나벼! 나보고 동네 자전거 거둬다가 고쳐주라고 혀서, 트럭에 동네 사람들 자전거 잔뜩 싣고서 읍내 나가서 힘들게 고쳐 왔구먼!"

"왜 마을 분들한테 말도 안 하시고 그러셨어요?"

"거, 다들 마을회관 가느라 집을 비우니께. 아부지가 마을 어르신들한테 공지한다고 해서 그 말만 믿고 창고에 처박혀 있던 자전거들까지 죄다 거둬갔지."

하이고, 아부지가 또 깜빡깜빡하셨구먼! 남자는 답답하다는 듯 왼쪽 가슴을 손바닥으로 팍팍 치며 말했다.

그제야 윤오가 어이없는 눈으로 창고 안의 자전거를 바라봤다. 문제의 자전거는 꽤 오랫동안 방치된 거치곤 훨이 깨끗해서 그런지 여전히 사용하는 줄 알고 고쳐온 듯했다. 아저씨가 태평한 목소리로 마저 덧붙였다.

"이거는 손볼 게 좀 남아서, 여그서 잠깐 그거 좀 보고 있었다는 거 아녀."

하소연하듯 쏟아내는 아저씨의 통사정을 듣던 운과 윤오는 황당한 눈으로 잠시 서로를 응시하다가 그만 허탈하게 웃어버리고 말았다.

마을 이장님의 아들이라는 철수 아저씨는 이제 할 일을 다 마쳤으니 시원하게 막걸리나 한잔하러 가야겠다며 지체 없이 이곳을 떠났다. 그리고 떠나기 전, 자전거 수리는 마을 사람들을 위해 봉사한 것이니 수리비는 따로 받지 않는다는 말도 잊지 않았다.

아저씨가 빠르게 떠난 후 어정쩡하게 운과 윤오는 마당에 덩그러니 남아 서 있었다. 얼마간 아무 말도 않고 있다가, 운이 먼저 말을 걸었다.

"근데, 왜 다시 왔어?"

그녀의 물음에 윤오가 눈을 굴리다가 다시 차로 가서 무언가를 하나 들고 걸어왔다.

"저번에 돈벌레 나왔었잖아. 마침 살충제 스프레이가 집에 있던 게 생각나서 갖다주려고 왔는데 네가 전화를 안 받길래 혹시 무슨 일 생겼나 했지. 아무튼 늦게 왔으면 큰일 날 뻔했다."

"어?"

"그 프라이팬."

그가 눈짓으로 운이 한 손에 들고 있는 꽤 커다란 프라이팬을 가리켰다.

"나 오기 전에 놀라서 냅다 아저씨 쳤으면 큰일 날 뻔했잖아. 사람 하나 잡을 뻔했다."

"아, 그렇네….."

윤오가 스프레이를 건네자 운이 픽 웃으며 받아 들었다.

"그래, 내가 사람 치기 전에 와줘서 고맙고."

그녀가 손에 쥔 스프레이를 잠시 내려다보다가 흔들어 보이며 웃었다.

"이것도 고마워."

그가 운의 웃는 얼굴을 잠시 바라보다가, 평소처럼 어깨를 으쓱이며 옅은 웃음기 배인 목소리로 말했다.

“뭘, 우리 동네 친구잖아.”

윤오의 말에 잠시 멍하니 서 있던 운은 이내 활짝 만개한 꽃처럼 웃었다. 그렇게 짧은 주말이 또 저물어가고 있었다.

07

가나슈

초여름, 토끼풀의 초록색으로 뒤덮인 공원에서 보냈던
유년 시절의 기억이 간혹 떠오른다.

"할머니는 왜 세잎클로버를 따?"

"운인 세잎클로버가 싫어?"

"아니이. 그냥. 사람들은 네잎클로버만 찾으니까!"

"남들이 좋아한다고 너도 꼭 좋아할 필요는 없어.

네잎클로버는 행운, 세잎클로버는 행복을 의미하거든.

그래서 할머니는 세잎클로버가 좋단다.

행복. 그건 평범해 보이는데,

실은 그게 행운보다 중요하고 어려운 거거든.

그렇게 느릿하게 말해주던, 마지막으로 보았을 때보다 더 젊은 할머니의 목소리가 아직도 귓가에 맴도는 것만 같았다. 유독 선명한 기억들이 있다. 가볍게 오가던 특별하지 않은 대화임에도.

바삭. 크런치 초콜릿을 입안에 넣고 씹자, 듣기 좋은 소리와 함께 입안 가득 퍼지는 달콤함에 기분이 좋아졌다. 할머니가 절에 다녀오실 때면 꼭 사 오시던 크런치 초콜릿. 절에서 초콜릿을 팔던 것도 아닌데 왜 그러셨을까. 운은 이런저런 생각을 하며 포크를 들었다.

구슬처럼 작고 동그란 크런치 초코볼을 층층이 넣은 초콜릿 가나슈케이크. 조각낸 크런치 초콜릿 두 조각을 위에 올려 장식한 조각 케이크를 작은 포크로 잘라 한입에 넣으면 부드럽게 구워낸 카카오 케이크 시트와 진한 가나슈 크림이 바삭한 식감의 크런치 볼과 어우러져 금세 기분이 좋아졌다.

운은 포크를 내려놓고 가만히 앉아서 창가를 바라보다가 케이크 그릇 옆에 펼쳐둔 다이어리에 '28'이란 숫자를 써보았다. 늘 어색했던 숫자. 이제야 조금 익숙해진 것 같기도 한 숫자.

그녀의 펜이 주저하며 흰 종이 위를 서성이다가 다시 움직이기 시작했다.

28, 27, 26.

숫자가 내림차순으로 써내려져 갔다.

25, 24, 23, 22, 21….

모두 처음 받아 들었을 때는 어색하기만 했는데. 정말 숨 고를 새도 없이 빠르게 지나간 것만 같다고, 불현듯 생각했다.

벌써 한 해의 끝을 향해 달려가는 지금에야 '28'이 겨우 익숙해졌나 싶은데, 곧 새로운 숫자를 받아 들게 될 터였다. 운은 참 이상하다고 생각했다. 스물한 살에는 열아홉을 돌이켜보며 너무 늦었다고 생각하고, 또 스물다섯엔 스물하나를 돌이켜보며 이미 늦었다고 생각했다. 이 끝나지 않는 굴레를 벗어날 수 있을까. 언제, 어디서야 매듭지을 수 있을까.

한쪽 턱을 괴고 다이어리에 써놓은 '28'이란 숫자를 가만히 바라보던 운은 똑똑 현관문을 두드리는 소리에 자리에서 일어섰다. 누구지, 저녁 시간에. 카페는 이미 마감을 한 지 오래였다. 그런 의아함도 잠시, 문 너머에서 들려오는 익숙한 목소리에 운은 조금 굳었던 표정을 풀었다.

"유 사장님, 딸기 배달 왔어요."

"뭐야? 웬 저녁에 배달을 다 와?"

현관문을 활짝 열자 윤오가 하얀 스티로폼 상자 두 개를 쌓아 들고 서 있었다.

"죽겠어. 형이 인력 착취해서 아침부터 지금까지 이거 땄어."

"근데 왜 밤에 가져왔냐고."

"엄청 달고 맛있길래. 조금이라도 더 싱싱할 때 먹으면 좋잖아."

윤오는 자기 집인 양 곧장 부엌으로 자연스레 들어와 싱크대에 딸기 상자를 올려두고는 딸기 하나를 흐르는 물에 씻었다. 그리고 물기를 툭툭 대충 털어내더니 따라와 제 옆에 선 운의 입 앞에 내밀었다.

"먹어봐. 엄청 달아."

운은 그 딸기를 잠시 바라보다가, 입으로 바로 받아먹는 대신 손으로 그의 손에 있던 빨간 딸기를 낚아 한 입 베어 물었다. 뭔가 불만스러운 듯 가늘었던 운의 눈이 금세 동그랗게 변했다.

"와, 진짜네….”

윤오는 빙긋 웃곤 다시 입을 열었다.

"배달비 없어?"

"배달비?"

그가 반문하는 운을 쳐다보며 보란 듯이 가스 불 위에서 먹음직스럽게 보글보글 소리를 내며 끓고 있는 흰색 전골냄비를 가리켰다. 얇게 저민 소고기와 깻잎, 알 배추를 한 장씩 켜켜이 쌓아 올리고 적당한 크기로 썰어서 냄비 테두리를 따라 차곡차곡 놓은 다음 그 위로 숙주를 한 움큼 올려놓은 모양새가 꽃처럼 피어난 것 같은 밀푀유나베가 맛있게 끓고 있었다.

"혼자서 맛있는 거 먹으려고 했네."

"…."

눈치 빠른 놈. 작게 한숨을 내뱉은 운이 창가 쪽의 넓은 테이블을 향해 고갯짓했다. 윤오는 덥석 자리에 앉았다. 운은 쓰고 있던 다이어리를 덮어 한쪽에 넣어두곤 먹다 남은 케이크를 정리했다. 그리고 다시 부엌의 불 앞에 서서 잠시 전골냄비를 바라보다가 이내 불을 끄고 다 끓은 냄비를 윤오가 앉아 있는 테이블 위 동그란 냄비 받침 위에 내려놓았다.

"와, 나베다."

보글보글 잘 끓은 밀푀유나베가 후각을 자극했다. 운은 서둘러 앞접시와 수저, 국자를 챙겨 자리에 앉았다.

"하여튼 먹을 복은 있나 봐."

그녀는 양을 넉넉히 해서 다행이라고 생각했다.

"이거 오랜만에 먹는다. 하여튼 유운, 맛있는 거 맨날 혼자만 먹고. 친구 좋다는 게 뭐냐? 이런 걸 했으면 좀 부르라고."

고작 한 사람 더 들어왔을 뿐인데, 실내가 제법 떠들썩해졌다.

"뭐, 맥주나 소주 없어? 막걸리라도."

"…너 진짜 바라는 거 많다."

"페어링이 돼야지."

운이 냉장고에 넣어두었던 맥주 캔 두 개를 손에 쥐고 돌아오자, 윤오는 만족스러워했다. 칙. 맥주 캔을 따는 청량한 소리에 두 캔이 서로 팅 하고 맞부딪치는 소리가 이어졌다.

둘은 맥주를 한 모금 들이켜고, 푹 익은 배추 조각을 참깨 소스에 찍어 먹으며 나베를 다 먹고 남은 국물에 우동 사리를 넣어 먹을 것이냐, 밥을 넣어 죽을 끓여 먹을 것이냐 하는 시답잖은 토론을 벌였다.

"근데 넌 원데이 클래스 같은 건 안 해?"

“원데이 클래스?”

“응. 요즘 카페나 디저트 가게들은 그런 것들 많이 하잖아.”

운이 윤오의 말을 듣곤 전골냄비에서 국물을 국자로 떠서 자신의 그릇에 부으며 대꾸했다.

“나 누구 가르치는 건 잘 못 하는데.”

“막상 해보면 잘할 수도 있지.”

글쎄, 그런가. 그녀가 그의 말을 곱씹으며, 맥주 캔에 남은 마지막 한 모금을 들이켰다. 그리고 배추와 소고기, 숙주나물이 진하게 잘 우러난 나베 국물에는 역시 우동 사리가 어울리겠다고 생각했다.

“근데.”

소고기와 배추 조각을 땅콩 소스에 찍어 먹는 데 한껏 열중하던 윤오가 갑자기 고개를 들어 운을 물끄러미 바라보았다.

“왜 행운 과자점이 아니야?”

“어?”

갑자기 이게 무슨 물음인가 싶어 운이 눈을 가늘게 뜨고 그를 응시했다.

“아니, 네 이름은 운이잖아. 유운. 보통 1차원적으로 따지면 자기 이름 따서 가게 이름 짓는 거 아냐?”

“어… 그렇게 물어보는 건 네가 처음이다.”

운은 윤오의 1차원적인 생각에 픽 웃었다. 그리고 다시 냄비 안에 걸쳐놓았던 국자를 들어 청경채와 숙주나물을 듬뿍 떠서 자신의 앞접시에 덜며 대답했다.

"내 이름이 그 '운'의 뜻을 따온 게 맞긴 한데….."

"맞긴 한데?"

윤오도 맥주 캔에 남아 있던 마지막 모금을 들이켜고 되물었다.

운은 그릇에 있는 국물을 숟가락으로 한 술 떠먹고는 옛이야기라도 회상하는 사람처럼 느릿하게 말을 시작했다.

"있지. 내 이름은 할머니가 지어주셨어. 내가 막 태어났을 때, 가장 좋은 걸 이름에 담아서 주고 싶었대. 그래서 운이라고 지으셨대. '행운'에 들어가는 그 운이라는 의미를 담아서."

물론 이름에 쓰인 한자는 다르지만. 조용히 웃으며 말을 덧댔다.

"노력하는 일에도, 노력하지 않은 일에도 모두 행운이 따라서 내가 항상 잘살길 바라시는 마음으로."

평소처럼 그러나 천천히 말을 늘어놓던 운이 잠시 말을 그치고는 검은 눈동자를 한 번 굴리고서 다시 입을 열었다.

"그런데 어느 날은 그렇게 말씀하시는 거야. 전엔 행운이 가장 중요한 줄 알고 나한테 그런 이름을 지어줬는데, 행운보다 행복이 중요하단 걸 늦게야 알았다고. 그러니까 다른 건 몰라도, 운이 네가 행복했으면 좋겠다고."

가끔 생각나. 그런 것들이. 운은 물 흐르듯 잇던 말을 뚝 그쳤다가, 다시 입술을 뗐다.

"그래서 행복과자점으로 지었어. 할머니가 나한테 주고 싶다고 하신 게 행운이 아니라 행복이라고 하신 게 생각나서."

"멋진 할머니를 뒀네."

윤오가 가느다란 미소를 입가에 건 채 대꾸했다. 그의 말을 들은 운이 빙긋 웃었다.

"그렇지. 나도 그렇게 생각해."

그녀는 전골냄비의 바닥을 국자로 휘휘 저어보더니, 냄비의 손잡이를 붙잡고 자리에서 일어섰다. 그가 고개를 갸웃하자, 운은 한 번 더 웃으며 말했다.

"그러니까, 할머니의 유지를 받들어 내가 행복하기 위해서 오늘은 우동을 먹어야겠어."

"…아니, 왜 말이 그렇게 되는 건데."

황당해하는 윤오를 뒤로하고 부엌 안으로 들어갔다. 사실 우동 사리를 먼저 넣어 먹은 다음에 남은 국물에 죽을 또 끓여 먹을 생각이라 어차피 둘 다 먹을 거지만.

"그럼, 왜 과자점이야? 여긴 과자점보다 카페에 가깝지 않나."

윤오가 뒤늦게 덧대는 질문을 들으며 그건 충분히 궁금할 만하다고 생각했다. 이곳에서 상시 판매하는 구움 과자나 쿠키류가, 가게 이름이 과자점인 것치곤 꽤 단출하다는 것은 그녀도 잘 알고 있었으니까. 하지만 그럼에도 가게 이름을 '행복과자점'으로 지은 것은 온전히 자기 마음이었다.

"나 어렸을 땐, 할머니 집 근처에 내가 좋아하는 빵이나 과자 같은 걸 파는 데라곤 아주 작은 슈퍼 하나였어. 슈퍼에서 파는 포장된 롤케이크 알아? 흔히 슈퍼 빵이나 공장 빵이라고 부르는 그런 빵. 지금 먹어보면 별맛도 아닌데, 그땐 정말 맛있었어. 그 래서 슈퍼를 과자점이라고 부르면서 할머니 집에만 놀러 오면 과자점에 가자고 졸랐었어. 근데 지금은 거기가 문을 닫아서 없 어진 지 오래거든. 이제 내가 이 동네에서 과자점이라고 부를 수 있는 곳이 없더라고. 그래서 내가 과자점이라고 부를 수 있는 곳 을 만들고 싶었어."

그가 고개를 끄덕이며 시선을 옮겼다. 그러다 어느샌가 처음 부터 그 자리에 있던 것처럼 자연스럽게 놓인 물체를 하나 발견 했다.

"어, 이 난로는 언제 생겼어?"

중앙에 새로 자리 잡은 원형 전기난로를 지긋이 바라보고 있 는 윤오를 발견한 운은 세상 뿌듯한 얼굴로 대답했다.

"아, 어제 중고로 구했어."

깨끗하게 잘 관리했지만 세월의 흐름이 꽤 느껴지는 동그란 전기난로. 그것을 물끄러미 바라보던 윤오가 다시 입을 열었다.

"왜? 새 걸로 사지. 내가 하나 사줘?"

"아니, 이거면 돼. 어차피 그렇게 오래 쓰지도 않을 텐데."

그녀의 대답을 들은 윤오의 입안에 물음이 맴돌았지만, 굳이 입 밖으로 꺼내진 않았다. 창밖을 보니 시린 바람이 불어오는 듯 가느다란 나뭇가지가 힘없이 흔들리는 것이 보였다. 추운 겨울 밤이 깊어지고 있었다.

"하암."

운은 크게 하품했다. 모처럼 이른 오전부터 꽤 거리가 있는 동네의 작은 마트에 다녀오는 길이었다. 그래도 오픈 시간 전에 우유가 떨어진 걸 알아챈 게 다행이라고 생각하며 얼어붙은 발걸음을 채근했다.

들이마시는 공기는 한겨울의 찬 기운 그 자체였다. 코가 얼어붙을 것처럼 시리지만, 또 가을 아침과는 달리 쨍쨍 얼어붙는 것같아 정신이 번쩍 드는 상쾌함이 있었다. 계절마다 아침의 냄새가 다르다는 걸 새삼 깨닫는 요즘이 좋았다. 그렇게 겨울 아침을 만끽하며 걸어가는데, 굳게 잠긴 가게 문 앞을 서성거리는 단발머리 여자의 모습이 보였다. 운이 가게로 후다닥 뛰어갔다.

"안녕하세요."

"아, 사장님이세요? 혹시 오늘 휴문데 제가 온 건가요?"

제 또래로 보이는 단골손님은 주로 한적한 저녁 시간대 혹은 점심시간쯤 방문하는데 오늘은 평소와 달리 오픈 시간대에 찾아온 것이다. 그런 손님이 어리둥절했으나 운은 거두절미하고 대답했다.

"엇, 아니요. 잠깐 자리 비운 사이에 오신 거예요. 오늘 영업일 맞아요."

운이 빙긋 웃는 얼굴로 가게 문을 열자, 단골손님이 병아리처럼 그녀의 뒤를 종종 따라 들어왔다. 안으로 들어오자 훈훈한 실내 공기에 시렸던 코끝이 금세 녹았다. 그녀는 카페 안을 둘러보다가 문 옆에 새로 놓인 트리를 발견했다. 자신의 키보다 조금 더 큰 트리가 아무런 장식도 없이 세워져 있었다. 운은 그녀의 시선이 트리에 머문 것을 눈치채곤, 가게 안의 전기난로를 켜며 말을 걸었다.

"동네 아주머니가 이제 안 쓰신다고, 필요하면 가져가라고 하셔서 가져왔는데 아직 못 꾸몄어요. 이번 주중에 장식할까 해요. 곧 있으면 크리스마스니까요."

많이 늦은 감이 있지만 연말 분위기도 내고 싶고. 운이 덧붙여 말하며 텅 비어 있던 가게 안에 익숙한 재즈 캐럴을 틀었다. 종소리 섞인 캐럴 특유의 느낌이 연말의 분위기를 물씬 자아내었다.

"시간이 참 빠르네요. 벌써 연말이라니."

그녀가 주문하려 카운터 앞에 서자 운이 빙긋 웃었다.

"그러게요."

운의 대답을 들으며 단골은 무언가를 찾는 듯 카운터의 쇼케이스를 잠시 두리번거렸다.

"오늘은 스콘이에요. 오븐에서 나온 지 얼마 안 돼서 아직 진열을 못 했네요."

단골이 쇼케이스에서 디저트를 찾고 있단 사실을 먼저 알아챈 운이 말하자, 그녀는 알겠다는 듯 고개를 끄덕였다. 음료 메뉴판을 보며 홍차와 아메리카노 사이에서 잠시 혼잣말로 고민하던 그녀는 결국 평소처럼 아이스 아메리카노를 주문했다.

운은 곧장 부엌으로 가, 스콘을 미니 오븐에 넣어 따뜻하게 데 웠다. 그리고 금색 테를 두른 흰 사기그릇 위로 따뜻하게 데운 스콘을 올려놓고, 그 옆엔 냉장고에서 막 꺼내 온 유리병에서 하 얀 클로티드 크림과 빨간 라즈베리 잼을 작은 스쿱으로 떠서 곁 들였다. 따뜻한 스콘이 입안에서 파사삭 가벼운 식감으로 부서 지며 녹진한 클로티드 크림, 그리고 새콤달콤한 라즈베리 잼과 어우러지면 이만한 티푸드가 없으니까. 운은 서둘러 에스프레소 샷을 내려 얼음물을 채운 투명한 유리잔에 부었다. 그리고 밤색 나무 쟁반에 스콘과 아이스 아메리카노 한 잔을 올려 손님 앞으 로 내어갔다.

"스콘에 라즈베리 잼하고 클로티드 크림을 발라 드시면 맛있 을 거예요. 드시다가 잼이나 크림 부족하시면 말씀하시고요. 그 럼 맛있게 드세요."

운이 덧붙이는 말에 단골손님은 감사하다며 평소처럼 조용히 웃었다. 운은 도로 카운터 안쪽으로 돌아왔다. 그리고 아침에 마 시려다가 만, 윤오가 주었던 얼그레이 티백을 꺼내 들고 유리 주 전자에 넣은 후 타이머를 맞춰두었다. 그러다 고개를 들었을 때, 스콘을 한 입 맛본 그녀의 표정이 한층 밝아진 것을 발견했다.

그녀는 윤오만큼이나 오래된 단골이었다. 때때로 이곳에 다이 어리를 들고 와 혼자서 무언가를 열심히 쓰기도 했다. 그러다 들 고 온 책을 읽기도 하고, 카페 안에 있는 책꽂이를 구경하다 책을 꺼내 읽어도 되냐고 묻기도 했다. 그러다 한 권을 골라 가만히 자리에 앉아 두 시간 동안 책 한 권을 다 읽고 돌아갔다.

띠띠띠 울리는 타이머 소리에 운은 유리 주전자에 넣었던 티백을 꺼냈다. 그리고 수색이 진하게 우러난 얼그레이 차를 흰색 머그 두 잔에 따라서 한참 열심히 다이어리를 쓰고 있는 단골 앞으로 한 잔 내려놓으며 입을 열었다.

"이건 서비스예요. 스콘에 아이스 아메리카노도 좋지만, 따뜻한 홍차도 잘 어울리거든요."

"아…. 감사합니다."

손님은 스콘 한 입과 홍차 한 모금을 맛보곤 만족하는 기색이었다. 운은 그녀가 눈치채지 못할 만큼 살짝 훔쳐보고는 즐거운 낯빛을 띠었다. 첫 손님 주문을 끝마치고 나자, 다시 한결 여유로워졌다.

운은 이렇게 한가로운 오전 시간대에 손님과 공유하는 시간이 좋았다. 그녀는 카운터와 가까이 위치한 테이블에 앉아 노트 하나를 펼쳐 들고 트리에 어떤 걸 채워 넣을까 진지하게 고민했다. 거창하고 화려하게 꾸미기보다는, 나중에 기회가 될 때 다이소에 들러 트리 장식을 사다 소소하게 꾸며야지. 마음을 정한 운은 자리에서 일어나 눈을 쓸기 위해 빗자루를 들고 마당으로 나섰다.

"이번 크리스마스는 여기서 혼자 보내게 되려나."

운이 차가운 공기를 들이마시며 홀로 중얼거리다 차분하게 비질을 시작했다. 혼자도 나쁘지 않지. 그래도 모두가 들뜨는, 소란스러운 연말을 혼자 보내면 조금 심심하려나. 그런 하릴없는 생각을 번갈아 했다. 고요한 오전의 겨울 시골은 시간이 멈춘 것 같기도 했고, 오래된 풍경 사진처럼 보이기도 했다. 수북했던 가을 단풍잎들이 무색하게 비어버린 앙상한 나뭇가지, 추위에 색이 바랜 나무의 갈색.

"…고요하네."

그렇게 나지막하게 혼잣말하곤 마당 대문 앞으로 나와 그 근처를 쓸고 있는데 저 멀리서 자동차의 엔진 소리가 들려오기 시작했다. 이윽고 처음 보는 검은 세단이 조그만 점처럼 보이더니 엔진 소리와 함께 점점 커졌다. 차는 가게 바로 옆 공터에 멈춰 섰다.

손님이 없다고 말하면 온다더니, 정말 그런가. 아무래도 가게 손님인가 싶어서 운이 공터에 세워진 자동차를 물끄러미 응시하는데, 달칵 운전석 문이 열리더니 익숙한 낯이 내렸다.

대문 앞에 선 그녀가 멀리서 다가오는 남자를 보며 눈을 동그랗게 떴다. 이런 시골에서 보기 드물게 멀끔한 차림이었다. 하얀 목 티에 어두운 밤색 겨울 코트를 잘 차려입은 남자. 남자는 운과 시선을 마주하며 살짝 웃고는 어느샌과 그녀의 앞까지 걸어와 평소처럼 인사했다.

"안녕, 유운."

지나치게 밝은 갈색 눈동자가 유운을 응시했다. 순간 멍해진 운은 한 박자 늦게 당혹스러운 표정으로 눈을 깜빡거렸다. 그 모습에 남자는 가볍게 입가에 호선을 그리며 다시 입을 열었다.

"오랜만이야."

운은 마치 어제 본 것처럼 익숙하고도 자연스럽게 인사하는 그를 보며 당황스러움을 미처 숨기지 못했다.

"어, 권재이. 그, 오랜만이긴 한데…."

그녀의 얼굴에는 '네가 왜 여기서 나와?'라고 적혀 있는 것 같았다. 어색하게나마 웃어보려는 운이 자신의 이름을 부르자 재이는 또 한번 유연하게 눈을 휘어 웃었다.

"전화는 왜 안 받았어?"

그가 사뿐한 웃음을 섞어 묻자 운은 제 손에 들린 색 바랜 나무 빗자루를 내려다보며 답했다.

"바빠서. 넌 잘 지냈어?"

"그냥 지냈어."

"그런데 여긴 어떻게 알고 왔어?"

운은 이 자리에 재이가 서 있는 게 어색한 듯 주위로 시선을 흩어놓으며 질문했지만, 그는 그런 운의 태도에 연연치 않는 듯 평이한 얼굴이었다.

"그냥, 감."

"…자리 깔았어?"

운의 말에 그가 어깨를 한 번 으쓱이고는 대문 안으로 발걸음을 옮기기 시작했다. 그 모습에 운이 '허' 하고 어이없다는 듯 입을 벌리고 서 있다가 그의 뒤를 바짝 따라왔다.

“네가 무슨 무당도 아니고, 장난치지 말고.”

운의 볼멘소리를 들으며 그는 언젠가 한 번 와본 사람처럼 익숙하게 가게의 문을 열고 안으로 들어갔다.

드르륵. 현관을 지나 미닫이문이 열리는 소리에 단골손님의 시선이 일순간 재이를 향했다. 하지만 그는 개의치 않고 카운터 옆의 테이블에 자리 잡더니 속 편하게 대꾸했다.

“내가 어떻게 알았는지가 뭐 그렇게 중요해. 오랜만에 보는 친구한테 물을 게 그거밖에 없어?”

하아. 운이 길게 한숨을 내쉬었다. 급격히 피로해지는 기분이 들었지만, 여전히 재이는 그녀와 다르게 느긋하고 여유로운 모습이었다.

“농담이고, 한소진한테 물어봤어.”

“그럼 그렇지.”

한소진. 역시나 자기 친구가 출처였다. 운은 가만히 작게 고개를 끄덕거리며 수긍했다. 그리고 재이에게 잠깐만 기다리라며 몸을 돌려 부엌으로 들어갔다.

테이블에 홀로 남겨진 재이는 주변을 찬찬히 둘러보기 시작했다. 문 옆에 바로 세워놓은 크지도 작지도 않은 중간 크기의 꾸미지 않은 크리스마스 트리, 밤색 낡은 협탁 위로 쌓인 유리컵들과 레몬 한 조각이 들어간 유리병에 담긴 물, 그리고 따뜻한 기운이 퍼져 나오는 전기난로.

곧 자신이 앉아 있는 자리에서 시선을 내리자 유운처럼 모난

데 없이 동그란 밤색 원목 테이블이 눈에 들어왔다. 안으로 들어 갔던 운은 어느샌가 양손에 나무 쟁반을 든 채 나타났다.

"가나슈케이크. 너 좋아하잖아. 마침 남은 게 있어서."

운은 그렇게 말하며 모락모락 하얀 김이 올라오는 흰색 머그 잔과 조각낸 크런치 초콜릿 조각이 올라간 가나슈케이크 한 조 각을 차례로 테이블 위에 내려놓았다.

"나 아이스 아메리카노 좋아하는데."

"추우니까 따뜻한 거 마셔."

재이가 머그잔 손잡이를 잡으며 말하자 운은 심드렁한 투로 여지없이 대꾸했다. 그는 픽 웃곤, 별다른 반박 없이 앞에 놓인 가나슈케이크를 포크로 베어 입에 넣었다. 바삭하게 씹히는 크 런치 볼과 달콤 쌉싸름한 초콜릿 크림, 부드럽고 진한 카카오 케 이크 시트가 입안에서 한데 어우러졌다.

오랜만에 느끼는 달콤한 맛에 이상하게 기분이 들뜨는 것만 같았다. 바깥의 찬 공기와 대조되는 따뜻한 공간에 앉아 있어서 인지, 그게 아니면 유운이 제게 준 케이크 덕분인지는 모르겠지 만. 이곳에 운전하며 올 때까지만 해도 침잠하듯 가라앉던 기분 이 무색해졌다.

"단 거 싫어하는데, 이상하게 네 초콜릿케이크는 맛있어."

"카카오 함량이 높은 초콜릿을 써서 그런가."

한껏 진심이 담긴 그녀의 대꾸에 재이가 나긋하게 웃었다. 그 는 조용히 포크를 움직여 케이크를 두어 번쯤 더 먹었다. 이어 뜨거운 커피를 한 모금 들이켜곤 다시 여유롭게 입을 열었다.

"운아."

"응."

"왜 갑자기 여기로 왔어?"

아무 말도 없이, 왜 그랬어. 그렇게 채근하는 듯한 재이의 말에 운은 홍차가 담긴 흰색 머그잔만 만지작거렸다. 뜨거운 찻물로 데워졌던 머그잔은 겨울의 찬 공기에 눌려 그새 조금 식었는지 뜨뜻미지근했다. 운은 만지작거리던 머그잔을 들어 한 모금 들이켜곤 건조하게 대답했다.

"그냥. 그러고 싶었어."

그는 운의 말을 가만히 곱씹으며 잠시 침묵하다 이어 말했다.

"머무는 공간은 그 사람을 닮아 있다고 하잖아."

그리고 유운이 준 커피를 다시금 한 모금 마시곤 말을 이었다.

"여긴 널 닮았네."

"어떤 점이 닮았는데?"

"그냥. 여기 계속 있어도 괜찮을 것 같아. 그런 생각이 들어."

운은 문득 이 공간에 권재이가 들어앉아 있는 지금 상황에 묘한 기시감이 들었다. 분명 처음인데, 불현듯 찾아온 이 상황이 낯설지 않았다. 마치 이전에 겪어본 것처럼. 운이 자신의 뜬금없는 생각을 가볍게 웃으며 떨쳐냈다.

"왜 웃어?"

"뭔가, 네가 여기에 있는 게 이상해서. 그나저나 일은?"

"출장 나온 김에 들렀어. 이 근처였거든."

그가 여유롭게 대답하곤 머그잔에 가득 찬 까만 커피를 후하고 불었다. 순간 뿌연 수증기가 일었다. 운은 그런 남자를 물끄러미 바라보았다.

1월생 권재이. 운과 같은 해에 태어났지만, 빠른 연생으로 학교를 일찍 간 재이는 엄연히 운의 선배였다. 재이는 흔히들 말하던 족보 브레이커였으나, 같은 동아리에서 만난 한 학년 아래 운과 나름대로 좋은 대학 친구가 되었다. 성격이 잘 맞았고, 좋아하는 것들이 비슷했다. 하지만 여느 대학교 친구들이 그러하듯, 어느 순간 가는 길이 조금씩 달라졌다. 무슨 바람이었는지, 그는 군대 전역 후 곧장 CPA를 준비하더니 머지않아 합격을 거머쥐고 졸업과 동시에 회계 법인에 취업했다.

"내가 여기 와서 별로야?"

"별로일 게 뭐 있어."

"별로 아니면, 또 올게. 또 와도 되지?"

"…여기 멀잖아."

"안 멀어. 차로 두 시간이면 오는데, 뭐."

"소진이랑 오든가."

걔도 못 본 지 오래됐다. 운이 작게 웃으며 덧붙이자 재이가 그녀와 눈을 맞추며 느긋하게 웃었다.

"혼자 올 건데? 한소진 시끄러워."

그가 잠시 생각하듯 고개를 기울이다가 다시 입을 열었다.

"다음 주 토요일."

"어?"

"그때, 이 근처에 또 볼 일이 있어서."

그가 하는 말에 운이 도르륵 눈을 굴렸다. 그가 이곳까지 또 오는 건 만류하고 싶었다. 운이 이곳까지 온 이유에는 전에 알던 알던 얼굴들을 마주치기 싫어서도 있었으니까.

"토요일 안 돼."

"일요일은 나도 일정이 있는데."

회사 선배 결혼식이라. 재이가 덧붙이는 말을 들으며 운은 대번에 대꾸했다.

"그러니까, 오지 말라고."

"토요일엔 왜 안 되는데?"

"그러니까….''

머릿속으로 핑계를 떠올리려고 했지만 좀처럼 쉽지 않았다. 그러다 운은 문득 어제저녁 윤오와 나베를 먹으며 나눴던 대화가 스쳐 지나갔다.

"원데이 클래스!"

운이 순간 큰소리로 그렇게 외쳤다. 조용히 다이어리를 정리하던 창가 자리의 단골손님도 반사적으로 큰소리가 들린 운의 테이블을 쳐다보았다. 운은 괜스레 민망해져 큼큼 목을 가다듬는 소리를 내곤 다시 적당한 목소리로 말을 이었다.

"그날 베이킹 원데이 클래스가 있어. 그래서 안 돼."

“여기서 클래스도 해?”

재이는 그러기엔 공간이 작지 않나 싶어서 주변을 둘러보며 미심쩍은 표정을 지었지만, 운이 이에 질 새라 먼저 선수 쳐서 그럴듯한 말을 덧붙였다.

“클래스 할 땐 여기 테이블을 좀 정리하고 하지.”

그는 여전히 의심스러워했지만 곧 납득하고는 고개를 끄덕였다.

“그럼 그냥 오늘처럼 시간 날 때 아무 때나 올게.”

“먼데 굳이 뭘 또 온다고 그래.”

그녀가 투덜거렸지만 그는 별다른 대꾸 없이 무시했다. 그러다 그는 금속 재질의 손목시계로 시간을 확인하곤 커피를 다시 한 모금 들이켰다. 어느새 마지막 모금이었다.

“그만 가봐야겠다.”

“그래.”

“오늘은 잘 있는 거 봤으니까 됐어. 그동안 전화 안 받은 건 좀 괘씸하지만.”

사실 전화를 받지 않은 건 어떻게 말해도 변명에 불과했다. 전화를 피한 건 맞으니까. 한동안 모두와 연락을 두절한 상태로 있고 싶었다. 그저 도망치고 싶었다.

둘은 자리에서 일어나 함께 가게 문을 나섰다. 차까지 가는 사이 재이가 낮은 목소리로 물었다.

“유운, 너 가나슈 뜻이 뭔 줄 알아?”

“프랑스어로 바보, 멍청이 아니야?”

“그래, 네가 말해줬었지.”

가나슈는 옛날에 과자 공장에서 일하던 견습생이 초콜릿이 담긴 그릇에 실수로 끓는 우유를 쏟아서 만들어진 거라고. 그래서 이 맛있는 게 프랑스어로 바보라는 이름을 갖고 있다며 웃었다. 꼭 세상엔 똑똑한 사람만 필요한 게 아니라고. 운은 재이에게 그렇게 말한 적이 있었다. 정작 그녀는 잊어버렸지만.

“내가 그랬었나.”

“그랬었지. 문득 생각나더라고, 그 얘기가.”

어느새 차 앞에 도달한 둘의 발걸음이 멈췄다.

“갑자기?”

“응, 그냥.”

운은 의아한 눈으로 그를 보았다. 그는 운을 보며 낮게 입꼬리를 올려 보였다.

“그런 생각이 들었어. 내가 가나슈 같다고.”

의미를 알 수 없는 그의 말에 다시금 운의 눈동자에는 의문만이 떠올랐다. 유운이 생각하기론 권재이는 그 단어랑 아주 거리가 멀었으니까. 운은 발로 괜스레 흙을 툭툭 찼다.

“유운.”

자신을 부르는 목소리에 고개를 들자, 밝은 갈색 눈동자와 마주쳤다.

“또 올게.”

그 말과 함께 재이는 시동을 걸었고, 재이가 탄 검은색 세단은 멀어졌다. 세단의 후면을 가만히 바라보는데, 이쪽으로 걸어오는 익숙한 남자의 실루엣이 보였다. 운이 먼저 말을 걸었다.

"오늘은 늦었네."

"방금 그 사람은 누구야?"

제 말과 전혀 다른 물음이었지만 운은 태연하게 대꾸했다.

"대학교 친구."

그 대답을 들은 윤오가 잠시 운의 얼굴을 물끄러미 바라보다가 이내 가게를 향해 발걸음을 뗐다.

"오늘 가게 많이 바빴어?"

"평소랑 비슷하지, 뭐. 근데 넌 웬일로 늦게 왔어?"

운이 미닫이문을 열며 돌아보자, 아침부터 서준에게 불려 갔다 왔다며 윤오는 툴툴거렸다. 그녀는 그 모습이 고소하다는 듯 가볍게 웃음기를 띤 채 가게 안으로 들어섰다. 때마침 단골손님은 이제 막 떠날 참이었는지 자리를 정리하고 다 마신 유리잔과 깨끗이 비운 그릇을 쟁반에 올려 카운터로 들고 왔다.

"저, 사장님…."

그녀가 내미는 쟁반을 받아 들며 평소처럼 "감사합니다. 안녕히 가세요." 그렇게 말하려던 참이었다.

"저, 엿들으려던 건 아닌데. 아까 말소리가 좀 크게 들려서요. 혹시 다음 주 원데이 클래스, 저도 신청할 수 있을까요?"

예상치 못한 단골손님의 물음에 운의 까만 눈동자가 커졌다.

08

겨울비

영업 종료 시간을 꽤 넘긴 시각. 이제는 저녁을 챙겨 먹어야 할 시간인데도 운은 여전히 자리에 앉아서 골똘한 얼굴로 노트에 글씨와 자투리 낙서를 끄적거리다가 땅이 꺼질 듯 긴 한숨을 내쉬었다.

"하아아…."

운의 바로 옆 테이블에서 자기 할 일에 집중하고 있던 윤오가 쯧 하고 짧게 혀를 찼다. 그는 고개도 돌리지 않은 채 여전히 노트북 화면에 시선을 박아놓고선 무심한 말투로 말했다.

"그냥 지금이라도 못한다고 하든가."

운은 얼떨결에 클래스를 하게 된 전후 사정을 윤오에게 줄줄이 실토했고, 그는 어이없다는 듯 고개만 절레절레 내저었다. 그

러다 계기가 뭐가 중요하냐며, 되레 잘해보라고 운의 어깨를 툭
툭 치며 격려까지 해주었다. 그녀가 총기 없는 눈동자로 허공을
바라보며 힘없이 몸을 뒤로 젖혔다.

"그럴 수 있으면 그랬겠지…."

운은 느리게 눈을 감고서 그 순간을 떠올렸다. 단골손님이 원
데이 클래스에 관해 묻던 순간, 막 가게 안으로 들어오던 은정이
눈을 반짝이며 합세해서 묻던 그 모습을. 그때는 도저히 입 밖으
로 안 된다는 말이 나오질 않았다.

거절 못 하는 것도 병이다. 아니라고 정확히 말했어야 했는데.
얼떨결에 열게 된 원데이 클래스에 다들 실망하면 어쩌지. 그녀
는 깊은 시름에 빠져들고 있었다.

윤오는 차가운 인상을 주는 은테 안경을 쓴 채 무표정하게 노
트북 화면에 꽂혀 있던 시선을 떼고 굳은 목을 양쪽으로 뚝뚝 소
리가 나도록 꺾었다. 그리고 노트북을 탁 소리가 나도록 덮고,
피로에 찌든 인상으로 안경을 벗고는 운에게 시선을 고정한 채
담담히 말했다.

"뭐, 계기가 뭐든 일단 시작해보는 건 괜찮잖아."

원래 누구에게나 처음은 있어. 그렇게 무심히 덧붙이는 말이
지금의 운에게는 퍽 위로가 되었다. 그녀는 테이블에 붙였던 뺨
을 떼고 제대로 자세를 고쳐 앉아서, 노트에 크리스마스 아이싱
쿠키와 스콘, 슈크림, 슈톨렌 같은 아이디어를 차례로 적어 내려
가기 시작했다. 아무래도 곧 크리스마스니까 그에 어울리는 메

뉴가 좋겠지. 아니면 혼자 집에서도 간단히 해 먹을 수 있는 종류가 좋으려나. 운이 혼자 다시 생각의 늪에 빠진 사이 윤오는 조용히 자리에서 일어났다. 이번엔 그녀가 노트에 시선을 고정하고는 깊이 빠져들었다.

그렇게 길게 늘어진 고민 사이로, 코끝을 사로잡는 얼큰한 라면 냄새가 파고들었다. 어느샌가 부엌 안에 들어간 윤오가 냄비를 불에 올려 능숙하게 라면을 끓이고 있었다. 고개를 들어 그의 모습을 쳐다보자, 그는 어깨를 으쓱였다.

"밥은 먹고 고민해야지."

그리고 금세 다 끓은 라면 냄비와 앞 접시 그리고 젓가락 두 세트를 운이 앉아 있던 테이블에 내려놓았다.

"그래, 해야 할 일도 많은데. 한국인이 밥은 챙겨 먹어야지."

겨울의 한밤중. 라면 냄새가 퍼진 실내 공간은 훈훈한 기운이 감돌았다. 운은 오늘 하루 동안 정말 많은 일이 있었던 것만 같았다. 하루를 마무리하고 나서 침대에 누우면 금세 곯아 떨어질 것을 예감하면서 젓가락을 집어 들었다.

⊘ ⊘ ⊘

요즘의 운은 나름대로 바빴다. 이곳에 어떻게 오게 됐는지, 그 이유를 잊어버릴 정도로 바빴다. 낮에는 카페 영업에 집중했고, 영업이 끝난 저녁에는 여러 가지 아는 레시피들을 응용해 여러 메뉴를 실험하며 연구했다. 유행한다는 레시피를 따라해보기도 했다. 대학교를 다닐 때부터 몇 년을 취미로 즐겼던 베이킹 시간을 모두 합쳐도 이곳에 내려와 몇 달 동안 한 시간에 미치지 못할 것이었다. 그만큼 열심이었다. 가끔은 빵 굽는 냄새에 질려서 만든 빵을 먹고 싶지 않을 때도 있었지만, 그럼에도 여전히 이 공간에 퍼지는 빵 냄새를 운은 좋아했다.

하루가 끝나면 다이어리를 펼쳐서 해보았던 레시피들을 정리해서 일기로 적어내는 일들이, 따뜻한 차를 마시면서 겨울의 시골 풍경을 구경하는 일이, 길가를 걸을 때면 어깨 너머로 보이는 채도를 잃어버린 듯 노랗게 빛바랜 논밭 위로 하얀 마시멜로가 얹어져 있는 풍경을 구경하는 일이 즐거웠다.

운은 그런 실없는 생각을 하며 손을 바삐 움직였다. 아침부터 비가 내려 창밖은 어두컴컴하기만 했다. 이전엔 이런 날이면 착 가라앉는 기분에 우울하기만 했는데, 지금은 그럴 겨를이 없었다. 날씨야 어떻든, 가게 안에서는 쉼 없이 몸을 움직여야 했으니까. 점심시간이 되자 인근 구청 직원들은 삼삼오오 와서 커피와 디저트를 포장해 갔다.

정신없던 점심시간의 끝자락에는 반가운 얼굴의 단골손님이 왔다. 원데이 클래스를 문의했던 단발머리 단골손님. 그녀의 이름은 이도영. 그녀는 이번 주말에 있을 클래스가 벌써부터 기대가 된다며 연신 밝게 웃었다. 발랄하게 웃는 그녀의 모습에 운도 덩달아 입가에 미소가 스며들었다. 평소에 그다지 말수가 많은 손님이라고 생각하지 않았었는데 원데이 클래스를 하기로 하니 그녀는 미주알고주알 이런저런 말들을 많이 늘어놓았다. 의외라고 생각했다.

도영은 테이크아웃으로 커피를 주문하곤, 준비되는 동안 카페 공간에 작게 구성된 나무 책장 근처를 서성이며 꽂힌 책들을 훑어 보았다. 그중 마음에 드는 얇은 책을 골라 훑어 내리다가, 책에 끼워진 종이 한 장을 발견했다.

"커피 나왔습니다."

운의 목소리를 듣고, 그녀가 픽업 대로 걸어와 그 위에 올려놓은 커피를 집으며 대뜸 이렇게 물었다.

"사장님, 윤동주 시인 좋아하세요?"

"윤동주 시인요?"

"책장에서 필사해놓으신 거 봐서요. 저도 그 시 좋아하거든요. '길은 아침에서 저녁으로, 저녁에서 아침으로 통했습니다'."

"아, 아주 예전에 쓴 건데. 그게 왜 거기 있었지….”

그녀가 머쓱하게 웃으며 중얼거렸다. 운은 필사한 종이를 책에 대충 끼워놨단 사실을 지금에서야 떠올렸다. 이전에 자주 곱씹던 윤동주의 '길'이라는 시였다.

"글씨가 예뻐요."

도영의 말에 운이 무어라 대꾸해야 할지 몰라 어색하게 미소 짓자, 그녀가 텀블러에 가득 담긴 카페라테를 손에 들고 잘 마시겠다며 웃어 보이고는 가게를 나섰다.

오랜만이었다. 그 시를 다시 떠올리게 된 건. 그녀는 언제 붐 볐냐는 듯 텅 빈 카페를 가만 바라보다가, 카운터 앞에서 벗어나 도영이 서 있던 작은 책장으로 다가가 조금 전 그녀가 들고 있던 책을 집어 들었다. 이전에 접었던 흔적이 희미해진 종이 한 장이 끼워져 있었다.

길

윤동주

잃어버렸습니다
무얼 어디다 잃었는지 몰라

두 손이 주머니를 더듬어
길에 나아갑니다
돌과 돌과 돌이 끝없이 연달아 길은 돌담을 끼고 갑니다

담은 쇠문을 굳게 닫아 길 위에 긴 그림자를 드리우고

길은 아침에서 저녁으로
저녁에서 아침으로 통했습니다
돌담을 더듬어 눈물짓다
쳐다보면 하늘은 부끄럽게 푸릅니다

풀 한 포기 없는 이 길을 걷는 것은

담 저쪽에 내가 남아 있는 까닭이고

내가 사는 것은, 다만

잃은 것을 찾는 까닭입니다

운은 그것을 가만히 한참 동안 내려다보았다.

2년 전 겨울, 어느 거리에서 울면서 걸어가다 만난 시였다. 그날은 어렵게 필기시험에 합격한 기업의 최종 면접에서 불합격 결과가 나온 날이었다. 그날따라 너무 하늘이 높고 맑았었다. 너무 환하고 밝은 낮의 하늘이 지금 제 모습과 너무도 달라 자신을 더 부끄럽게 만드는 것 같아서, 자꾸만 눈물이 나왔다. 붉어진 눈으로 버스 정류장에 서서 집에 갈 버스를 기다리는데, 문득 옆을 돌아보니 정류장 전광판에 검은색 글자들이 문단을 나뉘어 일목요연하게 적혀 있었다. 윤동주 시인의 시였다.

그도 이런 밝은 햇빛 아래 자신이 부끄러웠을까. 문득 그런 생각이 들었다. 한참이나 오래된, 다른 세대를 살다 간 그의 마음을 알 것만 같았다. 자신 역시 몇 번이나 시험에 떨어졌는데도, 단념하지도 포기하지도 못했으니까. 그런 자신이 부끄럽기만 했다. 이 상황에서 도망갈 출구를 찾지 못한 나약함 역시 한심해서 고개를 들 수 없었다. 그럼에도 여전히 하루하루는 흐르고, 아침에서 저녁으로 또 저녁에서 아침으로 바뀌어가고 있다는 사실이 잔인하게만 느껴졌다. 이 길엔 나를 위한 풀 한 포기 없는 길인데 왜 걸으려고 애쓰고 있는지.

오래전 일들이 마치 어제 같고, 바로 어제의 일이 전생처럼 느껴질 때가 있다. 필사해놓은 시를 다시 읽자, 이 시를 처음 만난 날이 바로 어제처럼 선명하게 떠올랐다. 다만 그때의 일을 회상하는 것이 지금은 그리 아프지 않았다. 이제는 정말로 다 지나간 일인 것처럼.

◎　◎　◎

윤오가 기지개를 켰다. 외주로 들어온 일들을 마치고, 들어온 수정 사항을 반영해 클라이언트에게 넘기고 나니 벌써 오후 4시가 넘은 시각이었다. 거울을 보니 눈가에 어두운 그늘이 드리웠다. 시원한 아이스 핸드드립 커피 한 잔이 마시고 싶다고 생각했다.

뻐근해진 목을 양쪽으로 꺾으며 시선을 돌리자, 창문 너머 겨울비가 추적추적 내려오고 있었다. 해는 먹구름 뒤에 숨어서 낮의 하늘이 회색빛으로 어두웠다. 비가 내리는 추운 겨울 날씨. 집 안에서 꼼짝도 하기 싫은 날이지만, 그럼에도 집에 있는 캡슐 커피 말고 유운이 내려주는 핸드드립 커피가 마시고 싶었다.

"좀 귀찮은데. 가, 말아…."

그가 빗물이 흐르는 창문을 바라보며 혼잣말하다가, 중대한

결심이라도 한 듯 이내 자리에서 일어섰다. 그리고 보송한 흰 양털로 이루어진 두꺼운 플리스 집업을 대충 겉에 걸치며 집을 나섰다.

윤오가 몇 차례 손님들이 휩쓸고 가 바쁜 시간을 보내고 난 평화로운 행복과자점 안으로 평소처럼 문을 열고 들어왔다.

"유 사장님-."

천연덕스러운 목소리에 운이 부엌에서 바스락 소리를 내며 무언가 하다 말고 고개를 들어 그가 들어오는 현관을 바라보았다.

"아이스 아메리카노?"

내 이름이 아이스 아메리카노인가. 윤오는 운의 반응이 어이없으면서도 웃었다. 평소 자신을 떠올려보면 무리도 아니겠구나 싶기도 했다.

"아니, 핸드드립."

"아이스?"

그가 당연한 표정으로 고개를 끄덕였다. 잠깐만 기다려. 운이 하던 일을 마무리하곤 찬장에서 원두를 꺼내 그가 평소 즐겨 마시는 과테말라 원두를 그라인더에 쏟아붓고서 핸들을 잡고 천천히 돌리기 시작했다. 드르륵. 뭉툭한 금속 날에 원두 알맹이가 갈려 나가는 소리가 나며 잘 볶아진 원두 냄새가 그에게 닿았다. 운은 핸드드립 커피를 내릴 때면 수동 그라인더로 열심히 원두를 갈아낸다. 정성스레 직접 간 원두는 기계로 간 것에 비하면 거칠지만 유독 향긋한 향을 내뿜는 것 같았다.

"뭐 하고 있었어?"

원두를 열심히 가는 운을 잠자코 구경하던 윤오가 물었다.

"크리스마스 준비. 이젠 정말로 얼마 안 남았으니까 제대로 꾸며둬야지."

운은 현관 옆의 트리를 잠시 바라보았다. 트리와 함께 받아왔던 꼬마전구들을 대충 둘러놓은 녹색의 트리는 깜빡거리며 빛을 내고 있었다. 그녀의 시선을 따라 고개 돌린 윤오는 그 모습에 새삼스레 연말을 실감했다.

"저대로도 좋아 보이긴 하는데. 어떻게 꾸미게?"

"이따 할 건데, 너도 돕고 가든가."

이전보다 손이 빨라진 운이 어느새 곱게 갈아낸 원두 가루를 드리퍼에 쏟아부으며 대답했다.

"클래스 준비 때문에 바쁠 텐데. 그건 또 언제 준비했대?"

"조금씩 해뒀지."

가만 보면 유운은 참 부지런했다. 윤오가 그렇게 생각하는 사이 유운은 유리컵에 각진 얼음을 듬뿍 담고서 이제 막 내린 드립 커피를 부어 내어왔다. 윤오는 한겨울에도 불구하고 차가운 커피를 시원하게 들이켰다. 그사이 운이 부엌에서 라탄 바구니를 하나 들고 나와 트리 옆에 내려놓았다. 그리고 자리에 쭈그려 앉아 바구니에서 포장된 것들을 하나씩 꺼내 들었다. 윤오는 가만히 옆에 서서 그 모습을 지켜보았다.

바구니 안에는 빨간색 리본으로 묶은 투명한 OPP 봉투가 가득했다. 그 안에는 아이싱 쿠키, 아이 주먹만 한 초코볼이 각각 들어 있었다. 빨간색과 흰색 털로 짜인 것 같은 모양의 털장갑 모양의 아이싱 쿠키, 흰색의 눈꽃 모양 쿠키, 산타 모자 모양 쿠키. 전부 다 유운이 밤새 달걀흰자와 슈거 파우더, 레몬즙, 알록달록한 색소를 넣은 아이싱으로 한 땀 한 땀, 크리스마스와 어울리는 것들을 그려가면서 완성한 쿠키다.

"이건 언제 다 만들었어?"

"어젯밤에 다 만들었지."

그녀가 뿌듯한 목소리로 답했다. 이어서 윤오가 바구니에 든 눈사람 모양의 초콜릿을 가리키며 물었다.

"이건 뭐야? 초콜릿?"

"그건 코코아밤. 따뜻한 우유에 녹이면 달달한 핫초코가 돼."

겉은 밀크 초콜릿인데, 안에는 작은 마시멜로들이 들어 있거든. 그렇게 말하는 운의 모습은 크리스마스를 기다리는 아이처럼 들떠 보였다.

"이걸 여기에 매달려고?"

"응. 손님들이 서비스로 하나씩 골라 가면 좋을 것 같아서. 하나씩 골라 가면서 옆에 바에 놓인 메모장에 소원을 써서 매달고 가는 거야. 자기가 고른 쿠키나 코코아 밤이 있던 자리에."

운이 설레는 목소리로 트리를 꾸밀 계획을 설명하는 걸 들으니 윤오는 저도 모르게 웃게 되었다.

"애들이 좋아하겠다."

"어른도 좋아해, 이런 거."

운이 그렇게 대꾸하며 싱긋 웃었다.

정성껏 만든 쿠키를 투명한 비닐에 넣은 다음 부채꼴로 주름을 잡아 빨간색 리본을 묶고, 그것들을 초록색 트리에 매달아 꾸미는 것. 그리고 그걸 나누면서 웃는 것. 참으로 유운답다는 생각이 들어, 그의 입매가 다시 둥글게 휘었다. 유운은 가만히 보고 있으면 기분이 좋아지는 사람이었다.

"유운, 크리스마스에 뭐 해?"

"집에 있겠지. 혼자 해리포터 볼 거 같은데."

윤오가 쿠키를 하나 꺼내 들어 트리를 한 편에 매달았다.

"소율이네 집에서 크리스마스 파티 할 건데, 올래?"

"내가?"

트리에 쿠키를 매달다 말고, 운이 고개를 들어 동그래진 눈으로 윤오의 얼굴을 올려다보았다. 한눈에 봐도 가족들끼리 노는데 자신이 껴서 뭐 하냐는 기색이었다.

"바비큐 파티할 거거든."

운은 갑작스레 받은 크리스마스 파티 초대에 금세 골똘한 눈을 하다가, 다시 트리에 코코아 밤을 매다는 일에 집중했다.

"좋아, 갈래."

의외로 호쾌한 승낙에 윤오는 저도 모르게 웃었다.

둘은 어느새 트리에 코코아밤과 쿠키를 매다는 일에 몰두했다. 반짝이는 실버볼 몇 개로 장식을 추가하니 트리가 꽤 그럴듯해졌다. 운이 꾸민 트리를 바라보며 더할 장식을 고민하는 동안 윤오는 테이블로 돌아가 앉았다. 그리고 아직 얼음이 녹지 않은 커피를 한 모금 들이켰다.

"밖에 비 오는 거 봤어?"

"응, 겨울비 내리더라."

고민을 마친 운은 따뜻한 차를 가져와 그의 앞에서 마주 앉았다. 왼쪽 손으로 턱을 괴고서 창문 너머를 바라보는 운의 움직임은 물 흐르듯 자연스러웠다.

그녀의 시선이 멍하니 다른 곳을 향해 있을 때면 윤오는 분명 유운이 눈앞에 앉아 있어도 언제고 도깨비 눈처럼 흩어져 사라질 것만 같다고 생각했다. 사람이 눈처럼 흩어진다니. 터무니없는 상상이지만 정말 그랬다. 곧 떠날 사람처럼.

오래 쓰지 않을 거라며 중고 난로를 카페에 들이던 일만 보아도 그랬다. 그런 일련의 행동들을 떠올릴 때면 윤오는 어째선지 가슴 한편이 싸해지는 것만 같았다. 지금도 유운은 무슨 생각을 하는지 알 수 없는 얼굴로 지붕 끝에서 떨어지는 빗방울들을 보고 있었다. 그날처럼.

"무슨 생각해?"

"그냥."

오늘 눈이 내릴 줄 알았는데, 겨울비가 오길래. 그렇게 운이 중얼거리며 차를 홀짝 들이켰다.

"봄비, 여름비, 가을비, 겨울비. 같은 비여도 계절마다 참 다른 것 같다. 그런 생각.”

흰 머그잔을 두 손으로 감싸 쥐고서 잠시 말을 줄였다. 윤오는 그녀의 시선이 머무는 창가를 바라보다가 그녀에게 물었다.

“그땐 무슨 생각 했었어?”

“그때?”

“9월쯤. 너 여기 앉아서 멍때리고 있었잖아.”

“아….”

그녀가 잠시 기억을 더듬다, 어느 날을 말하는지 알겠다는 듯 고개를 끄덕였다.

“그러게. 무슨 생각을 했더라.”

운은 눈동자를 굴렸다. 기억을 돌이켜보려는 듯. 그러다 아, 하고 작게 소리를 내더니 말을 이었다.

“대학 때부터 즐겨 듣던 라디오 프로그램이 있었어. 새벽마다 그 라디오를 들었는데 사연들을 들으면 참… 세상에 고민은 나만 갖고 있는 게 아니구나, 그런 생각이 들더라고. 그 사연을 보낸 사람은 잘 지내고 있을까, 괜찮아졌을까. 그런 생각을 하고 있었어.”

그럼 나도 괜찮아질 것 같아서. 운이 뒷말을 입안으로 삼켰다.

“근데…”

머그잔에 담긴 수색에 머물던 시선이 다시 멀어졌다. 창문의 유리를 툭툭 때리는 겨울비가 내리는 마당의 풍경, 현재로 향했다.

“지금 와서 생각해보면, 아마 다들 괜찮아졌을 것 같아.”

“그렇구나. 그때 그런 생각을 하고 있었구나.”

윤오가 그렇게 중얼거렸다. 그는 어째선지 그게 정말 궁금했었다.

“클래스는 잘 준비돼 가?”

“그냥.”

고민에 잠긴 골똘한 눈으로 차를 마시던 운은 이윽고 즐거운 눈으로 윤오를 보았다.

“갓 구운 슈는 어떨까? 나 어렸을 때 전자제품 할인 매장에 엄마 따라서 갔는데, 도깨비방망이랑 오븐 판촉 행사로 그 자리에서 슈를 구워줬었거든? 거기서 갓 구운 슈를 처음 먹었는데 너무 맛있었어서 아직도 기억나.”

“그것도 좋겠네.”

이런저런 이야길하다 보니, 윤오는 온종일 집에 틀어박혀 코드만 수정해댄 메마른 하루가 기분 좋게 마무리 되는 것 같았다. 불과 몇 개월 전 이곳에 생겨난 행복과자점이 윤오에게 주는 의미는 그러했다. 신발 바닥과 바지 밑단을 축축하게 젖어 들게 하는 모처럼의 겨울비가 나쁘지 않았다. 한겨울의 운치 있는 풍경을 만들어주었다고 생각하게 되었으니까.

아직 한낮인데도 어두컴컴한 하늘 덕분에 실내 안의 트리 위에 장식된 코코아밤과 빨강, 초록 알록달록한 크리스마스 쿠키, 꼬마전구는 되레 환해 보였다.

“…알았다.”

그가 혼잣말처럼 중얼거렸다. 하늘이 어둡고 아침부터 내린 겨울비에 매서운 추위를 뚫고도 이곳에 오고 싶었던 이유.

"뭐가?"

"아니, 혼잣말이었어."

그냥 유운과 커피나 한잔 마시면서 시시콜콜하게 떠들고 싶었던 것 같다. 이래서 동네 친구가 필요한 거구나. 그는 새삼 주변에 평화롭게 또래와 대화하는 일이 얼마나 즐거운 일인지 깨달아 가는 중이었다.

"맞아, 소율이가 삼촌이 요즘 집에 안 온다고 속상해하더라."

"요즘 바빠서 못 놀아줬더니 그새 일렀네."

윤오가 장난스럽게 받아치자 운이 작게 웃었다.

"아까 왔다 갔어. 크리스마스 카드도 주더라. 이거 봐."

자리에서 일어난 운이 소중하게 보관해둔 듯, 종이 상자에서 카드 두 장을 꺼냈다. 연준과 소율이 정성껏 색종이를 접고 잘라 만든 크리스마스 카드를 들고 와 펼쳐 보여주었다.

"난 못 받았는데? 전엔 삼촌이 최고로 좋다더니만, 그새 마음들이 돌아섰네."

"몰랐어? 원래 애들 마음은 갈대야."

운이 배시시 웃으며 다시 종이 상자를 열었다. 카드를 도로 담으려는데 이전에 도영이 말했던 시를 필사한 종이 한 장, 그게 순간 운의 시선을 붙잡았다. 운이 종이를 만지작거렸다. 그날, 떠올리기조차 싫은 무력감을 남의 문장들을 빌려서, 노트에서 찢

어낸 종이 한 장에 실어 감춰두었었다. 대충 책 사이에 끼워두었던 낱장의 종이를 도영이 발견했을 때, 잊고 있던 기억을 찾은 기분이었다.

몇 개월에 걸쳐 준비했던 시험에서 최종 불합격을 통보받던 날. 소리 없이 울며 퉁퉁 부은 눈으로 집에 가서 씻고 침대에 들어가 태블릿 PC로 영화 한 편을 보았었다. 〈카모메 식당〉이라는 영화였다. 영화의 한 장면에서 나온 갓 구운 시나몬롤이 어찌나 먹고 싶던지. 하지만 다음 날 프랜차이즈 제과점에서 겨우 만난 시나몬롤은 딱딱하고, 질기고, 달기만 했다. 영화처럼 따뜻하지도 않았다.

09

원데이 클래스

운은 들이닥치는 오전의 햇빛을 피해 창가의 블라인드를 내리기 시작했다. 그러다 창문 너머 성큼성큼 걸어오는 반가운 사람을 발견했다.

"오, 프로젝터가 생겼네?"

은정이 평소처럼 활기찬 모습으로 가게 문을 열며 들어섰다.

"밖이 많이 춥죠?"

"네, 그래도 겨울이니까 춥긴 해야죠."

"따뜻하게 이거 한 잔 드세요."

운이 웃는 얼굴로 김이 모락모락 올라오는 보리차 한 잔을 대접했다. 은정은 목도리를 풀곤 자리에 앉아 따뜻한 차로 목을 축였다. 그러다 주위를 두리번거렸다.

"클래스 한다고 테이블 배치를 바꾼 거예요?"

"네, 오늘만요."

은정이 기억하는 마지막 모습과는 다르게 실내 홀의 원형 테이블은 한 구석에 모두 정리되어 있었다. 대신 넓고 긴 직사각형 형태의 접이식 탁자 두 개가 서로 마주 보는 모양새로 자리 잡고 있었다.

"저건 웬 스크린이에요?"

그녀가 창문 쪽에 세워놓은 미니 스크린을 가리키며 물었다. 그때 클래스의 마지막 인원 도영이 도착했다. 밖의 추위가 엄청난지 파란 목도리를 목에서부터 코까지 칭칭 감아놓은 모습이었다. 그녀가 운과 은정을 보며 가볍게 고개 인사를 했다.

"안녕하세요!"

"어서 오세요."

운이 환하게 인사하며 도영이 앉을 자리에 따뜻한 보리차 한 잔을 놓아주자, 도영이 별다른 말 없이도 척척 제자리를 찾아서 착석했다. 운은 나란히 앉은 도영과 은정을 차례로 보더니 조금 어색하면서도 들뜬 미소를 지었다. 이제 준비가 모두 끝났다.

먼저 셋은 간단히 서로를 소개하는 시간을 가졌다. 오랜만에 하는 자기 소개가 어색한지 다들 멋쩍어하며 눈을 굴렸지만, 곧 돌아가며 소개를 마치고 나니 한결 가까워진 기분이 들었다.

"그럼 이제…."

운의 말에 동시에 둘은 눈을 동그랗게 떴다.

"우리 간단하게 영화 좀 보고 시작할까요?"

그녀는 싱긋 웃으며 밝았던 전등을 끄고, 실내의 빛을 차단했다. 스크린에 화면이 보일 만큼 어둡게 공간을 조성한 다음 윤오에게서 빌려온 빔프로젝터를 켰다. 그리고 〈카모메 식당〉을 재생했다. 운을 제외한 둘은 잠시 눈을 깜빡거리며 당황스러운 표정을 지었지만, 곧 영화는 오랜만에 본다며 반겼다. 특히 은정은 근래 농사일로 더욱 바빠서 영화를 언제 봤는지 기억도 안 난다며 좋아했다.

운이 준비한 작은 큐브 모양의 캐러멜 러스크와 보리차를 곁들이며 둘은 차분히 영화를 감상했다. 영화는 전체적으로 평화로우면서도 정적인 분위기가 흘렀다. 일본인 여자 주인공이 핀란드 헬싱키에서 식당을 열어 운영하는, 평화로운 일상이 담긴 이야기였다.

스크린 속 두 여자는 집에서 가벼운 운동을 하는 중이었다. 갑자기 한 명이 "내일은 시나몬롤을 만들어야겠어요" 하고 말하자 금세 다음 날로 장면이 바뀌었다. 바뀐 장면에서는 여자가 만든 시나몬롤이 진한 갈색빛을 띠며 먹음직스럽게 구워졌다. 그때 가게 유리창 너머로 지나가던 여자 손님 세 명이 들어와 커피와 시나몬롤을 주문해 먹기 시작했다. 창 너머로 이 모습을 본 지나가던 다른 이들도 하나둘 들어왔다. 그 장면에서 달칵 영상을 멈춘 운이 자리에서 일어났다.

"오늘은 여기 나오는 시나몬롤을 같이 만들어 보려고요."

그녀가 미리 출력해둔 레시피가 적힌 종이를 얇은 투명 파일에 끼워 나눠주었다.

"제가 사전에 문자로 여쭤봤었죠. 그때 시나몬 싫어하시는 분이 없으시길래 정말 다행이라고 생각했어요. 이번에 시나몬롤을 같이 만들어보고 싶었거든요."

"이래서 오래 걸려도 괜찮은지 물어보셨던 거구나."

은정은 편안한 웃음을 띤 채 운과 도영을 차례로 바라보며 말했다. 은정과 눈이 마주친 도영도 화답하듯 그녀에게 웃어 보였다.

곧이어 미니 스크린 위로 크리스마스 재즈 플레이리스트와 레시피를 크게 틀어놓은 운이 은정과 도영의 테이블 위로 준비한 재료들을 하나씩 올려놓기 시작했다. 밀가루, 설탕, 시나몬 가루 같은 재료와, 스테인리스스틸 볼과 같은 베이킹 도구들을 나눠주며 본격적으로 클래스에 돌입했다.

둘은 운의 설명을 따라 계량을 시작했다. 무게를 잰 하얀 밀가루와 설탕, 이스트 같은 가루류들을 순서대로 체에 거르고 실온에 풀어둔 버터를 더해 반죽을 주물렀다. 모두 유운의 모습을 관찰하며 어설프지만 성실하게 따라 하자, 어느 정도 그럴듯하게 흰 밀가루 반죽 모양이 잡혔다. 하얀 아기 강아지의 엉덩이처럼 퐁실퐁실해 보이는 흰 반죽이 도영의 눈에는 유난히 귀여워 보였다.

"이제 냉장고에서 한 시간 반 정도 발효할 거예요. 빵이라서 발효 시간이 필요하거든요."

그렇게 말하며 다시 운은 둘과 함께 반죽했던 자리를 조금 정리하고는 멈춰놓았던 영화를 마저 틀었다. 셋은 순식간에 다시 영화에 몰입했다. 조용히 즐기는 영화 감상이 나쁘지 않았다. 오히려 좋았다. 평안하고.

예상했던 대로 남은 영화를 모두 보고 나서도 시간이 조금 남았다. 운은 사전에 준비한 대로 파베 초콜릿을 만들어보기로 했다. 은정과 도영은 운의 설명에 따라 밀크 초콜릿을 담은 스테인리스스틸 볼을 따뜻한 물에 담가 녹이고, 녹인 초콜릿에 생크림을 넣은 다음 여러 번 저어가며 섞고 유산지를 깔아둔 사각형 유리 용기에 부었다. 이대로 굳히면 아주 간단하지만 부드럽고 달콤한 파베 초콜릿이 완성된다.

초콜릿을 완성하자 때마침 시나몬롤의 1차 발효가 끝났다. 세 사람은 하얀 반죽을 꺼내 밀대로 밀어 펼치기 시작했다. 그다음 시나몬 가루와 흑설탕 가루를 듬뿍 뿌려주고선 돌돌 말고는 반죽의 가운데 부분을 밀대로 살짝 눌러 다시 2차 발효를 시작했다. 그렇게 마지막 발효까지 남은 시간은 30분. 이들은 파베 초콜릿을 만들 때 중탕한 초콜릿이 묻은 스테인리스스틸 볼에 우유를 붓고 데워 만든 따뜻하고 달콤한 핫초코를 나눠 마셨다.

소소하게 이야기꽃을 피우자 금세 2차 발효 시간이 끝났다. 그럴듯한 모양새를 갖춘 반죽 위로 하얀 우박 설탕을 예쁘게 몇 알 뿌려주고서 따뜻하게 예열해둔 오븐에 넣었다. 시나몬롤이 달달하고 고소한 빵 냄새를 솔솔 풍기며 구워지는 동안, 어느새

다 굳은 파베 초콜릿을 용기에서 꺼내 한입 크기로 반듯하게 자른 다음 코코아 가루와 말차 가루를 곱게 뿌렸다.

땡. 기다렸던 오븐의 타이머 소리가 들렸다. 처음의 하얀색은 온데간데없이 노릇하게 잘 구워진 빵의 진한 갈색과 달콤한 흑색의 선이 선명했다. 오븐에서 갓 구운 시나몬롤을 꺼내자, 시선이 마주친 셋은 동시에 환히 웃었다.

각자 기호에 맞게 시원한 우유나 따뜻한 커피를 한 잔씩 준비하고는 갓 구운 시나몬롤을 시식했다. 운이 예전에 프랜차이즈 제과점에서 사 먹었던 차갑고 달고 질기기만 했던 시나몬롤과는 달랐다. 따뜻하고, 부드럽고, 적당히 달달했다. 실내를 가득 채운 시나몬 향이 향기로웠다.

"이렇게 영화 보고 나서 만들어 먹으니까 더 맛있는 것 같아요."

도영이 영화 속 장면처럼 행복한 표정으로 커피와 시나몬롤을 번갈아 맛보며 말했다.

"사실 〈카모메 식당〉, 아주 예전에 봤던 영화예요. 그때 저도 시나몬롤 직접 만들어 먹어보고 싶다고 생각했었거든요."

사장님하고 마음이 통했나 봐요. 그렇게 웃으며 말하는 도영의 모습이 운의 눈에 담겼다. 은정도 도영을 따라 빵의 결대로 찢어서 먹곤 긍정했다.

"저도 모처럼 재밌었어요. 이십 대로 돌아간 것 같고. 이런 자리가 정말 오랜만이라서요."

"뭐 만들지 비밀로 하셔서 그런가. 행복과자점에서 어떤 클래스를 할지 더 기대됐는데, 진짜 재밌었어요."

둘의 소감 비슷한 말들을 들은 운이 활짝 웃었다.

"사실 정식으로 클래스를 하기엔 제가 아직 부족하다고 생각해서 그냥 함께 빵이나 구워서 먹는 시간을 갖고 싶었어요."

애초에 즉흥적으로 시작된 원데이 클래스였으니까. 사실 며칠 밤은 걱정되어 잠도 안 왔다. 베타테스트 같은 느낌으로 재료비만 받고 한다지만, 그래도 어쨌든 유료 클래스인데 별로면 어떡하지. 하지만 다 마치고 나니 너무 뿌듯했다. 정말 하길 잘했다.

은정은 집에 남아 있는 서준이 한창 고생하고 있을 거라며, 다 만든 시나몬롤과 초콜릿을 깔끔하게 포장해 담고 서둘러 둘에게 안녕을 고했다. 도영은 저녁 약속이 있는데, 집에 들렀다 가면 시간이 어중간하다며 조금 더 있다가도 되겠느냐고 물었다. 운이 흔쾌히 그러라 하자 도영은 운의 실내 정리를 돕겠다고 나섰다.

처음처럼 테이블의 재배치를 마친 도영과 운은 편히 마주 앉아 따뜻하게 우려낸 캐머마일 차를 함께 마셨다.

"오늘 영화도 재밌었고, 그 영화에 나온 빵을 주인공처럼 만들어서 나눠 먹는 것도 좋았어요. 혹시 원데이 말고 정규로 하실 생각은 없으세요?"

"그건 좀 더 고민해봐야 할 것 같아요."

홀로 운영하는 카페라 자주 클래스를 열 만한 여유가 없는 게 사실이지만, 막상 해보니 나쁘지 않았다. 오랜만에 사람들과 시간을 공유하는 기분이 들어서일까.

"그나저나, 사장님은 크리스마스에 뭐 하세요?"

"별 계획 없었는데 동네 친구한테 크리스마스 파티를 초대받았어요."

"혹시 그… 맨날 노트북 앞에서 고심하고 계신 남자분이요?"

"어? 아세요?"

그 물음에 도영이 재밌다는 듯이 웃었다.

"어떻게 몰라요. 제가 여기 단골이긴 하지만, 그분한테는 졌다고 생각했는데."

도영이 그렇게 말하는 것도 무리는 아닌 게, 확실히 기억을 더듬어 보니 도영이 카페에 올 때마다 윤오가 없었던 날은 한 손에 꼽을 정도로 몇 없었던 것 같았다.

"뭔가 최고 단골 타이틀은 뺏긴 것 같지만, 대신 행복과자점 최초의 원데이 클래스 수강자라는 타이틀은 땄으니 됐어요."

도영이 장난스럽게 말하고선 따뜻한 차를 한 모금 마셨다. 잠시 둘 사이에 정적이 흐르자, 운은 무슨 말을 해야 할지 고민했다. 하지만 그 고민이 무색하게 도영이 선뜻 먼저 운을 뗐다.

"사장님, 전 사실 여기로 발령 난 지 얼마 안 됐을 때 정말 매일 같이 밤마다 울었어요."

갑작스러운 도영의 말에 찻잔을 내려다보던 운이 고개를 들었다.

"이 낯설고 먼 곳에서, 아는 사람도 없이 일하는 것도 힘들고…. 고개를 돌리면 허허벌판 아니면 논, 아니면 산, 나무밖에 없으니까. 어떻게 보면 풍경이 좋은 거지만, 어떻게 보면 정말 아무것도 없는 거잖아요. 그래서 정말 오랜만이었어요. 이곳에 와서 즐겁게 시간을 보내는 게요.”

시나몬롤을 들여다보는 그녀의 눈이 자신의 말을 증명이라도 하듯 반짝거렸다.

“저는, 정말 좋아하는 게 하나도 없었거든요. 그러다 얼마 전부터 이 공간을 좋아하게 됐어요. 여기서 머물다가 집으로 돌아갔을 때 나한테서 나는 원두 냄새가 좋았어요. 매일 어떤 디저트가 나올까 기대하는 것도 좋았고. 무엇보다 이곳에 오면 좋아하는 것들이 하나씩 늘어가는 게, 가장 좋았던 것 같아요.”

늘어놓던 말을 잠시 뚝 그치더니, 그녀가 머뭇거리며 다시 입술을 뗐다.

“오랫동안 공무원 시험을 준비했었어요.”

도영은 가만히 반짝거리는 현관 옆 트리를 한동안 가만히 바라보았다.

“만으로 5년 정도 준비한 것 같아요. 처음 합격했을 땐 마냥 좋았었는데, 그 행복이 그리 오래 가진 않았어요. 사람 마음이 참 간사하죠. 그렇게도 간절했는데. 오히려 허무했던 것 같아요.”

도영은 지난 일을 회상하듯 느릿하게 눈을 감았다 떴다.

“아주 흔한 이야기일지도 몰라요.”

도영은 서울 안의 꽤 괜찮은 대학교 인문계열 전공자로, 졸업 후 공시 준비를 시작했다. 그녀는 초등학교부터 고등학교까지 반에서 항상 다섯 손가락 안에 드는 좋은 성적을 거둬왔었다. 스스로 생각하기에도 자기 머리는 나쁘지 않은 편이었다. 아니, 오히려 좋은 편이었다. 그녀의 부모도 그리 믿었고. 그래서인지 10년만 근속해도 희망퇴직 이야기가 나오는 사기업에 다니기보단 별일이 없다면 정년 퇴직을 할 수 있고 연금도 보장되는 공무원이 되길 바랐다. 그렇게만 된다면 적어도 평범한 보통의 인생은 보장되리라. 그럼 행복하리라고 믿었다. 그렇게 살다 보면 늘 모호했던 자신도 더 이상 헤매지 않고 자리를 잡을 수 있을 것만 같았다. 그렇게 휴학 한 번 하지 않고 바로 대학을 졸업했고, 스물넷의 초봄부터 동네의 작은 독서실에 다니기 시작했다.

공시 공부를 시작한 첫해의 시험은 그녀에게 있어서 모의고사였다. 네모난 교실 가득히 들어찬 무채색의 공시생들 사이에서 빽빽한 숨을 내쉬면서도 다소 여유로운 마음으로 시험을 쳤다. 어차피 다음 해의 시험을 기약하며 치는 모의고사에 불과했으니 잘 보지 못해도 괜찮다고 생각했다. 하지만 그럼에도 속이 울렁거렸다. 이 많은 사람들을 제치고, 내가 해낼 수 있을까. 그런 압박감 탓인지 처음 시험을 치고 온 날은 울면서 잠이 들었다. 그날 이후 도영은 불안에 잠겨가면서도 꾸준히 노력했다.

'불안하면 그만큼 노력하랬으니까. 그럼 괜찮아진댔으니까. 괜찮을 거야.'

모두가 그랬다. 유튜브에 가득한 합격한 수험생들이나 인터넷 강사가 입모아 말했으니까. 합격하면 괜찮을 거라고, 도영은 거

듭 되뇌었다.

'아르바이트도 하지 않으면서 공시 준비를 한다니. 정말 복 받은 거지.'

그렇게 마음을 다잡으며 정해진 시간표대로 빼곡한 하루하루를 쌓아갔다. 아침 7시 반에 일어나 아침밥을 먹고 곧장 8시 반까지 독서실로 갔다. 그리고 휴게실에서 대충 점심과 저녁 끼니를 때우며 공부를 하다 밤 10시가 되면 집으로 돌아왔다. 스터디 플래너를 정리하면 하루가 끝났고. 그런 날들이 반복됐다.

부모에게서 금전적 지원을 받지 못하는 취업 준비생과 공무원 시험 준비생도 즐비한데, 자신은 따뜻한 부모님의 집에서 공부에만 집중하면 됐으니까. 친척들 말대로, 인터넷 강사 말대로, 유튜브에서 보았던 성공한 사람들의 이야기대로 노력하는 건 정말로 쉬운 일이었다. 겨울이면 따뜻한 히터가 나오고, 여름이면 시원한 바람이 나오는 그런 안정적인 곳에서 하루 종일 공부만 하면 된다니, 얼마나 좋은 여건인지. 그들의 말처럼 정말로 쉬운 일이었다. 그러다가도 밤마다 울면서 실패에 대해 생각했지만, 별다른 대안은 없었다. 자신이 행복해지려면, 성공하려면, 이 길밖에 남아 있질 않았다. 다른 동기들이 이미 취업에 성공해 인턴십을 할 때, 자신은 독서실에 틀어박혀 시험에 나올 만한 한국사와 행정학, 국어 문법, 영어 문법따위를 암기하고 있었으니까. 낮인지 밤인지도 구분되지 않는 창문 하나 없는 독서실에서 매일매일 똑같은 하루를 반복하니, 네모난 칸막이로 나뉜 그 닭장 같은 칸만이 자신의 전부처럼 보이기 시작했다.

'경쟁하고 싶지 않아서, 경쟁하지 않아도 되는 직업을 가지려고 또 경쟁이라니.'

공시 준비를 시작한 첫해에 본 시험은 당연히 불합격이었다. 그리고 두 번째 불합격, 세 번째 불합격이 이어졌다. 불합격이란 아무리 겪어도 정말로 적응할 수 없는 것이었다. 누가 자주 겪으면 익숙해진다는 얼토당토않은 말을 한 걸까. 좀처럼 익숙해지지 않았다.

두 번째와 세 번째 필기시험에는 합격했다. 하지만 알고 있었다. 자신의 점수가 합격선에 넉넉히 들지 못했다는 사실을. 면접에서 떨어질 그저 그런 점수였다. 그걸 알면서도 경험 삼아 면접을 보러 갔다. 이제 거의 다 왔다고 생각했다. 조금만 더 노력하면 정말 합격이 코앞이라고.

그러나 얼마 후 컴퓨터 모니터에 뜬 건, 네 번째 불합격을 알리는 화면이었다. 사실 지방직 직렬까지 포함한다면 훨씬 더 많은 불합격이었다. 그렇게 번번이 계속 커트라인 근처에서 미끄러졌다. 노력이 부족하다고 생각했다. 남들보다 책상에 덜 앉아 있어서 그런 걸까? 더 일찍 잠들어서, 밥을 느리게 먹어서? 의심을 눈초리가 자신을 향했다. 나를 탓하기 바빴다. 그러다 보니 집중력이 흐려져 눈앞의 글자들이 전혀 눈에 들어오지 않았다. 숨이 콱 막혔다.

연이은 실패. 낙방. 불합격. 아무런 경력도 없이 스물아홉이 되어 맞이하는 새해는 끔찍했다. 눈이 녹고, 또 새로운 봄이 온다는 사실이 너무 싫었다.

오랜만에 들어간 인스타그램에는 알고 지내던 대학교 동기들, 고등학교 동창들, 또래들의 피드가 알고리즘에 떴다.

#22기 동기들 #화이팅 #신입사원 #00그룹

도영은 그런 것들이 꼴보기 싫었다. 자격지심이라는 걸 잘 알고 있었지만, 자신의 갈 길을 잘 찾아 즐겁게만 살아가고 있는 듯한 친구들의 모습에 마음 한구석이 괜스레 쓰라렸다.

'아, 다들 뭔가 해내며 살고 있구나. 나는 아무것도 아닌데.'

SNS에 전시된 대기업 사원증, 전문직 합격증, 임용장. 그런 것들이 도무지 보고 싶지 않았다. 자신을 제외하고서 모두가 앞으로 나아가는 기분이었다.

"좀 흔한 얘기죠?"

길게 말을 늘어놓던 도영이 잠시 말을 끊었다. 그리곤 낮은 한숨을 한 번 내뱉곤 가볍게 웃어 보이며 다음 말을 이어갔다.

"그땐 정말로 시험에 붙는 것만이 내 세상의 전부 같았어요. 그래서 포기할 수가 없었어요. 거기서 그만두면, 벼랑밖에 없을 것 같았거든요. 해는 떴다가 지고, 가을의 나뭇잎은 떨어지고, 겨울의 눈이 내리고, 다시 봄에 꽃봉오리가 맺히고, 여름의 장맛비가 지나가는 동안. 창문도 없어 날씨도, 시간도 알 수 없는 공간에 들어앉아 스무 번의 계절을 지나왔어요. 겨울 내리 똑같은 옷을 껴입고 항상 같은 것을 들여다보고 공부하는데, 어느 날 밖으로 걸어 나와 산책을 하다 보니 쌓였던 눈이 녹아 있었어요. 간혹 죽고 싶었어요. 나 빼고 세상 모든 게 희망적인 그 봄 냄새가, 그 생생한 활기가. 눈물이 났어요. 난 여기서 더 나아질 것 같지 않은데.”

어조의 높낮이 없는 독백처럼 잔잔히 들려오던 도영의 말이 한 차례 멎었다. 하지만 이내 언제 그랬냐는 듯 다시 도영은 운과 눈을 마주치며 옅은 반달눈으로 웃어 보였다. 그리고 그날의 체념을 말하듯 꾹꾹 힘주어 말을 이었다.

“난 여기까지구나. 이제 그만해야겠다. 그런 마음으로, 마지막 시험을 치러 갔어요. 근데 그 마지막 시험에서 덜컥 붙더라고요. 지나고 보니 도대체 이게 뭐라고 그렇게 죽고 싶어 할 만큼 힘들어하면서까지 하고 싶어 했지, 그러다가도 이건 붙었으니까 할 수 있는 배부른 소린가 생각했어요.”

도영이 좀처럼 보기 드문 얼굴로 인상을 찡그렸다.

“생각해보면, 꽤 오랜 시간이 필요한 목표를 잡고서도 정작 그 목표에 대한 고민은 너무 얕고, 짧게 했던 것 같아요. 그게 후회가 되더라고요.”

남들이 좋다는 게 무조건 내게도 좋다는 보장은 없는데. 그녀가 씁쓸한 목소리로 중얼거리듯 작게 덧붙였고, 한참 동안 말없이 듣고 있던 운이 조심스레 입을 열었다.

"지금은 어때요?"

조심스러운 물음에 의외로 도영은 잠시 고민했다. 그러다 잘 모르겠다는 듯 눈가를 살짝 찡그렸다.

"글쎄요. 저는 제가 합격만 하면 무조건 행복해질 거라고 생각했었어요. 항상 남들처럼 그럴듯하게 자리 잡고 싶다고 생각했거든요. 다들 젊을 때 자리 잡아야 편하다고들 하니까."

도영이 멍하니 네모난 창문을 바라보았다.

"그런데, 지금의 나는 자리를 잡은 걸까요."

공허한 시선이 창가에 못 박힌 듯 머물다 이내 운에게로 옮겨 왔다.

"전 모르겠어요. 나는 아직도 내가 있을 곳을 찾지 못한 것 같은데. 자리를 잡는다는 건 뭘까요? 많은 사람들이 자리 잡을 때까지 열심히 한다고 그러잖아요. 그런데 내내 그런 생각이 들더라고요. '내 인생이 자리를 잡는다는 건 뭘까?' 내 마음은 항상 붕 떠 있는 것 같고 어디도 내 자리가 아닌 것 같은데. 어디든 적응하지 못하고, 언제나 즐겁지 못한데. 그래도 다른 사람들이 보면 난 자릴 잡았나."

도영은 읊조리듯 말했다. 묻는 건지 혼잣말하는 건지 알 수 없는 그녀의 말이 이어졌다.

"간혹 그만두고 싶기도 했고. 그런데 딱히 잘하는 건 없고. 그냥, 이 일을 하려고 그렇게 좁고 햇빛 한 줄기 안 드는 어두운 독

서실에서 이십 대를 보냈다는 사실이 어이가 없고 허탈하더라고
요. 그러다 모든 게 지루하고 무의미하다고 생각했어요. 직장과
집을 반복하면 하루가 다 가잖아요. 그렇게 한 달이, 일 년이 지
나고. 그래도 요즘엔 제가 좋아하는 것들을 찾으려고 노력하고
있어요. 요새 일기를 쓰다가 알았는데, 저는 글 쓰는 게 재밌더
라고요. 당분간은 글쓰기를 취미 삼아볼까 해요. 여기서 조금 차
타고 나가면 독립 서점이 있는데 거긴 책 읽기도 괜찮고, 독서
모임하고 글쓰기 모임을 겸하고 있더라고요. 재밌어 보여서 저
도 가볼까 해요."

그렇게 이야기하는 도영의 얼굴이 서서히 밝아졌다. 이야기를
시작할 땐 우울했던 얼굴이 마지막엔 편안해진 것 같아 다행이
라고, 정말 다행이라고. 운은 생각했다.

"뜬금없죠? 이런 무거운 얘기."

"아니에요. 저 얘기 듣는 거 좋아해요."

운이 손사래 치자 도영은 입가에 작게 호선을 그렸다.

"그냥. 말하고 싶었어요. 제가 그만큼 여길 좋아한다고. 요즘
제 삶의 낙이 여기라고요."

운은 도영의 말에 대답할 말을 찾지 못했지만, 이거 하나는 분
명했다. 부끄러울 만큼 솔직한 그녀의 진심이 담긴 이 말이, 좋았
다는 것.

도영이 갑자기 무거워진 분위기를 환기하려는 듯 대화의 화제
를 바꾸었다.

"근데 사장님은 SNS 안 하세요? 요즘은 이렇게 외진 곳에 있는 카페는 인스타그램으로 많이 광고하잖아요."

"따로 하는 SNS는 없는데. 도영 님은 인스타그램 하세요?"

"아니요, 전 수험 기간에 싹 다 삭제했어요. 대신 블로그에 일기는 가끔 써요. 중학생 때 마지막으로 했었는데, 다시 시작하니까 재밌더라고요. 사장님도 저랑 블로그 이웃 해요!"

도영의 명랑한 목소리가 기분 좋게 실내 공간에 울렸다.

소소한 수다를 한참 떨다 일어선 도영을 배웅하고 나니 어느새 사그라든 햇볕이 느껴졌다. 일찍이 해가 내려오고 있었다.

비록 권재이를 피해서 벌인 일이었지만 뜻밖의 소득이 있는 경험이었다. 이곳에 오지 않았더라면 겪어볼 수 없었던 일. 그런 일들로 요즘의 하루를 채워나가고 있었다.

운은 클래스를 진행하느라 조금 긴장한 탓에 막상 끝나고 나니 온몸이 나른해졌다. 몰려오는 피로에 젖어 잠시 테이블에 엎드려 쪽잠을 청했다. 해가 지기 직전의 노란 햇볕이 운을 비추었다. 차가운 겨울에 내리쬐는 따뜻한 햇볕에 금세 의식이 희미해졌다.

낮과 저녁의 경계에서 잠이 들자 흐릿해진 시야 너머로 익숙한 실루엣이 보였다. 눈이 마주치자 권재이의 건조한 목소리가 희미하게 들렸다.

'유운. 미안.'

한때 다정하게 느껴졌던 밤색 눈동자가 낯설게 시렸다. 그때, 넌 어떤 표정이었던가. 그런 운의 궁금증이 무색하게, 꿈에서까지 재이의 얼굴은 잘 보이질 않았다.

"…아."

잠에서 깬 운은 개운치 않은 표정으로 엎드렸던 테이블에서 일어났다. 꽤 오래된 기억을 꿈에서 불쑥 맞닥뜨리자, 옅게 그날의 감정이 떠올라 기분이 낮게 가라앉았다.

불편한 자세로 한동안 엎드려 있던 탓에 어깨가 찌뿌둥했다. 운은 일부러 부산스럽게 팔을 양쪽으로 젖혀보았다. 굳었던 몸을 풀면서, 동시에 꿈에서 나왔던 장면을 떨쳐내듯이. 그러다 이내 몸의 움직임을 멈추었다. 창문 밖을 바라보니 어느새 새카만 하늘이 정적을 지키고 있었다.

※

10

전야

한가로운 일요일 오후.

유운은 모처럼 친구를 만나러 서울에 왔다. 그녀는 도심의 대형 카페에서 오랜만에 아이스 아메리카노를 시키고는 커다란 통유리창 너머로 바쁘게 북적이는 인파를 바라보았다. 한산하기 그지없는 시골의 풍경만 보다가 하얗고 검은 횡단보도와 보도블록 위에 오밀조밀하게 밀집해 바삐 오가는 사람들이 그새 생소하게 느껴졌다.

"이래서 어른들이 빨리 집에 가야겠다고 그랬구나."

서울에서 결혼식을 하거나 돌잔치 같은 가족 행사를 할 때면 끝나자마자 서울 공기가 탁하다며 곧장 시골로 내려갈 채비를 하던 친척 어르신들의 모습이 아른거렸다.

"유운!"

자신을 부르는 목소리에 고개를 돌리자 이제 막 도착한 소진의 모습이 보였다.

"내가 좀 늦었지! 근데 무슨 생각을 그렇게 하고 있었어?"

소진은 운의 맞은편에 자리를 잡았다. 오랜만에 보는 대학교 친구 소진은 못 본 지가 1년이 넘었어도, 어쩐지 어제 본 것처럼 편안했다.

"그냥. 안 그래도 좁은 한국 땅덩어리에, 서울에만 사람이 가득가득한 게 신기해서."

"그러니까 말이야. 그중에서 지하철이 제일 심해. 진짜 미어터져."

소진이 그 말에 동조하며 고개를 끄덕이다가 손에 쥔 카페 진동벨이 빨갛게 진동하자 얼른 일어나 크림이 얹어진 카페 모카 한 잔을 들고 왔다. 운은 음료를 빨대로 한번 맛보곤 달콤한 맛에 만족했는지 방긋 웃었다. 하지만 그것도 잠시.

"한소진. 네가 말했다며."

소진은 잠시 영문을 모르는 듯 까만 눈동자를 요리조리 굴렸다. 그러다 이내 깨달은 듯 입을 열었다.

"…혹시 화났어?"

"됐어, 뭐. 큰 비밀도 아니고."

사실 취업 시험에 여러 번 떨어지고는 도망치듯 시골로 숨어버렸다는 소식을 권재이에게만큼은 알리고 싶지 않았다. 권재이는 유운에게 그런 사람이었다.

"아니, 와, 진짜 거기까지 갔어? 그럴 줄은 몰랐지. 그냥 근황 궁금해서 물어본 줄 알았지. 둘이 학교 다닐 때 친했잖아. 그리고 누가 그 시골까지 갈 거라고 생각을 해. 혹시 권재이가 너…."

소진이 긴 변명을 늘어놓듯 횡설수설하다가 다시 눈빛이 팍 살아서 말하자 유운이 표정 없이 말허리를 툭 잘랐다.

"근처에 출장 왔대."

"아, 그렇구나."

쩝. 소진은 다소 아쉬운 기색을 내비치며 말을 멈추었지만, 운은 가볍게 어깨를 으쓱일 뿐이었다.

"그나저나, 가게는 할 만하고?"

"그냥저냥?"

"근데 웬일이야. 유운이 먼저 만나자고 다 하고? 나 어젯밤에 전화 받고서 엄청 놀랐잖아."

눈을 동그랗게 뜨곤 묻는 소진의 얼굴에서 어제 보았던 도영의 얼굴이 겹쳐 보였다.

'그런데, 어떻게 다시 시험을 보러 가기로 마음먹었어요?'

'그땐 정말로 그냥 다 놓아버리고 싶었는데, 친구가 편지를 주더라고요.'

'편지요?'

'나랑 앞으로도 맛있는 거 많이 먹으러 다니자. 봄에는 딸기 케이크랑 딸기 라테도 잔뜩 먹고, 여름이 되면 수박 화채랑 빙수를 먹고, 가을엔 꽃게랑 대하 소금구이도 먹고. 맞아, 밤이 들어간 몽블랑 케이크도 먹어야지. 그러다 겨울이 되면 방어회도 먹고. 사계절 별미를 같이 먹자. 그랬으면 좋겠어. 그렇게 쓰여 있었어요. 그런 말들이 너무 고마웠어요. 그러니까 진짜 마지막으로 해보고 시원하게 그만두자고 그렇게 생각할 수 있었어요. 그게 불합격이든, 합격이든.'

그때 도영의 말을 듣자, 운도 불현듯 떠오르는 친구가 몇몇 있었다. 그중에서도 마지막으로 본 지 꽤 오래된 소진이 마음에 걸렸다.

"그냥, 네가 생각나서. 곧 크리스마스기도 하고. 또 연말이잖아."

운이 한참 마음의 굴을 파고 들어가 있을 때 아무 말 없이 기다려준 친구가 소진이었다. 언제 연락하든 어제 만난 듯 전화를 받아주던 친구.

"나도 언제 한번 네 가게 놀러 가야 하는데."

"그래, 빨리 와. 늦기 전에 와야지. 맞다, 이건 선물."

"뭐야?"

운이 빨간색 공단 리본으로 묶인 갈색 크라프트지 재질의 상자를 건네자, 소진이 물끄러미 그것을 보다가 이내 받아 들었다.

"크리스마스 선물."

운의 말을 들으며 소진이 리본을 풀고 상자의 뚜껑을 열자 희고 납작한 정사각형 모양 케이스 하나와 투명한 OPP 비닐로 포장된 빵이 두 개 보였다. 비닐을 부채 모양으로 묶어 놓은 금색 빵 끈에는 초록색 직사각형 모양 종이 태그가 달렸고, 위에는 금색으로 'Merry Christmas'라 적혀 있었다. 그 안에는 하얀 우박 설탕이 뿌려진 시나몬롤이 깔끔하게 싸여 있었다. 오랜만에 보는 소진에게 크리스마스 선물로 주려고 원데이 클래스에서 만들었던 파베 초콜릿과 시나몬롤을 늦은 밤에 한 번 더 만들어 포장해 온 것이었다.

"네가 만든 거야? 아까워서 어떻게 먹어."

"잘만 먹을 거면서."

운이 담백하게 대꾸하자, 소진은 발랄하게 웃고는 갑자기 제 검은색 가죽 숄더백을 열심히 뒤져 초록색 리본으로 묶인 손바닥만 한 종이 상자를 꺼냈다.

"이건 내 선물!"

별건 아니지만…. 말끝을 흐리는 소진을 뒤로하고 운이 리본을 풀고 상자를 열자 크리스마스 느낌이 물씬 나는 양말 세 켤레가 들어 있었다.

"양말 귀엽다. 고마워."

운이 활짝 웃었다. 꽈배기 니트 짜임의 연한 갈색 양말 발목 부분에는 루돌프 자수가, 초록색 양말에는 크리스마스 트리 자수가 그리고 하얀색 양말에는 빨간색 산타 모자 모양 자수가 새겨져 있었다.

유운은 오랜만에 만난 대학교 동기와 시간 가는 줄 모르고 떠들었다. 그간 만나지 않았던 시간이 무색하게도 여전히 친구와 대화하는 건 편안하고 즐거웠다. 소진은 운에게 언제 다시 서울로 올라올 거냐고 묻지 않았다. 그저 가게에 대한 기대를 드러내며 선물받은 시나몬롤을 하나 꺼내서 조금 맛보고는 만족스러워할 뿐이었다.

그렇게 친구와 헤어지고 집으로 돌아가는 길. 운은 추운 겨울날 버스 정류장에 우두커니 앉아 스크린에 뜨는 버스 알림 시간을 바라보았다. 기다리는 버스가 오기까지 20분은 족히 남아 있었다. 차가운 공기를 피해 새하얀 머플러에 얼굴을 묻은 운이 양손을 코트 주머니에 넣은 채 시선을 올려 거리를 물끄러미 응시했다.

시끄러운 차들의 경적 소리와 지나가는 사람들의 대화 소리 그리고 진눈깨비처럼 흩어지는 눈이 자욱했다. 그것들을 바라보며 가만히 앉아 있는데, 갑자기 바로 앞에서 자동차 경적 소리가 크게 들렸다. 반사적으로 고개를 돌리자 눈에 익은 차의 조수석 유리창이 아래로 스르륵 내려갔다.

"유운! 빨리 타."

운이 정류장 의자에서 벌떡 일어나 몇 걸음 앞에 선 자동차 조수석에 올라탔다. 그녀는 운전대를 잡은 윤오의 얼굴을 보며 벙찐 표정을 지었다.

"네가 왜 여기 있어?"

"일 있어서 왔지. 근데 여기 너무 복잡하다."

어색해진 이 도시에서 익숙한 사람을 만나서 그런가. 한가하게 말하는 윤오의 목소리를 들으니 운은 약간의 반가움을 느꼈다.

"그러게. 오랜만에 왔더니 더 그러네."

"집으로 가는 거지?"

"어."

"잘됐네. 같이 돌아가자. 나도 이제 일 끝났거든."

번잡한 도시에서 운전은 아직 자신이 없어서 고속버스를 타고 온 참이었는데. 뜻밖의 행운으로 편히 돌아갈 수 있을 것 같았다.

"세상 좁다. 서울에서 이렇게 마주칠 줄이야. 넌 여기까지 웬일이야?"

"그냥. 친구 좀 만나러."

"저번에 그 사람?"

운은 윤오가 반사적으로 일컫는 그 사람이 누굴 뜻하는지 잠시 곱씹어보다가, 순간적으로 떠오른 재이의 뒷모습에 고개를 휘휘 저었다.

"아, 걘 아니고 다른 친구. 한동안 이런저런 핑계로 못 봤거든. 그러다 보니까 벌써 1년이 넘었더라고. 그렇다고 친하지 않은 건 아니었어. 그냥, 그럴 때가 있잖아…."

운이 말끝을 흐렸다. 윤오도 눈치챘는지 그녀의 말을 대신 이

어받았다.

"그렇지. 살다 보면 다 그래."

"넌?"

뜻을 알 수 없는 물음에 윤오가 잠자코 핸들을 돌리다가 반문했다.

"뭐가?"

"넌 원래 회사 다녔었어?"

"갑자기 그건 왜?"

"갑자기 궁금해져서."

윤오가 정말 별것 없다는 투로 말했다.

"응, 회사 다녔었어. 그러다 그냥 도시가 시끄러워서. 좀 조용해지고 싶었어."

"그냥 시끄러워서 왔다고?"

"왜? 너도 비슷하지 않아?"

그가 가볍게 고개를 까딱이며 대꾸했다.

"…그랬지."

그렇다면 지금은 조금 조용해졌나. 운은 지난번 술자리에서 자신이 술김에 흘리듯이 했던 말들을 떠올렸다.

곧 윤오의 차가 적막한 어둠이 깔린 도로에 진입했다. 자동차들의 반짝거리는 불빛은 멀어져갔지만, 한적한 고요가 내리깔린 도로의 운치가 나쁘지 않았다.

평소와 달리 행복과자점은 그 어느 때보다 북적이는 성수기를 누리는 중이었다. 그 덕분에 운도 하루가 어떻게 지나가는지도 모를 정도로 정신없는 시기를 보냈다. 오늘도 밀려드는 사람들의 주문을 쳐낸 운이 잠시 한가해진 틈을 타 의자에 철푸덕 주저앉았다. 여전히 가게는 북적였지만, 이제 막 하늘이 어두워지기 시작해서인지 동네의 단골들만이 남아 있었다.

일찌감치 창가 자리를 차지한 도영이 노트북으로 열심히 일하고 있었고, 가게가 붐빈 탓에 빈자리가 없어서 도영의 테이블에 합석한 윤오도 귀에 무선 이어폰을 낀 채 그녀 못지않게 노트북 화면에 집중한 모습이었다. 그리고 카운터와 가까운 테이블에서는 소율과 연준이 작은 고사리손에 가위를 들고 초록색 색종이와 빨간색 색종이를 오려가며 크리스마스 카드를 만드는 데 열중하고 있었다. 모두가 저 나름의 일로 바쁜 가운데, 겨우 한가해진 운은 손님들이 떠나간 테이블을 정리하기 시작했다.

"사장님, 오늘 되게 바쁘셨죠."

고심하는 얼굴로 타자를 치던 도영이 겨우 고개를 들어 운을 쳐다봤다.

"네…. 아무래도 크리스마스 주간이라 그런 거 같아요."

요즘 들어 그녀는 원래 디저트 생산량의 3배 이상을 만들어내고 있었다. 이전에 폐기를 염려하던 날들이 무색하게도 디저트는 서너 시쯤 되면 모두 품절이었다. 물론 도시의 목 좋은 가게에 비할 바는 아니었지만, 매출도 확실히 이전보다 늘었다. 기분 좋은 피로감으로 테이블 정리를 마친 운이 도영에게 다가갔다.

"도영 님은 오늘 휴가 내신 거예요?"

평일 낮에 카페에 있는 도영이 의아해 묻자 그녀가 밝은 얼굴로 고개를 끄덕였다.

"네, 연말이니까 남은 연차 좀 소진하려고요. 쉬고 싶기도 했고."

"쉰다면서 노트북은 왜?"

"아, 요즘은 글쓰기에 꽂혀서요! 저번엔 뜨개질했었는데, 아무래도 그건 안 맞나 봐요. 목도리에 빵꾸가 많더라고요….."

도영이 머쓱하게 웃으며 말했다. 마침 도영의 맞은편에 앉아 있던 윤오가 귀에서 무선 이어폰을 빼내며 대화에 끼어들었다.

"그거 저번에 하고 오시지 않았어요?"

운은 덩달아 눈을 동그랗게 떴다.

"언제? 전 도영 님이 이상한 목도리 하고 온 건 못 봤는데요?"

파란 목도리. 그렇게 짧게 덧붙이며 윤오가 고개를 살짝 기울였다.

"…사장님, 이상한 목도리까진 아니에요."

체념한 목소리로 도영이 대꾸했다.

"전 그게 도영 님 애착 목도리라 아주 조금 너절해진 줄 알았어요. 잘 뜨셨던데요!"

"그날이 첫 개시였어요, 사장님….."

큼큼. 운이 무안한 얼굴로 헛기침했다. 도영을 위로하려 했으나 되려 역효과만 난 듯했다.

"저 위로하지 않으셔도 돼요…."

"그래요. 사람이 어떻게 다 잘해요."

운은 윤오가 도영을 위로한답시고 하는 비정한 말을 듣다가 문 열리는 소리에 반사적으로 고개를 돌렸다.

"어서 오세요."

숙자매 할머니 두 분이 안으로 들어오며 방긋 웃었다. 오늘은 웬일인지 숙자매 중 성숙 할머니가 보이지 않았다.

"성숙 할머니는 어디 가셨어요?"

"연말이라 손주들 본다고 큰아들 집 갔어. 안 그래도 언니 없으니까 심심해서 여기로 왔지."

그렇게 말하며 미숙이 들고 온 쇼핑백을 운에게 건넸다.

"이건 선물이여. 오전에 팥시루하고 가래떡 했거든."

정성 가득한 선물이 부담스러워 거절해야 하나 잠시 고민하던 운은 이내 해사하게 웃으며 쇼핑백을 받아 들었다.

"감사합니다. 잘 먹을게요."

둘은 기분 좋은 얼굴로 디저트 쇼케이스로 시선을 돌렸지만, 기대와 달리 텅 빈 것을 발견하고는 실망스러운 기색을 띠었다.

"빵은 없지만, 대신 여기서 골라보실래요?"

운이 문 옆에 선 크리스마스 트리를 가리켰다. 그리곤 종종걸음으로 얼른 트리 앞으로 걸어가서 둘에게 보란 듯 리본으로 묶인 것들을 하나씩 가리켜 보이며 설명했다.

"이건 쿠키고, 이건 우유에 넣어 녹이면 초콜릿 우유가 되는 코코아밤이에요."

"시상에, 이게 먹는 거여? 아휴, 예뻐라."

미숙은 눈사람 모양 쿠키를 만지작거리며 눈을 반짝였다.

"진짜요? 다행이다. 예쁘게 보여서."

미숙과 영숙이 트리에 관심을 보이며 밝은 낯빛을 띠자, 운이 종이와 트리 바로 옆 협탁에 올려놓았던 작은 종이와 펜을 들어 두 사람에게 건넸다.

"그럼 드시고 싶은 쿠키 하나씩 고르시고, 소원 적어서 그 자리에 붙이고 가세요."

그 말에 영숙이 조금 곤란한 기색을 띠었다. 운은 순간 실례를 했나 싶어 다시 입을 열려고 했지만 미숙이 얼른 끼어들었다.

"언니 소원 빌 거는 내가 써주면 되니께. 싸게싸게 불러봐."

미숙은 영숙과 함께 테이블에 자리를 잡았다. 운은 사이좋은 숙자매 할머니들을 흐뭇한 얼굴로 바라보다가 부엌으로 들어가 차를 준비했다. 얼마 전에 마시려고 새로 들여놓은 국화차였다. 투명한 유리 주전자에 몇 송이를 덜어 넣고 뜨거운 물을 붓자 꽃이 투명한 물속에서 개화했다. 운은 유리 찻잔 세트까지 준비해서 숙자매 테이블에 내어갔다.

"국화차예요. 이건 제가 드리는 크리스마스 선물. 저 떡을 너무 많이 받아서 차라도 대접 못 하면 죄송해서 잠 못 자요."

"하여튼. 운이 야는 못 당하것어."

그렇게 화기애애한 분위기 속에서 내내 있는 듯 없는 듯 모니터에 시선을 고정해서 조용하던 윤오의 목소리가 들렸다.

"숙 여사님들은 유 사장님만 예뻐하시네."

깜짝이야. 미숙과 영숙은 불쑥 끼어든 윤오의 목소리에 화들짝 놀랐다.

"언제부터 거기 있었대?"

"…처음부터요."

윤오는 섭섭한 눈치였지만, 숙자매는 전혀 개의치 않았다.

"근데 웬 떡이에요?"

운이 가래떡 몇 개를 잘라서 흰 접시에 옮겨 담은 후 조청을 작은 종지 그릇에 덜어내며 물었다.

"갑자기 쌀이 많이 생겨서 해치우느라 떡 좀 지었지. 다음 주에 날이 좀 따뜻하면 더 지어서 장에 가서도 팔아야것어."

영숙의 말에 운은 조금 염려하는 얼굴로 말했다.

"춥지 않을까요? 건강 조심하셔야죠."

"에이, 소일거리라도 해야지. 우리 같은 늙은이는 몸 안 움직이면 더 병 나."

"나도 들기름 짠 거 있으니께 같이 가면 되겠네."

영숙을 뒤따라 말하는 미숙이 웃었다.

두 사람의 말에 운은 시장에 좌판을 작게 벌려놓고 물건을 파는 어르신들의 모습이 눈앞에 그려지는 듯했다. 밝은 햇살 아래서 소소한 일거리로 깐 좌판, 개나리처럼 노란 보자기를 덮은 작은 손수레를 끌고 장을 보는 어르신들. 그 모습에선 생생한 활기가 묻어났다. 옛날엔 겨울에도 좌판을 벌이고 있는 어르신들을 걱정 어린 눈으로 볼 때가 있었는데, 활기차고 좋을 수도 있구나 싶은 생각에 운은 왜인지 안심이 되었다.

운은 이제 영숙과 미숙의 수다 시간을 보장해주고자 테이블에서 멀어져 부엌으로 향했다. 때마침 도영이 자리를 정리하고 일어났다. 저녁 약속이 있다며 이제 가봐야 한다고 했다.

"이건 드릴게요. 나름 성공작?"

운은 도영이 제게 건넨 투명한 비닐에 싸인 세잎클로버 열쇠고리를 내려다보았다. 초록색 털실로 짜인 세잎클로버가 꽤 귀여웠다.

"네잎클로버가 아니네요?"

운은 보통 네잎클로버로 만든 상품들을 많이 봐온 터라 세잎클로버 모양으로 짠 열쇠고리가 신기했다.

"이미 사장님 이름에 행운이 들어가 있으니까, 행복은 열쇠고리로 들고 다니시라고요. 그리고 여기 이름도 행복과자점이잖아요. 그럼 메리 크리스마스."

도영이 가게를 나서고도 얼마간 운은 입가에 웃음을 띤 채로 그녀가 주고 간 세잎클로버 열쇠고리를 만지작거렸다. 정말 마음에 쏙 드는 선물이라 카페 공간 어딘가에 장식해두고 싶었다. 제자리에 선 채로 주변을 둘러보다가 협탁 옆에 세워놓은 트리가 눈에 들어왔다. 운은 들고 있던 세잎클로버 열쇠고리를 트리의 윗부분에 걸었다. 무언가 아쉽게 느껴졌던 행복과자점의 트리가 이제야 비로소 완성된 것 같았다. 트리가 마음에 쏙 들어 얼른 사진을 한 장 찍은 운은 도영이 가져간 크리스마스 쿠키의 자리에 남은 소원 쪽지를 발견했다.

[책 쓰기!]

운은 가만히 웃으며 쪽지를 바라보다가 다음엔 도영에게 어떤 내용의 책을 쓰고 싶은지 물어봐야겠다고 생각했다. 뒤에서 인기척이 느껴져서 돌아보자 자신을 내려다보고 있는 윤오가 보였다.
"뭐 해?"
"어, 아니. 그냥 사람들 소원 좀 봤어."
이제는 각양각색으로 소원이 적힌 쪽지들이 트리를 장식하고 있었다. 몇 개 남은 크리스마스 쿠키와 뒤섞인 쪽지들 그리고 반짝거리는 조명 사이로 고사리 같은 작은 손이 불쑥 튀어나왔다.
"내 소원도!"
소율이 삐뚤빼뚤한 글씨로 쓴 소원이 적힌 쪽지를 금색 빵 끈으로 매달았다. 소율의 옆에 다가온 연준도 따라 했다. 운은 윤오와 함께 뒤로 물러서서 연준과 소율의 모습을 웃는 얼굴로 지켜보다가 둘이 트리에서 떨어져 나가자 두 아이가 단 쪽지에 적힌 소원을 읽었다. 그리고 둘은 동시에 웃었다.

_____________ **11**

크리스마스

새벽부터 진눈깨비가 흩날렸다. 화이트 크리스마스를 예감하니 운은 조금 설렜다. 그 마음이 무색하게 점심시간이 지나자마자 바로 그쳤지만.

"올해도 다 지나갔네."

운은 벽에 걸린 달력을 뚫어져라 쳐다보며 중얼거렸다. 한 해가 시작되면 그해 연도는 늘 어색하다가, 끝에 가서야 겨우 익숙해지곤 했다. 익숙해질 때면 또 어색한 새해가 오고, 낯선 나이가 되겠구나. 그렇게 생각했다.

크리스마스 이브인 어제는 조금 일찍 가게 문을 닫고, 문득 소진이 생각나 전화를 했었다.

반가운 목소리로 전화를 받은 소진은 이브에도 야근이라며 이를 악물고 말했다. 소진의 투덜거림을 들으니 웃음이 났다. 이내 그녀는 지난번 운에게서 선물받은 빵들이 너무 맛있었다고 재잘거렸다. 소진은 한참을 떠들다 정신없이 끊으려다가도 마지막 인사는 잊지 않았다. "메리 크리스마스!"

바로 어제 들은 인사말을 떠올리자 운은 괜스레 기분이 좋아져서 나긋하게 웃고는 외출 준비를 시작했다. 오늘 저녁 소율이네 집에서 하기로 한 파티에 가져갈 크리스마스 케이크를 시내에 있는 베이커리에 미리 주문해두었는데, 그걸 가지러 가야 했다.

"김윤오는 뭐 하고 있으려나."

연휴를 맞아 어쩐지 붕 뜨는 마음에 그가 떠올랐다. 그녀가 망설임 없이 휴대전화를 꺼내 윤오에게 전화를 걸었다.

―왜, 유운?

스피커 너머로 무겁게 잠긴 낮은 목소리가 넘어왔지만, 운은 왠지 반가운 마음이 들었다.

"그냥, 넌 언제 갈 건가 해서."

―난 좀 늦을 거 같은데. 형한테 부탁받은 것도 있고.

"근데 목소리가 왜 그래?"

―아, 지금 일어나서…. 아무튼 너 먼저 도착하겠다. 나 마트 들렀다 갈 건데, 뭐 필요한 거 있어?

"없는데."

운은 그렇게 대꾸하며 온종일 맑을 것만 같은 하늘을 응시했다. 모처럼 이곳에서 맞는 크리스마스니까 하얀 눈이 내리면 좋을 텐데. 그런 생각을 하다가 그에게 대꾸했다.

"…눈. 눈이 필요한데. 크리스마스니까."

—눈?

제 말을 따라 되묻는 그에게 됐다며 전화를 끊곤, 모처럼 노트북을 열었다. 지난번에 도영이 블로그 이웃을 맺자고 했던 말이 떠올랐기 때문이다. 도영이 종이 쪽지에 남겨놓은 블로그 주소로 들어가니 평소 도영이 읽은 책의 독후감 그리고 사진과 이모티콘이 뒤섞인 주간 일기가 카테고리에 맞춰 잘 정리되어 있었다. 게시글의 수가 꽤 많았다.

스크롤을 더 아래로 내리자, 도영이 하고 있다던 취미 중 하나인 뜨개질 사진들도 종종 보였다. 찍어놓은 뜨개 완성작 중에서도 선물받은 털실로 뜬 세잎클로버 열쇠고리가 단연 눈에 띄었다. 그 사진을 보다가 운은 힐긋 자신의 트리를 바라보았다. 트리에 참처럼 매달아 놓으니 참 잘 어울린다고 생각했다.

한창 도영의 블로그를 구경하다가 운은 드디어 자신의 블로그 창을 열었다. 새것처럼 깨끗한 블로그 창. 중학교 때 일기나 이것저것 잡다한 글을 쓰기도 했었는데, 대학생 때 발견하고 흑역사라 여기며 모두 삭제한 탓에 게시글은 하나도 남아 있지 않았다.

오랜만에 텅 빈 블로그를 마주하자 그때 괜히 다 삭제했나 싶었다. 지금 읽어보면 그저 귀여운 추억일 텐데. 정 창피하면 비공개 포스트로 바꿔서라도 그냥 둘걸. 뒤늦은 후회였다.

운은 마우스 휠을 내리며 이곳저곳을 획획 둘러보다가 게시글

작성 버튼을 눌렀다. 또 다시 새로운 백지를 맞이했다.

"…뭘 써야 하지."

운이 골똘한 눈으로 하얀 여백을 지긋이 응시했다. 무슨 내용을 써야 할까. 고민하며 눈을 굴리다가 겨우 키보드에 다시 손을 얹었다. 그리고 첫 발을 뗀 아이처럼 서툴게 글을 적기 시작했다.

[행복과자점 일지_첫 번째]

타닥타닥. 키보드 위에서 놀리던 손이 잠시 멈추었다가 이내 다시 움직이기 시작했다.

[안녕하세요. 행복과자점 주인입니다.]

"…뭔가 어색한가."

그녀가 혼잣말을 중얼거리며, 타닥타닥 백스페이스키를 연타했다. 그렇게 썼던 글을 지웠다가 다시 쓰기를 반복하길 여러 번, 이내 갈피를 잡았는지 방금까지완 다르게 쭉쭉 글을 써내려가기 시작했다.

[메리 크리스마스! :)

벌써 한 해의 끝자락처럼 느껴지는 크리스마스 날이에요.

저는 지난 한 주 동안 월동 준비를 하듯 크리스마스를 준비하면서 꽤 설레는 시간을 보냈습니다. 이 글을 읽고 있는 여러분도 크리스마스를 기다리며 충분히 설레는 하루하루를 보내고 계셨다면 좋을 것 같아요.]

이렇게 글을 시작한 운은 이제야 겨우 손이 풀렸는지, 별 머뭇거림 없이 글을 마저 이어갔다.

[크리스마스는 참 신기한 것 같아요.

1년에 한 번뿐인 날인데, 그날을 기다리고 있노라면 어렸을 때도, 어른이 된 지금도 어린아이처럼 설레거든요. 그런데 또 막상 지나고 나면 금세 식어버리는 기분이 들어요. 고작 크리스마스에서 하루만 더 지나버려도요. 하지만 기다리는 것만큼은 2달 전부터 좋더라고요. 크리스마스 분위기를 내면서, 먼 날짜를 세면서 기다리죠. 좋아하는 캐럴을 듣는다든지, 오랜만에 해리포터 시리즈를 몰아보겠다는 계획을 짠다든지. 그런 단순한 것들을 하면서. 크리스마스 트리를 하나둘씩 내놓는 거리, 백화점과 카페, 가게들을 구경하는 일들을 하면서 아주 일찍부터 크리스마스, 그 하루를 기다리는 거예요.

올해 제 크리스마스는 조금 색달랐어요. 처음으로 크리스마스 트리를 다른 분들께 보여주려고 내어놓았거든요. (조금 늦게 내놓은 감이 있지만요!)

여러분은 크리스마스 케이크로 뭘 준비하셨나요?

전 이번에 처음으로 '뷔슈 드 노엘'(Buche de Noel)이라는 케이크를 예약해봤어요. 크리스마스 파티에 가져가서 나눠 먹어보고 싶었거든요.

이렇게 써도 되겠지. 운이 뒷머릴 긁적이며 오탈자는 없는지 쓴 글을 대충 읽어보고는 행복과자점의 트리 사진을 첨부해 등록 버튼을 눌렀다. 늦었지만 올해의 첫 게시글이었다.

누가 이 글을 읽으려나, 잠시 그런 생각을 하다가 자리에서 일어섰다. 이제는 정말로 케이크를 찾으러 가야 할 시간이었다.

☉ ⊘ ☉

운이 가벼운 발걸음으로 한결 익숙해진 주택의 마당에 들어섰다. 열려 있는 대문 너머로 마당은 전과 달리 북적였다. 마당 한쪽에는 캠핑용품이 잔뜩 늘어서 있었다. 한편에는 녹색 텐트가 쳐져 있었고 다른 한편에는 눈처럼 하얀 천막 아래로 놓인 널따란 간이식 테이블과 의자가 보였다.

"사장님! 일찍 오셨네요."

활기찬 남자의 목소리에 시선을 옮겨 주택의 현관문 쪽을 바라보자, 서준이 마당에 세워져 있는 천막과 같은 재질의 천을 품에 한 아름 안고 걸어오고 있었다. 운이 그 모습을 보며 고개를 갸우뚱했다.

"오늘 캠핑하시는 거예요?"

"아아, 이거요? 멀리는 못 가지만 놀러 온 분위기 내면 좋을 거 같아서. 소율 엄마가 번거롭지 않겠냐고 했는데, 내가 고집 좀 부렸죠, 뭐. 그래도 크리스마슨데 애들한테 기억에 남는 추억 만들어줘야지!"

서준이 그렇게 말하며 들고 온 흰 천들을 바닥에 내려놓고는 그중 하나를 집어 들었다. 그러고는 천을 허공에 펼쳐 탁탁 털고는 천막의 끄트머리에 고정하기 시작했다. 혼자서 하기 어려워 보여 운이 거들려고 하자, 그는 이런 것쯤은 혼자서 금방 한다며 극구 거절했다.

천을 다루는 서준의 움직임은 능숙하기 그지없었다. 한 면에 고정한 천을 중심으로 사방으로 두르자 수월하게 대강의 모양이 만들어졌다. 마지막으로 천막의 입구가 될 한 면의 천을 둘둘 감아올려 윗부분에 고정하자 꽤 그럴듯한 천막이 완성되었다.

그녀가 어정쩡하게 제자리에 서서 그의 작업을 구경하는데, 은정이 현관문에서 나와 모습을 드러냈다.

"사장님, 오셨구나. 왜 춥게 밖에 서 있어요. 안으로 들어오시지!"

"김 사장님이 작업하시는 게 신기해서요. 이렇게 캠핑장처럼 꾸미는 거 처음 보거든요."

"그러셨구나."

운은 웃음기 섞인 은정의 목소리에 그녀와 마주 보며 따라 웃다가, 손에 들고 있던 케이크가 생각나서 케이크 상자가 담긴 커다란 종이가방을 불쑥 건넸다.

"이거 별건 아니고, 크리스마스 케이크인데 함께 먹으려고 사왔어요."

"어머, 빈손으로 오셔도 되는데! 고마워요."

은정은 그렇게 말하며 케이크를 한쪽 손으로 받아 들고 남은 빈손으로는 운에게 안으로 들어가자며 손짓했다. 안에서 한창 분주하게 바비큐 준비를 하다가 나온 모양인지, 거실 너머로 보이는 부엌이 결코 한가로워 보이지 않았다.

"사장님, 초콜릿 드셔보세요. 크리스마스라서 저번에 배운 대로 또 만들어봤어요. 저번에 소율이가 엄청나게 좋아했거든요."

부엌에 들어서자마자 은정이 조그만 나무 포크에 꽂아 초콜릿을 건넸다. 운은 엉겁결에 받아 들곤 곧장 입에 넣었다. 쌉싸름한 카카오 파우더와 부드러운 생크림이 섞인 밀크 초콜릿이 입 안에서 달콤하게 녹았다.

"맛있어요."

그녀가 미소 띠고 말하자 은정이 안도했다.

"다행이다! 맞다, 윤오는 좀 늦는다고 했고. 지금 저녁 준비하던 중이라서…. 좀 기다리셔야 될 것 같아요."

"제가 도울 게 있을까요?"

"아뇨, 아뇨. 손님인데 무슨! 쉬고 있어요."

거듭 돕겠다는 운을 은정이 한사코 거절하며 실랑이를 이어가는데, 밖에서 캠핑 준비를 마친 서준이 안으로 들어왔다. 그와 거의 동시에 방에서 놀고 있었던 연준과 소율이 방에서 튀어나와 운을 반겼다. 소율은 두 손에 무언가를 들고선 그녀를 향해 활짝 웃었다.

“사장 언니다!”

그 모습에 운이 미소 짓자 연준과 소율은 앞다투어 거실의 널따란 좌식 나무 테이블에 들고 있던 것을 내려놓고는 운의 양손을 각각 붙잡고 거실로 이끌었다. 아이는 뿌듯한 얼굴로 테이블 위에 올려놓은 판을 가리키며 자랑하기 시작했다.

“여기 이렇게 초콜릿을 짜서 넣고, 과자를 넣으면 초코송이 과자가 된대요!”

소율이 한껏 신난 목소리로 말했다. 틀을 하나둘씩 채우고 있는 딸기색 초콜릿, 밀크 초콜릿 위로 손가락 한 마디 크기의 과자가 비뚜름하게 기울어진 모양새로 꽂혀 있었다. 운은 자신이 어렸을 적에 가지고 놀던 것과 똑같다고 생각하며 소율과 연준의 작품에 칭찬을 아끼지 않았다. 그녀는 둘이 완성한 작품을 냉동고 안 판판한 곳에 놓아두었다. 그리고 서준과 은정의 부탁으로 서준이 차려놓은 마당의 텐트에 두 아이를 데리고 나갔다.

“여기가 우리 아지트!”

연준이 반짝거리는 눈으로 텐트 안을 소개했다. 여기 위에는 랜턴 조명이 달려 있고, 아래는 따뜻한 전기요도 깔려 있어요! 명랑하게 말하며 새로 산 닌텐도 게임기 자랑까지 마치자, 아이가 뿌듯한 미소를 지었다. 운은 아이들이 저마다 자신의 게임기를 자랑하며 해보라고 건네주는 바람에 덩달아 게임에 몰입했다. 운이 어렸을 적에도 유행하던 게임기였다. 업그레이드가 돼서 많은 것들이 달라졌지만, 여전히 재미있었다.

소율과 연준은 앞다투어 자신의 캐릭터를 보라며 손에 쥐어주었고 덕분에 운은 아주 정신이 없었다. 적막하게 홀로 보내는 크리스마스를 예상했던 것이 무색하게 그녀의 입가에는 끊임없이 웃음이 튀어나왔다. 운은 아이들이 보여주는 동물의 숲 마을을 돌며 이웃들과 한 번씩 말을 나누고 나서야, 개미지옥처럼 따뜻한 텐트 안에서 잠시 빠져나올 수 있었다.

텐트의 지퍼를 열고 나오자, 그사이 바깥은 꽤나 분주했나 보았다. 아까 보았던 천막 아래 놓인 테이블에 그릇 같은 식기류가 모두 세팅되어 있었다. 운이 감탄하고 있는데, 은정이 한 손에 컵을 들고 다가왔다. 그녀는 천막 아래 의자에 앉으며 이쪽으로 오라는 듯 운에게 손짓했다.

"고생했어요."

운이 간이 의자에 앉자 은정은 웃는 얼굴로 기다렸단 듯 핫초코를 건네주었다. 숨을 들이마시니 추억처럼 밀려 들어오는 핫초코 냄새가 달콤했다. 어렸을 적 마트의 시식 코너에서 한 모금 시식하고 완전히 마음을 빼앗겨 상자째로 사다 두고는 겨우내 우유에 타 먹었던 핫초코, 바로 그 맛이었다.

"오늘 눈이 안 온대서 좀 아쉬워요. 화이트 크리스마스면 좋을 텐데."

은정이 저물어 가는 하늘의 해를 보며 말했다. 운도 따라서 저 너머의 하늘을 보며 그러게요, 하고 동감했다.

"애들 놀아주느라 피곤하죠?"

"아니요, 애들이 워낙 순하잖아요."

운은 초등학교 교사인 지인에게서 들었던 아이들 이야기를 생각하면, 이 두 아이가 얼마나 얌전하고 순한 양인지 잘 알고 있었다. 부족함 없이 사랑받으며 자란다는 건 이런 걸까. 그런 생각이 들게 만드는 아이들이라고 생각했다.

"근데 이게 다 웬 캠핑용품들이에요?"

원래 취미가 캠핑이라고 하기엔 집기들이 너무도 새것 같았다.

"아아, 예전에 회사 다닐 때 사둔 건데 몇 번 못 써본 게 아까워서 이번 기회에 다 꺼냈어요. 회사 다닐 땐 주말 근무랑 야근 하느라 바빠서. 그리고 여기 와선 농사짓느라 바빠서. 이미 매일이 캠핑 같기도 하고요. 그렇게 미루다 보니까 못 썼는데, 그렇다고 다시 팔아버리자니 그것도 아깝더라고요. 그래서 모처럼 크리스마스니까 분위기 좀 내본 거죠. 어때요? 꽤 괜찮죠?"

캠핑장처럼 꾸며놓은 앞마당은 특별한 날의 분위기를 물씬 자아냈다. 운이 다시 주변을 둘러보는 사이, 은정도 따라서 즐비한 캠핑용품들의 개수를 대충 눈으로 세어보는 듯했다.

"정말 이게 다 얼마야. 회사 다닐 때 소비는 정말 많이 한 거 같아요. 이것저것. 건진 게 별로 없어서 그렇지."

은정은 진심으로 아까운 듯 짧게 한숨을 쉬었다가 운에게 대뜸 질문했다.

“사장님은 어렸을 때, 기억에 남는 크리스마스 선물 있어요?”

“음, 글쎄요….”

운은 갑작스레 닥친 질문에 잠시 골똘한 얼굴로 눈을 굴리다가 이윽고 어느 기억이 떠오른 표정으로 은정을 바라보았다.

“아! 전 분홍색 곰 인형이요.”

“곰 인형?”

“자고 일어나니까 머리맡에 있었는데, 이게 웬 건가 싶었어요. 그리고 산타 할아버지는 아무것도 모른다고 생각했죠. 전 미미 인형 요리사 세트가 갖고 싶었는데, 대뜸 분홍색 곰 인형을 주고 갔으니까요. 엄마한테 산타 할아버진 진짜 아무것도 모르는 사람이라고 투정 부렸었는데, 엄마가 ‘어…. 산타할아버지가 바빠서 헷갈리셨나 보네.’ 그렇게 말씀하셨었거든요.”

“어머님이 속으로 아차 싶으셨겠다.”

“지금 생각해보면, 정말 아무것도 모르는 건 저였네요.”

운은 자작한 웃음을 흘리곤 되물었다.

“은정 님은 크리스마스 때 받고 싶었던 선물 있어요?”

“음, 나 어렸을 땐 천사 소녀 네티가 한창 유행했었는데 네티가 든 그 요술봉이 그렇게 갖고 싶었어요. 그래서 한동안 부모님께 산타가 그걸 선물해주면 좋겠다고 말하고 다녔어요. 왜냐면 난 그때 산타가 없다는 걸 알고 이미 있었거든요.”

은정이 고개를 돌려 운을 보고 웃곤 다시 말을 이어 나갔다.

“그때가 공부방에 다닐 때였는데, 어느 날 좀 일찍 가서 다른 방에서 수업을 기다리고 있었어요. 근데 거기에 빨간색 천으로 된 커다란 주머니가 있는 거예요. 한눈에 봐도 산타 할아버지 선물 주머니처럼 생겼더라고요.”

이렇게 커다란 주머니 있잖아요. 산타가 메고 다니는. 은정이 손짓으로 커다란 원을 그리며 말했다.

“그 안에 딱 그 요술봉이 들어 있는 거예요. ‘아! 이게 내 선물 이구나’ 싶었거든요. 너무 좋아서 그랬나, 그날따라 수학 문제도 잘 풀었어요. 그러다 집에 갈 시간이 되니까 다른 방 안에서 산타 분장을 한 원장 선생님이 딱 나오시더니 막 애들한테 선물을 나눠주는 거예요. 근데 그 요술봉을 다른 여자애한테 주는 거 있죠?”

“…어, 그럼 은정 님은 뭘 받으셨어요?”

운의 물음에 은정이 픽 웃곤 그때를 생각하는 듯 시선을 굴리 다가 대답했다.

“난 그날 문구점에서 팔던 네모난 종이 필통을 받았어요. 지함 필통이라고, 그땐 캐릭터가 그려진 종이 상자 필통을 많이 팔았었거든요. 사장님도 아시려나. 아무튼 그래서 학원 끝나고, 학원 차에서 그 선물을 한가득 안은 여자애를 보면서 너무 부러워서 차에서 내려서 몰래 울다가 집에 들어갔어요. 아직도 기억나요, 그때가.”

은정은 일부러 아이같이 가느다란 미성을 내며 어릴 적의 다짐을 재현했다.

"내가 나중에 커서 어른이 되면 요술봉 10개 사야지. 바비 인형도 다 살 거야. 그렇게 다짐했었죠."

그녀가 혼잣말처럼 끝을 흐리며 말했다. 운은 문득 은정이 받았던 선물의 출처가 궁금해졌다.

"은정 님이 받은 선물은 어디서 난 거예요?"

"나중에 다 커서 엄마랑 얘기하다가 우연히 알게 됐는데, 그 크리스마스 선물은 학원 원장님이 학부모가 미리 준비해둔 선물을 전달받아서 나눠줬던 거래요."

운은 초등학생 여자아이가 잔뜩 실망한 얼굴로 기가 죽어선 공부방 한 편에 가만히 연필을 쥔 채 자신이 갖고 싶던 요술봉을 받고 좋아하는 다른 아이를 바라보는 장면이 그려졌다.

"엄마는 그때 우리 집이 그렇게 넉넉지 못했고, 그 장난감이 꼭 필요한 건 아니니까 실제로 쓸 수 있는 책이나 옷을 사주자, 그렇게 생각하곤 선물을 넣지 않으셨대요. 결국 제가 받았던 필통도 원장 선생님이 사비로 사주신 거였겠죠."

그녀가 부러 더욱 쾌활하게 말했다.

"근데 그렇게 어른이 돼서 다 사야지, 다짐했던 게 무색하게도 막상 다 커버리니까 갖고 싶은 장난감이 하나도 없었어요. 당연한 거지만, 그냥 반짝거리는 플라스틱 덩어리가 되어버린 거죠. 때를 놓쳐버리면 이렇게 되는구나. 그때가 아니면 안 되는 게 있구나. 문득 그런 생각이 들었어요."

어느샌가 은정의 시선이 차갑게 바닥에 내려앉았다.

“이제 그걸 갖고 놀 나이는 지나버렸으니까.”

그러다 언제 그랬냐는 듯 다시 생긋 웃으며 말을 이어갔다.

“그래서 다는 아니더라도, 아이가 갖고 싶어 하는 장난감은 어느 정도는 사주고 싶어요. 유년기의 좋았던 기억들이, 소율이가 어른이 됐을 때 버틸 힘이 되어주었으면 해서요.”

똑똑. 철문을 가볍게 치는 소리에 운과 은정의 고개가 동시에 돌아갔다. 대문 앞에서 양손 가득 종이 쇼핑백을 들고서 보란 듯 서 있는 윤오의 모습이 마치 산타클로스처럼 보였다. 그 모습에 운은 그가 괜히 폼을 잡는다고 생각하며, 김윤오를 부르려는데 그가 고개를 가로젓곤 입술에 검지를 가져다 댔다.

‘쟨 저기 서서 뭐 하는 거야?’

입 밖으로 나오지 않은 말이었지만 이미 운의 표정에서 읽혔는지, 윤오가 그녀의 앞으로 성큼성큼 걸어가서 들릴 듯 말 듯 작은 목소리로 속삭였다.

“애들 크리스마스 선물. 서프라이즈 해줘야지.”

윤오는 들고 온 선물들을 아이들이 텐트에서 나오기 전에 얼른 숨겨야겠다며 서둘러 실내로 들어갔다. 은정과 운도 이야기를 끝마치고 자리에서 일어섰다.

윤오의 등장은 알맞은 타이밍이었는지, 그가 도착하자 환했던 겨울의 해도 점차 내려오고 있었다. 밝았던 낮의 하늘이 셔터를 내리고, 밤하늘이 도래하는 느낌이었다.

“이게 다 뭐야?”

"크리스마스잖아. 형한테 부탁받은 거야."

윤오가 아이들이 텐트에 가서 노느라 방을 비운 틈을 타, 방 안에 자리 잡고서 반짝거리는 포장지를 커다란 가위로 자르기 시작했다. 운은 옆에서 쭈그려 앉아 그런 윤오를 구경했다.

"뭘 사 온 건데?"

"티니핑 변신 공주 세트랑 연준이 레고. 그리고, 또….."

윤오가 꽤 긴 선물 목록을 입으로 소리 내어 읊었다. 운은 선물을 구경하는 재미를 느끼며 요새 장난감들은 참 많이 발전했다고 생각했다. 부스럭거리는 소릴 내며 윤오는 티니핑 변신 세트를 분홍색 펄이 들어간 하트 패턴 포장지로 감쌌다.

"나 진짜 이거 찾느라 엄청 고생했잖아. 하츄핑? 캔디핑? 그게 두 개 다 핑크색이고, 내 눈엔 똑같이 생겼는데 아는 형한테 물어보니까 그게 다 같은 게 아니란 거야. 둘이 다르대. 그래서 지나가는 직원분 붙잡고, 함께 찾느라 늦었어."

수많은 티니핑들 사이에서도 아이가 원하는 티니핑 인형을 찾는 일이 찾는 일이 거의 명탐정 코난에 빙의해야 겨우 찾을 수 있을 정도로 어렵다는 말을 자주 들었는데, 윤오가 들이미는 사진을 보니 이해가 갔다.

"근데 이것 봐. 이건 나도 좀 갖고 싶더라."

윤오가 초록색 체크무늬 포장지로 포장하던 상자를 들어 보였다. 커다란 상자 안에는 무선 조종기와 검은색 RC카가 들어 있었는데, 운의 눈에도 꽤 그럴듯하고 근사했다.

"요즘 장난감 진짜 잘 나온다."

"그러니까. 난 어렸을 때 모형 카 정도만 갖고 놀았었는데. 팽이랑."

둘은 나란히 앉아 선물 포장 공작 시간을 가졌다.

윤오에 이어서 연준의 부모가 바삐 도착했다. 읍내에서 로컬 식료품 가게를 운영한다는 부부는 파티에 곁들일 지역 브랜드 맥주와 운 좋게 겨울 비닐하우스에서 구했다며 질 좋은 쑥을 두 손 가득히 든 채 밝게 웃는 얼굴로 도착했다.

캠핑장의 야외 바비큐장처럼 천막 밖에서 참숯에 불을 지펴 준비해 둔 삼겹살과 목살, 소시지를 서준과 윤오가 초벌로 익혀 가져왔다. 그럼 천막 안의 사람들은 전기 그릴에서 다시 한번 지글지글 고기를 구웠다. 함께 익어가는 대파와 편으로 썬 마늘, 떡 사리 같은 것들에서 나는 맛있는 냄새에, 운은 날이 추워 입맛이 별로 없다고 생각한 게 무색하게 배가 고팠다.

운도 옆에서 고기 굽는 걸 거들려고 했지만, 한 치의 움직임도 허용하지 않는 서준 탓에 자리에 앉아서 소소하게 잡담하는 것 말고는 할 일이 없었다. 어정쩡하게 두 가족 사이에 끼어서 어색하게 하루를 보내면 어떡하나 걱정했던 것도 잠시, 운은 지금 이 시간이 무척이나 편했다. 그런 스스로가 의외였다.

서준이 고기가 모자란 것 같다며 밖에서 좀 더 초벌해 오겠다고 천막 밖으로 나갔고, 은정은 부엌에서 마실 것을 더 가져오겠다며 집 안으로 들어갔다.

"아, 유운. 팔 아프다-."

윤오가 모두의 시선을 피해서 어깨가 결린 사람처럼 팔을 앞뒤로 크게 움직이며 말하곤, 운을 힐긋 보곤 은근슬쩍 자신이 들고 있던 집게를 그녀의 손에 떠넘겼다. 이젠 그의 패턴에 익숙해질 참이었다. 동네 친구란 이런 것일까. 운은 그리 생각하며 받아 든 집게로 고기를 한 번 뒤집었다. 어느새 초벌로 익힌 고기 한 접시를 들고 천막 안으로 들어온 서준이 둘의 모습을 발견하고서 윤오의 뒤통수를 콕 쥐어박았다.

"김윤오. 왜 손님한테 일을 시켜?"

"아, 형…. 따지자면 나도 여기 안 사니까, 손님이지."

유치하게 툴툴대는 모습을 보며 운은 작게 헛웃음을 쳤다. 어떨 땐 어른스럽고, 어떨 땐 어린아이 같았다. 처음 보는 인간 군상이라 그런지, 이제는 김윤오가 흥미롭다는 생각까지 들었다.

"저도 앉아서 먹기만 해서 소화가 잘 안 되던 참이었어요. 괜찮아요."

유운은 서준의 손에 들려 있던 고기 집게를 뺏어 윤오의 손에 쥐어주었다. 그녀가 다시 싱긋 웃었다.

"이제 사장님도 좀 드셔야죠."

윤오는 졌다는 듯 절레절레 고개를 흔들곤 운과 나란히 전기그릴 위에서 익어가는 삼겹살을 뒤집고, 한입 크기로 잘랐다.

"유운, 이거 진짜 잘 익었다."

윤오가 먹음직스러운 갈색빛 도는 삼겹살 한 점을 입가에 들이대자 운은 마지못해 받아먹었다.

분주하던 바비큐 파티가 끝나고, 캠핑 천막 안의 테이블을 어느 정도 함께 정리한 다음 후식은 실내에서 먹기로 했다. 순식간에 하얗게 텅 빈 테이블만 남은 모습을 보고 서준이 우리가 호흡이 척척 맞아서 정리가 빠르다는 우스갯소릴 떠들었다. 실내로 들어가니 확실히 공기가 훈훈했다. 추운 야외에서 따뜻하게 고기를 구워 먹는 맛도 있지만, 쌀쌀한 밖에 오래 있다 들어오니 실내 공간의 따뜻한 온기가 더 달콤하게 느껴졌다.

은정은 운이 크리스마스 케이크로 들고 온 뷔슈 드 노엘을 거실의 테이블로 내왔다. 그녀가 새하얀 케이크 상자에서 통나무처럼 생긴 뷔슈 드 노엘 케이크를 꺼내서 테이블 위에 올려놓자 연준의 눈이 동그래졌다.

"우와, 통나무다!"

롤케이크처럼 동그랗게 말은 초코케이크의 겉에 진한 가나슈 크림을 거칠게 발라놓아 꼭 울퉁불퉁한 통나무 조각처럼 보였다.

"나무를 먹는 거야?"

호기심 가득한 눈으로 소율이 더하는 말에 운은 픽 웃었다.

"이건 뷔슈 드 노엘이란 케이크야."

"부시?"

생소한 케이크 이름에 아이들은 두 입을 모아 어설픈 발음으로 돌림노래처럼 물었다.

"뷔슈 드 노엘은 프랑스어로 크리스마스의 통나무라는 뜻이야. 원래 프랑스에서는 연말에 나쁜 운을 없애고 새해의 복을 기원하면서 장작을 태우곤 했대."

"그런데 왜 태울 수 없는 통나무 케이크를 만들었어요? 나무를 태워야 하잖아요. 케이크는 먹는 건데."

소율이 똑 부러지게 질문하자, 운은 손짓으로 커다란 화로의 모양을 표현하듯 움직이며 말을 이었다.

"시간이 지나면서 집 안에는 통나무를 태울 만한 큰 난로가 없어졌거든. 그래서 더 이상 집에서 통나무를 태우기 힘들어져서, 그 대신 통나무 모양의 케이크를 만들어 먹게 된 거지."

"우리가 새해가 되면 떡국을 먹는 것처럼 프랑스 사람들은 크리스마스가 되면 이 케이크를 먹는 거구나. 신기하다!"

연준의 똑 부러지는 말에 어른들은 기특해하며 크게 웃었다.

통나무 모양을 한 뷔슈 드 노엘은 겉에 진한 다크 커버춰 초콜릿을 섞은 가나슈 크림을 발라 많이 달지 않고 고급스러운 맛이었다. 거기에 짙은 카카오 케이크 시트와 안에 든 우유 생크림까지. 세 박자가 알맞게 어우러지는 맛이 딱 크리스마스와 어울리는 달콤함이었다.

거실의 텔레비전 옆에 꾸며놓은 트리는 반짝거렸고, 별다른 대화거리가 없을 거라 생각했던 크리스마스 모임에서는 의외로 이야기가 쉴 새 없이 이어지며 웃음이 끊이질 않았다. 은정 부부의 첫 귀농 이야기부터 연준 부모가 들여온 식료품들을 처음엔 매출보다 본인들이 더 많이 먹었다는 이야기까지. 어디선가 들은 '한 사람은 한 권의 책'이라는 말처럼 각각의 이야기가 책처럼 재밌었다.

운은 자리에서 일어나 화장실에 다녀오던 중 소율의 방에서 나는 인기척에 자신도 모르게 문을 열었다. 그 안에는 거실에서 은근슬쩍 사라진 윤오가 산타 복장을 한 채로 이제 막 새하얀 산타할아버지의 수염을 붙이고 있었다.

"네가 산타야?"

황당한 얼굴로 운이 묻자 그는 어깨를 으쓱였다. 그러곤 조용히 문을 닫고 방 안으로 들어오라는 듯 손짓했다. 탁. 방문이 닫히고 나서야 윤오가 남은 빨간색 산타 모자를 야무지게 챙겨 쓰며 입을 열었다.

"요즘 애들은 똑똑해서 산타가 나타나면 아빠가 산타 분장한 거 다 안대. 그래서 내가 하게 된 거지, 뭐."

"네가 이 수염 붙인다고 속아…?"

"아마도."

그는 대충 불 꺼놓고 행세하면 속는다고 태평한 소릴 하며 빨간색 선물 주머니를 챙겨 들었고, 운에게 어서 가서 거실의 트리를 뺀 나머지 불을 끄라고 일렀다. 그녀는 고개를 절레절레 내저으면서도 순순히 그의 말대로 방을 나가 불을 다 꺼야 산타 할아버지가 올 수 있다는 말로 아이들을 설득하고 불을 껐다.

이윽고 산타 분장을 갖춘 김윤오가 산타 할아버지 목소리로 허허허 어설프게 웃으며 등장했다. 그의 말대로 어두운 탓인지 산타의 실체를 알아채지 못한 두 아이는 자리에서 방방 뛰며 좋아했다. 산타가 연준과 소율이 쓴 편지를 받았다며 선물을 건네자 아이들은 뛸 듯이 기뻐했다. 어른들의 눈에는 누가 봐도 김윤오였지만, 아이들의 눈에 푸근한 산타 할아버지로 보인다면 다행이었다. 그렇게 선물 전달식이 끝나고, 산타는 현관으로 걸어 나가선 자취를 감췄다. 꺼놓았던 실내의 불을 켜자, 잔뜩 들뜬 아이들은 산타에게서 받은 선물 포장을 뜯어 부모에게 자랑하기에 바빴다.

그 사이를 틈타, 운은 이 추위에 밖으로 사라진 가짜 산타의 행방이 궁금해져 마당으로 나왔다. 요리조리 고개를 돌리다가 랜턴이 켜진 듯 환한 텐트가 눈에 들어왔다. 성큼성큼 걸어가 별생각 없이 텐트의 입구 지퍼를 내렸는데, 그 안에 있는 까만 눈동자와 시선이 마주쳤다.

"어…."

산타 모자를 벗고, 이제 막 빨간 산타 상의를 벗으려고 한쪽으로 옷을 젖힌 그와 눈이 마주친 탓에 운은 잠시 버퍼링에 걸린 사람처럼 제자리에 굳어버렸다. 그나마 그가 안에 흰색 반소매 티를 입고 있었던 덕분에 서로 민망한 상황은 면했다고 생각하며 낮은 숨을 내뱉었다.

"문 좀 닫아주지."

겨울바람 춥잖아. 한겨울에 딸랑 반소매 티 하나를 입은 윤오가 그렇게 말하자 운은 멋쩍어하며 큼큼 헛기침했다.

짧게 미안이라 말하곤 다시 원래대로 지퍼를 닫아주려고 했는데, 그가 만류했다.

"아니, 너 들어오고 닫으라고."

"난 왜?"

의구심을 품으면서도 운은 그의 말대로 텐트 안에 얌전히 들어와 앉곤 추운 바람이 불어오는 텐트의 입구를 다시 봉했다. 낮에 아이들과 있을 때는 그리 좁게 느껴지지 않았는데, 윤오가 들어와 있으니 텐트 내부가 꽉 찬 느낌이 들었다. 그는 인중에 아직 붙어 있던 하얗고 풍성한 수염을 마저 잡아떼곤 산타 주머니에서 무언가 뒤적거렸다.

"이거 빠뜨렸거든."

운은 그의 커다란 손바닥 위에 놓인 초록색과 빨간색이 교차하는 줄무늬 포장지로 감싸인 네모난 물체를 바라보았다.

"이게 뭔데?"

"크리스마스 선물."

"내 꺼도 있어?"

"응."

그가 낮은 목소리로 답하며 텐트 안의 유일한 빛이던 캠핑 랜턴을 탁 껐다. 주위가 온통 깜깜해져서 아무것도 보이질 않았다. 부스럭부스럭 포장지를 뜯는 소리만이 들렸다. 이윽고 태엽을 몇

198

번 감는 소리가 들리더니 작은 불빛이 어두운 텐트 안을 밝혔다.

단순한 캐럴 멜로디의 오르골 소리와 함께 윤오의 손바닥 위에서 반짝거리고 있는 물체. 환한 조명이 켜진 작고 동그란 스노우볼 안에는 새하얀 눈이 내리고 있었다. 눈 쌓인 작은 오두막집과 트리가 있는 그곳에는 끝없이 하얀 눈이 내렸다. 마치 화이트 크리스마스처럼.

"…진짜 예쁘다."

유운은 동그래진 눈으로 그것을 멍하니 바라보며 작게 탄성을 터뜨렸다. 이제껏 본 것 중 가장 아름다운 스노우볼이라고, 그리 단언할 수 있었다.

그렇게 한참이나 스노우볼에 향해 있던 시선을 위로 올리자, 순간 김윤오의 검은색 눈동자와 마주쳤다. 그의 눈매가 반달처럼 부드럽게 휘어졌다. 갑작스럽게 눈이 마주친 탓인지 운은 제 심장이 평소보다 훨씬 빠르게 뛰는 것을 느낄 수 있었다. 쿵쿵거리는 심장 소리 사이로 나직한 음성이 들렸다.

"메리 크리스마스, 유운."

문득 그런 생각이 들었다.

이제 매년 크리스마스가 되면, 이 순간을 떠올릴 것 같다고.

12

손님

운은 냉장고에 보관해놓았던 손질된 쑥을 꺼냈다. 여러 번 끊어가며 믹서기에 갈아낸 쑥의 향이 생생했다. 잘 갈린 쑥을 넣고 반죽해서 오븐에 넣자 구워지는 냄새가 꼭 봄을 떠올리게 했다. 원래 쑥은 봄에 나오는 건데, 겨울의 비닐하우스에서 자란 생쑥이라니. 냉장고에서 꺼내 곁들임으로 우유 생크림까지 빠르게 휘핑해서 준비하고 나니 기분이 좋아졌다.

기다림이 더 설렜던 복작이는 크리스마스 연휴가 끝나자 언제 그랬냐는 듯 평온했다. 운은 아침부터 서둘러 디저트 준비를 끝마치고 지난 크리스마스에 찍은 단체 사진과 트리 사진, 그리고 서준이 만든 크리스마스 파티 동영상을 차례로 돌려 보며 미소 지었다. 이곳에 오고 나서 가장 즐겁게 보낸 시간 같았다. 그녀는 사진과 동영상을 다 보고는 테이블에 앉아 노트북을 열었다.

뿌연 김이 모락모락 올라오는 뜨거운 아메리카노를 한 모금 마시고서 블로그 창을 열어 도영과 서로 이웃이 된 것을 확인하고는 창가로 잠시 시선을 돌렸다. 네모난 창문 너머로 크리스마스 당일에는 내리지 않았던 눈이 펄펄 날리는 중이었다. 그 모습을 보고 있자니 문득 조금의 아쉬움이 남았다. 비록 화이트 크리스마스는 날아갔지만, 새하얀 눈이 내리는 모습을 볼 때면 언제고 어린아이가 된 것처럼 좋았다. 잠시 겨울 풍경 감상에 잠겼던 운이 다시 마우스를 달칵여 블로그 새 게시글 창을 띄우곤 처음과 달리 주저없이 타자를 두드렸다.

[행복과자점 일지_두 번째

화이트 크리스마스를 바랐었는데, 여긴 크리스마스가 다 지나고 나서야 눈이 내리기 시작했어요. 펄펄 내리는 눈을 보니까 스노우볼 쿠키가 생각나더라고요.

스노우볼 쿠키는 아몬드 가루가 들어간 동그란 쿠키인데, 새하얀 슈거 파우더에 굴려 만들어서 그 모양이 꼭 눈싸움할 때 뭉친 눈덩이 같아요. 작고 동그란 쿠키를 한입에 쏙 넣으면 겉의 슈거 파우더가 눈이 녹는 것처럼 사르르 녹아서 달달하고, 쿠키를 씹으면 고소한 호두와 부드럽고 바삭하고 가벼운 식감의 아몬드 쿠키가 어우러져서 많이 안 달고 맛있어요. 오늘 준비한 스노우볼 쿠키를 행복과자점에 와주시는 분들도 좋아

운이 엔터를 찍기 무섭게 가게 문이 열리며 도영이 입장했다. 운과 눈이 마주친 도영이 활짝 웃었다.

"사장님, 크리스마스는 잘 보냈어요?"

"네, 도영 님은요?"

"끝내주게 잘 먹었죠."

도영이 겉에 입고 온 검은색 패딩 점퍼를 벗어 의자에 놓으며 대답했다. 운은 그 모습을 보며 살포시 웃곤 카운터 앞에 섰다. 도영 역시 자리에 들고 온 가방을 내려놓곤 카운터로 다가와 쇼케이스를 구경했다.

"오, 저 이 쿠키 알아요! 스노우볼 쿠키죠?"

"네, 맞아요. 제가 좋아하는 쿠키예요. 딱 겨울에 어울리는 쿠키 같지 않아요?"

"생긴 게 그렇긴 하죠. 옛날에 취미로 베이킹 하던 직장 동료한테 받아 먹었다가 그 맛을 잊지 못해 여기저기 빵집을 뒤졌었는데."

도영은 입맛을 다시며 별 망설임 없이 투명한 원통에 포장된 스노우볼 쿠키 두 통과 따뜻한 얼그레이 차를 주문했다.

"근데 오늘은 출근 안 하세요?"

운이 자리에 앉아 노트북을 연 도영에게 물었다.

"오전에 반차 썼어요."

　도영의 말을 들으며 운이 천천히 도영의 음료와 쿠키를 준비했다. 따뜻한 김이 올라오는 머그잔과 다 우러난 티백을 옮겨 놓을 수 있는 작고 하얀 종지 그릇, 그리고 플라스틱 통에 포장된 스노우볼 쿠키 두 통. 거기에 더해서 크리스마스 날 연준의 부모에게서 선물 받은 겨울 쑥으로 만든 파운드케이크 한 조각을 흰 접시에 담아 나무 트레이 위에 내려놓았다. 운이 언제나처럼 나무 쟁반을 들고 오자 도영이 살짝 노트북을 치워 운이 편히 차와 디저트를 내려놓을 수 있도록 했다.

　"어, 웬 파운드케이크예요?"

　도영은 시킨 적 없는 파운드케이크를 보곤 의아해했다.

　"크리스마스에 좋은 쑥을 선물받아서 그걸로 쑥 파운드를 구웠거든요. 파는 건 아니고, 그냥 맛보시라고 드리는 거예요."

　"오예, 저 쑥 되게 좋아해요."

　방긋 웃으며 도영이 서비스 고마워요, 하고 덧붙이자 운이 마주 웃었다. 처음엔 괜히 말을 걸면 손님이 불편할까 봐 말을 아꼈었지만, 막상 가벼운 대화가 오가는 사이가 되어보니 그 또한 기분 좋은 일이었다. 운은 새삼스럽게 다행이라 생각했다.

　도영이 무언가 생각났다는 듯 운에게 대뜸 말했다.

　"맞다, 방금 블로그에 올린 글도 봤어요. 이 쿠키 얘기요."

　그녀가 운이 내어온 쿠키를 한 통 들어 흔들어 보였다. 동그란 원통형 플라스틱 통 안에 차곡차곡 쌓인 작은 눈 뭉치 같은 쿠키들이 도영의 손과 함께 흔들렸다. 운은 블로그 글을 봤다는 얘기에 왠지 부끄러웠다.

"글 읽었다고 코앞에서 말해주니까 뭐랄까, 좀 쑥스럽네요."

"원래 다 그렇죠, 뭐. 드라마 작가도, 본인 앞에서 명대사 같은 거 읽어주면 싫대요. 비슷한 거 아닐까요?"

그건 그렇고 사장님, 안 바쁘시면 저랑 앉아서 파운드케이크나 같이 먹어요. 도영이 천연덕스럽게 부추기는 바람에 운은 마시던 커피가 담긴 머그컵을 들고 와 도영의 맞은편에 앉았다. 도영은 한가한 오전 시간에 방문한 김에 운과 이야기나 나누고 싶은 모양이었다. 운도 말 상대가 생긴 덕분에 마침 나른했던 오전의 잠이 싹 달아나서 다행이라고 생각했다.

"쑥 파운드 향이 좋네요. 원래 쑥떡이나 인절미 같은 떡들을 좋아해서 그런가, 이런 종류 케이크도 진짜 좋아해요."

도영의 말을 들으며 운이 포크를 들어 파운드케이크를 조금 잘라 입에 넣었다. 오전에 갓 구워서 먹었을 땐 뜨거운 쑥향과 단맛이 강렬하게 어우러졌는데, 한 김 식히니 은은하게 나는 쑥향과 잇따라 느껴지는 위에 얹어진 콩가루 크럼블이 바삭하고 달콤했다. 흔히 어른들이 말하는 '달지 않고, 맛있다', 그 말에 부합하는 것 같았다.

"트리는 계속 두는 거예요?"

도영은 찻잔 안에 든 티백을 건져 올리며 물었다.

"트리는 눈 내리는 겨울하고 잘 어울리니까 겨울 동안은 계속 두려고요."

"하긴, 겨울 하면 트리죠."

그녀가 얼그레이 차를 한 모금 마시고 쿠키를 한 알 꺼내 입에 넣었다. 이어 입안에 퍼지는 쿠키의 달콤함에 낮게 입꼬리를 올렸다. 운은 트리를 바라보다가 문득 궁금했던 것이 떠올랐다.

"맞아요, 소원 적힌 쪽지 봤는데."

"아아, 보셨구나."

도영이 조금 쑥스러운 기색을 비치며 말을 이었다.

"요즘 글 쓰는 게 재밌더라고요. 그래서 그런가 소소한 꿈이 생겼어요. 우선은 이 공간에 있는 저 작은 책꽂이에 제가 쓴 책이 꽂히면 좋겠다, 그 정도? 요즘은 독립출판도 잘 되어 있으니까 혼자서도 어떻게든 해볼 수 있지 않을까요?"

"어떤 책을 쓰고 싶으신 거예요?"

유운은 물어놓고 순간 아차 싶었다. 답하고 싶지 않은 이야기를 꺼낸 거면 어떡하지, 잠시 후회했던 것이 무색하게 도영이 신난 목소리로 답했다.

"소설이요! 마법소녀가 은퇴 후 카페를 차리는 이야기랄까요."

도영의 반응에 안심한 운이 마저 물었다.

"구체적으로 어떤 내용인데요?"

"마법소녀가 은퇴하고 카페를 차려요. 그리고 디저트에 행복 마법을 뿌려 팔아 그 카페가 소문난 핫플레이스가 되는 거죠. 근데 그 디저트 때문에 마약 유통업자로 의심을 받는 거예요. 궁지에 몰린 마법소녀가 자신의 무죄를 입증하기 위해 고군분투하는 그런 얘기랄까요."

운이 잠시 그녀가 말한 책의 줄거리를 곱씹어보다 조금 진지한 얼굴로 되물었다.

"진짜로 쓸 거예요?"

"흥미진진하지 않아요?"

도영이 어깨를 으쓱이자 운은 고개를 가볍게 끄덕였다.

"제가 최근 들은 이야기 중 제일 흥미진진하긴 해요."

"다행이다! 그런데 오늘은 따뜻한 커피 드시네요? 아이스만 좋아하시는 줄 알았더니."

"네, 원래는 진짜 얼어 죽어도 아이스 아메리카노였는데. 이제 따뜻한 아메리카노도 먹고 싶더라고요. 그런 걸 보면 저도 나이가 든 걸까요."

자신보다 몇 살은 어린 운이 하는 말에 도영은 호쾌하게 웃었다.

"저도 요즘 가끔 따뜻한 아메리카노가 당기긴 하는데 막상 먹으면 또 아직은 결국 아아가 먹고 싶더라구요. 하, 그나저나 벌써 올해도 끝이네요. 시간이 왜 이렇게 빠를까요. 쳇바퀴 돌 듯이 하루하루를 반복하고 나면 금세 한 해가 지나가요."

한창 신나서 떠들던 도영이 조금 우울해진 표정으로 말을 이었다.

"어렸을 땐, 새해가 오는 게 설렜는데 이젠 그런 마음도 없어진 것 같아요. 그냥 한 살 한 살이 무겁게만 느껴져요. 나이를 먹는 게 무서운 게 아니라, 그 나이에 걸맞은 사람이 되어야 한다는 게 어려워요. 어릴 땐 아직 잘 몰라서 그랬다, 죄송하다고 하면 끝날 일들이 나이를 한 살 한 살 더 먹어갈수록 그렇게 쉽게 용인되지 않으니까요. 그 나이에 그걸 모르면 어떡하냐는 말이 돌아올 때가 제일 어려운 것 같아요."

도영이 다시 홍차를 한 모금 마셨다. 운은 잠시 도영의 말을 곱씹다가 낮게 한숨을 내쉬었다.

"그러게요. 전 어렸을 때만 해도 부모님과 이모들이 엄청 큰 어른처럼 느껴졌는데, 돌이켜 생각해보니 그때 저희 엄마도 고작 삼십 대 초반이었더라고요. 제가 삼십 대가 된다고 해서 크게 어른스러워질 것 같진 않은데 말이죠. 전 아직도 저를 키우는 것도 힘들거든요."

웃음 섞인 목소리로 운이 말하자, 맞아요. 아직도 저는 저 하나를 돌보는 것도 벅차요. 도영이 답하며 마주 웃어 보였다.

운은 이제 도영에게 혼자만의 시간을 주기 위해 자리에서 일어났다. 그러다 문득 협탁 위에 올려둔 스노우볼이 눈에 띄었다. 윤오에게서 크리스마스 선물로 받은 스노우볼 안은 여전히 눈이 가득 쌓인 채였다. 언제까지고 영원할 것만 같은 풍경이라고 생각했다.

운은 카운터 안으로 자리를 옮겨 도영의 타자 치는 모습을 잠시 구경하다가, 네모난 창문으로 시선을 다시 돌렸다. 내리는 눈을 보자 지난 크리스마스 자정에 가까운 시간에 걸려온 전화 한 통이 떠올랐다.

‘운아, 메리 크리스마스.’

매년 듣던 크리스마스 인사말이었다.

오전부터 방문한 도영이 자리를 뜨자 이제는 은정이 잠깐 숨
좀 돌릴 겸 왔다며 따뜻한 아메리카노 두 잔과 스노우볼 쿠키를
한 통 사서 갔다. 그리고 약간 미안한 기색을 비치며 운에게 부
탁을 남겼다.

“이따 애들이 핫초코 마시러 여기 온댔는데… 어쩌죠, 괜히
바쁜 사람한테 애들 맡기는 것 같아서 미안하네. 나중에 함께 오
자니까 소율이가 오늘 연준이랑 갈 거라면서 들은 척도 안 하지
뭐예요.”

그 말에 운은 아이들도 은정만큼이나 오랜 단골손님이니 걱정
하지 말라며 은정을 다독였다. 가게를 나서는 은정에게 몇 개 남
지 않은 쑥 파운드케이크를 모두 포장해서 건넸다. 연준의 부모
가 운영하는 식료품점에 들러서 나눠주고 가야겠다는 은정을 운
은 기쁜 마음으로 배웅했다.

점심시간은 평소처럼 인근에서 일하는 공공기관 직원들로 붐
볐고, 겨울을 맞아 비닐하우스 일로 바쁜 농부들도 몇 다녀갔다.
덕분에 운은 평소보다 빠르게 커피를 내려야 했다. 몇 차례 손님
들이 휩쓸고 가니, 스노우볼 쿠키가 전시되어 있던 쇼케이스가

텅텅 비었다.

운은 텅 빈 쇼케이스를 보며 고민에 잠겼다. 너무 조금 했나. 다른 종류의 디저트도 준비할 걸 그랬나. 하지만 남으면 버려야 되는데. 운의 요즘 고민은 디저트 생산량이었다. 남으면 폐기해야 해서 아까운데, 디저트를 먹으러 멀리서 걸어왔다가 빈손으로 가는 손님이 생기면 또 마음이 쓰였다.

운의 고민이 깊어질 무렵, 문 위에 걸어놓은 종이 울렸다.

"저희 왔어요!"

양손에 분홍색 뜨개 장갑을 낀 소율이와 하얀 털실 목도리를 칭칭 두른 연준이가 가게 안으로 들어섰다.

"나도 왔다."

아이들의 뒤를 윤오가 따랐다. 유운이 셋을 발견하고는 반갑게 인사했다.

"형수님이 바쁜 일 없으면 애들하고 카페 좀 가달라고 해서. 너무 애들끼리만 보내서 너한테 미안하대."

"오늘은 일 없어?"

"있긴 한데 겸사겸사. 나도 커피 좀 마실 겸, 조카들도 돌보고."

윤오가 검은색 백팩을 넓은 자리에 내려놓으며 그 바로 옆 테이블에 아이들의 자리를 지정해주었다. 아이들은 잠깐 자리에 앉았다가도 어느새 용수철 튕기듯이 일어나서 윤오를 따라 카운터 앞에 서서 텅 빈 쇼케이스를 바라보았다.

"어, 어? 오늘은 빵이랑 과자 없어요?"

항상 소율보다 조용하던 연준이 세상을 다 잃은 표정으로 운을 보며 물었다. 촉촉한 눈망울이 금방이라도 울 기세였다.

"응, 그게… 오늘은 디저트가 다 팔려서 없어. 어떡하지?"

소율과 연준은 핫초코와 디저트를 함께 먹고 싶었는지 둘 다 울상이었다. 소율은 아쉬운 얼굴로 작게 말했다.

"핫초코요…."

이어 연준도 풀죽은 목소리로 주문했다.

"저도요…."

윤오는 시무룩한 아이들을 보다가 익숙하게 아이스 아메리카노를 한 잔 시켰다.

"나도 오랜만에 쿠키나 먹을까 했더니. 요즘 장사 잘된다, 유운? 동네 돈 전부 쓸어 담겠어."

그의 농담에 운은 어처구니없이 웃곤 그가 내민 카드를 받아서 긁었다. 아이들은 윤오가 지정해준 자리에 앉아, 오늘치 학교 숙제를 꺼내 들었다. 곁눈질로 보니 받아쓰기 시험에서 틀린 문장을 다시 쓰고 있는 모양이었다. 윤오는 평소처럼 커다란 노트북을 열었다.

운은 그 모습들을 잠시 감상하다가 서둘러 주문받은 음료들을 만들었다. 아이들에게 줄 핫초코 두 잔에, 눈사람 모양 마시멜로 두 개를 담은 작은 접시를 그 옆에 두었다. 심심할 때 하얀 마시멜로 두 덩이에 초코 데코펜으로 눈사람 얼굴을 그려두어서 겨울과 어울리는 모습이었다.

테이블로 그것들을 내어가자, 아이들은 핫초코 위에 눈사람 모양의 마시멜로를 올리고는 핫초코에 녹아드는 모습을 감상했다. 둘에겐 그마저도 즐거운 놀이인 것 같았다. 다음으로 열심히 모니터를 뚫어지게 응시하던 윤오에게도 진한 아이스 아메리카노 한 잔을 내려놓았다. 땡큐, 하고 짧게 답한 윤오가 다시 화면에 집중했다. 평소엔 게으르고 태평한 것처럼 보이지만, 일할 때만큼은 집중력이 대단했다.

운은 뭔가 떠올랐는지 빠른 걸음으로 카운터로 돌아와선 레시피가 적힌 노트를 뒤적거리다 이내 박력분을 꺼냈다. 하얀 밀가루를 체 치고 순서대로 우유, 계란, 설탕, 소금, 베이킹파우더 같은 재료들을 넣어 거품기로 가루가 보이지 않을 때까지 섞고는 프라이팬을 꺼내서 화구에 올렸다. 그리고 가스 불을 약하게 조정하고서 노란 버터 한 조각을 꺼내 프라이팬에 올리고는 뒤집개로 버터를 가볍게 눌렀다. 따뜻하게 열이 오른 프라이팬 위에서 녹아가는 버터를 코팅하듯 몇 바퀴를 굴린 뒤, 묽은 연노란색 반죽을 두 국자 부었다. 프라이팬 손잡이를 잡고 손목으로 살짝 살짝 돌리자 반죽이 균일하게 퍼져 나갔다.

카운터 너머에서는 고소한 버터향 때문에 아이들이 힐끔거렸다. 운이 무엇을 하는지 궁금한 모양이었다. 운은 카운터 너머에서 귀를 쫑긋 세우고 이쪽을 주시하는 아이들을 보며 들어와서 구경하라고 말하려다가 괜히 주방용품에 다칠까 염려가 되어 입을 다물었다.

어느새 반죽의 동그란 기포들이 퐁퐁 터져 있었다. 프라이팬 손잡이를 잡고 슬쩍슬쩍 반죽이 익었는지 움직여보다가, 운이 기세 좋게 두 손으로 팬 손잡이를 잡고 핫케이크를 한번에 뒤집었다. 한쪽 면이 벌써 연한 갈색으로 먹음직스럽게 변해 있었다. 몇 분 뒤 다 구워진 핫케이크를 넓은 그릇에 옮기고 다시 한번 반죽을 프라이팬에 부었다.

그렇게 두 번을 더 반복하고 나니 세 겹으로 쌓은 핫케이크가 완성되었다. 핫케이크를 사 등분으로 자르고, 접시 두 개에 한 조각씩 옮겨 담고는 작은 버터 조각 하나를 각각 위에 올린 다음 그 위에 메이플 시럽을 먹음직스럽게 부어주었다. 핫케이크를 담은 두 접시를 내어온 운은 윤오 테이블과 아이들의 테이블에 하나씩 내려놓았다.

"핫케이크 좋아해?"

운의 물음에 아이들이 당차게 고개를 끄덕이며 "네!" 하고 답했다. 소율과 연준이 기다렸단 듯이 운이 내어준 포크로 핫케이크를 공략했다. 따뜻하고 달콤한 핫케이크가 입안에서 포슬포슬하게 맴돌며 씹혔다. 운은 핫케이크를 야금야금 먹으며 종알거리는 아이들의 모습이 꼭 다람쥐 같다 생각하며 웃었다. 생각해보니 따뜻한 케이크는 오랜만이었다. 보통 생크림케이크 같이 찬 케이크를 주로 만드니까. 수플레케이크, 퐁당 오 쇼콜라, 핫케이크 같이 따뜻한 케이크를 만들 일이 자주는 없었다.

한껏 집중하던 윤오는 잠시 노트북에서 손을 떼고 운이 구워

212

온 핫케이크를 반겼다. 오랜만이라며 한 입을 먹더니 엄지손가
락을 치켜세웠다.

"진짜 오랜만이네, 핫케이크."

"나도 수플레케이크나 카페에서 먹었지. 이건 오랜만이야. 만
드는 것도, 먹는 것도."

윤오와 운이 마주 앉아 핫케이크를 먹으며 지난 크리스마스
때 이야기를 나누는데, 덜컥 열리는 문에서 나는 종소리를 듣곤
반사적으로 운이 자리에서 일어섰다.

"어서 오세요."

운이 인사말과 함께 후다닥 카운터 안으로 들어갔다. 문을 열
고 들어온 남자가 운을 보며 고개 인사를 했다. 그리고 카운터
앞으로 다가와 단출한 메뉴판을 잠시 보다가, 별 고민 없이 따뜻
한 아메리카노를 한 잔 주문했다. 자리를 찾으려 뒤돌아 선 남자
는 놀란 토끼 눈을 했다.

"네가 왜 여기 있어? 전화도 안 받고?"

그렇게 말하며 한달음에 윤오의 앞에 가서 맞은편 의자를 뺐다.

"어, 전화했어?"

남자와 마주 앉은 윤오는 잠시 놀란 기색을 보였다가, 태연하
게 되물으며 휴대전화를 꺼내 들어 확인하고는 담백하게 사과
했다.

"아, 무음 모드였네. 미안."

남자는 그 모습을 보곤 놀랍지도 않다며 고개를 가로저었다.

운이 카운터 안에서 둘의 모습을 힐끔 보며 낯선 손님과 윤오가 친구 사이라 짐작했다. 운은 일부러 아는 체하지 않으며 커피 머신에서 에스프레소 샷을 뽑았다. 멀지 않은 거리에 있는 둘의 대화가 은근하게 들려왔다.

"뭐야, 뭐야. 삼촌, 누구야?"

바로 옆 테이블에 앉아 열심히 핫케이크를 먹던 소율이가 포크도 내려놓은 채 반짝거리는 눈으로 윤오를 바라보았다.

"삼촌 친구야."

"우와, 삼촌 친구는 이름이 뭐예요?"

소율이가 참새처럼 재잘거리자 남자가 아이를 보며 작게 웃었다.

"삼촌 이름은 도현서. 넌 소율이지?"

현서가 되묻는 말에 소율이 눈을 동그랗게 떴다,

"내 이름을 어떻게 알아요?"

"네 삼촌이 자주 얘기해서. 귀여운 조카 때문에 여기서 지낸다고."

"힛, 정말요?"

둘의 대화를 지켜보던 윤오가 마저 소개를 더 하려는 듯 대화에 끼어들었다.

"그래, 아는 것처럼 얜 소율이, 사촌 형 딸. 그리고 옆엔 소율이 친구 연준이. 얘가 오늘 받아쓰기 100점 맞은 친구야."

윤오가 손으로 연준이를 가리켜 말했다. 연준이는 수줍은 얼굴이었지만 갑작스러운 윤오의 자랑에 입꼬리가 주체할 수 없이 올라갔다.

"그리고…."

이어지는 말을 늘이던 윤오가 때마침 나무 트레이에 하늘색 털실로 짠 티 코스터, 그 위에 머그잔 하나를 얹어 들고 온 운을 바라봤다.

"여긴, 내 동네 친구 유운."

운은 뜻밖의 자기소개에 잠시 멈칫했다가 현서를 보며 어색하게 인사했다.

"안녕하세요, 유운입니다. 외자예요."

"안녕하세요. 김윤오 대학교 선배 도현서입니다."

현서가 손을 내밀며 인사하자, 운은 어색하게 그 손을 마주 잡고 가볍게 위아래로 흔들었다.

"그, 커피가 뜨거우니까 조심해서 드세요."

"네, 감사합니다."

남자가 친절하게 웃으며 화답했다. 유운은 어정쩡하게 웃으며 도로 부엌 안으로 들어가 설거지를 시작했다. 이제 아이들도 낯선 손님에 대한 궁금증이 사그라들었는지 다시 받아쓰기 숙제에 열중했다. 그릇들이 달그락거리는 소리 사이로 윤오를 타박하는 듯한 현서의 목소리가 드문드문 들렸다.

"너는 왜 집에 붙어 있질 않아."

"커피 좀 마시려고 나왔지. 집에만 있으면 능률도 안 올라."

현서가 쯧쯧 작게 혀를 찼다.

"근데 여기까진 웬일이야?"

"너희 어머니 뵐 때마다 너 잘 지내냐 안부 물으시는데, 네 생존 여부 정돈 확인해 드리는 게 예의 같아서."

"그래, 예의 있네."

윤오가 대충 대꾸하며 커피를 한 모금 들이켰다. 그러다 무음 모드를 해제한 휴대전화에서 울리는 벨소리에 자리에서 일어나 밖으로 나갔다. 운은 그사이 설거지를 마치고, 현서에게 간단히 내어줄 것이 없을지 둘러보았다. 그리고 이전에 만들어서 냉장 보관해둔 파베 초콜릿이 생각이 나, 몇 조각 꺼내 금테가 둘러진 작은 흰색 사기그릇에 올리고는 카카오 파우더를 곱게 체 쳐서 내갔다.

"이거 파베 초콜릿인데 함께 드세요."

그녀가 테이블 위에 내려놓는 그릇을 보며 현서가 미소 지었다.

"아, 감사합니다."

운이 살짝 웃고는 돌아서자 현서가 운을 붙잡았다.

"윤오가 여기 자주 오나 봐요."

"어, 네. 그렇죠."

거의 매일 오고 있어요. 운이 뒷말을 살짝 삼킨 채 대답했다.

"쟤가 커피 귀신이긴 해요. 근데 동네 친구면, 윤오랑 동갑이세요?"

네. 운이 짧게 긍정하자, 현서가 일순간 아차 싶은 표정으로 다시 빠르게 말을 이었다.

“아, 실례였으면 죄송해요. 어려 보이서서 물어봤어요.”

“아니에요, 괜찮아요.”

실례라기보단 오히려 기분 좋은 말이었다. 운은 오랜만에 듣는 동안 소리에 웃음을 지었다.

“여기 매일 같이 오죠?”

“어떻게 아셨어요?”

“김윤오는 마음에 드는 카페가 생기면, 그날로 출석 도장 찍기 시작하거든요. 혼자서 내려 마시는 커피는 커피가 아닌 것 같다나 뭐라나.”

“내 마음인데, 뭐 불만 있어?”

언제 통화를 마친 건지, 인기척도 없이 윤오가 제자리로 돌아왔다. 운이 테이블 옆에 서서 어정쩡하게 서 있자, 윤오가 제 옆에 앉으라는 듯 고갯짓했다.

“됐어. 둘이 편하게 얘기 나눠.”

운이 거절하자 윤오가 그 모습을 보며 뭔가 눈을 도르륵 굴렸다.

“이 형 로스터리 카페 한다.”

뜬금없는 말에 운이 고개를 갸웃하며 현서를 보자 그가 머쓱하게 웃었다.

“그러니까 친하게 지내. 나중에 원두 싸게 받을 수도 있잖아.”

“필요하시면 언제든 말씀하세요.”

친절한 목소리로 현서가 말하면서 어느샌가 지갑에서 명함을

꺼내 운에게 건넸다. 얼떨결에 명함을 두 손으로 받아 든 운이
그것을 내려다보았다.

[로스터리 서(徐)]

"헉. 저 여기 알아요!"

운이 눈을 크게 뜨고 평소답지 않게 흥분한 듯 높은 목소리로
말했다.

"어? 어떻게 아세요?"

현서는 운의 대답이 예상 밖이었는지, 까만 눈동자를 반짝이
며 물었다.

"여기 요즘 유명하잖아요. 친구가 거기 근처에서 일하는데 커
피가 엄청 맛있다고 말해줬었어요."

"영광이네요."

현서는 생각지도 못한 선물을 받은 아이처럼 함박웃음을 지
었다.

"저도 한번 가보고 싶었는데, 근처에 간 날이 마침 휴무라 못
가봤거든요."

현서가 기분 좋은 얼굴로 한 김 식은 아메리카노를 한 모금 들
이켰다. 그 모습을 본 운이 갑자기 안절부절못했다.

"그, 커피 맛… 괜찮으신가요?"

운의 물음에 현서가 싱긋 웃으며 맛있다고 대답했다.

"다음에 이쪽 올 일 있으면 들러요. 제가 커피 한잔 대접할게요."

"네, 감사합니다."

둘의 대화가 오가는 사이 아이스 아메리카노를 홀짝홀짝 마시던 윤오가 핫케이크론 조금 부족했는지, 현서 앞에 놓인 초콜릿을 한 개를 뺏어 먹고서 현서와 운의 눈총을 동시에 받았다.

해가 지기 전에 가야겠다며 현서가 자리에서 일어나자, 운이 가게 문 앞에서 그를 배웅했다. 윤오 역시 겉옷을 대충 걸쳐 입고서 현서를 배웅하기 위해 밖으로 나섰다. 소율과 연준은 어른들이 얘기하는 동안 학교 숙제를 부지런히 끝마쳤는지 이제는 휴대전화를 꺼내서 각자 게임을 즐기고 있었다.

운은 문득 크리스마스 때 산타 분장을 했던 윤오의 모습이 떠올라서 아이들에게 다가가 웃는 얼굴로 물었다.

"소율이, 선물은 마음에 들어? 산타도 보고 좋았겠다."

"산타요? 아! 윤오 삼촌이여?"

뜻밖의 대답에 운은 무척 당황스러웠지만 다시 최대한 내색하지 않고 화사하게 웃으며 태연하게 말했다.

"무슨 말이야? 산타가 선물줬잖아. 소율이한테."

"에이, 윤오 삼촌인 거 다 알아요! 제가 유치원생두 아니구."

"…연준이도 알고 있었어?"

운의 물음에 연준이 위아래 고개를 끄덕였다. 소율이 또박또박 말했다.

"당연하죠. 연준이도 삼촌이 산타 분장한 거 모르는 척하기로 저랑 약속했어요. 엄마 아빠랑 삼촌이 노력했으니까!”

결국 어른들이 아이들 손바닥 위에 있던 셈이었다. 운은 똑부러진 아이들을 보며 헛웃음을 지었다.

‘어른 동심은 아이들이 지켜주고 있던 거네.’

현서의 차까지 따라 가서 떠나는 차의 뒷모습을 보고난 윤오는 다시 가게 안으로 들어섰다. 윤오가 딸랑 문을 열고 들어오는 모습을 보며 아이들이 나란히 검지손가락을 각자 입술에 갖다가 꼭 대고는 ‘쉿!’ 하고 작게 말했다. 윤오는 그 제스처를 미처 보지 못했는지 겉옷을 벗으며 들어와 의자에 옷을 걸쳐두곤 운에게 말을 걸었다.

“크리스마스 지나니까 금방 새해네. 근데 아까 나 없을 때 그 형이 무슨 얘기 하던?”

“별 얘기 안 했는데. 맞아, 나보고 너랑 동갑이냐 물어보시더니 나보고 어려 보인다고 하시던데.”

“어, 그래…?”

운은 제 말을 믿지 못하는 것인지 살짝 골똘한 표정으로 말끝을 흐리는 윤오가 탐탁지 않았다. 하지만 오늘 윤오 덕분에 좋은 인맥이 생겼으니 용서해주기로 했다.

친구를 보내고 한쪽 턱을 괸 채 마우스를 달칵거리며 남은 일을 마저 하던 윤오가 대뜸 멀리 떨어져 있는 운에게 다시 말을 걸었다.

"1월 1일에 뭐 해?"

"뭐 따로 하는 건 없는데. 일출 보고 새해 소원 빌어야 하나."

"매일 뜨는 해가 뭐 특별하다고."

윤오가 시큰둥하게 대꾸했다.

"그래도 1월 1일이니까. 일출 정돈 보고 싶은데."

그렇게 말하면서도 유운은 막상 당일이 되면 추운 새벽에 나가고 싶지 않아 해가 중천에 떴을 때쯤이나 꾸물거리며 침대를 나서겠지 생각했다. 당장 내일 자신에게 닥칠 일은 전혀 모른 채.

13

고백 아닌 고백

쿵쿵쿵. 쿵. 쿵. 띵동.

해도 뜨지 않은 새벽, 희미하게 문을 두드리는 소리와 함께 초인종 소리가 연달아 들렸다. 운은 무거운 눈꺼풀을 살짝 들어 올리며 지금 꿈을 꾸고 있나 생각했다. 머리맡에 있던 휴대전화 화면을 터치해 시간을 확인하니, 한창 새벽이었다. 누군가 찾아올 일 없는 너무나 이른 시간. 점차 휴대전화 빛에 익은 운의 눈에 열 통의 부재중 전화 알림이 보였다.

쿵. 쿵. 쿵. 다시 문 두드리는 소리가 들렸다.

"⋯이 새벽에 무슨 일이야."

운이 낮게 잠긴 목소리로 혼잣말을 중얼거리며, 또다시 윤오에게서 걸려 온 전화를 받았다.

"너, 이 새벽에 무슨 전화를 이렇게…."

―유운, 일출 보러 가자.

"뭐?"

운은 순간적으로 황당해서 잠이 싹 다 달아나는 기분이었다.

―문 앞이야. 문 좀 열어봐, 얼어 죽겠다.

"미친 거 아니야?"

―새해부터 미치면 어떡해, 큰일 날 소릴. 아무튼 문이나 빨리 열어봐.

옷걸이에 걸어놓았던 플리스 자켓을 대충 걸치고 나와서 현관문을 열자, 남색 체크무늬 목도리를 여러 번 칭칭 두른 검은색 롱패딩 차림의 김윤오가 서 있었다. 그는 자연스럽게 '얼어 죽는 줄 알았네' 같은 말 따위를 지껄이며 안으로 들어왔다.

"…이게 무슨 상황이야, 대체…."

"일출 보러 가고 싶다고 네가 그랬잖아."

"내가…?"

"응, 해 뜨는 거 보러 가자."

기억을 거슬러 올라가니 바로 어제 그런 말을 지나가듯 했던 것도 같았다. 하지만 가기로 약속한 적은 없었던 거 같은데.

운은 아직 잠이 덜 깨서 상황 파악이 잘 되지 않아 어리둥절해하면서도 윤오의 성화에 못 이겨 따뜻한 트레이닝복으로 갈아입고 흰 롱패딩을 걸치고 나왔다. 윤오는 두르고 있던 체크무늬 목도리를 풀어서 운의 목에 칭칭 둘러 코끝까지 감아버리곤 현관

밖으로 향했다. 그렇게 운은 얼떨결에 1월 1일 첫 외출에 나섰다.

밖으로 나오니 가로등 불빛이 희미하게 어둠을 밝혀 고요하고 적막했다. 운이 찬 공기를 들이마시며 윤오의 뒤를 따랐다. 도대체 어디서 일출을 본다는 건지, 의아했지만 차 조수석에 올라타자마자 뜨끈하게 데워진 의자에 몸이 녹아 그딴 건 아무래도 좋다고 생각했다.

잠시 후, 차가 멈추는 느낌에 운은 눈을 떴다. 길지 않은 새에 잠들었던 모양이다. 윤오가 눈을 가늘게 뜬 채 자신을 바라보며 다 왔으니 얼른 내리라며 채근했다. 운은 전기매트처럼 뜨끈하게 데워진 차 시트에 미련이 가득한 얼굴로 조수석에서 내렸다.

윤오가 걸어가는 대로 따라 걷다 보니, 동네의 언덕이었다. 아직도 이 동네에 모르는 곳이 있었다니. 잘 알려진 일출 명소인지 이미 동네 사람들이 소소하게 몇 모여 있었다. 그중에서도 특히 친근한 얼굴들이 눈에 띄었다.

"사장님!"

운과 다르게 새벽부터 활기찬 얼굴로 은정이 걸어오는 둘을 반겼다. 운은 눈을 거의 반만 뜬 채 윤오를 따라 걷다가 소율이네 가족과 연준이네 가족을 발견하곤 뒤늦게 정신을 차려 꾸벅 인사했다. 털 담요를 둘둘 두른 소율이와 연준이는 평소와 달리 얌전하게 각자 부모님의 손을 잡고 서 있었다. 아이들도 아직 잠이 덜 깬 모양이었다.

유운은 아까보단 정신을 차린 눈으로 주위를 둘러보았다. 처음에 집을 나섰을 때는 어둠만 가득했는데, 어느덧 하늘이 어슴 푸레하게 밝아오고 있었다. 얕게 눈 쌓인 언덕 위에 올라서 동네 사람들과 삼삼오오 일출을 기다리고 있자니, 감회가 새로웠다.

"춥죠? 이거라도 한 잔 마셔요."

은정이 커다란 보온병을 기울여 종이컵에 김이 모락모락 올라오는 차를 따라주었다. 뜨거운 수증기와 함께 구수한 보리차 냄새가 퍼졌다. 운은 은정이 건네는 종이컵을 두 손으로 받아 들고 잠시 손을 녹이다가 조심스레 한 모금 들이켰다. 뜨거운 차 덕분에 몸에 따뜻한 기운이 퍼져나가는 기분이 들었다.

"곧 해 뜨겠네."

옆에서 운과 함께 보리차를 마시던 윤오가 말했다. 그의 말을 따라 저 멀리를 바라보니 조금씩 주황빛이 일렁이는 모습이 보이기 시작했다. 멍하니 서서 따뜻한 종이컵을 손에 쥔 채로 가만히 하늘을 바라보니 머지않아 느릿하게 퍼지는 금빛 햇살이 하늘을 밝혔다. 옆에 서 있던 윤오도 새삼 조용히 그 모습을 감상했다. 그 역시 무언가 생각하는 것처럼 보였다.

어느새 언제 아래 숨어 있었냐는 듯, 황금색 태양이 찬란하게 새해를 밝혔다. 해가 조금 드러났을 때부터 사진을 찍고 있던 사람들은 하늘 위로 우뚝 올라간 태양을 보며 연신 카메라 셔터를 눌러댔다. 카메라 촬영음과 새벽 찬 공기 사이로, 평소처럼 해는 하늘 높이 뜬 채 빛나고 있었다.

유운도 주머니에 넣어두었던 휴대전화를 꺼내 느지막이 올해의 첫 해를 사진으로 남겼다. 매일 뜨는 해인데도 왜 새해의 첫 해를 바라보는 기분은 다를까. 운은 새삼스레 싱숭생숭한 기분에 사로잡혔다.

"새해 복 많이 받아, 유운."

사진도 찍지 않고 옆에 가만 서 있던 윤오가 운을 보며 말했다. 운이 윤오를 보며 작게 웃었다.

"너도 새해 복 많이 받아."

운의 말에 윤오가 픽 웃었다.

"근데 새해 소원은 안 빌어?"

"어, 어. 빌어야지."

어떤 소원을 빌어야 할지 한참을 고르다가, 운이 신중하게 손을 모아서 조용히 소원을 빌었다.

"무슨 소원 빌었어?"

"그냥. 더 나은 한 해가 되게 해달라고."

시시하다는 듯 윤오가 고개를 돌리자, 운이 그에게 물었다.

"넌?"

"나?"

윤오가 운의 질문에 그녀를 빤히 응시하다가 입을 열었다.

"네가 나한테 화내지 않게 해달라고."

"내가 너한테 화를 왜 내?"

고개를 갸웃하던 유운이 몇 초 후 눈을 가늘게 뜨고 윤오를 흘겨보았다.

"너, 나한테 잘못한 거 있어?"

운의 추궁에 윤오는 느리게 시선을 회피하며 일출을 배경으로 사진을 찍고 있는 소율과 연준이네 가족을 바라보았다. 말없이 계속 자신을 째려보는 운의 시선을 애써 모른 척하다, 한참 만에 대답했다.

"잘못은 아니고, 우리 서로 오해가 있는 것 같아서."

"오해가 뭔데. 빙빙 돌리지 말고, 빨리 말해."

이미 스케이트장에서 한 번 당한 전적이 있는 운이 눈앞의 윤오를 채근하자, 윤오는 별일 아니라는 듯 대답했다.

"우리나라만의 특이한 나이 셈법 때문에 발생한 오해지."

유운이 입을 앙다문 채로 윤오에게 제대로 설명하라는 듯 눈을 흘겼다. 윤오가 작게 한숨을 쉬곤 다시 입을 열었다.

"그러니까… 넌 올해 스물아홉이지만, 난 올해 서른이라고."

"뭐?"

네가 스물여덟이라고 말했던 건 한국식 나이였지만, 내가 말했던 스물여덟은 만 스물여덟이라는 뜻이었어. 처음엔 너도 만 나이로 말한 줄 알았는데, 지내다 보니까 아니라는 걸 알게 됐어. 그런데 또 내가 갑자기 나서서 내가 사실은 너보다 한 살 많다고 하면, 네가 갑자기 존댓말 쓰면서 다시 거리 둘 거 같아서 말을 못 했었다고. 윤오가 구구절절하게 말을 이어갈수록 운은 이해가 가지 않았다. 그가 말을 그치자 둘 사이가 찬물이라도 끼얹은 것처럼 조용해졌다.

까악, 까악. 까마귀가 날아가면서 우는 소리가 둘의 적막 가운데서 울려 퍼졌다.

∅　∅　∅

속았다. 유운은 김윤오에게 새까맣게 속았다.

유운은 멍하게 이부자리에 앉아 방에 난 창문을 응시했다. 바깥 겨울바람이 거센지, 저 멀리 나뭇가지들이 저항 없이 흔들리는 모습들이 눈에 보였다.

'내가 스물여덟은 맞는데. 만 스물여덟이었던 거지.'

넌 한국식 나이 스물여덟이고, 그러니까 만 스물일곱. 따지자면 내가 한 살 많지. 의도치 않았지만 오해하게 만들어서 미안해. 김윤오는 전직 스케이트 선수의 신분을 숨기고 운과 내기했을 때처럼 뻔뻔하게 나오진 않았다. 적어도 자신의 죄는 알고 있는 것처럼 보였다. 콩알만 한 양심이 있긴 있는지 조금 머뭇거리는 기색이 한눈에 보였지만, 이건 그보다 훨씬 큰 사기였다. 한국처럼 나이를 중요하게 생각하는 유교 국가에서!

운은 윤오의 고백을 돌이켜 떠올리자 다시금 머리가 지끈거리는 기분이 들었다. 방 안의 웃풍이 꽤나 심한데도, 머리는 도리어 뜨겁게 느껴졌다. 처음에 운은 이것이 그동안 윤오가 제게 동갑내기 동네 친구 행세를 한 것에 대한 분노로 인한 화병이라고 생각했다. 다행히 윤오도 스스로 잘못을 알고 자숙하는 중인지 하루 동안은 얼굴이 내비치지 않고 있었다. 적어도 운의 화가 조금은 식으면 나타날 모양이었다.

운은 몸을 일으켜 새해 첫 영업을 준비했다. 하지만 좀처럼 기운이 나질 않는 탓에 영업 이래 처음으로 디저트를 준비하지 못했다.

"이게 다 김윤오 탓이야."

운은 달궈진 이마에 찬 손을 대며 혼잣말로 중얼거렸다. 잠시 후 은정이 윤오 대신 첫 손님으로 방문해서 따뜻한 아메리카노 두 잔을 포장했다.

"사장님, 몸 괜찮아요? 얼굴이 빨간 게 열나는 것 같은데. 몸살 난 거 아니에요? 일출 볼 때 엄청 추웠잖아요."

염려하는 은정의 말에 운이 괜찮다며 열 기운 가득한 얼굴로 힘겹게 웃어 보였다. 기침은 나오지 않았지만, 혹시 몰라서 마스크를 꼈다. 그리고 평소처럼 아메리카노를 내려서 캐리어에 두 잔을 담아 은정에게 건넸다.

"음, 저도 윤오한테 들었는데요."

은정이 머뭇거리며 하는 말에 운은 바로 얼토당토않은 새해 고백으로 위장한 그의 고해성사를 떠올렸다.

"근데, 그걸 이제야 말했어요? 걔가 한참 전부터 어떻게 말할지 고민하길래, 난 이미 말한 줄 알았네. 아, 사실 저도 어쩌다 보니까 알게 됐었거든요…. 그래도 전 둘이 계속 편하게 반말하고 지내고, 윤오가 친구라길래 그런 줄로만 알았는데. 참…. 아무튼 괘씸하니까 웬만하면 용서하지 마요, 사장님.”

은정이 다시 생각해보아도 어이가 없다는 듯 고개를 절레절레 흔들며 말했다. 그리고 자신은 윤오가 계속 사기 치고 다녔다는 사실을 전혀 몰랐다고, 운에게 자신은 숨기는 것 없는 선량한 단 골손님이라며 결백을 호소하고는 가게를 떠났다. 운은 그 모습 을 보며 나지막이 웃다가, 다시 윤오가 떠올라서 괘씸했다.

운은 한쪽 이마에 손을 대고는 머그잔에 뜨거운 물을 부어 캐 머마일 차를 우렸다. 은정의 말대로 컨디션은 좋지 않았지만, 드 러누울 정도는 아니라고 생각하며 테이블에 앉았다. 하지만 뜨 거운 김이 모락모락 올라오는 머그잔을 바라보다 결국 테이블에 풀썩 엎드렸다.

아무래도 감기가 맞는 것 같긴 했다. 작년도 재작년도, 감기 한 번 안 걸렸는데 이상하네. 그래도 괜찮아. 이 정돈 금방 낫겠 지. 감기가 한두 해 일인가.

몸도 주인의 눈치를 봐가면서 아프다고, 여러 해 동안 긴장한 채 쉴 틈 없었을 땐 오히려 안 아팠다. 그런데 올해 겨울은 이젠 조금 드러누워도 된다고 생각한 건지, 기다린 것처럼 감기 기운 이 빠르게 잠식했다.

불행 중 다행이라면 오늘따라 오전엔 손님이라곤 하나도 보이 질 않았다. 덕분에 쉴 수 있어서 운은 미동도 없이 테이블에 한 쪽 뺨을 붙인 채 엎드려 있었다. 이 시골에서 아프면 챙겨줄 사 람이 아무도 없구나. 사다 놓은 비상 감기약도 없고.

시간이 지나니 나아지기는커녕 오히려 열이 더 오르는 느낌이 들었다. 문득 서러웠다.

딸랑. 그때 가게 문이 열리는 소리가 들렸다. 테이블에 엎어져 있던 운이 손님을 맞을 생각에 불덩이 같은 몸을 일으켰다. 그러나 이제 막 문을 열고 들어온 손님과 눈이 마주치자, 운은 복잡한 심경이었다. 화를 내고 싶은 마음과 동시에 자신의 몸 상태에 대해서 말할 수 있어 반가운 마음이 들게 하는 사람이었다.

"유운, 괜찮아?"

주춤 서 있던 운의 앞으로 윤오가 척척 걸어와서는 예고도 없이 차가운 손을 운의 이마에 댔다.

"엄청 뜨거운데."

윤오가 손을 떼며 염려스러운 목소리로 말했지만, 운은 조용히 그를 향해 눈을 흘길 뿐이었다.

"형수님한테 전화 왔었어. 너 상태 안 좋아 보이니까 좀 들여다보라고. 그러니까 나한테 화났어도 형수님 성의를 봐서 지금은 조금 참도록 해. 화는 감기 다 낫고 나서 내도 안 늦으니까."

할 말은 많았지만, 우선 운은 말을 아꼈다. 그에게 말할 기운도 없었던 탓이다. 윤오도 대충 그런 운을 파악했는지, 들고 온 검은색 비닐봉지에서 감기약을 꺼내 들이밀었다.

"감기약 좀 먹고 들어가서 한숨 자. 아플 땐 쉬는 게 최고니까."

"…새해부터 가게 휴업하면 좀 그런데."

한참 만에 운의 입에서 나온 말에 윤오는 어이없다는 듯 그녀를 보았다. 그리고 낮게 한숨을 내쉬고는 말했다.

"정 그러면 내가 일일 사장 해줄게."

운이 말도 안 된다는 표정을 지었지만, 윤오는 가볍게 어깨를 으쓱하며 대수롭지 않게 굴었다.

"커피 빼곤 다 잘해. 오늘 오는 사람들은 차만 마시라고 해."

오늘만 그렇게 대충 때우고 주말에 푹 쉬면 나을 거야. 윤오가 덧붙이는 안 어울리는 염려에 마지못해 고개를 끄덕였다. 운은 윤오의 등쌀에 못 이겨 방으로 들어가 실내 온도를 조금 더 높이고 누웠다. 미미한 온돌의 열기를 느끼며 아주 잠깐만 눈을 붙여야지, 생각하곤 가볍게 눈을 감았다.

윤오가 일일 사장을 맡은 행복과자점은 오늘 하루 일일 찻집이 되어 있었다. 커피를 내릴 줄 모르는 사장 탓에 오는 손님마다 아메리카노 주문 불가 소식을 접해야 했다. 그럼 다들 절망한 얼굴로 카페인이 있는 차가 뭐냐고 물어가며 홍차를 사서 나갔다. 덕분에 티백을 담아두었던 상자는 이제 바닥을 드러내고 있었다. 그래도 어찌저찌 제일 바쁜 점심시간을 잘 넘겼다.

윤오는 지친 얼굴로 카운터 앞에 앉아서 텅 빈 카페를 둘러보다가, 문이 열리는 소리에 반사적으로 얼른 자리에서 일어났다. 그리고 들어오는 사람이 서준이라는 사실을 깨닫고, 안도의 숨을 내쉬었다.

"갑자기 전복죽은 왜? 사장님은 어디 가고?"

은정에게 들은 바가 없는지 서준이 어리둥절해하며 주위를 둘러보았다.

"지금 몸살감기 나서 자고 있어."

"그래서 네가 가게 봐주는 거야? 근데 너 커피 내릴 줄도 모르잖아."

"어, 그래서 지금 커피 없는 카페가 됐어."

얼토당토않은 말에 서준은 어이가 없어 웃었다. 그리고 윤오 앞에 전복죽이 든 종이 가방을 내려놓았다.

서준이 윤오에게 뭐든 만들 줄 아는 음료를 만들어 오라며 자리에 앉자, 윤오는 얼마 지나지 않아 펄펄 끓는 물을 담은 테이크아웃 종이컵에 캐머마일 티백을 하나 덜렁 넣고는 서준에게 가져다주었다. 차를 받아 든 서준은 "그럼, 그렇지." 하며 뜨거운 차를 호호 불어 한 모금 들이켰다.

◎　◎　◎

윤오가 가게 안쪽 운이 잠들어 있는 방의 문을 소리가 나도록 두드렸다. 하지만 문 두드리는 소릴 듣지 못한 건지, 문 반대편에서는 어떤 기척도 없었다. 잠시 후 조심스레 방문을 열자, 고요히 잠든 운이 보였다.

"이렇게 잘만 잘 거면서."

윤오가 유운의 모습을 보며 중얼거렸다. 맨바닥에 두꺼운 거

울용 이불을 덮은 채 잠든 모습이 생소했다. 아직도 양 뺨이 발갛게 익어 있었다. 바닥의 온도는 그녀가 올려둔 듯 따뜻했다. 그는 가만히 그 모습을 내려다보다가, 수건을 찬물에 적셔 꾹 짜낸 다음 다시 방으로 돌아왔다. 그리고는 여전히 눈을 감은 채 곱게 자는 운의 이마 위로 찬 수건을 올려놓았다.

아. 차가운 기운에 살짝 눈을 뜬 운이 머리맡에 앉아 있는 윤오를 발견했다.

아플 때 아무도 없이 혼자 앓아야 하는 건 꽤 서럽다고 생각했는데, 웬걸. 알게 된 지 얼마 되지도 않았지만 오래 본 것처럼 익숙해진 동네 친구 김윤오가 머리맡을 지키고 앉아 있었다.

"밥 먹고 자야지."

"…카운터는?"

눈을 뜨자마자 가게부터 묻는 운에게 그는 고개를 저어 보였다.

"이제 점심시간 지나서 손님도 없길래 잠깐 형한테 카운터 봐달라고 부탁했어. 내가 진짜 이 정도면 여기 알바생이지."

"그럼 여기서 진짜 알바 하든가…."

근데 무급이야. 앓는 목소리로 덧붙이는 운의 모습에 그가 어이없다는 듯이 웃었다.

"죽 좀 사 왔는데, 먹고 잘래?"

"지금은 입맛 없어. 안 들어갈 것 같아."

운의 말에 윤오가 아플수록 잘 먹어야 한다며 잔소리를 늘어놓곤, 전복죽을 국그릇에 옮겨 따뜻하게 데워 왔다. 윤오는 귀찮다는 운을 채근해서 자리에 앉히고서 낮은 좌식 테이블을 그녀 앞에 펴놓고 쟁반을 내려놓았다. 김이 모락모락 올라오는 전복죽에선 고소한 참기름 향이 퍼졌다. 운은 좀처럼 입맛이 없었지만, 옆에서 감시하는 윤오에 못 이겨서 그릇에 담긴 죽을 천천히 비워냈다. 옆에 앉아 운을 관찰하던 윤오는 그제야 만족했는지 쟁반과 좌식 테이블을 치워주었다.

"너 오늘은 일 없어?"

운이 이제는 돌아가라는 말을 돌려서 했지만, 윤오는 태평한 목소리로 답했다.

"응, 어제 수정 건까지 다 넘겨줬거든."

오늘은 자유야. 윤오는 아직 돌아갈 의사가 한 톨도 없다는 듯 말했다. 유운은 자고 싶었지만, 밥을 먹은 지 10분도 지나지 않았다며 나중에 역류성 식도염으로 고생하기 싫으면 앉아 있으라는 윤오의 잔소리 탓에 이불에 얌전히 앉아 있었다.

윤오는 이제 따로 감시할 것이 없었는지, 카페 책장에서 집어 온 시집을 한가하게 넘기고 있었다. 그 모습을 운이 멀뚱멀뚱 앉아서 쳐다보고 있자, 윤오가 시집을 덮었다. 그리고 하고 싶은 말이 있으면 하라는 눈으로 운을 쳐다보았다.

"꿈을 꿨어."

대뜸 운이 하는 말에 윤오가 되묻듯 말없이 고개를 비스듬히 기울이고서 그녀를 응시했다.

"그냥. 오랜만에 옛날 꿈을 꿔서."

운이 작은 목소리로 말하며 무릎을 세워서 모아 앉곤 윤오를 물끄러미 바라보았다. 별다른 대꾸 없이 자신을 보고 있는 윤오의 시선을 느끼며 느지막이 다시 말을 이었다.

"내가 왜 여기에 가게를 차렸는지 궁금하댔지."

첫 번째 이유는 여기가 할머니가 살던 곳이라서. 그건 이미 알고 있었으려나. 운은 뺨에 옅게 붉은 기를 띤 채 작게 웃으며 말했다. 그리고 무릎을 감싼 팔에 한쪽 뺨을 붙이고는 눈을 감으며 생각에 잠겼다가 다시 운을 뗐다.

"신기하지. 어떤 오래된 일은 얼마 지나지 않은 것처럼, 마치 어제 일처럼 생생한데. 또 어떤 오래되지 않은 일은 아주 먼 날에 있었던 일처럼 느껴진다는 게."

14

유운의 이야기

아직도 뭘 해야 좋을지 모르겠어. 대학교 졸업을 앞두고 그런 생각을 자주 했었다. 어떤 길로 가는 게 좋을까. 버스를 타고 가는 길에도, 지하철을 타서도, 길거리를 헤매듯 걷고 있을 때도, 수업을 듣고 있을 때도. 아무리 생각해도, 정답을 찾지 못했다. 그러다 사기업 대신 안정적이라는 말에 금융계 공기업 준비를 시작하게 됐다. 시작은 가벼웠다.

다수의 공기업 서류 전형에서 만점을 받을 수 있는 어학 점수를 땄고, 가점을 받을 수 있는 각종 자격증을 땄다. 그 외에도 필요한 것들을 차곡차곡 쌓아갔다. 하지만 역시 쉽지 않았다. 그래도 열심히 쓴 자기소개서 몇 장과 대외 활동 이력으로 운 좋게 공공기관에서 체험형 인턴을 시작할 수 있었다.

6개월 동안 출근하면서 퇴근하면 곧장 시험공부를 하러 독서실에 갔고, 주말엔 면접 스터디를 했다. 한 기업의 채용 필기 합격 후 2차에서 PT 면접도 보고, 토론 면접도 보았지만, 돌아온 건 불합격과 함께 길어진 공백기뿐이었다. 희망 고문과도 같았다. 거의 다 온 것 같은데, 최종 면접에서 떨어지고, 또 떨어지니 한없이 바닥으로 추락하는 기분이었다. 에너지는 이미 바닥난 지 오래였다. 그냥 자리에 주저앉아서 엉엉 울고 싶었다.

늘 똑같은 흰색 반소매 티에 회색 후드집업을 대충 걸치고 시험장에 도착한 어느 날, 평소처럼 시간에 쫓겨 초조하게 시험장으로 들어서는데 마침 운동장에 핀 장미가 눈에 띄었다. 학교 운동장 담벼락을 넝쿨로 감싼 채 만개한 빨간 여름 장미였다. 그러나 그때의 내게는 그 탐스러운 장미를 보며 아름답다고 느낄 여유가 더 이상 남아 있지 않았다. 문득 내가 고여 있다는 생각이 들었다.

성인이 된 지가 언젠데.

대학을 졸업한 지가 언젠데.

아직도 난 이 네모난 교실에서 나무 책상에 앉아 여름에 그대로 고여 있었다.

시험 종료를 알리는 방송 소리와 동시에 상반기 채용 필기 시험이 끝났다. 어떤 정신으로 시험을 봤는지 기억이 나지 않았다. 우르르 층계에서 쏟아져 나오는 학생과 성인의 중간에 선 사람들의 풍경이 익숙했다. 파란 일회용 덧신을 벗고 학교 건물을 지나 교문을 나서니 하늘 높이 뜬 해가 쨍쨍했다. 하늘이 푸른 날이었다. 벚꽃이 만개했던 것이 엊그제 같은데, 이제는 봄이 다 지나가고 초여름을 향해 달려 나가는 어중간한 계절이었다. 그래도 한낮의 열기로 달궈진 지면에 비가 쏟아지자, 습한 흙내음이 느껴졌다.

봄도 다 가버렸구나. 내 손에 쥐어진 것은 여전히 아무것도 없이. 막막하다, 어떡하지.

그렇게 또 주말이 지났다.

어떤 날엔 괜찮았고. 어떤 날엔 불안의 둑이 터져 무너져 내렸다. 모두가 완주한 마라톤에서 텅 빈 길에 홀로 남아 아직도 뛰고 있는 기분이었다. 적어도 남들만큼, 아니면 그 이상 노력해왔다고 생각했는데 방향이 잘못되었을까. 내가 했던 선택은 다 틀렸나. 언제부터 여기에 혼자 남았지.

애매하게 포기하지도 못하고, 그렇다고 가질 수도 없었어. 손에 쥐어지지도 않는 것을, 겨우겨우 부스러기를 잡고서 이 자리를 계속해서 맴돌고 있었다. 줄곧 모두가 떠난 정류장에서 아주 한참을 서성이던 바보 같은 나.

같은 이야기를 반복해서 적어내고, 부모님 또래의 면접관들 앞에 서서 비슷한 말들을 반복해서 답하고. 다시 구직 사이트에 지원서를 접수하고, 졸업한 학교를, 인턴 경력을, 공모전 수상 실적을, 대외 활동을 적어냈다. 그렇게 같은 것들에 맴돌며 같은 행동을 반복하다가 다시 몇 계절이 지나갔다. 그러다 더 이상 집

에서 몸을 쉴 수 없다고 생각해서 이곳저곳 그나마 될 만한 곳들
에 계약직으로 여러 군데 지원해 겨우 어느 계절의 끝에서 한 은
행의 계약직에 합격했다.

'됐어. 일단 일하면서 지금처럼 다음을 준비하면 돼.'

다시 비슷한 내용들의 문제를 풀고, 외우고, 준비했다. 그것들
을 되풀이하며 매일 출근했다. 자신이 통장 주인의 배우자니 해
지해달라며 아무 증빙도 없이 무턱대고 통장을 들이밀어도 웃
고, 여기 점장하고 잘 아는 사이라며 무리한 요구를 해도 웃고,
어제 왔었는데 신분증이 왜 필요하냐며 따져도 웃고, 계속 웃었
다. 모든 사람이 하고 싶은 일만 하면서 사는 건 아니잖아. 그렇
게 생각했다.

번호표를 뽑고 기다리는 사람들이 자리에 빼곡했다. 숨이 답
답했다. 깊게 숨을 들이마셨다가 내뱉었지만, 여전히 가슴 한편
이 막힌 듯 개운한 기분이 들지 않았다. 그저 먼지 구덩이에서
숨 쉬려고 노력하고 있는 것 같았다. 정신없이 울리는 전화 소리
를 들으며 도망가고 싶다고 생각했다.

이렇게 사는 게 맞아? 하지만 이렇게 안 살면 또 어쩔 건데.
다들 비슷하게 살아. 사는 거 다 똑같아.

그렇게 마음을 달랬다. 한 뼘만 한 자취방의 침대 바로 옆에서
세탁기가 돌아가는 소리가 시끄러웠다. 사람들이 그랬다. 하고
싶은 일만 하면서 살 수는 없다고. 다 그렇게 산다고.

"지은 씨, 이번에 신청한 리조트 됐어?"

"아니요. 저번에 붙어서 그런가 이번에 떨어졌더라고요. 이번 연휴는 그냥 집에서 보내야 하나 봐요."

"맞아, 진호 씬 여자 친구랑 헤어진 거 같지? 기간제 교사라고 했나."

"정규직도 아닌데, 아무래도 결혼까지 생각하긴 좀 그랬죠."

쉬는 시간에 지나가는 대화들. 나랑 상관없는 이야기들. 신청조차 할 수 없는 직원 복지 차원에서 제공되는 리조트. 그런 이야기를 들을 때면, 꼭 곁에 맴도는 이방인이 된 것만 같았다.

기분이 좋질 않고, 자꾸 처지기만 했다. 오늘은 그냥 집에 가서 쉬자. 아무것도 하지 말고. 그렇게 다짐하는 퇴근길, 거리에 가득한 사람들은 어디론가 바삐 오가고 있었다. 연말이 가까워져 그런지 곳곳에는 커다란 트리가 눈에 띄었다. 지하철에서 내려 집으로 걸어가는데, 새로 생긴 카페가 보였다. 곧 돌아오는 주기의 호르몬 탓일까, 왠지 오랜만에 단 게 먹고 싶단 생각이 들었다. 눈에 보인 카페로 들어가니 훈훈한 공기가 가게 안을 가득히 채우고 있었고, 쇼케이스에는 브라우니 한 조각과 단호박 파운드케이크 한 조각이 덩그러니 남아 있었다.

운은 별 고민 없이 남은 두 조각을 구매했다. 사장님이 포장하는 동안 매장을 둘러보며 기다렸다.

작은 매장은 주인의 취향인지 조금 손이 탄 듯한 빈티지 원목 가구로 채워져 있었다. 흘러나오는 캐럴과 가게 한쪽 협탁 위에 놓인 썰매를 타고 있는 산타가 든 스노우볼이 따뜻하고 앤틱한 분위기를 자아냈다. 협탁 맞은편에 있는 트리는 붉은 리본과 동그란 금색 공이 매달려 있었다. 천천히 가게를 둘러보다가 문득 곧 있으면 크리스마스라는 사실을 깨달았다.

"주문하신 브라우니랑 파운드 드릴게요."

픽업대로 다가서자 직원인지 사장인지 모를 여성이 웃으며 커다란 쿠키 하나를 종이 봉투에 넣어주며 말했다.

"이건 저희 테스트 제품인데, 한번 드셔보세요."

남은 저녁 즐겁게 보내세요. 그 인사말을 듣자, 운은 오늘 처음으로 기분 좋은 말을 들었다고 생각했다.

눈이 내리는 바람에 평소보다 늦게 자취방에 도착해서 가방을 내려놓고, 두꺼운 겨울 점퍼를 벗었다. 그리고 종이 봉투를 열어 포장해온 브라우니를 한입 베어 무는데, 예고도 없이 엄마에게서 전화가 왔다. 전화를 받자 스피커 너머에서 덜덜 떨리는 목소리가 들렸다.

— 할머니가 돌아가셨어….

실감이 나지 않아 한참을 멍하니 앉아 있다가, 어플을 열어 기차표를 예매했다. 정신없이 본가로 향하는 기차에 올라타고 나서야 뒤늦게 죽음을 실감한 듯 뜨거운 눈물이 터져 나왔다.

유년 시절의 한편에는 늘 할머니가 있었다. 초등학교 방학이면 머물던 할머니 집과 평소 부모님한테 부리지 않던 어리광도 할머니에게는 부리던 기억과, 할머니를 따라 동네를 산책할 때면 만나는 모든 이들에게 할머니가 눈에 넣어도 아프지 않을 만큼 예쁜 손녀딸이라고 입버릇처럼 자랑하던 목소리가 어제 일처럼 선명했다.

'우리 강아지.'

할머니의 다정한 목소리가 이명처럼 귓가에 맴돌았다. 그렇게 기억을 더듬다 보니 대학 졸업 후 취업 준비를 핑계로 이전만큼 자주 할머니를 보러 가지 못했다는 후회만 가득해졌다. 갖은 생각으로 얼룩져 장례식장에 도착하니 엄마가 퉁퉁 부은 눈으로 맞이했다.

"오느라 힘들었지. 상복은 안에 됐어."

오랜만에 본 친척들과 간단한 인사를 나누고 상복으로 갈아입었다. 밖은 여전히 설레는 연말의 분위기가 만연한데, 이 안은 공기가 꽝꽝 얼어붙은 것 같았다. 오랜만에 만난 이모는 나지막히 웃으며 말을 걸어왔다. 오랜만이네, 운이. 다 컸다, 정말. 옛날엔 요만했는데. 그러게요.

이모와 나란히 앉아서 시답잖은 이야기를 주고받았다. 대학은 졸업했니, 취직은 어디로 했니. 뭐 하고 지냈니. 남자 친구는 생겼니…. 그런 이야기따윈 없이 가만히 앉아서 드문드문 한마디씩을 주고받을 뿐이었다. 그러다 장례 지도사가 이모 옆으로 와서 이것저것을 설명하면 멍하니 함께 들었다. 영정사진 옆에 놓이는 꽃은 구성과 디자인에 따라 비용이 달라 결정해야 한다고 했다. 문상객에게 대접할 음식을 어떤 종류의 구성으로 몇 인분을 준비할 것인지. 화장하는 곳까지 리무진으로 갈 것인지 버스로 갈 것인지. 그 비용은 얼마나 차이가 나는지. 상복의 비용은 얼만지…. 그런 이야기였다.

종일 장례식장에 틀어박혀 있다가 부모님의 문상객들에게 간헐적으로 불려 가 인사를 했고, 문상객들이 벗어놓은 신발들을 정리하다가, 장례식장 가운데에 놓인 환하게 웃고 있는 할머니의 영정사진을 멍하니 서서 한참 동안 바라보고 있기도 했다.

지금처럼 발버둥 치면서 열심히 사는 것의 종착지는 죽음일 텐데, 그럼 나의 노력은 결국 잘 죽기 위함일까. 그런 허무한 생각이 들기도 했다. 바쁘게 돌아가는 장례식장에서 추모하는 마음과 슬픔은 나중 일이었다. 그럴 겨를이 없었으니까.

"고생 많았어. 내일 바로 출근하니?"

삼일장을 마친 뒤 할머니를 보내드리고 난 엄마는 아직 다 비워내지 못한 슬픔 어린 눈으로 내게 말했다.

"응, 자리를 오래 비웠으니까."

"그래, 잘 챙겨 먹고. 엄마는 좀 더 있다가 올라가려고."

"응, 엄마도 잘 챙겨 먹고. 잘 자고."

그런 말들을 주고받다가 이내 기차에 올랐다. 오래전 보았던 것 같은 장면들이 파노라마처럼 기차 창문을 스쳐 지나갔다. 몸은 피로한데, 도무지 잠이 오질 않았다. 그렇게 한참 창문을 응시했다. 그러다 기차가 긴 터널에 들어선 순간 객실 안의 빛만이 남았다. 창문 너머의 까만 풍경에 비친 얼굴을 응시하다가, 문득 원래 이렇게 생기가 없었나 생각했다. 내가 원래 어떤 표정을 지었더라. 하루의 대부분을 기계적으로 웃었고, 그게 아니라면 무표정했다. 감정이 얼굴에 잘 드러나지 않는다고 생각했다.

항상 이것만 끝내고 할머니를 보러 가야지 생각했다. 이것만 끝내면, 이것만 끝내면…. 그래서 뭐든 다 정말 열심히 했는데 계속 조금씩 어긋났다. 취업도, 인간관계도, 전부 다. 그래서 일이 좀처럼 끝나지가 않았다. 아무것도 끝마치지 못하고 멈춰 있는 새, 이런 얼굴이 되어버린 걸까.

가끔 회사 화장실 거울에 비친 얼굴이 너무 무감하게 느껴져서 이상하기도 했지만, 지금 기차 창문 너머로 보이는 표정은 그보다도 더 낯설었다. 무의식중에 나를 지탱해주고 있던 할머니의 부재에, 얇은 실이 끊어져버린 연처럼 추락한 기분이 들었다.

기차에서 내려 사람들이 적당히 찬 평일 낮의 지하철을 타고 집에 돌아오니 무언가 텅 빈 기분이 들었다. 다음 날 출근할 준비를 하려고 가방을 정리하는데, 한 입 베어 물었던 브라우니와 파운드케이크를 발견했다. 겨울이니까, 괜찮으려나. 그렇게 생각하면서 한 입을 베어 물자 입에 달콤 쌉싸름한 카카오 향이 밀려들었다. 그제야 둑이 무너지듯 울음이 터져 나왔다. 할머니.

할머니가 보고 싶었다. 시골 동네를 걸어 다니면서 슈퍼에 들러 크런치 초콜릿을 사주던 할머니, 겨울마다 버석 마른 논에 놓인 하얀 마시멜로의 이름이 사실은 곤포라는 걸 알려주던 할머니. 내게 행운보단 행복이 중요하다고 말해줄 할머니가, 이젠 없다.

다시 일을 했다. 예전처럼 기계적으로 웃고, 말했다. 할머니는 이제 행복해지셨을까. 할아버지를 만났을까. 할머니는 나보고 행복해지라고 했는데, 할머니는 행복할까. 나는 행복한가. 이런 표정으로 사는데, 행복한 게 맞나.

내게 큰일이 생겼어도 세상은 아무 일도 없이 잘 돌아가기만 한다는 사실이 허무했다. 그보다 더 허무한 건 나 역시, 중요한 걸 잃었어도 며칠을 슬퍼하다가 머지않아 다시 평소처럼 돌아왔다는 사실이었다.

"아니, 지금 안사람이 못 오니까 내가 대신 찾아간다고 말하잖아. 말귀를 못 알아듣네. 여기 전 점장하고 나하고 어? 잘 아는 사이인데. 이거 점장한테 말해?"

"그러니까 필요한 서류를 다 지참하고 오셔야….."

"거참 젊은 아가씨가 답답하네!"

그 뒤로 육두문자가 좀 지나갔던 것 같지만, 그냥 흘려들었다. 항상 뒤에 앉아 있던 지점장은 시끄러운 현장을 뒤로 하고 일이 있다며 밖으로 나섰다. 나는 앞으로도 원치 않는 일들을 하면서 이렇게 살아가려나.

며칠 뒤, 주말에 본가에 갔다. 엄마는 거실을 서성이며 전화를 받고 있었다.

"응, 집은 6개월 안엔 처분해야지. 크게 돈은 되지 않아도, 엄마 집이니까 그냥 남겨두면 좋을 것 같긴 한데. 응, 다들 그냥 처분하길 바라는 분위기더라고. 작은 오빠네는 이번에 아파트 청약이 돼서 거기로 입주한다고 하고. 명의를 오빠네로 해놓으면 거기선 주택 두 개를 소유하는 걸로 되니까…. 마땅히 다른 사람도 없고."

엄마의 통화 내용을 흘려들으며 생각했다. 마지막으로 할머니 집에 가본 게 언제더라. 한참이나 지난 것 같았다. 어렸을 적엔 자주 가곤 했는데. 커서는 특별한 날에 드물게 갔고, 대학을 졸업하면서는 거의 들르질 못했었다.

"어, 왔어?"

뒤늦게 나를 발견한 엄마가 전화를 끊으며 말했다.

"응, 방금 왔어. 근데 할머니 집 정리는 언제 해?"

"곧 해야지. 다들 바쁘네. 그래도 어느 정도 짐 정리는 해뒀는데. 소유권 정리하고, 부동산에 집 내놓느라 이래저래 바빠. 그래도 계속 집을 갖고 있을 순 없으니까…."

"그렇구나."

"운이는 섭섭하겠네."

"응? 뭐가."

"어렸을 때 그 시골 동네에서 자주 놀았잖아. 할머니 집이 좋다고, 맨날 가자고 조르고."

엄마가 웃음 섞인 목소리로 내게 말했다.

"그래, 생각나네."

엄마와 짐 정리를 하러 내려간 할머니 집은 나의 유년기 시절 기억 속의 모습과 같으면서도 달랐다. 오래된 시골집을 리모델 링했던 터라 현관에는 전자식 도어록이 달린 튼튼한 문이 생겼 고, 내부도 연식이 오래된 것치고 깨끗한 부엌과 넓은 거실이 돋 보였다. 거실 한쪽 벽에 커다랗게 난 네모난 창문도 시야가 탁 트여서 보기 좋았다. 아주 오랜만에 오게 된 할머니 집을 세세하 게 둘러보고 있는데, 엄마가 뒤에서 부르는 소리가 들렸다.

"엄마는 여기 동네 분들한테 인사 좀 드리고 올게. 할머니 챙 겨주신 분들이 많아서."

"응, 난 여기서 기다릴게."

주변을 다 둘러보고 처마 밑에 앉아 멍하니 앉아서 빗물이 뚝 뚝 떨어지는 걸 구경했다. 모처럼 마음이 편했다. 이곳에서는 숨 쉬는 게 답답하지 않을 거 같았다. 도심과는 다른 차갑고 깨끗한 공기가 페퍼민트 잎을 베어 문 것처럼 상쾌했다. 여기라면, 그때 처럼 행복하게 지낼 수 있을까. 유년 시절의 향수에 젖어 그때의 행복이 아직도 남아 있을 거라고 착각하는 건 아닐까.

"엄마, 여긴 언제 처분해?"

"글쎄, 우선 당장은 아니고 좀 두려고."

집에 남은 할머니 짐들을 대충 정리하고 다시 본가로 돌아가 는 차 안에서 문득 그 말이 툭 튀어나왔었다. 지금 돌이켜봐도,

무슨 생각으로 그 말을 내뱉었는지 기억이 나질 않는다.

"엄마, 그냥 내가 할머니 집에서 지낼까."

엄마는 반대했다. 한창 도시에서 사회생활할 애가 시골에서 뭘 하겠다고. 말도 안 되는 소리라고 했지만, 나는 마음을 굳혔다. 얘기를 들은 이모는 직접 발품을 팔더니 집과 관련된 문제들을 해결해주셨다. 대학교 졸업 선물도 못 챙겨줬는데, 이 기회에 선물 삼으라는 말과 함께. 그게 행복과자점의 시작점이었다.

별생각을 거치지 않고 나온 말이 기폭제가 되어, 정신을 차렸을 땐 이미 사직서를 제출한 뒤였다. 그날부터 자취방의 짐을 정리하기 시작했다. 그래 봐야 조그마한 자취방에 쌀 짐은 그리 많지 않았다. 삼촌들이 할머니집을 대충이라도 손봐두는 동안, 나도 몇 개월간 왔다 갔다 하면서 천천히 조금씩 살림들을 날랐다. 무겁고 부피를 많이 차지할 것들이라고 해봐야 수험서, 문제집들이었는데 그것들을 시골까지 싸 들고 갈 생각은 없었다. 모두 정리했으면 정리했지.

할머니 집 실내에 얇게 먼지가 쌓인 걸 보고 모든 창문을 열었다. 청소기를 돌리고, 걸레를 빨아 바닥을 닦았다. 장기간 방치된 것치곤 깔끔했던 편이라 하루 종일 대청소를 하고 나니 어느 정도 정리가 된 모습이었다. 활짝 열린 네모난 창문 앞에 다가서서 폐부 깊숙이 숨을 들이마셨다.

곧 중고 거래 어플과 폐업 정리 매장에서 사 온 가재도구들을 정리하고, 아직 테이블이 들어오지 않아 거실 한가운데 상을 펴놓고 자리에 앉았다. 창문 너머로 보이는 고요한 풍경이 평온했다. 지겨웠던 시험장을 벗어나 다시 새로운 시작을 내 손으로 하고 있다고 생각했다. 가게를 열기 전까진, 멍하니 앉아 있는 일이 잦았던 것 같다.

늦여름에서 가을로 넘어가는 동안 자주 비가 내렸다. 물에 젖은 흙냄새가 올라오면 넋 놓은 사람처럼 멍하니 거실에, 아니면 처마 아래에 앉아서 흘러가는 처마 끝에서 뚝뚝 떨어지는 빗방울들을 바라보면서 라디오를 들었다. 하늘이 맑은 날이면 파란 하늘을 파도 삼아 흘러가는 구름을 바라보곤 했다.

처음에는 모카포트와 핸드드립 커피로 시작했다가, 얼마 가지 않아 전기오븐을 구매했던 중고 매장에서 적당한 크기의 에스프레소 머신을 저렴하게 마련했다. 한적하던 매장은 조금씩 붐볐고, 도시만큼은 아니더라도 적당히 영업이 되었다. 사실 가게 운영이 처음이라 그리 기대하지 않았기에 생각보단 뭐든 나았을 터였다. 말없이 단골을 자처한 이도 있었고. 오픈하고 한 달 뒤부터 이어진 발길은 일주일에 두 번이다가, 세 번이 되었고, 네 번이 되었고, 나중에는 다섯 번이 되었다. 근처 작은 공공기관의 직원들이 찾아와 적당히 붐비는 점심시간도, 그 붐비는 시간이 지나고 나면 드리워지는 한적한 시간도. 모두 좋다고 생각했다.

되돌아보면, 나의 이십 대는 줄곧 실패투성이어서 내가 선택할 수 있는 게 별로 없었다. 그래서 합격하지 않아도 되고, 선택받지 않아도 되는, 내가 원하는 대로 머물고 시작할 수 있는 일이 필요했을지도 모른다고. 행복과자점을 처음 연 날, 그렇게 생각했었다.

◎　◎　◎

"지금껏 난 끝이 정해진 일들만 해왔는데, 처음으로 내가 끝을 정할 수 있는 일을 하게 됐다고 생각했어. 그러니까….."

꾸벅꾸벅 졸면서 운이 희미하게 내뱉던 말들이 뚝 멎었다.

"…말하다가 자는 게 어딨어."

윤오는 감기약 탓에 웅크린 채 무릎에 고개를 묻고 완전히 곯아떨어진 운의 모습을 지켜보다가 자리에 편히 눕혔다. 그는 잠든 운의 모습을 잠시 관찰하다가, 찬물을 적신 수건을 다시 이마 위에 올려놓았다. 곤히 잠든 모습이 편안해 보였다.

그는 잠든 유운의 머리맡에 앉아서 들고 온 책을 몇 장 넘기다가 결국 그만두고, 다시 시선을 옮겨 옅게 붉은 기운을 띤 유운을 가만 바라보았다. 그녀의 흰 뺨에 손등을 대어보니 여전히 미미하게 남은 열이 느껴졌지만, 아까보다는 훨씬 나았다.

자신이 열감기에 걸려 사흘을 앓았을 땐, 감기 정도는 별것 아니라고 가볍게 생각했는데. 막상 유운이 열감기에 앓아누운 모습을 보니, 그리 쉽게 넘길 수가 없었다. 스스로도 왜 이리 유난인가 싶을 정도로.

윤오는 그녀가 완전히 잠에 곯아떨어진 걸 확인하고 나서야,

방을 나가서 카페 테이블에서 들고 온 노트북을 열었다. 아직 남은 일이 산더미였다. 윤오가 피로한 눈으로 메일함에 들어온 업무 메일을 살피다가 이내 턱을 괴고는 창문 밖을 바라보았다. 아침과 달리 굵은 눈발이 펑펑 쏟아지고 있었다. 많이 쌓이려나, 얼면 큰일인데. 집에 돌아갈 길에 대한 우려를 잠시 넣어둔 채, 윤오는 다시 밀린 일을 하나씩 처리하기 시작했다.

기업 담당자로부터 업무 전화를 몇 통 받고, 코드를 몇 개 더 수정하고, 파일을 첨부해서 메일로 보내고 나자 어느덧 해가 지고 있었다. 안 그래도 겨울이라 빨리 해가 지는 편인데, 산으로 둘러싸인 동네라 그런지 해가 떨어지면 순식간에 어두워졌다. 윤오가 피로한 듯 안경을 벗고, 굳은 목을 이리저리 꺾어보며 몸을 풀었다. 그러다 영업 시간이 지난 것을 알아채고는 밖에 내놓았던 입간판을 마당 안으로 들여놓으려 자리에서 일어섰다.

눈이 내리기 시작한 지 얼마 되지 않았는데도 벌써 마당에 쌓인 눈에 발이 푹푹 꺼졌다. 윤오가 대문 밖에 눈이 쌓인 나무 입간판을 대충 털고 손으로 척 드는데, 다가오는 인기척이 느껴졌다. 점점 가까워지는 갈색 머리 남자는 아무래도 행복과자점으로 걸어오고 있는 게 확실해 보였다. 또래로 보이는 남자가 가까워지자, 윤오가 입간판을 든 채 말했다.

"오늘 영업은 끝났는데요."

남자는 윤오 뒤로 불이 들어와 있는 가게의 모습을 힐긋 쳐다보았다. 그리고 다시 고개를 돌려 윤오에게 짧게 인사했다. 남자의 목소리는 부드러운 인상과는 달리 단조롭고 차가웠다.

"사장님 안 계시나요?"

이어지는 물음에 윤오가 다시 갈색 머리 남자를 자세히 들여다보니, 이내 그와 구면이라는 사실을 깨달았다. 이전에 운이 배웅하는 모습을 본 적이 있었다.

"사장님 친구분이시죠?"

남자는 약간 의아한 표정을 지으며 "네" 하고 짧게 답하고서 서로 통성명을 나누었다.

"오늘 사장님이 몸살 나서서 가게 문을 일찍 닫았어요."

내내 무표정하던 남자의 눈썹이 살짝 일그러졌다.

"많이 아픈가요?"

"엄청 심한 건 아니고, 쉬면 괜찮아질 거 같던데요."

윤오는 유운이 아프다는 말을 들은 재이가 돌아갈 생각이 없어 보여서, 가게 안으로 안내하고는 그에게 따뜻한 캐머마일 차를 하나 내어주었다. 그리고 곤히 잠든 운을 깨우러 갔다.

"유운, 일어나 봐. 친구 왔어."

운이 윤오의 목소리에 느리게 눈을 떴다. 아까와 달리 열이 많이 내렸는지 뺨에 붉은 기가 많이 사라진 모습이었다.

"…누구?"

"저번에 왔던 대학 친구."

아. 운은 깨달음과 함께 자리에서 몸을 일으켜 앉았다. 이마에서 바닥으로 수건이 툭 떨어졌다.

“몸은 좀 괜찮아?”

“응, 네 말대로 약 먹고 밥 먹고 쉬니까 많이 괜찮아졌네.”

유운이 자연스레 답하려다가 순간 멈칫했다. 윤오가 자신보다 한 살 더 많다는 걸 알고 나니 반말하기엔 어색해진 탓이다. 윤오도 그런 기색을 눈치챘는지 어깨를 으쓱였다.

운은 자리에서 일어나 남색 카디건을 걸쳐 입고 가게로 나왔다. 한쪽 테이블에 앉아 있던 재이가 운을 발견하자마자 일어났다. 운이 그 모습을 보곤 뭘 일어나기까지 하냐며 천천히 재이의 앞으로 걸어가 마주 앉았다.

“회사는?”

“나보다 회사 안부가 더 궁금해?”

“친구 밥줄 걱정해주는 거지.”

재이가 운의 이마에 손을 가져다댔다가 떼며 대꾸했다.

“아직 미열 있는데, 약은?”

“먹었어. 아까보다 훨씬 좋아진 거야.”

운은 그렇게 말하며 옆 테이블에 앉아서, 노트북 앞에 앉은 윤오를 쳐다보았다. 그의 테이블에 널브러진 종이들과 흘려 쓴 글씨가 가득한 수첩을 보니, 바쁘지 않다던 그의 말이 거짓말인 것쯤은 알아챌 수 있었다.

“김윤…. 아니, 그, 저기.”

운이 익숙하게 이름을 부르려다가 멈칫했다. 그리고 마땅한 호칭을 찾지 못한 채 대충 윤오를 부르자, 그의 반듯했던 미간이 살짝 일그러졌다.

"남은 일도 많은 것 같은데 이만 가봐. 약이랑 죽 고마웠어."

윤오는 운의 성화에도 아랑곳하지 않고, 여기서 마저 일을 다 하고 가겠다며 고집스럽게 자리에 앉았다. 윤오의 모습에 마음이 불편했지만, 신경을 끄고 눈앞의 재이에게 물었다.

"근데 연락도 없이 어쩐 일이야?"

"그냥. 휴가를 썼는데 갈 데가 없어서."

"그렇다고 여기까지 와?"

눈이 이렇게 오는데? 운은 슬쩍 창문을 바라보았다. 함박눈이 펑펑 내리고 있었다. 저대로면 언덕길에 금세 수북이 쌓이고, 빙판이 될 텐데. 지금은 늦은 오후고, 친구는 갈 길이 멀다.

"너 아직 컨디션 안 좋아 보여."

재이가 걱정스러운 목소리로 말했다. 운도 그 말엔 동의했다.

"아까도 눈 많이 왔어?"

그가 고개를 저었다.

"도착하고 나니까 많이 오던데."

"여기 나가는 길은 언덕길 하난데, 이렇게 눈 오면 금세 빙판 지겠다. 위험해, 그 길. 빨리 가야 되는데."

"이제 왔는데 지금 가라고? 안 될 것 같으면 여기 근처에서 숙소 잡아서 자고 갈게."

"넌 여기에 그런 게 있을 거라고 생각해?"

재이의 태평한 소리에 그녀가 눈을 가늘게 떴다. 이 친구는 이곳이 서울인 줄 아는 게 틀림없었다.

“사람 사는 덴데, 하나쯤은?”

“어차피 시간 남아서 자고 갈 거면 여기서 자고 가든가. 내 방 내줄 테니까.”

“나한테 방 내주면 넌 어디서 자?”

환자인데. 그가 덧붙이는 말에 운은 작은 창고 방을 치우고 자면 된다고 했다. 말도 안 되는 소리라며 재이가 일갈할 때쯤, 뒤에서 가만히 노트북을 두드리고 있던 윤오가 노트북을 탁 소리 나게 덮었다. 그 바람에 유운과 재이가 동시에 윤오가 있는 테이블을 바라보았다.

운과 눈이 마주친 윤오가 이내 시선을 옮겨 재이를 바라보며 태연하게 입을 열었다.

“저희 집은 어떠세요.”

15

권재이

이제 막 집에 들어온 윤오가 현관 근처 스위치를 누르자 실내가 한순간에 밝아졌다. 그를 뒤따라 들어오던 재이를 돌아보며 윤오가 나지막이 말했다.

"정리가 안 돼서 좀 그렇긴 한데, 들어오세요."

그의 말과는 달리 바닥에 널브러진 옷가지나 잡동사니 하나 없이 실내가 말끔했다. 윤오와 어울리는 공간이었다. 깔끔한 우드 톤으로 맞추어 정돈된, 잡다하게 사놓은 것이 없이 딱 필요한 것들만 놓인 공간.

재이가 윤오를 따라 들어서서 집을 둘러보았다.

"초면인데 신세가 많네요."

"유운 친구면 제 친구이기도 한데요, 뭐."

재이의 말에 윤오가 어깨를 으쓱였다. 그리고 냉장고 앞으로 가서 자연스럽게 물병을 꺼내 컵에 따르곤 재이와 눈이 마주치자 "물 한 잔?" 하고 물었다.

"아뇨, 괜찮습니다."

윤오는 목이 말랐는지 물 한 잔을 쭉 들이켰다. 그리고 재이에게 검은색 트레이닝복을 꺼내 건네주며 그가 쓸 방을 알려주었다. 가끔 서울에서 현서 같은 지인이 찾아오면 내주던 게스트룸이었다. 대강 안내를 마친 윤오는 금세 샤워를 마치고 편한 실내복 차림으로 아직 덜 마른 머리를 훌훌 털며 거실로 나왔다. 곧이어 재이가 방을 나오다가 윤오와 마주쳤다. 불편해 보이던 외출복 대신 빌린 옷으로 갈아입은 모습이었다. 윤오가 어색한 눈으로 자신을 보는 재이를 바라보곤 부엌에 들어가 냉장고를 열어 맥주 두 캔을 꺼내 들었다. 그리고 재이를 돌아보았다.

"맥주 하나 드실래요?"

윤오의 제안에 재이가 다가와 그가 건네는 맥주 캔을 받아 들었다. 둘은 부엌 옆 테이블에 앉아 각자 캔을 따서 한 모금 들이켰다. 의외로 재이가 먼저 입을 열었다.

"운이랑 이 동네에서 알게 되신 건가요?"

"네, 그렇죠. 제가 그 카페 단골손님이거든요."

윤오의 말을 가만히 듣던 재이가 맥주를 다시 들이켰다.

"재이 씨는 유운하고 대학교 친구라고 들었는데. 같은 과라서 친해지신 거예요?"

"같은 과는 맞는데, 친해진 건 중앙동아리에서였어요."

"무슨 동아린데요?"

윤오의 질문에 재이가 잠시 머뭇거리다가 대답했다.

"…제과제빵 동아리요."

전혀 예상치 못한 동아리였다. 유운이야 그렇다 친다지만, 눈앞에 앉아 있는 남자는 그 동아리와는 다소 거리감이 있어 보였다. 의외라고 생각했다.

"손재주가 좋으신가 봐요."

그러자 재이가 낮게 웃곤 말을 이었다.

"알아요, 안 어울리는 거. 친한 과 선배가 있었는데, 제빵 동아리 인원수가 부족해서 곧 폐부할 지경이라고 하더라고요. 동아리 가입만 하면 전공 시험 족보 준다는 말에 혹해서 들어갔었죠. 거기서 유운을 처음 봤어요."

"꽤 외향적이신가 봐요?"

윤오의 말에 재이가 고개를 갸웃했다. 제게 하는 말인가 싶은 모습이었다.

"유운, 생각보다 남한테 관심 없잖아요. 낯도 많이 가리고."

"유운이 먼저 말 걸어서 친해진 건데. 그때 유운은 엄청 활달했거든요. 지금은 좀 조용해진 편이죠."

재이가 기억을 더듬듯 눈을 굴리다가 낮게 웃었다. 윤오는 그렇게 말하는 재이를 보며, 맥주를 다시 한 모금 들이켰다.

"정말이에요. 그때 유운은 하마터면 동아리 회장까지 맡을 뻔했었거든요. 다행히 나중에 자발적으로 회장을 하겠다는 사람이 나타나서 면했지만요.”

재이는 그때가 떠오른 듯 혼자서 소리 없이 웃었다.

가만히 그의 말을 듣던 윤오는 문득 유운의 대학생 시절을 보고 싶어졌다. 자신이 보지 못한 그 시절의 유운을 떠올리며 무표정했던 재이가 드문드문 웃음을 흘린 탓에 제 속이 타는 듯 들끓는 것 같았다. 홧홧한 숨을 조용히 속으로 삼키고서 그에게 물었다.

“유운이 많이 변한 것 같아요?”

“아무래도 좀 그렇죠. 하지만 변하지 않은 점도 있어요.”

재이가 그리 말하곤 남은 맥주를 입에 털어 넣었다. 그리고 느릿하게 말했다.

“항상 중요한 건 말해주지 않는다는 거.”

그때도, 지금도. 나지막이 덧붙이는 재이의 말에는 힘이 빠져 있었다.

◎　◎　◎

아침이 밝았다. 유운은 기지개를 켜자, 어제와 달리 몸이 개운해진 걸 느낄 수 있었다. 밤새 뜨끈한 온돌에 몸을 지진 덕분인지, 어제의 개떡 같았던 상태가 거짓말처럼 느껴질 정도로 몸이 괜찮았다. 윤오가 자신을 속인 건 여전히 괘씸하지만, 그의 간호 덕분에 하루 만에 이만큼이나 컨디션을 회복할 수 있었다.

'어제 그런 얘긴 왜 한 거야.'

감기약을 먹고 잠기운에 취했던 걸까. 운은 윤오에게 별 얘기를 다 했다 싶어 후회가 밀려왔다. 앞으로 어제가 떠오를 때마다 이불을 걷어찰 것만 같았다.

겨우 자리를 정리하고 일어나 가게로 나오니 어제 윤오가 쳐 놓은 블라인드가 그대로였다. 운이 블라인드의 방향을 바꾸자, 쏟아지는 햇살 사이로 언제부터 와 있었던 건지 모를 재이가 보였다. 그는 마당 한 편의 그늘진 곳에 놓인 작은 눈사람 하나를 발견한 모양이었다. 며칠 전에 만든 주먹만 한 눈사람은 근래 날씨가 얼어붙을 것처럼 추웠던 탓에 녹지 않고 그대로였다.

"잘 잤어?"

운이 가게 밖으로 나오며 안부를 묻자, 재이가 운의 인기척을 느끼곤 고개를 돌렸다.

"응, 넌 몸은 좀 괜찮아졌어?"

운이 그의 물음에 고개를 끄덕였다. 김윤오가 데려가서 잘 지냈는지, 오히려 어제보다 피곤이 가신 기색이었다. 운은 다행이라고 생각했다.

"이거 보니까 우리 과제 하다가 눈 와서 눈사람만 엄청 크게 만든 거 기억난다."

"그랬었나?"

그의 말을 듣고 기억을 더듬어보았다. 1학년 때, 기말고사 과제 때문에 중앙도서관에서 밤을 새우다 갑작스러운 폭설이 내려 캠퍼스가 온통 눈으로 뒤덮였던 날. 그때 친구들과 함께 만들었던 커다란 눈사람은 누가 봐도 놀랄 만큼 잘 만들어서, 다음 날 학교 커뮤니티에 사진이 돌아다니기도 했었다. 풋풋했던 이십 대 초반의 기억을 떠올리며 나지막이 웃었다. 그때는 재이도 저렇게 메마르진 않았던 것 같은데.

그런 생각을 하는 사이, 멀리서 윤오가 걸어오는 모습이 보였다.

"어제 신세 많았어."

운은 윤오에게 그리 말하곤 곧장 고개를 돌려 재이에게 물었다.

"넌 바로 서울 가?"

운은 그러길 바랐지만, 재이가 대꾸하기도 전에 윤오에게서 예상치 못한 말이 튀어나왔다.

"오늘 오일장 서는데…."

두 사람 모두 눈을 동그랗게 뜨며 그를 보았다.

"안 바쁘시면 같이 구경 가시죠."

"웬 장?"

"너도 아직 가본 적 없지?"

그의 물음에 일단 반사적으로 고개를 끄덕이긴 했다. 가본 적이 없긴 하니까.

둘은 순순히 윤오를 따랐다. 윤오가 운전석에 앉자, 재이가 나서서 환자는 뒷자리에 앉으라며 운에게 뒷좌석 문을 열어주었다.

운은 어이없이 웃곤 차에 올라탔다. 재이와 윤오는 금세 가까워졌는지, 어색해만 보이는 사이라고 생각했던 게 무색하게 재이가 조수석을 꿰찼다. 윤오는 그 모습을 물끄러미 바라보다가 조용히 차에 시동을 걸었다.

그렇게 20분가량 달려서 도착한 오일장은 겨울의 찬 공기에도 사람들이 많아 꽤 붐볐다. 윤오는 스마트폰 메모를 열어보며 심부름하듯이 귤도 한 바구니 사고, 좁은 길을 걸으면서 중간에 대파도 사고, 양배추도 샀다. 운은 그의 모습을 보면서 윤오가 시장 구경을 시켜준다는 건 구실이고, 혼자 오기 심심해서 자신과 재이를 데리고 와서 함께 장을 보고 있다는 사실을 깨달았다.

"혼자서 그렇게 잘 해서 먹어?"

운이 윤오의 옆에서 종종걸음으로 걸으며 그에게 말을 붙였다.

"아, 이거? 형 심부름."

점점 검은 비닐봉지가 하나씩 양손에 늘어나는 윤오를 보다가, 저와 함께 장을 구경하던 도시인 재이에게로 시선을 돌렸다. 그도 장터의 소란스러움이 생소한지 호기심 가득한 눈으로 주위를 둘러보고 있었다. 운은 재이에게 다가가서 그의 어깨를 툭툭 쳤다.

"권재이, 이거 봐봐! 이 조끼 여기서도 파네. 우리 엠티 때 입었던 거랑 똑같은데?"

운이 손가락으로 가리키는 곳을 따라서 시선을 옮기자, 분홍색, 노란색, 파란색 화사한 색상의 꽃무늬 누빔 조끼들이 좌판에 걸려 있었다. 시골집에서 김장할 때 자주 보았던 것 같은 디자인을 보며 재이가 눈을 동그랗게 떴다.

"그렇네."

"그때 너 엄청 질색했었는데."

운은 벌칙이라도 받는 것처럼 분홍색 꽃무늬 조끼를 억지로 입었던 재이의 표정을 떠올리며 웃었다. 그 모습에 재이가 마주 웃었다.

"근데 그거 아직도 집에 있다?"

"진짜? 바로 버릴 것처럼 굴더니. 집에서 잘 입어?"

"아니, 그냥 보관만 해뒀지."

운은 이어서 다른 쪽에 있는 진한 분홍색 고무장화와 빨간 꽃무늬 고무장화를 가리켰다.

"그, 이건 우리가 그때 신었던 장화랑 비슷하다. 농활 때."

"둘이 대학교 생활 열심히 했나 봐."

윤오가 양손 가득히 검은 봉투를 쥔 채 비딱한 시선으로 둘의 모습을 구경하고 있었다. 유운은 그제야 재이와 대학교 시절 추억에 잠겨 윤오도 잊은 채 시장 구경에 정신이 팔려서 가던 길을 역주행하고 있었단 사실을 깨달았다.

"아무래도 같은 과에 같은 동아리였다 보니까. 함께 한 게 많았거든요."

운이 윤오에게 무어라 대답하기 전 재이가 먼저 답했다.

"얘가 CPA 준비하기 전까진 같이 많이 놀았지."

그렇구나. 윤오는 담백하게 물음을 갈무리했다. 그리고 노란 플라스틱 상자에 담긴 다양한 물품을 팔고 있는 좌판으로 가서, 비닐에 포장된 오븐 장갑 하나를 집어 들었다.

"너 이거 어때, 저번에 오븐용 장갑 필요하다며."

진한 갈색 체크무늬 오븐 장갑을 보며 운은 눈을 반짝였다. 헤진 오븐 장갑을 바꿀 절호의 기회였다. 게다가 그가 집은 장갑의 디자인이 운의 마음에 쏙 들었다. 윤오가 운의 마음을 알아챘는지, 현금으로 오천 원을 좌판 주인에게 건넸다.

장 보기를 마친 윤오는 분식을 파는 좌판 앞에 서서 어묵 좀 먹고 가자며 둘에게 손짓했다. 운은 그를 따라서 어묵 하나를 집어 들고는 후후 불어 한 입 베어 물었다. 하얗게 입김이 일었다. 재이 역시 금세 어묵 하나를 해치우고 종이컵에 어묵 국물을 따라서 운에게 건네자, 그녀가 익숙하게 그것을 받아서 마셨다. 운은 자신의 앞에 있는 냅킨을 뽑아서 재이에게 건넸고, 그 역시 당연하다는 듯 그것을 받아 입가를 닦았다. 윤오는 둘의 모습이 자연스럽고 익숙해 보여서, 묘하게 속이 불편해지는 것을 느꼈다. 어묵 하나를 더 입에 물고는 애써 모른 척해보려고 했지만 소용없었다.

그들은 차가 주차된 곳을 향하다 말고, 호떡 굽는 상인을 발견하고서 내친김에 호떡도 먹기로 했다. 종이컵에 든 호떡을 받아 든 윤오는 재이와 운에게 하나씩 나눠주었다. 오늘 장보기의 마침표였다. 운이 얼떨결에 손에 쥐게 된 호떡을 호호 불어 한 입 베어 물자, 뜨겁게 녹은 흑설탕과 해바라기 씨앗이 입안에서 녹진하게 뒤섞여 달콤하고 고소했다.

"맛있지?"

운이 고개를 끄덕이자, 윤오가 뿌듯한 얼굴로 말했다.

"내 단골집이야. 동네 다 뒤져봐도 여기가 제일 맛있더라."

운은 재이를 돌아보았다. 단 걸 좋아하지 않는 친구가 뒤늦게 떠올라서였다. 하지만 재이는 생각과 달리 저보다도 빠르게 호떡을 해치우고 있었다. 의외로 먹성 좋게 먹는 친구를 넋을 놓고 구경하는데, 재이가 운의 팔을 확 잡아당겼다. 영문 모르게 당겨진 팔에 놀란 것도 잠시, 맞은편에서 걸어오는 행인과 몸이 부딪칠 뻔했다는 것을 한 박자 늦게 깨달았다.

"조심해."

"어, 어. 고마워."

윤오가 둘의 모습을 보더니 알 수 없는 미묘한 표정을 짓고는 다시 고개를 홱 돌렸다. 동시에 운은 어쩌다 이곳에서 권재이와 김윤오가 함께 장을 보게 된 걸까 생각했다.

"너 근데 서울 안 가?"

"급한 일 없어. 오늘 토요일이잖아."

그렇게 한가한 소릴 듣자 그가 오늘도 여기서 머무르려고 한다는 걸 어렴풋이 눈치챌 수 있었다.

"너 설마 오늘도….."

"응, 원하면 그렇게 하랬어."

운이 미간을 찡그렸다.

"왜?"

"혼자 적적한데 나쁘지 않더라고."

윤오가 끼어들어 시답잖다는 듯 대꾸했다. 재이는 무덤덤한 표정으로 말을 더했다.

"요새 잠을 푹 못 잤는데. 여기선 잠이 잘 오더라."

그의 얼굴이 어제보다 훨씬 나아 보이는 건, 착각이 아니었던 모양이다. 운은 그만 입을 다물었다. 다 큰 성인이 어디 있든 그건 자신 마음대로 아닌가. 우리 집에서 묵겠다는 것도 아니고 윤오의 집에서 묵겠다는데, 게다가 집주인도 상관없다는데. 자신이 더 왈가왈부할 게 있나 싶었다. 운은 짧은 한숨을 내쉬었다.

⊘ ⊘ ⊘

띵동. 벨을 누르자마자 현관문을 연 서준이 윤오가 건네는 비닐봉지들을 받아 들었다.

"고맙다, 저녁 먹고 갈래?"

"아니, 저녁 약속 있어서."

"여기서 네가 저녁 약속이 다 있어? 과자점 사장님이랑?"

서준은 별일이라는 듯 의아해하며 물었다.

"응, 유운하고 유운 손님."

"사장님 손님 오셨어?"

“유운 대학교 친구.”

서준이 윤오와 대화하며 부엌으로 가서 장 본 것을 정리했다. 윤오가 그 모습을 옆에서 쳐다보았다. 서준은 소율과 은정이 오기 전에 저녁 식사 준비를 해야 한다며, 두부 한 모를 꺼내 들으며 태평하게 되물었다.

“혹시 친구가 남자야?”

“어떻게 알았어?”

반문하는 윤오에 서준이 픽 웃었다.

“뭐, 남자도 촉이란 게 있어. 근데 네가 그 자리에 왜 끼어?”

“그렇게 됐어.”

“누가 친구 보겠다고 일 끝나자마자 이 시골까지 달려와. 나 지방에 일주일 출장 가 있었을 때 너희 형수 보겠다고 퇴근하고 새벽 운전해서 얼굴 딱 30분 보고 왔잖아.”

서준이 너털웃음과 함께 혼잣말처럼 중얼거리며 물이 펄펄 끓는 냄비에 멸치와 다시마를 넣었다. 그사이 윤오가 벗어둔 겉옷을 집어 들었다.

“바로 가게?”

“응.”

“그 친구 잘생겼나?”

윤오가 묘한 눈으로 서준을 응시하자 서준은 소리 내서 웃었다.

“그냥 그럴 거 같아서.”

윤오는 곧장 겉옷을 걸치고 서준의 집을 나와 운의 가게로 향했다. 서준이 대놓고 말하지는 않았지만, 어느 정도 자신을 찔러 보려 한 건 충분히 잘 알고 있었다.

윤오는 핸들을 돌리며 다른 한 손으로 이마에 내려온 까만 앞머리카락을 쓸어올렸다. 맨 처음 권재이를 본 날에는 유운이 혼자서 좋아했었나, 생각했는데 어제 재이와 나눴던 대화를 돌이켜보니 그 반대가 아니었나 싶었다.

분명 권재이는 유운을 좋아하고 있다. 단순히 좋아한다는 풋사랑 같은 짝사랑이라기보다, 이미 한 번 놓쳤던 관계와 감정을 손에 쥔 채 놓지 못한, 그렇다고 다시 건넬 수도 없는 마음 같았다. 그렇다면…

"유운은…."

권재이를 정리하고 싶을까, 다시 쥐고 싶을까.

16

여름 장미

"다 큰 청년이 우째 이리 곱상하게 생겼대?"

윤오가 서둘러 도착한 곳에는 의외로 미숙 할머니가 함께 있었다. 미숙이 열려 있는 현관문으로 들어오는 윤오를 발견하곤 꽤 반가운 기색을 띠었다.

"윤오, 새해 복 많이 받어라잉."

"미숙 여사님도 새해 복 많이 받으세요. 근데 날씨도 추운데 어쩐 일로 오셨대?"

"어쩐 일이긴. 오늘이 토요일인 것도 깜빡 허고 빵 사러 왔지. 겸사겸사 떡국 떡도 나눠줄 겸."

아아. 윤오가 그녀의 말에 고개를 끄덕였다. 부엌 너머 미숙에게서 전해 받은 떡국 떡을 냉장고 칸에 넣고 문을 닫는 운이 보였다. 미숙이 다시금 자리에 앉아 있는 재이를 보며 입맛을 쩝하고 다셨다.

“운이 애인은 아니구, 대학 친구라고?”

“네.”

재이가 차갑던 첫인상과는 다르게 부드럽게 웃어 보였다.

“나도 옛날에 우리 바깥양반하고 동네 친구였는디 말여. 고, 요새 젊은 사람들 말로 여자 사람 친구였다고.”

그렇게 천연덕스럽게 말하던 미숙은 디저트 대신 재밌는 이야기를 수확했는지, 재이에게 자주 자주 동네에 얼굴을 비추면 좋겠다며 재이와 윤오를 번갈아 보았다. 뜻 모를 웃음을 짓던 미숙은 이만 가보겠다며 자리에서 일어나 셋의 배웅을 받으며 가게 문을 나섰다.

“저녁에 떡국 먹으면 되겠네. 다들 올해 떡국 안 먹었지?”

윤오는 사실 소율이네서 한 끼 얻어먹었지만, 그 말을 쏙 넣어놓고 입을 잠갔다. 운은 물을 한가득 담은 냄비에 멸치와 다시마를 넣고 불에 올렸다.

“권재이. 넌 내일 아침에 올라가는 거지?”

“어, 가야지.”

“서울에서 쉬든가 하지, 하여튼.”

“마침 쉴 때 오지. 그럼 언제 와.”

재이가 운의 뒷모습에 대고 하는 말을 들으며 윤오는 문득 운의 표정이 궁금하다고 생각했다.

둘의 대화에 딱히 끼기가 뭣해서 윤오는 재이의 맞은편에 가만히 앉아 있는데, 의외로 재이가 고개를 돌려 눈이 마주친 윤오에게 말을 걸었다.

"언제부터 이 동네에 사셨어요?"

문득 물어오는 말에 윤오가 별 거리낌 없이 답했다.

"여기 온 지 이제 1년 반 정도 됐나? 그쯤 됐을 거예요."

운은 처음 듣는 이야기였다. 윤오가 자신과 비슷하게 잠시 귀촌한 도시 청년이었다니. 하지만 그럴 만도 했다. 누가 봐도 이 동네에서 나고 자란 느낌이 들진 않았으니까. 사촌 형을 따라서 내려온 걸까. 속으로 궁금해만 하고, 입 밖으로 내어 묻진 않았었다.

"이 동네가 아무것도 없지만, 전 그게 좋았거든요. 그땐."

윤오는 사촌 형인 서준의 부추김에 못 이겨서 이 동네에 오게 된 것을 상기했다. 이곳의 적막함이 좋았다. 이른 저녁부터 새벽까지 깔리는 적요. 그러다 새벽이 되면 언제 그랬냐는 듯 밝아지는 것 역시 좋았다. 지쳤던 심신을 맑게 해주는 것만 같은 활기가 돌았으니까.

"그러다 너무 심심해서 뛰쳐나가고 싶어질 때쯤 여기가 생겼죠."

윤오가 반듯하게 웃으며 말했다. 재이가 가볍게 고개를 끄덕이며 운과 윤오를 번갈아 보았다.

"근데 우리도 말 놓을까요? 운이랑 동갑이면 피차일반 또랜데."

"어?"

운이 재이의 말에 조금 놀란 표정을 짓자 되려 재이가 의아한 표정으로 그녀를 보았다. 윤오와 운의 시선이 어정쩡하게 마주쳤다. 애매한 정적에서 단조로운 전화 벨소리가 울렸다.

"잠깐 전화가 와서."

"어, 어. 안에서 통화해."

재이가 자리에서 일어나자, 운이 부엌 옆으로 난 침실로 가는 복도를 손가락으로 가리켰다. 그곳은 평소 영업 중에는 흰색 천 커튼으로 가려두는 부분이었다. 그는 운의 손가락이 가리킨 방향으로 사라졌다.

유운은 재이가 방으로 완전히 들어가 문까지 닫은 것을 확인하자마자 윤오의 맞은편으로 와 앉아선, 눈을 굴리고 있던 남자의 얼굴을 뚫어져라 쳐다보았다.

"김윤오 씨, 그러고 보니 우린 할 얘기 남아 있지 않았나요?"

"…그렇지. 남았지."

윤오는 슬쩍 운을 바라보며 잘못한 아이가 부모의 처분을 기다리듯 그녀의 다음 말을 기다리는 기색이었다. 운이 잠시 검지로 테이블을 톡톡 두드리며 생각하는 듯하다가, 결정했다는 듯 한 번 숨을 길게 내뱉곤 입을 열었다.

"이제 와서 그걸로 화내봐야 무슨 소용이 있겠어. 이미 말도 다 텄는데, 지금 와서 한 살 차이로 존대하는 것도 웃기고. 그냥 원래처럼 지내자. 나도 야, 너, 김윤오하고 부를게. 이 정돈 네 업

보니까 괜찮지?"

쩨 후한 처분에 다소 놀란 듯 윤오가 눈을 굴렸다. 운의 생각을 가늠해보려고 애쓰다가 이내 있는 그대로 받아들이기로 했다.

"그럼 나야 좋지. 앞으로도 잘 지내보자, 동네 친구."

천연덕스럽게 말하는 것이 방금 전까지 운의 눈치를 보던 남자 같지 않았다. 윤오는 방긋방긋 웃는 얼굴로 악수라도 하자는 듯 손을 내밀었고, 운은 어이없다는 듯 허, 하고 낮게 웃음을 터뜨리며 내민 손을 툭 쳤다.

"그렇다고 다 풀린 건 아니거든."

"아무튼 마음 넓은 유운 덕분에 살았네."

윤오가 그렇게 말하며 종이 가방에서 원통형의 노란 유리병을 꺼내 테이블 위에 올려놓았다. 자세히 보니 투명한 병 안에 노란 유자 껍질과 과육이 가득 찬 유자청이 담겨 있었다.

"화해 기념 선물."

"웬 유자차?"

운이 눈을 동그랗게 떴다.

"너 감기 몸살이었잖아. 원래 감기는 면역력이 약해서 걸리는 거야. 그러니까 비타민C 잘 챙기라고. 이거, 내가 11월에 고흥 유자 사서 청으로 한 땀 한 땀 담근 거야."

싱싱한 유자를 굵은 소금으로 박박 씻어서 하나 하나 채 썰어서 설탕과 유자 껍질을 켜켜이 쌓는 김윤오라니. 운은 왠지 모르게 웃음이 나왔다.

"그래, 고마워. 이따 후식으로 차 마시면 되겠네."

육수를 확인해야겠다고 생각하며 일어나던 운이 갑자기 윤오를 쳐다보았다.

"그런데 왜 그랬어?"

"뭘?"

"왜 재이한테 시장에 같이 가자고 하고, 집에서 하루 더 묵으라고 했냐고."

운은 굳이 그렇게까지 친절을 베푸는 윤오가 의아했다. 하지만 윤오는 별것 아니라는 듯 태연히 대답했다.

"둘이 아직 할 말이 남은 것 같아서. 그래서."

◯ ◯ ◯

통화를 마치고 나자 재이는 그제야 주위가 눈에 들어왔다.

운이 침실로 쓰는 듯한 방은 간결했다. 좌식 책상 하나에 잘 개켜놓은 이부자리, 벽 한쪽을 차지한 원목 옷장이 전부였다. 책상 위에는 운이 읽다 만 책 두어 권과 스프링 노트, 샤프펜슬, 검정 볼펜이 흐트러져 있었다. 아늑한 분위기의 방은 딱 유운 같았지만, 당장 내일 떠난다 해도 이상하지 않을 만큼 간소했다.

운은 여기 오래 머물 생각이 없는 걸까. 그런 거라면 오히려 다행이었다. 그럼 적어도 운을 보러 이 먼 길을 달려올 필요는 없어질 테니까. 한쪽 벽에는 운의 취향대로 붙여놓은 포스트카드 몇 장이 보였다. 마스킹테이프로 붙여진 여러 포스트카드 중에서도 햇살 한 줄기가 비친 붉은 장미 사진이 눈에 띄었다. 재이는 가만히 서서 손끝으로 그 장미를 스쳤다. 초여름에 피어나는 붉은 장미를 볼 때면 유운이 떠오르곤 했다.

입대 후 첫 휴가를 받았을 때는 담벼락을 타고 올라간 붉은 장미가 한창이었다. 뜨거운 햇살이 쏟아지던 날, 운이 그 앞에서 사진을 찍어달라며 휴대전화를 내밀었었다. 건네받은 카메라에는 활짝 웃고 있는 운의 얼굴이 담겼다. 그렇게 싱그럽게 웃는 얼굴을 본 게 대체 언제였나. 재이는 천천히 기억을 되짚었다.

그땐 유운을 자주 보고 싶어서 한 치의 망설임도 없이 공군에 지원했다. 육군이나 해군보다 3개월은 늦게 전역하겠지만, 그래도 휴가를 좀 더 많이 받을 수 있었으니까. 그렇게 받은 군 휴가로 몇 번은 둘만 만나기도 했고, 유운이 부담스러워할까 봐 다른 친구들을 일부러 불러서 함께 모이기도 했었다.

그러다 전역까지 한 달 남짓 남았을 무렵이었다. 그간 틈틈이 공부해 쳤던 어학 시험에서 점수도 나쁘지 않게 받았고, 나름대로 길었던 군 생활을 잘 마무리하고 있다고 생각했다. 제대하고 유운과 다시 학교에 다닐 생각을 하자 저답지 않게 마음이 둥실 부풀어 오르는 기분마저 들었다. 병장이 되어 한결 한가로워진 하루를 마무리할 때면 잠자리에 누워서 제대 후 새로 시작할 유운과의 관계에 대해서 가늠해보곤 했다.

그리고 기다리던 전역 당일, 그를 배웅 나온 어머니가 단기간에 파리해진 모습을 마주하고 나서야, 군대 안에서 차곡차곡 세워둔 계획이 하나도 소용없어졌음을 깨달았다. 전역이 얼마 남지 않았을 무렵, 그의 어머니는 암 선고를 받았다고 했다. 이미 혼자서 대학병원을 전전하며 수술 일정을 잡았다고. 군대에 있는 그에게는 알리지 않고 이모와 이모부의 도움을 받아 가까스로 투병 생활을 이어오고 있었다는 사실을 그제야 전해 들었다.

어릴 적에 아버지가 이혼하고 집을 나가서, 어머니를 책임질 사람은 자신뿐이었다. 한가하게 철없이 대학 생활을 즐기며 유운과 연애할 시기가 아니란 사실을 누가 말해주지 않아도, 그 정도는 알 수 있었다.

유운과 만나려고 했던 날, 약속을 취소할 새도 없이 응급실에 다녀왔다. 수술 후 시작한 항암치료 부작용 문제였다. 그나마 다행인 건, 여러 차례의 항암이 끝나자 어느 정도는 생활에 안정을 찾았다는 것. 하지만 그럼에도, 마음의 여유는 없었다. 여전히 어머니는 완치되지 않았고, 그땐 꽤 어렸으니까.

개강 후엔 단과대학의 고시반에 들어가, 강의가 끝나는 대로 그곳에 가 거의 살다시피 했다. 졸업 후 안정적으로 돈을 벌 수 있는 전문직이 제일 나을 거라는 판단에서였다. 유운은 동아리 방에 매일 같이 들락날락하던 재이의 묘연한 행방이 의아하기만 했다. 이상하게도, 오히려 그가 군대에 있을 때보다도 얼굴 보기가 더 어려워졌으니까.

학교에서 재이를 마주친 유운은 아무런 연락도 없이 사라진 날에 대해 자세히 묻고 싶은 눈치였지만, 그는 애써 모른 체했다. 어린 마음이었을까. 어차피 아무도 해결해줄 수 없는 자신의 집안일을 운에게 굳이 털어놓고 싶진 않아 그저 운을 피했다. 그렇게 전역 후 유운에게 하려던 고백도, 준비하려던 대기업 인턴십도 재이는 모두 포기했다. 조금이라도 빨리 안정적인 삶을 영위하고 싶었다. 자신이 바라던 대로 안정적인 삶에 도달하고 나면, 아무 일도 없었던 것처럼 다시 유운에게 다가갈 수 있을 것 같았다.

재이는 종일 강의실과 단과대학 내 고시반을 오갔다. 복도에서 운을 마주치기도 했지만, 그럴 때마다 짧은 인사만 건네고 도망치듯 서둘러 지나쳤다.

그러던 어느 날 밤, 자정을 넘긴 시간. 평소처럼 고시반을 나와 자취방으로 가려는데, 불이 다 꺼진 경상대 건물 안에서 작은 보조등만 켜진 로비에 우두커니 앉아 있는 운이 보였다. 자신의 인기척에 고개를 든 운과 시선이 마주쳤다.

"너 지금이 몇 신데 여기 있어?"

살짝 미간을 구기며 묻자, 운은 귀에 꽂고 있던 이어폰을 뺐다.

"네가 맨날 이 시간에 집에 가길래. 나도 과제 하면서 기다려 봤어."

유운의 말에 왜인지 아랫배가 움푹 아팠다.

"너 동아리는 왜 그만뒀어? 혹시 내가 불편해서 그랬어…?"

그간 내뱉어보지 못했던 말을 해볼까, 늦었지만 유운에게 기다려달라고 할까. 지금 상황이 안정될 때까지만, 그때까지만 기다려달라고. 짧은 순간 깊은 고민을 하는 새 재이의 미간이 다시 얕게 패였다. 이윽고 유운과 눈이 마주쳤다.

"미안해."

갑자기 유운이 낮게 잠긴 목소리로 왈칵 사과했다.

"내가…."

내뱉어진 목소리가 살짝 떨렸다.

"내가, 널 좋아했어."

재이는 숨 가쁘게 뛰고 있는 심장이 꼭 발끝으로 쿵 떨어질 것만 같다고 생각했다.

몇 번이고 머릿속으로 그려보던 장면이었다. 하지만 이런 식으로는 아니었다. 제 머릿속에 그려왔던 장면에서는 그가 유운에게 고백했다. 이미 수백 번도 더. 상상 속에서 유운은 눈꼬리를 반달처럼 예쁘게 휘어 그를 보며 웃고 있었다. 금방이라도 울 것처럼 새빨개진 눈으로 자신을 바라보고 있는 게 아니라.

이건 재이가 그려왔던 장면과 너무도 달랐다.

재이가 아무 말도 내뱉지 못한 채로 빤히 운을 응시하자, 운은 이어서 아랫입술을 살짝 깨물며 말했다. 너를 불편하게 만들지 않겠다고. 지금처럼 친구로 잘 지내자고.

그 말을 멍하니, 그리고 멍청하게 듣고 있던 재이는 어린 날의 치기에 숨어서 그렇게 덤덤한 척 거짓말을 했다.

"유운, 미안."

차악의 선택이라고 여겼던 그 답이, 사실은 최악이었다는 걸
깨달은 건 이미 한참이나 늦은 뒤였다.

※

17

계절 인연

처음엔 이곳에서의 운의 생활이 궁금했고, 그다음은 친구라고 그녀 옆에 붙어 있는 윤오가 궁금했다. 종일 한 걸음 뒤에서 자신과 운을 관망하는 것 같았으니까. 그 모습이 왠지 모르게 여유가 있어 보였는데, 그렇다고 운에게 관심이 없는 건 아닌 것 같았다. 결국 생각지도 않았던 하루를 더 묵고 가겠다고 한 건, 순전히 김윤오라는 남자 때문이었다.

재이는 궁금했다. 유운의 동네 친구라는 남자가 어떤 사람인지. 어떤 사람이기에 유운과 친해졌는지 또한. 그래서 원래 폭설 때문에 하루만 묵겠다는 계획을 틀어, 하루를 더 지내다 가기로 했다. 김윤오는 처음 보는 사람에게도 붙임성 있게 말을 잘 걸며, 금세 친해지는 친화력이 있는 성격인 것 같았다. 보나 마나 운에게 먼저 말을 건 것도, 친구가 되자고 한 것도 이 남자일 것이라고 재이는 직감했다. 그렇게 생각하며 주위를 둘러보던 것을 멈추고 바깥으로 향했다.

자리에서 일어나 엉거주춤 선 운이 인기척을 느꼈는지, 뒤돌아보다가 재이를 발견하고 화들짝 놀랐다.

"미안. 회사에서 온 전화라서."

"아니, 아니야. 괜찮아."

조금 전까지 둘은 무슨 대화를 나누었는지 몰라도 둘의 분위기가 약간 가라앉아 있었다. 자신과 눈이 마주치자 허둥대는 운과는 대조적으로 윤오는 여전히 태연했다.

저녁 식사를 마치자마자, 윤오는 호출 전화를 받고 문을 나섰다. 성숙 할머니가 화장실 불이 나갔다며 그를 긴급 호출한 것이다. 윤오는 먼저 들어가 보겠다며, 재이에게는 집에서 보자고 하고는 자리를 떠났다.

"유자차 마실래? 페퍼민트 차 마실래?"

"페퍼민트."

달지 않은 페퍼민트를 고른 게 재이다웠다.

"원래 여기선 이웃 일을 다 자기 일처럼 여겨?"

재이의 질문은 윤오를 염두에 둔 게 분명했다.

"다 그런 건 아니고. 유독 동네 할머니 세 분하고 친해서 힘쓰는 일 필요하면 잘 도와주는 거 같더라고. 할머니들도 잘 챙겨주시고."

운은 윤오가 얼마 전 성숙 할머니에게 김장김치 한 통과 방앗간에서 갓 짠 참기름 한 병을 얻어다 먹었다는 얘기까지 덧붙였다. 재이는 그 말에 낮게 웃었다.

곧이어 운이 나무 트레이 위로 김이 모락모락 올라오는 하얀 머그잔 두 개를 내어왔다. 하나는 진한 노란빛이 선명한 페퍼민트, 다른 하나는 옅은 노란빛을 띤 달콤한 유자차였다.

오랜만에 마시는 유자차가 달콤했다. 입안에서 유자의 껍질이 부드럽게 씹히며 특유의 상큼한 향이 달달함 속에서 느껴졌다. 재이도 창가를 바라보며 페퍼민트차 한 모금을 들이켰다. 운은 한껏 조용해진 분위기를 느끼며 그간 윤오가 분위기를 띄워놓았던 거구나, 새삼 깨달았다.

"향 좋다. 차는 진짜 오랜만이네. 맨날 아메리카노만 입에 달고 살아서."

"커피 적당히 마셔. 잠도 잘 못 잔다면서."

"어차피 커피 끊어도 잘 못 자. 그리고 안 마시면, 하루가 시작된 거 같지가 않다고."

운은 그의 말이 어느 정도 이해는 갔다. 자신도 아예 직장 생활을 해보지 않은 건 아니었으니까.

"그런데 언제 돌아갈 거야, 서울로?"

계속 여기서 지낼 건 아니잖아. 한가한 시간을 즐기다 훅 들어온 물음에 운이 머그잔을 든 손을 멈칫했다가, 잔을 테이블 위에 내려놓았다.

‘너 그거 회피하는 거야. 거기 가서 지낸다고 문제가 해결되니?’

순간 날카롭게 소리치던 엄마의 목소리가 운의 머릿속을 스쳐지나갔다. 그녀는 내려놓은 머그잔을 만지작거리다가 다시 느지막이 입술을 뗐다.

“글쎄, 모르겠어.”

정말로 알 수가 없었다. 분명히 이 일의 끝은 자신이 내는 것일 텐데, 지금 당장은 아니라는 사실 빼곤 아무것도 알 수 없었다.

“근데 지금 당장은 아니야. 그러니까 이렇게 찾아오지 마. 안 그래도 겨울에 운전도 힘든데 고작 친구 하나 보겠다고 이 먼 곳까지 달려와.”

운이 생긋 웃으며 말하곤 차를 한 모금 들이켰다. 그건 내 마음이지. 재이가 짧게 대꾸하곤 다 우려낸 페퍼민트 티백을 하얀 종지에 건져냈다.

“그래도, 네가 왜 여기로 왔는지 알 거 같아.”

“왜인데?”

“여기 있으면 마음이 편해지거든.”

재이가 나지막이 웃곤 말을 이었다.

“여기는 그냥 먼 미래 말고, 당장 필요한 의식주 정도만 생각하게 돼. 오늘 저녁은 뭘 먹을까, 오늘은 눈이 내리니까 그냥 따뜻한 이불 안에 있을까. 시장에 나온 겨울 딸기 사 먹을까. 그 정도.”

“그래도 내일은 가야지.”

단호하게 말하는 운을 보며 재이가 낮게 웃음을 터뜨렸다.

"그래, 퇴사할 게 아니면 가야지."

한참 따뜻한 머그컵을 만지작거리던 재이가 문득 말했다.

"나, 퇴사하고 여기로 이사 올까?"

"뭐?"

운이 황당한 듯 까만 눈을 동그랗게 뜨고 되물었다. 그러다 이내 원래의 표정으로 돌아왔다. 그냥 하는 소리겠지. 하지만 재이는 어깨를 으쓱하며 말을 이었다.

"김윤오 씨처럼 너랑 동네 친구 하는 것도 나쁘지 않을 것 같아서."

"여기 와서 뭐 하게?"

"글쎄, 농사는 못 지을 것 같고 여기도 근처 읍내나 시내로 나가면 작은 회계 법인 하나쯤은 있지 않을까? 거기 취직하면 되지."

"속 편한 소리 하네. 같은 노비라도 대감집 노비가 낫다잖아. 그냥 다니던 데나 잘 다녀."

운은 우스갯소릴 곁들이며 말했다. 예전이라면 그저 배부른 소리라 생각할 만한 재이의 농담이었지만, 지금은 그런 생각이 들지 않았다.

행복과자점의 효과일까. 운은 속으로 그리 생각하며 긍정했다. 재이가 잠시 말없이 창문 너머를 바라보았다. 그는 고요한 풍경을 응시하며 천천히 말을 이었다.

"나 진심인데."

“뭐가?”

“그만두고, 여기 오는 것도 좋다고.”

한 박자 느릿한 시선이 운을 따라왔다.

“네가 여기 있잖아. 내가 말했잖아, 너 보고 싶어서 왔다고. 서울엔 네가 없으니까.”

운은 자신이 이해하는 바가 맞는 건지, 그 말을 다시 곱씹었다. 이미 아주 오래전에 끝난 이야기였다.

“누가 친구 하나 보러 여기까지 와. 좋아하는 사람 보러 온 거지. 괜찮을 줄 알았는데, 안 괜찮아. 네가 없으니까, 갈 데가 전혀 없어. 정말로.”

그가 평소답지 않게 살짝 떨리는 목소리로 말을 이었다.

“유운…. 사람은 왜 지나고서야 알까. 네가 없는 게 어려워. 좀처럼 쉬워지지 않아.”

한때 운이 그토록 바랐던 재이의 마음이었다.

운은 이미 때가 지나버린, 한참이나 늦어버린 그의 고백을 들으며 문득 사람들 사이에 계절 인연이란 게 있다고 생각했다. 그냥 권재이의 계절과 자신의 계절이 맞지 않았다고. 한때는 캠퍼스에서 흩어져 내리는 연분홍색 벚꽃을 바라보며 같은 봄을 지났고, 붉게 피어난 장미 사이에서 같은 초여름을 보내기도 했는데. 그 뒤로는 쭉 엇갈리기만 했었다. 그가 겨울에 서 있을 때, 자신은 아무것도 모르고 따스한 봄에 서 있었고. 자신이 겨울일 때, 그는 온통 초록색으로 뒤덮인 초여름을 지나고 있었다. 결국 같은 시기에 같은 계절을 나지 못해서, 우린 이미 엇갈린 계절 인연으로 남아버린 것이다.

"난 매 순간 최선의 선택을 해왔다고 생각했어. 그래서 후회하는 순간 역시 하나도 없다고. 근데 아니었어. 네가 나한테 고백했던 날, 그 하루를 되돌릴 순 없나. 수백 번을 더 생각하고, 후회했어."

이제는 아주 먼 계절에 서 있는 재이가 시선을 아래로 떨구고서, 옅은 물기 어린 목소리로 고백했다. 운은 붉게 물든 재이의 눈을 보며, 불현듯 한 번도 재이의 우는 얼굴을 본 적이 없다는 걸 깨달았다. 그녀는 재이가 이렇게까지 감정을 드러내는 것을 처음 보았다.

짧은 적막을 지나, 운이 나지막하게 그의 이름을 불렀다.

"권재이, 우린 언젠가부터 만나면 꼭 도돌이표처럼 옛날이야기만 하는 거 알아?"

그녀는 천천히 시선을 굴리다가 다시 말을 이었다.

"그래서 어느 순간엔 그런 생각이 들었어. '아, 이제 우린 이렇게 똑같은 옛이야기만 맴도는 사이가 됐구나. 더 이상 지금을 이야기하진 않는구나.' 그땐 너랑 매일 같은 공간에서 수업을 듣고, 학식을 먹고, 일상을 공유했잖아. 그때의 네가 그때의 날 좋아했던 거야. 아마 지금의 나는 네가 좋아하던 그 시절의 내가 아닐 거야."

"운아…."

운이 낮게 잠긴 목소리로 자신을 부르는 목소리를 듣고서 말을 이어 나갔다.

"그때, 우리 마음은 이미 그날 거기서 끝난 거야."

재이는 자신이 놓쳐버린 두 번의 기회에 대해 생각했다.

첫 번째 기회는 유운이 제게 고백했을 때 거절하며 잃었다. 또 다른 기회는, 오래지 않아 나중에 운이 자신의 집 사정에 대해 이미 다 알게 되었다는 사실을 알았을 때도 차마 운을 다시 찾아가지 못해 잃었다. 유운은 다 알게 되었으면서도 재이에게 먼저 말을 꺼내지 않았다. 재이가 먼저 말해주길 바라며 기다렸다. 운은 그런 사람이었다. 하지만 그땐 그걸 몰랐다.

그냥 쥘 수도, 놓을 수도 없었어. 넌 나한테 그랬어. 하지 못한 말이 그의 입안에서 맴돌았다.

"그러니까 다음에 다시 만나면, 이제 이렇게 애매하게 보진 말자."

그녀가 단정한 말로 둘의 지난했던 첫사랑에 마침표를 찍었다.

※

18

로스터리 서(徐)

날씨 좋은 토요일. 오랜만에 구름 한 점 없이, 나풀거리는 눈발 없이 깨끗한 겨울 하늘이 파랬다. 운이 전기매트 위에 가만히 앉아 네모난 창문을 보며 모처럼 날씨가 좋다고 생각했다. 한동안 무거웠던 몸이 조금 풀린 날씨를 따라 한결 나아진 걸 느꼈다.

재이와 애매했던 감정에 마침표를 찍고 난 후, 컨디션은 한동안 나아질 줄을 몰랐다. 이미 다 지난 감정이라고 생각했던 게 무색하게도, 무뎌졌다고 생각한 감정 대신 몸에 그 여파가 미친 것 같았다. 한 주가 어떻게 지나간 건지도 모르게 지나갔다. 그게 벌써 일주일이나 된 일이라는 것도 믿기지 않았다. 여전히 시간은 잘만 갔다. 아주 빠르게.

이번 주에 특별한 일이라곤 매일 문턱이 닳도록 가게에 찾아오던 김윤오가 월요일에도, 화요일에도, 그리고 수요일에도 보이질 않았다는 것뿐이었다. 운은 그가 이렇게까지 감감무소식이던 건 처음이라 뒤늦게 연락이라도 해볼까 생각하던 차에 은정에게서 윤오의 안부를 전해 들을 수 있었다. 일주일 정도 서울에 있을 거라고, 대신 전해 달라고 했다며.

그 소식을 듣고 오히려 잘됐다고 생각했다. 자신의 지질했던 짝사랑을 들켰다는 생각이 들어서인지, 왠지 껄끄러워서 그를 보면 무슨 말을 해야 할지 고민이 되었던 탓이다. 그런데 그것과 별개로 김윤오가 없는 일주일은 이상했다. 그것도 아주 많이.

원래 든 자리는 몰라도, 난 자리는 안다고 하질 않던가. 항상 같은 자리에 앉아 디저트와 커피를 마시며 장난스럽게 말을 건네던 윤오의 모습이 보이질 않으니 허전했다. 운은 뜨끈한 전기 매트에서 일어나 생각을 정리하듯 이불을 개고, 전기 플러그를 뽑았다. 오늘은 소진과 약속이 있는 날이었다.

⊘ ⊘ ⊘

운과 소진은 성수역 앞에서 만났다. 오랜만에 보는 소진의 얼굴이 반가운 것도 잠시, 그녀의 얼굴이 굉장히 피곤해 보인다고 생각했다.

"이번에 내가 가려고 했는데. 진짜 미안. 나 이번 주 내내 야근해서 도저히….”

토요일이지만 오늘도 오전 출근을 한 소진이 지난번보다 길게 내려온 다크서클을 눈 아래 간직한 채로 사과했다.

“아니야, 나 여기 있는 카페 한번 가보고 싶었거든.”

“맞아, 저번에 못 갔지.”

이미 전에 소진이 함께 가자며 추천했던 ‘로스터리 서’였다.

“거기 내 친구 대학교 선배가 하신대.”

“진짜? 세상 좁다.”

그녀가 신기한 듯 입을 살짝 벌린 채 있다가 대꾸했다.

“그러니까, 내가 와보고 싶었던 거니까 너무 미안해하지 말라고.”

운은 그녀의 사과를 갈무리하며 가게의 문손잡이를 당겼다.

“어서 오세요.”

문이 열림과 동시에 친절한 남자의 음성이 들렸다. 운은 곧장 눈이 마주친 남자에게 가볍게 고개를 숙이며 인사했다. 그 모습에 놀란 듯 남자의 두 눈이 살짝 커지더니, 계산대 앞으로 걸어온 운을 보며 이내 반가운 기색을 띠었다.

“잘 지냈어요? 한번 오신다더니, 정말 오셨네요.”

그가 살갑게 말하자, 운이 싱긋 웃으며 들고 온 종이 가방에서 화분을 하나 꺼냈다. 하늘색과 흰색 털실로 엮인 체스판 패턴 옷을 입은 작은 로즈메리 화분이었다.

“저 여기 꼭 와보고 싶었거든요. 이건 저도 나눔받은 건데, 하

나 드리려고 가져왔어요. 저희 가게 단골손님 중에 뜨개질하시
는 분이 주셔서요."

현서는 운이 계산대 위로 올려놓은 털옷 입은 화분이 꽤 마음
에 들었는지 연신 웃으며 만지작거리다가 메뉴판을 가리켰다.

"화분 고마워요. 골라봐요, 커피는 제가 대접할게요."

"아니에요, 저 이러려고 화분 들고 온 거 아닌데….."

운이 난처한 표정으로 말하자 현서가 고개를 가볍게 저었다.

"오늘은 첫 방문이니까 제가 대접하는 거예요. 다음에 또 오
시라고."

현서가 넉살 좋게 웃으며 그리 말했다. 운은 그의 친절에 못
이겨 커피를 주문하고는 화장실을 들렀다 온다는 소진을 뒤로하
고 먼저 창가에 자리를 잡았다. 채광이 좋은 로스터리 서는 건물
의 2층에 위치해서 널따란 통유리창 너머로 커다란 나무가 보였
다. 추운 겨울 탓에 초록색 나뭇잎을 잃은 빛바랜 갈색 나뭇가지
가 앙상했지만, 곧 봄이 오면 초록빛 풍경으로 물들 만한 곳이었
다. 봄이나 여름에 또 오고 싶었다.

오랜만에 좋아하는 곳이 새로 생긴 기분이 들었다. 운은 유리
창 너머의 풍경을 보며 가만히 생각하다가, 돌아온 소진의 인기
척에 고개를 돌렸다. 소진과 마주 보고 앉아 간간이 근황 이야기
를 나누는데, 얼마 지나지 않아 현서가 쟁반에 커피와 에그타르
트를 함께 내어왔다.

"저희 가게 시그니처 디저트는 에그타르트거든요. 애초에 이

것밖에 없지만. 그럼 맛있게 드세요.”

그가 시나몬 가루와 섞은 설탕이 든 통을 함께 놓아주며 웃었다. 운과 소진이 얼음이 가득 든 핸드드립 커피를 먼저 한 모금 마신 뒤, 곧장 에그타르트를 한 입 베어 물었다. 얇게 겹겹이 쌓인 페이스트리가 아주 바삭했고, 버터 향이 풍부한데 느끼하지 않았다. 바닐라빈이 검은 점처럼 콕콕 박힌 에그 필링은 푸딩처럼 부드럽고 달콤했다. 둘은 나란히 두 입을 먹고서 시나몬 가루가 섞인 설탕을 뿌려 다시 한 입을 베어 먹었다.

“여기 에그타르트 진짜 맛있다….”

운이 탄성 섞인 목소리로 말하며 차가운 핸드드립 커피를 들이켰다. 산뜻한 풍미의 에티오피아 예가체프가 그녀의 입맛엔 더없이 좋았다.

“진짜…. 최근 먹은 것 중에 손에 꼽아.”

소진이 엄지손가락을 척 들어 올리며 맞장구쳤다. 운은 오랜만에 남의 가게에서 마시는 커피가 역시 최고라고 생각하며 남은 에그타르트를 마저 해치웠다. 그 뒤로 소진과 평소처럼 의식의 흐름대로 이것저것 떠들다가, 얼마 전 재이가 가게에 또 왔었다는 말을 툭 내뱉었다. 그 말을 들은 소진은 잠깐 멈칫하더니, 유리컵 안에 커피와 얼음을 괜히 빨대로 뒤적거리다가 풀이 죽은 목소리로 이야기를 꺼냈다.

“있지, 작년에 우리 한 번도 못 만났잖아. 그때 네가 여러모로 힘든 상황인 거 아는데, 먼저 신경 써주지 못해서 미안했어. 이제 와서 하는 말이지만."

"네가 뭘."

운이 어깨를 으쓱했다. 먼저 만나자던 소진의 말에 늘 거절했던 건 자신이었는데, 소진이 그렇게 생각했을 줄은 전혀 몰랐다. 소진뿐 아니라 고등학교 친구도, 중학교 친구도 작년엔 거의 만나질 않았다. 누구나 일이 잘 풀리지 않고, 당장 닥친 상황이 힘들면 숨고 싶은 시기가 있다. 운에겐 작년이 그랬다.

"…사실 작년에 아빠가 수술하셨거든."

소진이 한참을 망설이다가 말했다.

"있잖아, 예전엔 다른 친구들한테 사회생활하면서 겪은 어려움을 털어놓지 못해서 힘들었거든. 내가 꽤 일찍 취업한 편이라, 다들 취업 준비로 힘든데 회사 생활이 어렵다고 하면 배부른 소리로 느껴질 것만 같았어."

그녀가 컵에 담긴 얼음을 빨대로 달그락거리며 입을 다물었다가, 느지막이 다시 말을 이었다.

"…그러다 아빠가 수술하시게 되니까 너무 버겁고 힘들더라. 아빠가 아프다니까 덜컥 겁이 났어. 이제 다 큰 줄 알았는데 아니더라고. 너무 어렸지. 나도 힘드니까 널 자주 들여다봐 주질 못했어. 사실 우리 아빠는 재이네 어머니에 비하면 비교적 가벼운 수술이었는데도, 힘들더라고."

"…몰랐어. 그것도 모르고 내가 연락도 잘 못했네. 미안…."

운은 생각지도 못했던 소진의 말에 허둥지둥 대꾸했다. 막연히 소진이 잘 지내고 있으리라 생각했다. 일찌감치 좋은 곳에 취업해서 별걱정 없이 잘 지내는 듯 보였으니까. 게다가 자신의 처지와 비교하게 되니, 쉽게 연락할 수 없었다.

"네가 뭐가 미안해. 그게 좋은 일은 아니었으니까, 나도 여기저기 말하고 다니진 않았어. 그러니까 너도 모르는 게 당연하지. 아무튼, 말을 안 해서 그렇지. 다 각자 몫의 어려움은 있더라. 그래서…."

소진이 잠시 망설이다가 익숙한 이름을 꺼냈다.

"…권재이도 그러지 않았을까, 뒤늦게 생각했어. 어머니 얘기 뒤늦게 알고 나서도, 그래도 너한테 정도는 털어놓을 수 있는 문제가 아니었나, 너무 일방적이고 이기적이다. 그렇게 생각했었거든. 그런데 작년에 그런 일을 겪고, 지금 와서 돌이켜 생각해 보니까 나도 다른 사람한테 털어놓기가 어렵더라. 너무 힘들더라고. 그러면서 아, 그때 지금의 나보다도 더 어렸던 권재이는 어떤 정신으로 공부하고, 취업까지 했지 싶어 새삼 대단하게 느껴졌어. 그때 개 딴에는 정말 치열하게 살았겠구나, 하고."

길게 말을 늘어놓다 멈춘 소진의 눈썹이 아래로 휘는 듯했다.

"그래서 오지랖을 부렸었나 봐, 미안해. 혹시 지금이 타이밍이라면 둘이 다시 잘됐으면 하는 마음에 그랬어."

운이 소진의 말에 숨겨진 뜻을 그제야 알아채고는 고개를 끄덕였다.

"저번에도 말했지만, 정말 괜찮아. 네가 재이한테 말한 거."

사실 처음엔 당황스러웠지만, 나중엔 오히려 소진에게 고마웠다. 자신이 회피하고만 있던 문제를 직접 자신의 앞으로 배달해 준 것 같아서. 피하고 있던 그 문제는, 재이가 찾아오며 결국 어떤 형태로든 마무리 지을 수 있었다. 소진이 아니었다면 지금까지도 운은 아직 감정이 남아 있다고 간혹 생각하며 미련을 가질지도 몰랐다. 그러니 오히려 잘된 일이었다. 아주 늦었지만, 서로 개운하게 관계를 마무리 지었으니까.

잠시 후, 소진이 전화를 받고선 땅이 꺼질 듯 한숨을 쉬고는 잠깐 회사에 다녀오겠다며 이따 저녁은 함께 먹자는 말을 남긴 채 가게를 나섰다. 자리에 홀로 남은 운은 책을 꺼내 테이블 위에 올려놓은 채로 한참 동안 가만히 창문을 바라보기만 했다. 시간이 멈춘 듯 움직이지 않는 앙상한 나뭇가지를 바라보다가 저 멀리로 시선을 옮겼다. 바삐 오고가는 수많은 사람들. 미처 몰랐던 소진의 작년 이야기를 듣고서 생각했다. 다들 말은 안 하지만, 저마다 하나씩 구멍을 갖고 산다고.

처음 왔을 때 북적였던 카페는 피크타임이 한 차례 지나고 나니 한가했다.

"운 씨, 바쁘세요?"

슬그머니 다가온 현서가 묻자, 운은 가볍게 고개를 저었다.

"어, 아니요?"

무슨 일이냐는 듯 물음표를 담아 답하자 현서가 싱긋 웃었다.

"오늘 로스팅한 과테말라 원두가 있는데 바쁘지 않으시면 시음해주실 수 있나 해서요."

그의 말에 운은 밝은 목소리로 "좋아요" 하고 답했다. 그가 먼저 성큼성큼 걸어가 에스프레소 머신 앞에 있는 바 자리로 운을 안내했다. 이어 잘 갈린 원두 가루를 평평하게 탭핑하고 머신에 꽂아 넣어 샷을 내리더니, 작고 흰 에스프레소 잔을 운 앞에 내려놓았다.

"이건 에스프레소."

그리고 이어서 다른 잔을 내려놓으며 설명을 이었다.

"이건 리스트레토인데, 에스프레소보다 적은 물 양으로 짧게 추출해요. 좀 더 진하고, 쓴맛은 적고, 단맛이 강하게 느껴져요. 그리고 카페인 함량이 낮아요."

설명을 마친 현서는 웃으며 또 다른 잔을 하나 더 내려놓았다.

"이건 에스프레소보다 더 길게 추출한 룽고. 사용한 물의 양이 에스프레소 두 배고, 좀 더 부드럽고 연한데 쓴맛이 강하게 느껴져서, 쓴 거 싫어하면 안 좋아하실 수도 있어요. 그리고 카페인 함량이 좀 더 높은 편."

한껏 들뜬 얼굴로 설명해주는 현서를 보며, 그가 즐거워 보인다고 생각했다. 운은 그가 덧붙이는 조언을 따라 한 모금씩 시음하며 물 만난 물고기처럼 대화를 나누었다. 현서는 운이 마음에 든다고 한 리스트레토 샷을 얼음이 가득 든 물에 부어 아이스 아메리카노로 만들어주었다. 그리고 새로 데운 에그타르트를 하나 더 내어주었다.

"이거 아까 맛있게 드신 것 같아서요."

"제가 근래 먹은 에그타르트 중에 제일 맛있었어요. 진짜."

운의 진심 어린 칭찬에 현서가 활짝 웃었다.

"그래요? 그럼 이따가 더 포장해줄게요. 가서 소율이랑 연준이도 주세요. 아니다, 아예 레시피를 알려드릴까요?"

"어, 영업 비밀 아니에요? 이렇게 쉽게 알려주셔도 돼요…?"

"뭐, 운 씨가 제 옆에 와서 장사할 것도 아닌데요."

운은 현서가 이런 말을 호쾌하게 하는 모습을 보면 윤오와 다른 것 같으면서도 닮았다는 생각이 들었다.

"윤오가 한동안 서울에서 지낸다고 하던데, 혹시 여기에도 왔었나요?"

그녀의 물음에 그는 영문을 모르는 얼굴을 했다.

"아니요, 김윤오가 서울에 왔어요?"

현서가 말하다 말고 잠시 눈동자를 굴렸다. 방금과는 다르게 무언가 생각난 표정이었다. 그가 아, 하고 짧게 침음했다. 그리고 운의 운치를 살피는 듯했다.

"윤오가 별다른 말은 없었어요?"

"네, 그냥 저도 다른 분한테 전해 들었거든요."

"그렇구나…. 원래 이맘때쯤에 윤오가 서울에서 머물 일이 있어요. 아마 꽤 오래 지내다가 갈 수도 있어요. 그래도 얼마 뒤면 언제 그랬냐는 듯 돌아올 거니까, 너무 걱정하지 마세요."

운은 현서의 말을 들으며 자신이 모르는 윤오의 사연이 있다고 생각했다. 그의 입에서 직접 듣지 않았다면, 실례라서 타인에게 하지 않을 만한 그런 것이 있다고. 더는 캐묻지 않고, 그런가요, 하고 짧게 대꾸했다. 그리고 잠시 생각에 잠겨 이전에 윤오가 현서를 소개했던 말을 곱씹다가 물음표처럼 떠오른 물음을 내뱉었다.

"근데 사장님은 원래 화학 전공하시고, 대학원까지 다니셨다고 들었는데…."

어쩌다가 바리스타가 되신 거예요?라고 묻기도 전에 운이 말 끝을 흐리자, 자주 들어왔던 질문인 듯 현서가 빙긋 웃었다.

"대학원 탈출하려고요."

그 대답에 운의 고개가 저절로 기울어졌다.

"농담이고. 처음으로 좋아하는 일을 하고 싶어졌었거든요."

그가 새로 에스프레소 샷을 뽑아 차가운 얼음물을 담은 유리컵에 붓고는 운의 옆자리에 앉았다. 그리고 그것을 한 모금 들이켜고는 나지막이 입을 열었다.

۞ ۞ ۞

대학교를 졸업하고 나서도 딱히 좋아하는 것도, 크게 하고 싶은 일도 없었던 것 같아요. 그래도 대학에서 화학을 전공했으니까 더 좋은 곳에 취업하려면, 대학원은 가는 게 나을 것 같아서 석사를 따려고 했어요. 근데 막상 랩실 생활을 해보니까, 또 그렇

게 잘 맞진 않았어요. 사실 애초부터 타고난 애들이랑 비교해서
는 뒤처지긴 했지만, 그래도 학사 때 전공 공부는 어느 정도 나를
욱여넣어서 따라갔는데 대학원은 또 다른 영역이더라고요.

석사 논문 연구 주제를 정하고, 실험하고, 학회에 참석하고.
이런 걸 하면서 한 번도 적성에 맞는다거나 재밌다고 생각하지
않았어요. 하지만 그래도 어찌저찌했어요. 모두 하고 싶은 일만
하고 사는 건 아니니까.

아무튼 그렇게 어영부영 개강 전부터 정신 없었던 1학기가 끝
나고 여름방학이 되자 운 좋게 4일 정도 휴가를 쓸 여유가 생겼
어요. 앞으로 몇 년은 휴가는 꿈도 못 꿀 것 같길래, 홧김에 오사
카행 항공권을 끊어서 처음으로 혼자서 해외여행을 갔어요.

정말 아무 생각도 없이, 계획도 없이 무작정 떠난 여행이었어
요. 하루는 오사카 도톤보리를 걸으면서 구경하고, 그 유명한 글
리코상 간판 앞에서 사진도 찍었죠, 관광객답게. 블로그에서 봤
던 맛집에 줄을 서서 초밥을 먹고, 투어버스를 타고 교토로 가서
하루 종일 관광하면서 이만 보를 넘게 걷기도 했어요.

근데 하필이면 일본 학생들 수학여행 시즌이랑 겹쳤는지 교
토에도, 오사카에도 사람들이 진짜 많았어요. 진짜 말 그대로 사
람들을 헤쳐가면서 걸었거든요. 더워서 땀은 줄줄 나고, 근데 또
왔으면 다 봐야 하지 않나? 그런 생각이 들어서 가만히 있을 수
가 있어야지.

그거 아세요? 오사카에는 한국인들이 정말 많아요. 정말 정말

많다고요. 거리에서 어깨가 부딪혀서 "스미마셍." 하고 사과하면 "어, 한국분이세요?"라는 대답이 돌아오는 곳이었어요. 맛집이라고 알려진 곳에 가보면 죄다 한국인뿐이었어요. 줄은 또 얼마나 길게들 서는지. 날씨도 덥고, 많은 인파에, 웨이팅에…. 휴가로 떠난 여행이란 게 무색하게 엄청 지쳤어요. 그래서 이제 아무거나 상관없으니까, 그냥 조용히 앉아 있고 싶다고 생각해서 앞에 보이는 카페에 불쑥 들어갔어요.

현지 사람들이 즐겨 찾는 조용한 곳 같더라고요. 빈 자리도 많았고요. 들어갈 땐 몰랐는데, 로스터리 카페였어요. 어쩐지 카페 안을 가득 채운 원두 향이 정말 좋더라니. 그곳에 가서야, 정말 그제야 내가 혼자서 말도 안 통하는 해외에 나와 있다는 게 실감 나더라고요. 이곳의 사람들은 당연히 나를 모르고, 말도 통하지 않으니까 불안하면서도, 한편으로는 내 자신이 낯설게 느껴졌어요. 진짜 나를 실감할 수 있었다고 해야 할까요. 내가 좋아하는 것, 내가 원하는 것이 무엇인지 그제야 확실하게 보이더라고요. 참 단순한 거였어요.

시험 기간에 밤샘하면서 마시던 교내 카페의 탄 맛만 나는 쓰디쓴 커피를 싫어하고, 아침에 급하게 잠 깨려고 대충 마시는 인스턴트 커피를 싫어하고, 조금 멀더라도, 고소하게 잘 볶은 원두로 카페 주인이 정성껏 내려주는 커피를 마시는 걸 좋아한다는 것. 그걸 그때야 알았어요. 아마 그때 제 인생의 유일한 낙이었을 텐데도요.

그 커피를 마시고 기운을 차려서 또 길을 나섰어요. 오사카에서 야경 명소로 유명한 곳을 찾아갔어요. 우메다 공중정원인가? 거기에 해가 지기 전부터 가서 꼬박 2시간을 앉아 있었어요. 해가 있을 때부터 질 때까지요.

돌이켜보면, 그땐 여행에서 답을 찾고 싶었던 것 같아요. 하지만 하루 종일 아무리 생각하고 돌아다녀봐도 답을 찾을 수 없었고, 그 상태로 여행 마지막 날 밤이 된 거죠. 문득 생각했죠. '답이 없는데, 답을 찾으려고 했구나. 그러니까 찾을 수가 없지'하고.

그렇게 답이 없는 상태에서, 다른 건 다 모르겠고 커피를 해보고 싶다고 대책 없이 생각했거든요. 지금 생각해봐도 정말로 대책이 없는 생각이었어요. 근데 그땐 그냥 그 생각만 들었어요. 정말 뜬금없었죠. 부모님도 웬 날벼락이냐 싶으셨을 거예요. 엄청 때늦은 자식의 방황이. 하지만 저도 정말 깊게 고민했어요. 남들은 다 상관없어도, 나한테 딱 하나뿐인 내 인생이잖아요. 내겐 답 대신 선택이 필요할 뿐이라는 걸, 깨달았거든요.

고작 한 학기 다녀놓고 갑자기 대학원을 관두는 게 맞나? 여기 정도면 정말 좋은 랩실인데. 더 다녀보면 생각이 바뀔 수도 있지 않나? 그런 생각이 들기도 했는데, 그래도 거기서 더 이상 지내고 싶지 않다고 생각했어요.

그 뒤로 카페를 열 생각으로 다양한 일들을 했어요. 유명한 카페에서 직원으로 오래 일하기도 하고, 돈을 모으려고 직장도 다니고, 바리스타 공부도 하고 이것저것 많은 일들을 거쳐서 지금은 운 씨도 아시는 대로, 이렇게 되었죠.

◎　◎　◎

"제 얘기는 여기까지. 생각보단 별로 뭐가 없죠? 뭔가 더 스펙타클한 이야기가 있어야 재밌을 텐데."

현서가 농담처럼 말하곤 씩 웃었다.

"아니요, 충분히 대단한 이야긴데요. 저라면 그냥 대학원 꾸역꾸역 다녔을 거 같거든요. 속으로는 안 맞는다고 생각하면서."

운이 어느샌가 찬 물기가 맺힌 유리잔을 만지작거렸다.

"사실 지금에서야 '아, 그땐 그걸 그렇게 고민했는데. 이젠 별것 아니었던 이야기가 됐네' 하면서 이렇게 쉽게 말하지만, 당시엔 엄청나게 고민하면서 한 달이 넘도록 잠도 제대로 못 잤거든요. 혹시라도 내 선택이 틀린 건 아닌가 하고요. 그런데 다른 친구가 그러는 거예요. 고작 한 학기 다녀놓고서 고민이 깊다고. 그만뒀다가, 아닌 것 같으면 다시 대학원으로 돌아와서 석사 하면 되지. 해보고 싶은데 안 해보고 후회하진 말라고, 한 학기는 정말 인생에서 점처럼 작은 시간이라고. 생각해보니까 맞는 말이더라고요. 꽤 복잡한 고민이라고 생각했는데, 그 친구 말을 듣고 나니까 엄청 단순해졌어요. 돌이켜보면 인생 대부분의 문제가 그랬던 것 같아요."

현서가 어느새 다 비운 유리컵을 들고 일어나 카운터 안으로 들어가서 말을 이었다.

"물론 지금도 힘든 일은 많아요. 어쩌면 대학원 생활을 계속하거나, 회사에 들어갔으면 겪지 않을 고민과 어려움이죠. 하지만 그때의 내가 이 길을 선택하지 않았더라면 지금 일하면서 느끼는 행복감을 경험하진 못했을 거라고, 가끔 생각해요."

그는 오늘 로스팅했다던 과테말라 안티구아 원두 한 팩과 에티오피아 예가체프 원두 한 팩을 종이 가방에 포장해서 운 앞에 내려놓았다.

"운 씨는 왜 행복과자점을 열어야겠다고 마음먹었어요?"

갑작스러운 물음에 운은 한참 동안 대답하지 못한 채 가만히 있다가, "글쎄요…." 하고 얼버무렸다. 불현듯 창가를 바라보니 바깥은 언제부터 내렸는지 모를 겨울비가 쏟아지고 있었다.

❋

19

김윤오

운은 로스터리 서에서 받아온 원두를 수동 그라인더에 부었다. 그리고 핸들을 잡고 천천히 돌리기 시작했다. 원두가 갈리면서 나는 향에 2주 전 로스터리 서에서 나눴던 대화가 떠올랐다. 윤오가 꽤 오래 서울에 머물 거라던 말. 그럼에도 돌아올 거란 말.

운은 은연중에 윤오를 기다리면서 한 주를 보냈다. 그리고 또다시 한 주가 끝나가고 있는 금요일, 여전히 윤오에게선 소식이 없었다. 기다리다 못해 월요일에 전화를 걸었는데, 전원이 꺼져 있다는 수신자를 찾지 못한 기계음만 들렸다. 그를 보지 못한 채 3주가 흘렀다. 시간은 아무 일도 없는 것처럼 잘만 흘렀다.

운은 새삼 윤오에 대해 아는 것이 별로 없다는 걸 깨달았다.

어쩌다 이곳에서 지내게 되었는지, 원래 어디에서 어떤 일을 했는지, 직계 가족은 또 누가 있는지, 생일은 언제인지…. 아는 게 하나도 없었다. 자신이 아는 것이라곤 김윤오가 좋아하는 음식, 디저트 종류, 커피 취향, 스케이트 실력 정도였다.

은정과 서준에게도 무언가 더 물어볼 순 없었다. 현서가 말하지 않은 데는 그만한 이유가 있을 테니까, 구태여 남의 입을 빌려 듣고 싶진 않았다. 다만 윤오가 동네 친구가 최고네, 어쩌네 매일 떠들어댔어도 결국 자신은 그의 바운더리 안에 들어가지 못했다는 생각에 박탈감이 들었다.

'난 김윤오한테 뭘까.'

그리고 제게 김윤오는 뭐길래, 이렇게나 섭섭함을 느끼고 있는 건지. 알 수 없는 감정에 휩싸여 머리가 지끈거렸다. 그도 제게 자세한 것들을 물어본 적이 없었고, 자신도 윤오에 대해 아무것도 묻질 않았다. 그것이 서로에 대한 배려라고 생각했다. 하지만 언젠가 그가 했던 말처럼 그는 내가 그에게 무관심하다 여겼을까? 가만히 생각의 급류에 휩쓸리다가, 고개를 획획 저으며 생각을 털어내려고 애썼다.

좋아하는 가사 없는 음악을 틀어놓고, 한참 전에 사두었던 장편 소설을 꺼내 조금 읽었다. 그러나 얼마 읽지 못하고 책을 테이블 위에 엎어놓은 채 턱을 괴고 먼 곳을 바라보았다. 매서운 눈보라 탓에 한낮임에도 불구하고 창밖은 캄캄했다.

이미 절기는 입춘을 지났지만, 마구 뒤흔들어 놓은 스노우볼

처럼 눈이 위아래 사방으로 흩날리고 있었다. 재이가 왔을 때와
는 비교도 되지 않을 정도의 폭설이었다. 뉴스에서는 몇 년 만에
내린 폭설 탓에 다중추돌 교통사고 소식이 잇따랐고, 행정안전
부에서 보낸 안전안내문자와 긴급재난문자가 번갈아 울려대는
통에 가게 안이 시끄러웠다.

"…오늘은 글렀네. 장사도, 뭣도."

운이 중얼거리고는 자리에서 일어났다. 그리고 롱패딩을 걸쳐
입고는 목도리와 귀마개, 털장갑까지 끼고 중무장한 채 마당으
로 나가 대문으로 이어지는 길에 쌓인 눈을 쓸기 시작했다. 이런
날씨에 여기까지 찾아올 만한 사람은 없긴 한데.

'아, 김윤오라면 올 수도 있으려나.'

운은 검은색 롱패딩에 목도리까지 칭칭 두른 윤오의 모습을
떠올렸다가 휙휙 고개를 내저으며 생각을 떨쳤다. 김윤오가 돌
아오면 반드시 호구 조사를 해야겠다고 속으로 다짐했다.

끝도 없이 쌓인 눈을 치우다가 문득 고개를 드니 저 멀리서 흐
릿하게 사람의 인영이 보였다. 운은 눈을 가늘게 떴다. 인영이
점점 더 가까워지자 비질도 멈춘 채, 제자리에 서서 멍하니 바라
보기만 했다. 금방이라도 세상이 망할 것처럼, 눈이 펑펑 쏟아지
는 날씨에 웬 사람이 한 명 걸어오고 있었다. 무릎 바로 아래까
지 쌓인 눈을 헤치면서. 운은 점점 가까워지는 사람을 지긋이 응
시했다.

"오늘 영업해, 유 사장님?"

검은색 롱패딩 위로 흰 눈이 쌓여 꼭 눈사람이 걸어오는 것 같았다. 태연하게 내뱉는 말에 운은 순간 울컥했다. 지금껏 아무런 소식도 없이 남의 속을 다 뒤집어놓더니 이제 와서 아무 일 없다는 듯….

운은 마당에 쌓인 눈을 손에 잡히는 대로 뭉쳐서, 윤오에게 마구 던지기 시작했다. 영문도 모르고 눈덩이를 맞은 윤오가 잠시 황당해하더니 천연덕스러운 목소리로 말했다.

"…오랜만이라고 환영 인사를 이렇게 해줘?"

운은 대꾸도 없이 다시 눈덩이를 뭉쳐 던졌다. 퍽. 이번엔 얼굴에 제대로 맞았다. 대충 뭉친 눈덩이가 꽤 단단했는지, 윤오가 살짝 미간을 찡그렸다. 얼굴에 묻은 눈을 털어내는데, 운의 얼굴이 눈에 들어왔다. 입술은 힘껏 앙다물었고, 눈동자는 새빨갰다. 여전히 주먹을 꽉 쥔 운의 손은 풀릴 줄 몰랐다.

퍽. 퍽. 퍽. 운이 손에 잡히는 대로 윤오에게 눈덩이를 던졌고, 그는 이내 소통을 포기한 듯 망부석처럼 서서 눈덩이를 맞고 있었다. 한참을 그러다 겨우 운의 기세가 꺾였는지, 눈을 던지는 것을 그만두었다. 그 모습에 윤오가 다시 입을 열었다.

"이제 좀 풀렸어?"

그녀가 제자리에 서서 그를 향해 사납게 눈을 흘겼다.

"넌! 항상 왜 그런 식이야! 난 아무것도 아는 게 없잖아. 네 나이도 틀렸고, 네가 어디서 왔는지, 뭘 하는지! 이딴 게 네가 말한 친구 맞아?"

좀처럼 큰소리를 내지 않는 운이 소리치자 윤오는 그녀가 허용치 이상으로 단단히 화가 났다는 걸 눈치채곤 한풀 꺾인 목소리로 사과했다.

"그동안 연락 못 한 건 미안. 일이 좀 있었어."

유운은 화가 한 김 식고 나니, 그제야 김윤오의 모습이 눈에 들어왔다. 자신이 화풀이로 던진 눈에 맞아서 검은 패딩 이곳저곳에 흩뿌려놓은 흰 설탕처럼 하얀 눈 부스러기가 잔뜩 묻었다. 그 모습이 제 눈에도 아주 조금 불쌍해 보였다.

"그래서 멀쩡한 날들 다 놔두고, 왜 오늘 왔는데?"

운이 새침하게 말하곤 뒤돌아서 걸었다. 윤오는 낮은 한숨을 내쉬곤 그 뒤를 따라 걷기 시작했다.

실내로 들어오자마자 윤오가 목에 칭칭 둘렀던 목도리를 풀고, 눈에 맞아 조금 축축해진 겉옷을 벗어서 한쪽 의자에 걸쳐두었다.

"지금 서울에서 온 거야?"

여전히 운은 마음이 다 풀리지 않은 듯 무심하게 물었다.

"아니, 이 폭설에 지금 어떻게 와. 기차도, 버스도, 차도 안 다녀. 난 어제저녁에 도착해서 지금까지 집에서 자다가 나온 건데."

"지금까지 잤다고?"

윤오가 여전히 피로가 다 풀리지 않은 듯, 한 손으로는 목덜미를 짚고서 고개를 양쪽으로 까딱거렸다.

"날도 어둡고, 오랜만에 집에 와서 그런가. 세상모르게 잠들었어.”

잠시 정적이 흘렀다. 패딩 끝에선 다 녹은 눈이 물방울이 되어 뚝뚝 떨어지고 있었다. 윤오는 아직 추운지 전기난로 가까이 의자를 당겨 가 앉았다.

“내가 난로 새로 사준다니까. 하여튼….”

윤오가 작게 구시렁대자, 운은 그게 말을 돌리는 것처럼 여겨져 눈을 흘겼다.

“연락 못한 건 미안해. 일이 좀 있었어.”

윤오가 빤히 난로를 응시했다. 태연하고 능청스럽던 말투와 달리 피곤해 보이는 낯이 선연했다. 운은 늦게나마 제쳐두었던 이성적인 사고를 복귀시켰다.

“이렇게 눈보라가 치는데 여기까진 무슨 생각으로 온 거야?”

운은 정말로 윤오의 뇌 구조를 들여다보고 싶은 충동이 일었다.

“그냥. 너무 오래 못 본 것 같아서 이 험한 눈길을 헤쳐가면서 걸어왔는데 눈이나 맞고, 문전박대당했네.”

윤오가 어깨를 으쓱했다.

“…그, 눈 던진 건 미안. 아까는 네 얼굴 보니까 갑자기 화가 났어. 연락도 안 돼서 걱정했는데 넌 또 아무렇지 않게 나타나서 인사하는 게 좀 짜증 났나 봐.”

“나한테 대놓고 짜증 난다고 말하는 사람 처음 봐.”

윤오의 말에 운이 다시 한번 눈을 흘겼다. 그 모습에 윤오가 가벼운 웃음을 터뜨렸다.

“잠깐 주방 좀 써도 되지?”

그는 카운터 안으로 들어가 머그잔 두 개를 꺼내 페퍼민트 차를 진하게 우렸다. 그리고 냉장고에서 꺼낸 유자청을 몇 숟가락 넣고 휘휘 젓더니 얼음을 잔뜩 넣어 운이 앉아 있는 테이블로 내어왔다.

“마셔봐. 이거 맛있어.”

“추운데 찬 걸 마셔?”

“이열치열처럼.”

윤오가 먼저 한 모금을 들이켰다. 그리고 맛이 꽤 괜찮은지 혼자 고개를 끄덕이며 운에게 어서 마셔보라고 재촉했다.

“지금 너 열이 확 올랐잖아, 그것도 식힐 겸. 둘 다 정신도 차리고.”

갑자기 나타나선 차를 만들어주는 김윤오. 운은 그 모습이 황당했지만, 일단 차를 한 모금 들이켰다. 실내가 히터의 더운 공기로 가득 차서 그런지 차가운 음료가 시원하게 목을 넘어갔다. 그에게 난 화가 덜 풀린 와중에도, 그가 만들어준 음료는 맛있었다. 페퍼민트의 상쾌함과 유자청의 달콤함이 조화로웠다.

“맛있지? 이거 내가 목감기 걸렸을 때마다 만들어 마시는 거야. 민트가 상쾌하게 목을 뚫어주는데, 같이 섞은 유자청은 달달하고. 유자가 감기에도 좋으니까.”

운이 고개를 끄덕였다. 윤오는 어느 정도 운의 마음이 풀렸다고 생각했는지 말을 이었다.

"현서 형한테 들었어, 형 가게 갔었다며. 형이 맛있는 거 많이
줬어?"

"응, 맛있는 거 많이 대접해주서서 안줏거리로 너 씹다 왔어."

"그래? 난 씹을 것도 없을 텐데. 근데 너 말투가 많이 과격해
졌다."

"네가 그렇게 만들었잖아, 지금. 그런데 네 말대로 씹을 거 없
는 건 맞더라."

그녀는 말하면서도 울컥울컥 차오르는 화인지 무엇인지 모를
감정에, 안에 불덩이가 자리한 듯 속이 뜨거워져서 차가운 음료
를 다시 벌컥 들이켜곤 작은 목소리로 말했다.

"…난 너에 대해서 아는 게 없으니까."

운이 낮게 한숨을 토해내며 다시 물었다.

"지금까지 어디서 뭐 하고 지냈어?"

"서울 집에 좀 다녀왔어. 전세 계약 문제도 있었고, 다른 볼일
도 있어서."

"전세 계약?"

"어, 전세 계약이 곧 만료라서. 일단 집은 좀 정리해뒀는데. 연
장할지 말지 고민 중. 일 때문에 서울 오갈 땐 한 번씩 지낼 곳이
필요해서. 본가는 불편하기도 하고."

김윤오도 결국 언젠가 다시 돌아갈 생각으로 이곳에 있구나,
나처럼. 운은 윤오가 없는 이곳을 머릿속으로 그려보려고 해도
상상이 되지 않았다. 순간 공기가 서늘하게 느껴졌다.

"그래그래, 이참에 김윤오 큐앤드에이 타임. 묻고 싶은 거 있으면 다 물어봐."

윤오가 손뼉을 두 번 마주치며 장난스레 말했다. 잠시 후 운의 입에선 불쑥 이런 질문이 튀어나왔다.

"왜 스케이트를 관뒀어?"

그녀는 이미 지나친 그의 옛이야기를 다시 불러왔다. 그땐 아직 사이가 멀기도 했고 그가 그다지 자세히 말하고 싶어 하지 않는 기색을 보여 더 묻지 않았지만, 줄곧 궁금했었다.

"이건 저번에 말했잖아."

"그냥…. 꼭 선수가 되지 않더라도 스케이트를 좋아하면 관련 일을 할 수도 있었잖아. 그냥 갑자기 완전히 다른 길을 간 이유가 있나 해서."

"내 꿈은 그런 게 아니었거든."

그는 대수롭지 않은 듯 대꾸하곤, 차를 한 모금 들이켰다.

"그땐 국가대표로 단상 위에 서서 목에 메달을 걸고 싶었어. 그게 내 꿈이었거든. 스케이트를 좋아하긴 했는데, 단순히 스케이트 타는 것 자체를 좋아하는 게 아니었던 거지. 근데 내가 가진 얄팍한 재능으론 이룰 수 없는 꿈이었어. 예체능이란 게 대개 그렇잖아. 아무리 노력해봐도, 잘 안됐거든. 나는 안 되는데, 그걸 이뤄낸 사람들을 보면서 꿈의 언저리를 맴돌고 싶지는 않았어."

그렇게 말하는 윤오의 시선이 의미 없이 테이블 위에 흩어졌다.

"깔끔하게 모두 끝내는 게 좋다고 생각했어. 괜히 관련된 일을 하면서 애매하게 마음을 남겨 미련 두고 싶지 않았어. 그때 그만두지 말걸, 더 노력해볼걸 그랬나, 사실 노력이 부족했던 게 아닐까 후회하면서 거기서 맴돌 것 같았거든. 분명 그땐 틀림없이 최선을 다했는데, 계속 스스로 곱씹게 될 것 같았어.”

운은 평소의 장난기를 뺀 채 담담하게 이어지는 윤오의 대답을 들으며, 예전에 그에게서 들었던 질문을 지금 와서야 그대로 되묻고 싶어졌다.

“김윤오. 넌 왜 여기로 왔어?”

그는 다시 차를 한 모금 마시고서, 그녀를 빤히 응시했다.

“그걸 말하려면 조금 긴데. 이것보다도 더 지루하고, 또 우울한 얘기야.”

윤오의 입에서 나온 단어들은 그와는 도무지 어울리지 않았다.

“유운. 난 예전에는 정말 몰랐거든. 남 보기엔 그럴듯해 보이는 게, 정작 내가 바라는 건 아닐 수도 있다는 걸.”

윤오의 시선이 창문 너머로 멀어졌다.

“‘내가 살고 싶은 모습으로 살 수 없다면, 무슨 의미가 있지?’, ‘어차피 살고 싶은 대로 살 수 없다면, 대신 남들이 보기에 괜찮은 삶을 좇아보자. 그럼 적어도 평범한 행복은 얻을 수 있지 않을까?’ 그땐, 그런 생각이었어.”

윤오가 그답지 않게 낮게 가라앉은 목소리로 말을 이었다.

“나는 이미 한 번 무언가를 포기했으니까. 남들이 보기에 괜찮은, 그럴싸한 것을 갖고 싶었어. 그런데 거기에 정작 나는 없었어.”

김윤오는 중학교 3학년 겨울에 스케이트를 그만두었다.

한때 스피드 스케이팅 청소년 국가대표 유망주로 꼽히기도 하고 여러 작은 대회에서 우승하기도 했지만 거기까지라는 걸, 스스로 가장 잘 알았다. 언젠가부터 넘어설 수 없는 한계를 느꼈으니까.

재능이 아예 없는 것은 아니었지만, 그만두기엔 아쉽고 더 나아가기엔 얄팍했다. 아직은 격차가 크게 드러나지 않았지만, 언젠가 함께 훈련하던 친구에 못 미치는 것을 체감하게 되는 순간이 올 것이란 사실을 알았다. 그때가 되면, 그리 좋아하던 것이 못 견디게 싫어질 것 같았다. 정확히는, 좋아하지만 닿을 수 없는 스스로가 싫어질 것 같았다. 점점 제 끝이 보였다.

그렇게 한참이나 놓지도 잡지도 못한 채 방 안에 웅크려서 짧지 않은 시간을 보냈다. 그러다가 다시 일어났다. 입시를 앞둔 중학교 겨울의 끝자락에서, 거의 놓다시피 했던 공부를 이어가기 위해서 남들보다 배는 더 노력했다. 아무도 강요하지 않았지만, 윤오는 숨 쉬듯 착실하게 평일과 주말, 그리고 밤낮의 구분 없이 책상 앞에 앉았다. 운동선수 특유의 끈기와 체력, 승부욕 덕분에 한참이나 공부에서 손을 놓았었음에도 불구하고 수월히 고등학교 생활에 적응했다. 야간자율학습 시간에도, 집 근처 독서실에서도, 늘 마지막까지 자리에 앉아 있는 건 윤오였다.

그는 여전히 성실했고, 최선을 다했지만 더는 꿈 따위를 가지려고 하지 않았다. 원한다고 해서, 노력한다고 해서 바라던 모습으로 살아갈 수 없다는 걸, 너무 이른 나이에 깨닫게 된 탓이었다. 형태를 잃은 꿈이 부서지는 걸 모아 주워서 수습하지 못했다. 어떤 모습으로 살아야 할는지는 알 수 없었지만, 사회에서 정해진 성공 군상에 자신을 맞추는 것은 그리 어렵지 않은 일이었다. 꽤 유명한 공대에 현역으로 입학했고, 군 복무를 마치고 휴학 한번 없이 곧장 졸업했다. 국내에서 내로라하는 IT 기업에 입사했을 땐, 겨우 스물다섯이었다.

나름대로 탄탄대로를 밟아갔다. 차가운 빙판 위에 서서 자신보다 한참 더 나은 재능을 가진 친구들을 보면서는 절대로 느낄 수 없던 안정감에 이젠 좀 괜찮나 싶을 때쯤, 의구심이 들었다. 그러면 이 다음은?

취업 다음의 목표가 없었다. 남들이 보기에 괜찮다고 여겨지는 것을 좇아오다 보니 거기에 다음이 있을 리 없었다. 꽤 이른 나이에 들어간 대기업의 높은 네임 밸류에 그답지 않게 어깨에 힘이 잔뜩 들어갔던 게 우습게도, 입사 후 2달쯤 지나자 회의감이 밀려왔다.

야근하느라 일주일을 내리 집에 가지 못하던 어느 날, 피로로 얼룩져 사무실 책상에서 쓰러지듯 선잠에 들었다가 눈을 떴다. 건드리지 않고 몇십 분이나 지나 절전모드로 화면이 꺼진 까맣고 네모난 모니터를 응시했다. 내가 바라던 모습이 이랬나. 처음

316

으로 허무했다.

코드를 짜고, 리뷰 받고, 배포하고. 새벽 2시가 넘어서도 걸려오는 연락에 깨어나 트래픽 급증으로 인한 서버 다운을 처리했다. 원래 사는 건 다 그렇다. 별것 없다. 주변 어른들에게서 들은 말을 곱씹으며 매일 쳇바퀴 돌 듯 같은 일을 반복했다. 한때는 그토록 돌고 싶던 쳇바퀴였는데. 이게 맞나, 싶었지만 바쁜 일상 사이에 생각할 시간은 점점 더 줄어들었다. 눈 깜짝할 새 1년이 지났다.

일을 시작한 지 1년이 넘어도 여전히 이 일이 적성에 맞는지 헷갈렸다. 그때쯤 새로 부서 이동을 하며 좋은 팀장을 만났다. 믿음직한 상사와 일해보니 아직은 배울 게 많다고 생각했다. 팀장은 명절이면 팀원들을 먼저 퇴근시키고 혼자 남아 일을 마무리하는 보기 드문 사람이었다. 윤오는 그런 팀장을 따라서 다시 회사 생활을 버텼다.

"이거 봐, 이거 우리 딸이야. 이제 초등학교 2학년. 벌써 사춘기인가 봐. 방에 들어가기만 해도 '아빠! 노크하랬잖아!' 하고 막 화낸다니까."

팀장이 그렇게 말하며 지갑 속 사진을 꺼내 윤오에게 보여줬다. 사진 속에는 양 갈래로 머리를 묶은 여자아이가 햇살처럼 웃고 있었다. 팀장은 일이 고될 때면 책상 한편에 작게 놓아둔 가족사진을 한참 동안 가만히 들여다보곤 했다. 웃고 있는 아내와 사랑스러운 딸. 그 사진을 보면 힘들더라도 기운을 내야겠다는 생각이 든다며 웃어 보였다.

"원래 한 집안의 가장은 그런 거지."

팀장은 군대에서 처음 담배를 배운 뒤로 오랫동안 담배를 피워왔었는데, 이제 막 태어난 갓난쟁이 딸이 제 새끼손가락을 꽉 쥐면서부터 그날로 보건소에 가서 금연 패키지를 신청해 담배를 끊었다고 했다. 그의 사담은 언제나 가족 이야기로 끝났지만, 늘어놓는 가족 이야기를 듣는 것이 나쁘지 않았다. 그 이야기를 듣고 있노라면 저에게도 저런 원동력이 있으면 달랐을까, 생각했다.

팀장은 윗사람에게 억울하게 질책을 받은 날에도, 밖에서 한참 바람을 쐬고 들어와 혼자서 평정을 찾았다. 아랫사람에게 실수로도 불쾌한 말 한마디 쉽게 하지 않는 사람이었다. 동기들이 부러워하던 상사였고, 윤오에겐 닮고 싶은 어른이었다.

윤오는 새벽까지 일을 처리하면서 버틸 때도 팀장이 건네는 뜨거운 커피 한 잔을 마시며 아직 괜찮다고 생각했다. 사람들이 말하길 일이 힘들면 버텨도, 사람이 힘들면 버티기 어렵다고 했다. 그런 면에선 되려 운이 좋다고 여겼다. 그래서 과한 업무량과 잦은 야근도 버티고 버텼다. 훨씬 일이 많은 팀장님도 버티고 있는데, 자신이 뭐 대수라고. 아직 젊으니 더더욱 버텨야 한다고 여겼다. 그러다가도 가끔은, 응급실에 실려 가면 좀 쉴 수 있으려나. 그런 생각을 했다. 다음 날 눈을 뜨고 싶지 않을 만큼 하루하루가 빽빽하게 굴러갔다. 언제 잠들었는지도 모르게 다시 눈을 뜨면, 또 아침이었다.

"팀장님, 어제도 퇴근 안 하신 거예요?"

"마무리할 게 남아서. 오늘은 칼퇴해야지. 우리 딸이 내 얼굴도 까먹겠어."

수척한 얼굴로 괜찮다는 듯 웃으며 말하는 그의 머리에는 새치가 눈에 띄게 하나둘 늘어나 있었다. 퇴사한 직원이 늘었으나, 인력은 충원되지 않았다. 김윤오는 전보다 1.5배 더, 팀장은 그보다 더 많은 업무를 감당해야 했다.

팀장은 몇 달째 인력 충원을 요청했지만 받아들여지지 않아 상황은 좀처럼 나아지지 않았다. 어느 날은 새벽에 퇴근해 다시 아침 9시까지 출근했고, 아예 퇴근하지 않고 사무실 내 숙직실에서 쪽잠을 자는 날도 늘어났다.

"오늘은 일찍 들어가 봐. 나머진 내가 마무리할게."

윤오는 도저히 그 말을 예의상으로라도 거절할 수 없었다. 그럴 여유가 제겐 없었다. 얼른 고개를 숙여 인사하고 회사를 빠져나온 윤오는 모처럼 일찍 침대에 누웠고, 그간 쌓인 피로에 금세 잠들었다. 그리고 다음 날 새벽. 입사한 뒤로 잠귀가 밝아진 탓에 고작 문자 알림음 하나에도 눈이 떠졌다.

[부고]

덜 깬 눈으로 업무 문자인가 싶어서 확인한 화면에는 난데없이 도착한 부고 문자가 떠 있었다. 이명이 들리는 듯했다. 멍하니 뇌에 기름칠을 해 느리게 회전시키려고 노력해도 역부족이었다. 동기한테서 온 전화에 그제야 정신을 차렸지만 여전히 정상적인 사고 회로는 마비된 채였다. 섣부르게 평소 신고 다니는 운동화에 발을 욱여넣다 말고 신발장 앞 전신거울에 비친 제 모습을 발견했다. 넋을 놓은 얼굴, 산발인 까만 머리, 흰 반팔 티셔츠에 까만 트레이닝 팬츠 차림. 그제야 조금 정신이 들었다.

옷, 옷을 갈아입어야지…. 그렇게 혼잣말하며 무슨 정신인지 모를 것들을 간신히 끌어다가 회사 면접 때 마지막으로 입었던 검은색 정장을 꺼내 입었다.

아직 어두운 새벽, 해가 뜨기도 전에 택시를 잡아 타고 장례식장에 도착했다. 어제까지만 해도 자신과 웃으며 대화하던 팀장의 사원증에 박혀 있던 증명사진이 이제는 영정사진이 되어 새하얀 국화꽃들 사이에 자리하고 있었다. 윤오가 고개를 돌리자, 팀장의 책상 위 사진 속에서 보았던 작고 어린 여자아이가 검은 상복을 입은 채 투정도 부리지 않고 얌전히 자리에 앉아 있었다. 그 옆엔 이전에 한 번 인사를 나눴던 팀장의 아내가 넋 나간 얼굴로 아이의 한쪽 손을 꼭 붙잡고 앉아 있었다.

그는 회사 선배와 다른 팀 팀장을 따라 어설프게 예를 갖추었다. 성인이 되어 처음 혼자서 온 장례식장은 낯설었다. 스스로 어른이 다 되었다고 생각하던 것이 무색해졌다. 여전히 잠에서 덜 깬 것처럼 쉬이 정신이 차려지질 않았다. 이른 아침에 향냄새가 가득한 장례식장에 도착해서 팀장님 영정사진 앞에서 절을 하는 것도, 장례식장 식당에서 차려진 밥을 받아 먹는 것도, 그저 모든 게 비현실적으로만 느껴졌다. 아직도 꿈에서 깨지 않은 게 아닐까. 다른 팀에 있는 동기와 선배들의 틈바구니에 끼어서 메마른 모래알처럼 꺼끌거리는 밥알을 겨우 넘겼다.

"과로사겠지?"

"그렇지. 팀 인원 보충 안 하고 버틴 지도 꽤 됐고. 그나저나 산재는 인정된대?"

한숨처럼 오가는 대화는 허무하리만치 건조했다.

저 멀리서 회사의 임원급이 방문했고, 한차례 유족의 고성이 장례식장에 울려 퍼졌다. 울부짖는 목소리가 끊어질 듯했다.

팀장님의 일은 다행히도 산재가 인정되었다. 몇 차례 뉴스가 보도되었고, 세상은 다시 조용해졌다. 윤오는 회사의 트라우마 심리 상담 프로그램 몇 번을 거쳤고, 며칠의 휴가를 마치고 다시 회사로 복귀했다.

김윤오는 다시 새벽같이 회사에 출근하고 자정까지 야근하다 간혹 일찍 퇴근하는, 별다를 바 없는 생활을 이어 나갔다. 하지만 그의 마음은 여전히 회복되질 못했다.

오랜만에 만난 그의 대학교 선배는 그 꼴을 보고 걱정이 되었는지, 거의 반강제로 휴가를 내도록 하고 윤오를 제주도로 끌고 갔다. 다른 장소에서 기분을 환기하면 조금이라도 나아질 거라고. 하지만 여행을 가기 전 준비하면서도, 막상 여행을 가서도 좀처럼 나아지는 기분이 들지 않았다. 결국 며칠 뒤면 다시 그 자리로 돌아가야 할 텐데, 다 무슨 소용이지. 숨이 턱턱 막혔다.

결국 이틀 뒤에는 원래 있던 곳으로 돌아가서 또 같은 일을 하고 있겠지. 그저 푸르게 빛나며 파도치는 거센 바닷물 사이로, 사라져버리면 좋겠다고 생각했다.

제주도에서 돌아와서 다시 죽은 것처럼 회사에 다니다가 남은 휴가를 모조리 썼다. 한동안 방에 틀어박혀 있다가, 복귀한 회사의 책상 앞에 앉아서 커다란 모니터 여러 대를 보고 있자니 숨이 콱 막히는 것 같았다. 숨을 쉴 수가 없었다. 자리에서 뛰쳐나와 곧장 화장실로 들어가 혼자서 숨을 힘겹게 들이마시고 내뱉었다.

'너보다 힘든 사람도 많아. 다 그렇게 사는 거야.'

그런 폭력과도 같은 위로가 도움이 됐나. 모르겠다. 이 시끄러운 도시와 회사에서 도망치고 싶었다. 도로를 메우는 시끄러운 자동차 경적과 시도 때도 없이 울려대는 전화, 메신저 알림. 늦은 밤에도 낮처럼 환한 이곳에서 벗어나고 싶은 마음뿐이었다.

그저 조용해지고 싶었다.

들어오는 건 정말 힘들었는데 나가는 건 정말 쉽다고, 이제야 미뤄온 숙제를 하는 것처럼 짧막하게 작성한 사직서를 보며 생각했다.

그렇게 더 이상 생각을 머금지 않고, 낸 사직서가 수리되자마자 집에 틀어박힌 채 밖으로 나가질 않았다.

그저 창문 너머로 바뀌어 가는 밤과 낮만 구분하며 살았다.

그러다가 집 밖으로 나오게 된 건, 어이없게도 친할머니 댁이 있던 동네로 귀농한 사촌 형 때문이었다. 난데없이 조그만 조카

아이 소율이를 데리고 집으로 들이닥친 사촌 형 서준이 한창 바쁜 시기라 일손이 부족하다며 윤오를 억지로 끌고 나왔다. 그리고 그에게 온종일 비닐하우스에서 딸기를 수확하는 일을 시켰다.

모처럼 생각을 비운 채 새벽같이 일어나서 밭에서 일을 하다가 형수님이 가져다주는 점심밥을 먹고 다시 밭일을 하다 저녁을 먹고는 잠을 잤다. 그 생활을 한 달을 넘게 반복했다. 그러던 어느 날 서준이 윤오에게 평소와 다르게 농담 섞이지 않은 말투로 운을 뗐다.

"윤오야, 이렇게도 저렇게도 살 수 있더라. 세상은 내가 있는 곳이, 내가 보는 것이 다가 아니야. 남들이 말하는 대로 살지 않아도 괜찮아. 봐, 내가 회사를 나온다고 해도 내 세상이 사라지진 않았어. 네가 회사를 나왔다고 해서 무언가 포기한 것도, 실패한 것도 아니야. 그러니까 괜히 집 한구석에 틀어박혀서 허송세월 보내지 마. 지금부터라도 남들이 괜찮다, 좋다 하는 거 말고 네가 좋은 게 뭔지, 하고 싶은 게 뭔지 그걸 생각해 봐."

그 말을 듣고 윤오는 가만히 한참을 제자리에 서 있다가 문득 하늘을 올려다보았다.

마지막으로 올려다보았던 하늘은 겨울이었는데, 어느덧 눈이 녹은 지 오래였다. 늦봄을 지난 초여름 하늘의 청명함이 드높았다.

또다시 계절이 지나가고 있었다. 겨울에 멈추었던 계절이.

"잠을 잤어. 온종일 잠만 자고 싶었어. 그땐 하고 싶은 게 그것 밖에 남아 있질 않았어. 스케이트 그만뒀을 때도 그러진 않았는데. 깨어 있으면 자꾸만 이런저런 생각이 드니까, 무의식으로 도피하고 싶었던 것 같다고 나중에야 생각했어. 지금껏 난 뭘 바랐던 건지. 모두가 좋다고 하는 삶을 바라왔던 것 같은데. 그 좋은 삶에 정작 내가 없었다는 생각을 뒤늦게 했던 것 같아. 항상 부모님, 친척, 친구들 같은 주변 사람들이 인정할 만한 괜찮은 걸 하고 싶었나 봐. 정작 나 스스로가 어떤지는 생각해본 적이 없었어. 그러다 서준 형이 해준 말을 들으니까, 당분간 여기서 지내는 것도 좋을 것 같다는 생각이 들었어. 그래서 오게 된 거야. 별로 재미없지?"

기나긴 이야기를 마친 윤오가 슬쩍 운의 눈치를 살폈다. 자신에게 눈을 던질 때만 해도 씩씩대던 기세는 온데간데없이, 조용히 눈가가 붉어진 운의 얼굴이 눈에 들어왔다.

"…이게 재미 따질 얘기야? 넌 진짜 사람 바보 만들어."

약간 잠긴 운의 목소리를 들으며 윤오가 씁쓸하게 웃었다.

"사실 서울에서 팀장님이 계신 봉안당에 다녀왔어. 얼마 전이 기일이었거든. 거기 다녀오고 나면, 한동안은 모든 진이 다 빠져서 회복하기가 어려워. 그래서 한참을 머물다가 내려오게 되더라."

윤오가 부러 웃는 얼굴로, "이제 정말 끝!"이라고 말하며 길었던 이야기를 갈무리했다. 운은 그 모습을 보며 그럼 이젠 괜찮냐고 묻고 싶었지만, 이미 다른 이들에게 수없이 들었을 그 물음이 크게 의미가 있을 것 같지 않았다. 그리고 온전히 괜찮을 리가 없다고 생각했다. 그렇다면 차라리 평소처럼 아무렇지 않게 다음 말을 꺼내는 게 낫지 않을까. 다음 말을 고민하는 사이, 저를 응시하는 그의 시선이 느껴졌다.

"…배 안 고파? 네가 좋아하는 토스트라도 해줄까?"

그녀가 어렵게 쥐어짜낸 말을 윤오도 눈치챘는지 그가 피로한 얼굴로 사뿐히 웃으며 고개를 가로젓곤 자리에서 일어섰다.

"눈 그쳤다. 이제 가야겠네."

운은 벌써 일어나냐는 듯한 눈으로 그를 보았다.

"오늘은 네 얼굴 보고 싶어서 왔던 거야. 집도 오래 비워뒀었으니까 가서 정리도 해야지."

"그래, 피곤하겠다."

그녀가 윤오를 배웅하려 밖으로 나서자, 저 너머 먼 길에서 제설차가 운행되는 모습이 보였다.

"그래도 이제 큰길은 편하게 가겠네."

운의 말에 윤오가 고개를 끄덕이다가, 문득 마당에 무릎 위를 너끈히 넘어설 정도로 쌓인 눈을 둘러보았다. 그러다 그가 돌연 눈더미 위로 휙 드러누웠다. 높게 쌓였던 눈이 그의 몸 형태를 따라서 쏙 패였다.

“뭐 하는 거야?”

그 모습을 보고 놀란 운이 묻자, 그는 웃는 얼굴로 말했다.

“하얗게 쌓인 눈이 푹신해 보여서, 꼭 한번은 해보고 싶었거든.”

“아니, 감기 걸리면 어떻게 하려고! 컨디션도 안 좋으면서!”

오랜만에 듣는 운의 조잘대는 잔소리가 윤오는 좋았다. 그는 운이 얼른 일어나라며 내민 작고 하얀 손을 한참 쳐다보았다. 그러다가 그녀가 내민 손을 살짝 잡아당겼다.

“너도 누워봐.”

“싫어, 차갑잖아.”

“이렇게 추운데 난 아까 영문도 모르고 너한테 차가운 눈덩이 많이 맞아줬잖아.”

윤오의 천연덕스러운 말에 운은 그가 평소의 모습으로 돌아왔음을 알 수 있었다. 결국 그를 따라서 눈 위에 나란히 누웠다. 커다란 눈 이불을 깔고 누운 듯 차갑고 푹신한 느낌이 들었다. 마당의 흰 눈더미 위에 누워서 바라본 겨울의 하늘은 눈부시게 파랬다. 분명 1시간 전만 하더라도 눈이 쏟아져 어두컴컴하기만 했는데 언제 그랬냐는 듯 맑았다.

“봐, 좋지?”

“그래. 하늘은 예쁘네.”

운의 말에 윤오가 웃음기를 섞어 “거봐” 하고 대꾸했다.

“오랜만에 서울에서 지내면서 생각했거든. 이제 다시 돌아가도 될 것 같다고. 난 예전보다 잠도 잘 자고, 훨씬 괜찮아졌으니까.”

운은 찬 눈 속에 파묻히듯 누워서 윤오의 말을 한가하게 듣고 있다가 순간 심장이 철렁하는 기분이 들었다. 어느 순간부터인가 그가 없는 이곳을 상상할 수 없게 되었다. 하지만 애써 아무렇지 않은 척하면서 이어지는 윤오의 말을 담담하게 들었다.

"그런데도 아직은 여기 남아 있고 싶다고 생각했어. 넌 그 이유가 뭘 것 같아?"

조금 뜸 들이다가, 다시 이어지는 낮은 목소리.

"유운, 너였어. 내가 여기 남아 있고 싶은 이유. 단지 너라고만 하면 거짓말이지만, 그럼에도 8할. 아니, 9할이 너였어."

운이 제자리에 벌떡 일어나 앉아서 옆에 누운 윤오를 내려다보았다. 눈이 마주치자, 그의 눈꼬리가 휘어졌다.

"유운, 좋아해."

농담인가? 날 친구로서 좋아한다는 말인가? 행복과자점을 좋아한다는 말인가? 수많은 물음표가 떠다니는 운의 표정을 보곤, 윤오가 웃으며 몸을 일으켜 앉아서 운을 마주 보았다. 환히 빛나는 검은색 눈동자에 운이 가득 찼다.

"내가 널 좋아한다고. 이성으로."

스노우볼을 선물받았던 그날처럼, 운의 심장이 제멋대로 뛰기 시작했다.

20

에그타르트

운은 지난주의 고백이 5분 전 일처럼 여전히 생생했다. 머릿속에서 끊임없이 그 장면이 반복 재생되고 있었다. 주말 내내, 그리고 한 주의 시작인 오늘도. 눈을 감기만 하면 자꾸만 그날의 김윤오가 보였다.

'유운, 좋아해.'

띵. 오븐 소리에 운이 고개를 양쪽으로 가로저으며 갓 구워낸 에그타르트를 꺼냈다. 구울 때만 하더라도 노란 풍선처럼 부풀었던 에그 필링이 폭 꺼져선 캐러멜 빛으로 윤기가 흘렀다. 가게 문이 열리는 소리에 고개를 돌리자 언제나처럼 윤오가 걸어오는 모습이 보였다. 윤오는 에그타르트 판을 양손에 쥔 채 못 박힌 듯 저를 바라보는 운을 보며 평소처럼 창가 테이블에 자리를 잡았다.

"뭐, 귀신이라도 봤어?"

평소와 다를 것 없이 태평한 말에 운은 어이가 없었다. 그녀가 에그타르트를 모두 틀에서 빼서 식힘 망 위에 올려두고는 카운터 앞으로 걸어오는 윤오를 빤히 응시했다. 그리고 속으로는 말을 골랐다. 무슨 말을 해야 하지. 언제부터 나를 좋아했어? 왜 나를 좋아해? 그런 세세한 물음들을 삼아내고 있었다.

"이거 현서 형한테 받은 레시피로 구운 거야?"

"…어, 어."

그가 꺼낸 완전히 다른 말에 운은 하려던 말도 까먹은 채 그만 멍청하게 대꾸하고야 말았다. 윤오는 그런 벙찐 표정의 운을 보며 슬쩍 웃었다.

"누가 너 잡아먹어? 왜 안 어울리게 긴장했어?"

그렇게 말하면서 윤오는 평소대로 아이스 아메리카노 한 잔과 갓 나온 에그타르트 하나를 주문했다. 그리고 자리에 앉아서 기계처럼 일을 시작했다. 여기서 그날을 의식하고 있는 건, 어째저 하나뿐인 것 같았다. 정작 고백한 당사자는 아무렇지 않은 것처럼 보이고, 고백받은 사람이 긴장하고 눈치를 살피는 꼴이라니. 뭔가 이상했다.

운은 골똘히 생각하면서도 손은 성실하게 놀려서 그의 주문대로 트레이에 음료와 디저트 그릇을 담아 내어갔다. 그는 운의 인기척에 고개를 들고는 그녀가 들고 있는 트레이를 내려놓을 수 있게끔 노트북을 덮어 잠시 옆으로 치워두었다.

"냄새 좋다. 유운, 너 에그타르트 유래 알아?"

그가 싱긋 웃었다.

"아…. 아니?"

윤오 때문에 심란하던 와중에 그가 하는 질문이 뜬금없었지만, 은근히 궁금했다. 그도 그런 운의 표정을 읽었는지 테이블에 내려놓은 아메리카노를 먼저 한 모금 하고는 말을 이었다.

"옛날에 리스본 수녀원에서는 옷깃을 세우려고 다림질할 때 달걀흰자를 사용했는데, 그것 때문에 남은 노른자가 처치 곤란이었대. 그냥 버리기는 아까워서, 어떻게 활용할지 고민하다가 만든 게 바로 이 에그타르트였다는 거지."

먹을 줄만 알았지, 전혀 몰랐던 에그타르트의 유래에 운이 수업을 듣는 어린아이처럼 눈을 빛냈다. 그 모습을 바라보던 윤오의 입가에 작은 소리와 함께 웃음이 튀어나왔다.

"이런 건 어떻게 알았어?"

"예전에 현서 형이 해줬던 얘기야. 귀에 못이 박히도록 들어서 아직도 기억나거든. 그 형 술주정이라서."

오, 에그타르트 유래를 읊는 술주정이라니. 희한한 술주정이라고 생각했다.

"이제야 좀 평소의 너 같네. 오늘 왜 이렇게 굳었어?"

"아니, 왜냐니….”

그 이유를 누구보다 잘 알고 있을 당사자가 그리 물으니, 운은 순간 할 말을 잃었다.

"지금 여기서 제일 쫄리는 건 난데."

"네가?"

"당연한 거 아니야? 좋아하는 사람한테 고백했는데."

윤오의 태도가 미적지근하다고 생각했는데 그에게서 방금 들은 솔직한 마음은 예상외였다. 하지만 눈 하나 깜빡하지 않고 말하니 운은 되려 제 속만 홧홧해지는 기분이 들었다. 윤오는 전혀 조급해하지 않았고, 오히려 여유 있어 보였다. 난생처음 받아본 고백에 당황하고, 조급하고, 어색해하며 어려워하는 건 저 하나뿐이라고 생각했다. 이런 자신의 어리숙함이 고백했을 때도 보여서, 기다릴 테니 천천히 답을 달라고 말했던 것일까. 운은 그에게서 들었던 말을 곱씹으며 생각했다.

"내가 여기 와서 불편해?"

"…아니."

"그런 거 아니면 됐어."

윤오가 평소처럼 장난스럽게 웃으며 옆에 치워뒀던 노트북을 다시 제자리로 가져왔다.

"그럼, 유 사장님. 전 평소처럼 얌전히 여기 있을 테니까, 사장님도 평소처럼 가서 할 일 있으면 편하게 하세요."

운은 고개를 끄덕이고서 부엌으로 들어갔다. 그리고 카운터 너머로 윤오가 평소처럼 모니터를 응시하는 모습을 힐긋 쳐다보았다. 이제는 정말 일에 집중하려는 듯 은색 테 안경까지 갖춰

쓰고는 모니터를 응시했다. 몇 번 키보드를 두들기더니 낮은 한숨을 쉬었고, 얕게 미간을 찡그리기도 했다. 그 모습을 지켜보고 있자니, 새삼 그가 제게 처음 말 걸었던 날이 떠올랐다. 그때와 지금 행복과자점의 풍경은 똑같았다. 서로의 사이가 변했을 뿐.

'나는 김윤오를 어떻게 생각하지?'

김윤오가 맨날 말하던 동네 친구라는 말이 머리에 딱 박혀버린 탓인지, 그를 그런 식으로 생각해보진 못했었다. 하지만 다른 것을 다 차치하고서, 한동안 윤오가 없었던 날들을 떠올려보면 허전하고 궁금했다. 이런 것도 이성으로서 좋아한다는 마음 때문일까? 아님, 그저 친구인 소진의 안부가 궁금한 것과 비슷한 것일까?

운은 이십 대 후반에서야 하는 이성적 감정에 대한 고민에 새삼 자신이 한심하게 느껴졌다. 누군가는 이십 대 초반, 아니, 십 대에 마쳤을지도 모르는 사랑이란 감정에 대한 고찰을 서른을 코 앞에 두고서야 하고 있다니. 하지만 그도 그럴 것이, 자신의 이십 대는 온통 권재이로 물들어 있었고, 그 이후에는 누군가를 만나고 싶다고 생각할 만큼 마음이 넉넉하지 못했다. 당장 자신의 미래가 그려지지도 않았으니, 그럴 여유가 없었다.

문득 자신이 권재이를 좋아했을 때는 어땠었는지 돌이켜보려고 해도 너무 아득한 먼 옛날 기억과 감정이라 쉽지 않았다. 무뎌진 이성에 대한 호감은 잘 모르겠지만, 김윤오가 괜찮은 사람이란 사실만큼은 분명했다. 주변 사람들을 대하는 태도나 성실함, 그 특유의 센스와 사회성 좋은 성격. 가끔 클라이언트와 통화할 때 보이는 깔끔한 비즈니스 매너와 차분한 어투 같은 것들을 볼 때면 의외로 어른스러운 구석도 있었다. 무엇보다도 윤오와 함께 있으면, 특별한 이야기가 아니더라도 그 특유의 천연덕스러움에 자꾸 웃게 됐다. 함께 있으면 대화가 끊이질 않았다.

당장 내일부터 김윤오를 못 봐도 상관이 없나?

그 물음을 떠올리며 윤오를 응시하다가 그만 눈이 딱 마주쳐 버렸다.

"유운, 그렇게 빤히 쳐다보면 모르는 척하기도 힘들다."

"아니, 그게 아니라…."

이봐, 또다시 윤오에게 말려드는 자신의 모양새가 누가 보면 입장이 완전 반대인 줄 알 터였다. 윤오는 한쪽 손으로 턱을 괸 채 지긋이 운을 응시했다. 운은 얼굴에 뜨거운 기운이 확 퍼지는 기분이었다.

"왜 그렇게 봐?"

"너도 나 이렇게 봤잖아."

"그렇게 본 적 없어!"

"없긴, 눈 동그랗게 뜨고서 보고 있었잖아."

운은 방금까지 윤오를 어른스럽다고 여기던 것을 철회하고, 그에게 눈을 흘겼다. 윤오는 그런 운의 모습을 보며 작게 소리 내어 웃었다. 그녀는 고개를 휙 돌려 다른 일을 하는 척 대놓고 딴청을 부렸다.

"원하면 마음껏 봐도 되는데."

이렇게 자신을 보면 놀려먹기 바쁜 것 같은데, 도대체 어떻게 봐야 저게 좋아하는 사람한테 하는 행동인지. 운이 바득 이를 갈면서 생각했다. 그러다,

넌 언제부터 날 좋아했는데?

그 질문이 다시 떠올랐을 땐, 그가 클라이언트와 통화하고서 평소보다 이르게 가게를 나선 지 오래였다.

얼마 후 은정이 윤오에게 소문을 듣고 왔다며 에그타르트를 주문했다. 운이 얼른 내어 준 에그타르트를 한 입 먹어보자마자 그녀는 엄지를 척 들어 올려 보였다. 그 모습을 보며 운은 슬며시 웃다가 노트북을 열어 블로그에 새 게시글을 작성하기 시작했다. 오늘 듣게 된 에그타르트 유래와 함께 에그타르트를 구웠다는 소식. 그리고 다가오는 봄이 머지않아서 제철 막바지에 다다른 겨울딸기로 만든 딸기타르트도 함께 준비했다는 이야기까지 덧붙였다.

그새 블로그 이웃이 꽤 늘어서 5명 남짓이던 이웃이 30명을 조금 넘겼다. 이들 중엔 가게 단골손님들과 도영의 블로그를 타고 들어온 도영의 블로그 이웃들도 있었다. 게시글을 올리자마자 한창 일하고 있을 도영이 바로 댓글을 달았다.

[오늘 퇴근하고 꼭 들러야겠어요ㅜㅜ 내 에그타르트, 내 딸기타르트.]

운은 그 댓글을 눈으로 두 번씩 꼭꼭 읽어보며 웃었다. 그리고

오늘 쓴 게시글을 다시 읽어봤다. 새삼 겨울의 끝 무렵이라는 걸 실감했다.

문득 카페 벽면에 걸어둔 벽걸이 달력이 아직도 1월에 머물러 있다는 것을 깨달았다. 운은 벽에 다가서서 달력을 넘기다 말고, 멈칫했다. 벌써 2월이었다. 이곳에 온 지도, 어느덧 반년이 넘었다. 그사이 부모님과는 간간이 안부 전화를 주고받는 것을 제외하곤 교류가 없었다. 흡사 사춘기 고등학생이 가출한 것처럼, 데면데면하게 지내고 있었다.

운은 현서의 이야기를 들었던 날, 어째서인지 자신이 두고 왔다고 여긴 서울에서의 생활과 부모님이 떠올랐다. 지금 나는 그만둔 게 아니라, 모든 걸 회피한 채 잠시 도망친 걸까. 내 나이도 벌써 서른에 가까워지는데. 이십 대 중반에 끝내야 했을 진로 고민을 지금까지 하고 있는 게 한심하게 느껴졌다. 지금 내가 김윤오를 고민할 땐가.

운이 깊은 생각에 잠긴 사이, 블로그 알림이 띵하고 울렸다. 도영의 댓글 아래로 새로운 댓글이 달렸다.

[우와, 제가 나중에 갔을 때도 있으면 좋겠어요!]

얼마 전 손님으로 다녀간 대학교 졸업반이라던 손님이었다. 생기 가득한 얼굴로 한 회사에서 인턴을 하고 있다던 손님은 또 오고 싶다며 가게를 나섰었다. 그녀를 떠올리자, 그 생기와 나이가 부러웠다. 설사 정규직으로 전환되지 않더라도, 혹 시험을 새로 준비하게 되더라도 괜찮은, 어린 나이니까. 도전이 어렵지 않을 나이. 정작 자신이 그 나이 땐 그렇게 생각하지 못하고 마냥 조급하다고만 생각했었는데. 운은 저도 모르게 옅은 한숨을 내뱉었다.

"왜요? 사장님, 무슨 고민 있어요?"

아, 운은 제 한숨이 밖으로 튀어나왔다는 것을 뒤늦게 깨닫고서 당황했다.

"그냥 1월 1일도 엊그제였던 것 같은데 벌써 2월이라, 시간이 너무 빠른 것 같아서요. 심란해서 저도 모르게 한숨이 나왔네요."

운은 지난번에 왔던 스물다섯의 손님 이야기를 해주었다. 그 생기 넘치는 스물다섯이 부러웠다고. 그녀가 머쓱한 듯 머리카락을 만지작거리며 말했다.

"난 저 때 뭘 했었더라, 뭘 했다고 벌써 스물아홉이나 되어버린 거지. 그런 생각이 들어서요. 물론 저보다 어른인 은정 님 앞에서 할 말은 아니지만요. 제가 별 얘길 다하네요. 그냥 모두가 새로 시작하는 시기라 그런가, 저도 싱숭생숭한가 봐요."

은정은 고개를 끄덕이며 골똘히 생각했다. 그리고 포크로 타르트 위의 딸기를 콕 집었다.

"사장님. 있죠, 원래 좋을 땐 좋은 걸 몰라요. 결국 지나고 나서야 알게 되는 거죠."

은정이 그렇게 말하고선 씁쓸하게 웃었다.

"스물아홉, 참 예쁜 나이잖아요. 근데 저도 그땐 그걸 몰랐어요. 그냥 서른을 앞두고 두렵기만 했어요. 그게 후회가 돼요. 그

시간을 온전히 살아내지 못하고, 한참이나 불안해하기만 했던 게. 다시 돌아갈 수 없는 나이란 걸 알면서도, 그땐 그랬어요. 사장님은 지금 스물다섯이 부러운 나이라고 생각해요? 사장님도 지금 누군가에게 살아가고 싶고, 부럽고, 또 갖고 싶은 나이예요. 아, 내가 너무 진지했나?"

말을 마친 은정이 뒷머리를 살짝 긁적이며 가볍게 웃어 보였다.

"고작 몇 해 더 살았다고 어른 행세하는 것처럼 느껴졌으면 미안해요. 하지만 난 사장님이 어렸을 때의 저처럼 시간을 보내지 않았으면 하거든요. 사장님, 지금의 커다란 고민이 언젠가 먼지만 해지는 때가 꼭 와요. 지금 당장 너무 막막한 거 같아 보여도 정말 그땐 그랬지, 하면서 웃는 날이 반드시 오더라고요."

은정은 커피를 한 모금 마시고, 화장실에 다녀오겠다며 잠시 자리를 비웠다. 운은 은정의 말을 곱씹으며 제게도 그런 날이 올까 싶었다. 이십 대 내내 자신이 머물 곳을 찾아 헤맸지만, 결국 찾지 못한 채로 행복과자점을 열게 되었는데. 이곳에서 예상치 못하게 즐겁고 행복했던 순간들을 보내게 된 것처럼, 언젠가 그런 날이 오려나.

그런 생각 사이로 전화벨이 울렸다. 아주 오랜만에 엄마에게서 걸려 온 전화였다. 운은 몇 초쯤 망설이다가, 전화를 받았다.

"엄마? 어… 아빠? 아빠가 왜 엄마 전화로…."

엄마의 전화번호로 온 전화에서 뜻밖에도 아빠의 목소리가 들렸다. 운은 직감적으로 좋은 일이 아니란 것을 알아챘다.

"뭐? 엄마가 왜 응급실이야?"

경황이 없어 멍한 얼굴로 혼잣말을 중얼거리던 운은 은정의 도움을 받아 가까스로 엄마가 있다는 대학병원에 찾아갈 수 있었다. 휴대전화는 배터리가 다 떨어진 지 오래였지만, 충전할 겨를 같은 건 없었다. 막상 아빠에게 들었던 병원에 도착하고 보니, 엄마가 정확히 어디에 있는지도 알 수 없었다. 엄마와 아빠에게 차례로 전화했지만 둘 다 받지 않았다. 운이 1층의 병원 데스크에서 번호표를 뽑고 정처 없이 서성이는데, 바로 뒤에서 자신의 이름을 부르는 익숙한 목소리가 들렸다.

"운아."

아빠였다. 운이 그를 따라 병실로 들어가자 환자가 꽉 찬 6인실에 누워 있는 엄마가 눈에 들어왔다. 왼쪽 다리에 통깁스를 한 채였다. 놀란 듯 순간적으로 눈이 커졌던 운의 미간이 얕게 구겨지며 은근한 안도의 숨을 토해냈다. 이곳에 오는 짧지 않은 시간 동안 소진의 아버지와 재이의 어머니가 머릿속을 스쳐 지나갔으니까.

"아니, 아빠도 처음엔 놀라서 경황이 없었거든. 어디가 아픈 건지 모르고, 그냥 응급실이란 말에….."

근데 다시 전화 거니까 너도 안 받고. 아빠가 덧붙이는 말을 들으며 뒤늦게 긴장이 탁 풀렸다. 여기까지 오는 내내 머릿속으로 최악의 시나리오를 상상했던 터라 온 신경이 곤두서 있었다.

"…어쩌다 이랬어."

그렇게 말하면서도 엄청 심각한 상황이 아니라서 다행이라고 운은 생각했다. 오랜만에 본 엄마의 얼굴엔 그새 주름이 늘어 있었다. 아빠 역시도.

"이제야 딸 얼굴을 다 보네."

운은 놀라서 여기까지 한걸음에 뛰쳐나온 자신과 다르게 태평하게 말하는 엄마를 보며 순간적으로 울컥했다.

"엄마는 왜 이렇게 조심성이 없어!"

"넌, 그 시골에 들어가 틀어박혀선 얼굴 한 번 비추질 않아놓고…."

오랜만에 듣는 엄마의 목소리엔 한참이나 힘이 빠져 있었다.

"엄만 지금 왜 그 얘기가 나와? 엄마가 다쳐서 병원에 와 있는 거랑 무슨 상관이냐고."

운의 입에서 날카로운 말이 튀어나왔다. 스스로 내뱉고도 놀랄 만큼 자신답지 않았다. 엄마도 예상치 못한 운의 반응에 살짝 놀란 듯 잠시 입을 다물었다가 방금 전보다 진정된 어조로 대답했다.

"저번엔…. 엄마가 실수했어. 미안해, 운아. 네가 걱정되는 마음이 앞서서 너한테 상처 될 말을 너무 쉽게 했어. 네가 제일 고민스럽고, 힘들 텐데. 네가 걱정돼서 그랬어. 엄마 아빠도 자꾸 나이를 먹어가니까 걱정이 돼서…. 이제 더 이상 버팀목이 되어줄 수 없을 때가 올 텐데, 그때도…."

그다음 말은 하지 않아도 알 수 있었다. 자신도 늘 해왔던 생각이니까.

"운아, 지금이라도 다시 시험 준비해. 몇 번만 더 하면 될 수도 있잖아. 지금까지 해온 게 아깝지도 않아? 요즘 같은 때 안정적인 직장 얻는 게 얼마나 중요한데…."

운은 그 말을 들으며 도망치듯 병실을 빠져나오다가 앞에 서 있던 은정과 딱 마주쳤다. 은정은 목격하면 안 될 가족사를 목격한 사람처럼 어색한 얼굴로 웃었다. 운은 먼 길을 휴게소 한 번 들르지 않고 운전해서 온 은정이 걱정돼 근처 카페로 데려갔다.

"여기까지 데려다주셨는데 제가 아까 경황이 없어서…."

"사장님, 괜찮아요. 여기까지 데려다준 게 뭐 별거라고. 그보다 어머니한테 엄청 큰일이 생긴 건 아니라서 다행이에요."

운은 의사가 수술이 성공적으로 끝났다며, 경과가 좋을 것이라고 했다는 말을 뒤늦게 아빠에게 전해 들었다. 덕분에 한결 가벼워진 운의 마음을 아는지 은정이 그렇게 말해주었다.

"저 때문에 괜히 밤에 먼 길 돌아가시게 돼서 어떡해요…."

"걱정 마요. 나 무사고 경력 10년의 프로 드라이버니까. 내 걱정은 말고, 어머니 잘 챙기세요."

은정이 걱정하지 말라는 듯 가볍게 웃어 보였다. 운은 그녀가 자신의 마음을 조금이라도 편하게 해주려고 노력하고 있는 것을 알 수 있었다. 운이 감사 인사를 전하고는 테이블 위에 있는 유리잔을 만지작거리며 머뭇거리다 은정에게 말했다.

"저는 당분간 여기서 지내야 할 것 같아요. 엄마가 퇴원하셔도 옆에서 도와야 할 것 같아서…."

운은 나오기 전부터 가게를 오래 비울 생각으로 정리해두고 나왔다. 그러면서 은연중에 윤오가 생각났는지 운이 말끝을 흐렸다. 그러자 은정이 그녀의 생각을 읽은 듯 먼저 말했다.

"제가 윤오한텐 대신 전해줄게요. 다른 단골분들한테도. 아, 아예 종이에 공지처럼 써서 문 앞에 붙여둘게요! 그러니까 카페는 걱정하지 마세요."

은정은 마음 쓰지 말라고 신신당부하며 돌아갔고, 운은 이곳에 홀로 남았다. 어둡고 텅 빈 병원의 1층 로비 의자에 덩그러니 앉아서 눈을 감고 생각에 잠겼다. 부모님이 자신을 염려하며 화냈던 것을 마음에 담아두지 않았다면 거짓말이었다. 그러나 분명 운 역시도 부모님을 충분히 이해했다. 그럴듯한 직장에서 몸 힘들지 않고 일하며 편히 잘살기를 바라는 그 마음을.

운은 오래 그 마음을 외면했다. 하지만 오랜만에 본 부모님의 얼굴이 마지막으로 보았을 때보다 훨씬 나이가 들어 있는 것을 발견하자, 그제야 실감했다. 시간은 그렇게나 빠르고, 자신을 기다려주지 않는다는 것을.

어른들은 항상 운을 볼 때면 지금이 좋을 때라고 입이 닳도록 말했다. 추억을 되새김질하듯. 무슨 말인지 이제는 알 것 같다. 저 역시 추억을 돌이켜보며 지나간 날들을 그리워하곤 하니까. 그새 또 지나가버린 기억의 파편이 머릿속을 스쳤다. 고등학교 시절 석식 시간의 초여름 산책, 대학교 캠퍼스 잔디밭에 돗자리를 깔고 앉아 마시던 캔 맥주, 열심히 눈 곰돌이를 만들던 날, 크리스마스의 바비큐 파티, 처음으로 열어본 원데이 클래스, 그리고 하얗게 쌓인 눈더미 위로 누워 윤오와 바라보던 하늘. 앞으로 나이를 먹어가고 점점 더 어른이 될 텐데, 이렇게 과거만을 곱씹으며 살아야 할까?

운이 어둠 속에서 긴 한숨을 내뱉었다.

"운아."

등 뒤에서 들리는 목소리에 돌아보자 어둠 속에 아빠가 서 있었다.

"아빠? 왜 엄마 옆에 안 있고 나왔어?"

그가 운의 옆에 앉았다.

"엄마는 자. 아까 같이 오신 분한테 고맙다는 인사도 못 했는데, 벌써 가신 거야?"

"응, 갈 길이 멀잖아."

"그렇지."

둘 사이에 잠시 적막이 내려앉았다. 이윽고 아빠가 다시 말을 이었다.

"엄마가 그렇게 너랑 싸우고 헤어지고선, 아닌 척했지만 늘 그게 마음에 걸렸었나 봐. 너한테 그런 식으로 큰소리 낸 거. 엄마 딴엔 딸이 걱정돼서 한 말이었는데 그게 상처가 될 수 있다는 걸 엄마도 늦게야 안 거야. 그 뒤로 쭉 엄마 목에 생선 가시 마냥 그게 걸려 있었던 것 같아. 부모 마음이 그래."

운이 가만히 고개를 끄덕였다.

"운아, 너 하고 싶은 게 그거면 그냥 계속해."

예상치 못한 말에, 그녀는 아무런 대꾸도 없이 그저 아빠를 응시했다. 그도 운의 마음을 아는지 멈춘 말을 다시 이었다.

"아빠가 살아보니까, 결국 모든 일은 힘들어. 그러니까 하나라도 좋아하는 구석이 있는 일을 해야 하더라. 아빠가 너한테 돈 걱정하지 말고 하고 싶은 거 다 하고 살라고 말할 정도로 여유롭진 않지만, 네가 힘들어졌을 때 비빌 수 있는 언덕 정돈 되어 줄 수 있어. 그러니까 네가 아무리 어려워져도, 네가 하는 가게가 잘 안되더라도, 가게를 그만두고 재취업해야 하는 상황이 오더라도, 결국 취업하지 못하더라도 너 굶진 않게 할 수 있다고. 그러니까 걱정 말고, 하고 싶으면 해. 아빤 네가 울 것 같은 표정으로 일할 때보다 차라리 지금이 좋아. 네가 편해 보여서. 너한테 말하진 않았지만 네 가게 앞까지 갔다가 너 지내는 모습, 창문 너머에서 보고 돌아간 적이 있어. 그 멀리서도 네가 잘 지내는 게, 편안한 게 보였어. 그럼 거기가 네가 있을 자리인 거지. 아빠 그렇게 생각했어, 운아."

아빠의 투박하고 큰 손이 오랜만에 운의 작은 손을 맞잡았다. 맞잡은 손이 거칠고도 따스해서 운은 울컥 눈물이 쏟아져 나올 것 같았지만, 꾹 눌러 참았다.

21

임시 휴업

오후의 해가 뜬 지 오래였지만, 윤오는 어제 새벽까지 깨어 있던 터라 여전히 잠에서 깨어나지 못했다. 그러다 띵동 울리는 초인종 소리에 겨우 잠에서 깨어나서 부스스한 몰골로 겨우 문을 열었다.

"삼촌!"

갑작스럽게 문 앞에 덜렁 배달된 조카 소율이 해맑게 웃는 얼굴로 서 있었다. 소율은 제 몸만 한 배낭을 메고서 윤오의 집 안으로 사뿐사뿐 걸어 들어왔다. 갑자기 등장한 소율에 윤오가 어리둥절해하며 서 있다가 아이를 뒤따라서 안으로 들어갔다.

"아빠는?"

소율이 거실 바닥에 주저앉아 배낭에 든 물건들을 하나씩 꺼내 펼치며 말했다.

"아빠가! 오늘 바쁘다구, 오늘은 삼촌 집 가서 숙제하라고 여기 내려주고 갔어!"

아. 윤오가 한 손으로 이마를 가볍게 짚었다. 아이의 말에 그렇게 말하는 서준의 모습이 머릿속에서 영상으로 자동 재생되는 기분이 들었다.

"원래는 행복과자점 가서 맛있는 케이크 먹고 싶다고 아빠한테 그랬는데. 아빠가 오늘도 행복과자점은 안 연다고 했어."

소율은 활기차게 말하다가 또 금방 시무룩해졌다. 그 모습을 보며 윤오도 소율의 눈높이에 맞춰서 바닥에 쭈그려 앉았다.

"소율이는 케이크가 먹고 싶었구나. 못 먹어서 속상하겠다."

"아니, 케이크도 좋은데….."

아이가 배낭에서 꺼낸 A4용지보다 조금 더 큰 스케치북을 펼쳐 들었다. 그리고 윤오에게 보란 듯 내밀었다. 서툴었지만, 케이크를 같이 먹고 있는 아이와 여자의 모습을 그렸다는 것만은 한눈에 알 수 있었다.

"사장 언니도 보고 싶어서….."

아이의 풀이 죽은 목소리에 순간적으로 윤오는 할 말을 잃었다가 한참 뒤에야 쓸쓸하게 웃었다.

"삼촌도 그래."

"삼촌도?"

"응. 삼촌도 행복과자점 사장님 보고 싶어."

그렇게 말하며 윤오가 자리를 털고 일어났다.

"행복과자점이 언제 다시 열지는 모르니까 대신 오늘은 삼촌이 소율이한테 빵 만들어 줄게. 그거 먹고 삼촌 옆에서 숙제하자."

그 말에 소율이 고개를 열심히 위아래로 크게 끄덕였다. 윤오는 소율이 거실의 좌식 테이블에서 수학 숙제를 펼치는 걸 보고는 주방으로 갔다. 그리고 찬장과 냉장고를 뒤적거려서 간신히 몇 개의 재료를 찾았다. 통 식빵과 버터 그리고 설탕. 단출해 보이지만 간단하게 토스트 정도는 만들 수 있는 재료였다.

윤오는 통 식빵을 큼지막하게 반으로 잘랐다. 그리고 버터를 전자레인지에 돌려 녹인 다음 적당량의 설탕을 넣어 함께 섞고는 반으로 자른 식빵의 모든 면에 듬뿍 발라 에어프라이어에 넣었다. 몇 분 후, 집 안에 고소한 버터 향이 퍼지기 시작했다. 윤오는 주방에 가만히 서서 토스트가 노릇하게 구워지는 모습을 보고 있다가, 다 구워진 토스트를 얼른 꺼내 한 김 식혀서 내어 갔다.

겉은 설탕과 버터로 달달하면서 바삭하고, 안은 담백하고 촉촉한 하이토스트가 입에 꼭 맞는 듯 소율은 윤오가 따라준 우유를 곁들여 열심히 먹었다.

"맛있어?"

"응! 삼촌도 사장 언니 친구라서 빵을 잘 만드는 거야?"

소율의 말에 윤오가 빙긋 웃었다.

"그런가. 그럴 수도 있겠다. 이거 사장님이 알려준 거거든."

"사장 언니가?"

아이의 눈이 토끼처럼 커졌다.

"응, 삼촌도 이런 토스트는 행복과자점에서 처음 먹어봤어."

도톰한 식빵에 버터와 설탕을 잔뜩 발라 구운 하이토스트. 그건 행복과자점에 처음 간 날 먹어본 간단하지만 달콤한 간식이었다. 오전쯤 가서 점심도 거른 채 일을 하고 있었는데, "그, 혹시 점심 드셔야 하지 않나요?"라며 유운이 제게 토스트 한 조각을 나눠주었었다. 간단히 점심으로 먹으려고 구웠다며. 프렌치토스트나 햄치즈 토스트에만 익숙했던 터라 처음 먹어보는 달콤한 토스트가 꽤 인상 깊었다. 나중에 운과 친해지고 나서, 그 토스트에 대해 물었더니 운이 간단하게 만들 수 있다며 레시피를 알려주었다. 그 후로 가끔 집에서 해 먹곤 했었다.

생각이 이어지자 윤오가 작게 헛웃음 쳤다. 결국, 또 어김없이 유운을 생각하고 있었다. 정말 어쩔 수 없이.

'유운은 지금쯤 뭘 하고 있을까?'

행복과자점이 문을 닫은 지도 어느덧 2주가 지났다. 윤오는 이따금 닫힌 대문 너머 행복과자점을 한참이나 바라보다가 가만히 뒤돌아서곤 했다. 운이 아닌 은정의 입을 빌려서 전해 들은 그녀의 소식은 그저 당분간 행복과자점을 닫는다는 이야기뿐이었다. 그리고 상황이 괜찮아지면 연락하겠다는 말을 끝으로 유운은 잠수를 탔다. 그런 말을 한다는 건, 사정이 생겼다는 뜻이겠지. 아니면 혹 자신의 고백이 운을 부담스럽게 만들었나. 마음이 번잡했다.

때마침 딸기 수확 일손이 부족해진 탓에 아침 일찍부터 밤늦게까지 서준의 비닐하우스에서 몸을 움직여야 했다. 덕분에 머릿속에서 유운을 조금이나마 덜어낼 수 있었다.

"…유운 마음이 이해가 가네."

자신이 한동안 잠수 탔다가 돌아왔을 때, 왜 그렇게 화를 냈었는지. 원래 거울 치료만큼 확실한 건 없다고 하던데, 정말이었다. 덕분에 윤오는 아주 깊이 반성하고 있었다. 하지만 운이 불같이 화를 낸 반면, 윤오는 화보다는 걱정되고 보고 싶은 마음이 앞선다는 점이 달랐다.

윤오가 소율의 숙제를 봐주고 있는데, 서준보다 일찍 퇴근한 은정이 소율을 데리러 왔다. 소율이 떠난 집 안에 혼자 남은 윤오는 오랜만에 해야 할 일이 없어 덩그러니 앉아 티브이를 보다가, 해질녘이 다 되어서야 바깥 공기를 쐐야겠다고 생각하며 집을 나섰다.

매일 같이 행복과자점에 갔는데, 이제 갈 곳이 없어지니 며칠 사이 윤오의 생활반경은 좀 더 단조로워졌다. 한가할 땐 서준의 밭일을 도왔고, 바쁠 땐 집에 처박혀서 일만 했다. 이렇게 산책하는 일도 오랜만이거니와.

"…한적하네."

행복과자점 앞을 지나가는 일도 오랜만이었다. 유운이 없는 이 거리는 텅 빈 것처럼 느껴져서, 발길을 끊게 되었다. 유운이 없는 2주가 길게만 느껴졌다. 원래 윤오에게 2주는 정말 짧은 시간이었다. 길게 느껴지는 어떤 하루가 있을지는 몰라도, 하루하루가 모인 한 주는 금세 지나갔으니까. 일을 하다 보면 2주 정도는 눈 깜빡하면 지나는 시간이었는데, 이번 2주는 달랐다.

윤오는 잠긴 대문 너머 적막한 행복과자점을 한동안 바라보고 서 있었다. 그러다 가게 공간 너머에 있는 유운의 방을 떠올렸다. 항상 정돈되어 있던 유운의 방. 단조로울 만치 늘어놓은 짐이 없고, 공간을 차지하는 물건이 없던 단순한 공간이었다. 텅 빈 공간에 그냥 유운만 툭 놓아둔 것 같은 방. 그리고 행복과자점 가운데 놓여 있는 중고로 산 전기난로.

윤오는 항상 그게 눈에 거슬렸다. 유운이 언제든 이곳을 떠나겠다고 말하는 것만 같아서. 유운은 언제든 자신의 옆을 떠날 준비를 하고 있는 것만 같았다. 그것들이 순서대로 머릿속에 떠오르자 운이 정말로 아예 떠나버린 것만 같아 불안감이 밀려왔다.

유운을 처음 알게 된 건, 우연히 길을 지나가다가 들은 제 이름 때문이었다.

'…윤이 벌써 다 커서…'

흐릿하게 들리는 동네 여사님들의 수다에 자신의 이름이 들리는 것만 같아 불쑥 그들의 대화에 끼어든 게 시작이었다.

'무슨 얘길 그렇게 재밌게 하세요?'

'거, 저어기 살던 복희 할머니네 손녀딸 윤이가 엊그제만 해도

요만했는데, 고새 다 커서 여기에 가게를 차린다더라.'

빠르게 발음하면 얼핏 자신의 이름과 비슷하게 들리던 그 이름의 주인이 궁금해졌다.

한낮의 여름이 저물고 한참이나 내린 비가 열기를 식힐 무렵. 복희 할머니가 살던 집의 대문을 지나다가 그 이름의 주인을 처음 보게 되었다. 늦여름 비가 추적추적 내리던 날, 처마 아래에 앉아서 내리는 비를 바라보던, 시간이 멈춘 듯한 여자. 하얀 피부에 새카만 머리가 어깨 아래로 살짝 내려와 제멋대로 흩어져 있었고, 검은 눈동자는 빗줄기를 응시하지만 공허해 보였다. 그래서인지 이곳에 처음 왔을 때의 자신과 비슷한 것 같았다.

그날 이후 겨울이 다 되어가던 어느 날, 늦가을 날에 열었다던 행복과자점에 처음 가게 되었다. 외주 일을 처리하느라 서울에서 두어 달을 지내고, 오랜만에 온 날이었다. 고작 두어 달 사이에 한 계절이 지나갔다. 처음 이곳이 생겼다는 걸 알았을 때, 윤오는 호기심 반 기대 반이었다. 그리고 운이 내어주는 아이스 아메리카노를 한 모금 들이켰을 때.

'커피 마시고 싶어서 도시로 뛰쳐나가는 일은 없겠군.'

그것이 윤오의 첫 감상이었다.

몇 시간을 죽치고 앉아 커피를 추가 주문하면서 노트북을 응시했다. 그러다 슬쩍 유운을 볼 때면 그녀는 부엌에서 이리저리 분주하게 움직이거나 카운터 옆 테이블에 앉아 책을 읽었다. 윤오는 그 모습이 평화롭다고 느꼈다. 그녀를 처음 봤던, 처마 밑에 앉아 텅 빈 눈으로 떨어지는 빗물을 보고 있을 때와는 달라서 다행이라고 생각했다. 그녀도 이곳에 적응하고 나아가길 바랐다.

그러다 문득 친해지고 싶다고 생각했다. 그는 여태껏 들렀던 카페 사장님들과 간단히 잡담하고 싶다고 생각한 적이 없었는데, 유운은 그런 윤오마저도 말을 걸고 싶게 만들 정도로 말수가 적었다. 매일 와도 말을 먼저 걸어주긴커녕, 아는 체조차 하지 않았다. 사실 윤오는 그런 곳을 선호했었다. 자신을 타인처럼 대해줘서 의식하지 않고 방문할 수 있는 공간. 그래서 이곳이 처음엔 편하고 마음에 들었지만, 유운의 친절에 보이지 않는 선이 느껴지니 도리어 오기가 생겼다. 궁금하고, 이야기를 나누고 싶어졌다.

그래서 불쑥 친구하자고 들었다. 가까스로 말이 오가는 사이가 되었고, 점점 가까워져 편히 말을 나눌 수 있는 사이가 되었다. 그랬는데도, 여전히 그녀가 그어놓은 듯한 선을 느낄 수 있었다. 이를테면 은근히 거리를 두던 유운의 태도 같은 것들을.

'아니, 이거면 돼. 어차피 그렇게 오래 쓰지도 않을 텐데.'

돌이켜보면 유운은 항상 돌아가려고 준비하고 있었고, 윤오는 항상 그게 싫었던 것 같다. 늘 지나치게 정돈된 유운의 주변이.

그러다 문득 그 마음이, 친구로서 가진 마음이 아니란 걸 아주 뒤늦게 깨달았다. 그는 가만히 기억을 되짚어보았다. 꽤 오래전에 시작된 감정이었다. 정확히 언제부터였더라. 복잡하기 그지없는 도시 한복판에서, 흩날리는 진눈깨비 사이로 버스 정류장에 앉아 있는 유운을 단번에 발견했던 날? 종일 비가 쏟아져도 굳이 굳이 행복과자점에 가려고 집을 나섰던 날? 무심코 지나쳐 온 순간들이 너무나 많았다.

☻ ☻ ☻

오랜만에 차를 끌고 서울까지 올라갔다. 번잡한 서울의 도로는 여전히 적응이 되질 않았지만, 이곳에 오니 우연히 유운을 버스 정류장에서 발견했던 날이 떠올랐다. 생각해보면 유운의 말처럼 우리는 꽤 자주 붙어 있긴 했어도, 서로에 대해 자세히 묻지는 않았었다. 그래서 윤오 역시 유운에 대해 아는 것이 많이 없었다. 그래선지 유운은 행복과자점에 머무르지 않고 연락을 피하는 것만으로도 그를 그녀의 세상에서 간단히 밀어낼 수가 있었다. 아무렇지도 않게 말이다.

윤오가 생각을 접으며 유리문을 당겨 열었다. 딸랑. 문 위에 매달아 놓은 종소리에 가게 안에 있던 현서가 들어오는 윤오를 발견하곤 반갑게 웃었다.

"웬일로 여기까지 왔대?"

"행복과자점 휴점 기간이거든."

그렇게 말하며 윤오는 핸드드립 커피를 주문했다. 원두는 과테말라를 골랐다. 주문을 받은 현서가 물었다.

"왜? 운 씨 어디 갔어?"

“응, 사정이 있어서.”

“그래? 얼마 전에 왔을 땐 그런 얘기 없었는데.”

“얼마 전?”

현서의 말에 그가 되물었다.

“어, 일주일 전인가? 그쯤 됐는데.”

“유운이 여길 왔었다고?”

그는 생각지도 못한 곳에서 유운의 행적을 발견한 기분이었다.

“응, 웬 잘생긴 남자분하고 왔던데. 아, 소개팅 같은 건 아니고 그냥 지인 같았어.”

현서는 윤오가 유운을 어떻게 생각하고 있는지 대강 알 것 같았지만, 대놓고 말하진 않고 뭉뚱그려서 윤오가 궁금해할 것을 말해주었다. 그는 다른 사람의 연애사에는 제삼자가 끼는 것이 아니라는 걸 평소 신조처럼 여기고 사는 사람이었다.

“뭐?”

윤오는 운이 마을에는 오지 않아도, 로스터리 서에는 왔다는 사실만으로도 놀라웠는데, 하물며 이곳에 다른 남자와 방문했다니 머리를 두 번 얻어맞은 기분이 들었다. 잠시 벙쪄 있다가, 뒤늦게 다시 현서에게 물었다.

“누군지 이름 들었어?”

“아니, 불편하게 그런 걸 왜 물어봐. 손님인데. 그냥 훤칠한 미남이었어.”

윤오는 그 사람이 권재이일 것이라고 직감했다.

“그럼 둘이 무슨 얘기하는지 들었어?”

그가 지푸라기라도 잡는 심정으로 물었지만 현서는 고개를 가로저으며 “그럴 리가.” 하고 대꾸했다.

‘둘이 왜 다시 만난 거지.’

유치하지만 김윤오는 권재이가 그냥 싫었다. 유운의 가게에 찾아왔던 그날부터 지금까지 계속 권재이가 마음에 걸렸다. 유운을 쳐다보는 눈빛 그리고 유운이 그 남자를 쳐다보는 눈빛 역시. 그런 것들을 떠올릴 때면, 스스로 무던하다고 여겨왔던 것이 무색하리만치 그 둘에게로 온통 신경이 몰렸다. 자신답지 않게. 이 나이를 먹고도 나잇값을 못하고 여전히 감정에 휘둘리는 제 모습이 우스웠지만 어쩔 수 없었다.

자신의 고백을 받은 유운이 다시 연애 감정에 대해 곱씹어보다가 결국 권재이를 떠올린 건 아닌가. 그래서 자신을 마주 보고 거절할 용기가 나지 않아서, 다시 돌아오지 않고 있는 건 아닌지.

한번 급류에 휩쓸린 생각은 멈출 줄을 몰랐다. 김윤오는 저답지 않게 지하까지 땅굴을 파고들었다. 결국 이 모든 것에 대한 답을 내어줄 수 있는 건 유운뿐이었다.

봄이 오기 전에

운은 엄마가 퇴원할 때까지 병원에서 함께 머물며 돕다가, 퇴원 후에는 부모님이 있는 본가로 들어갔다. 오랜만에 온 본가는 그새 가구 배치가 바뀐 듯 익숙하면서도 다른 모습이었다. 집을 나와 오랜만에 혼자서 동네를 산책했다. 여전히 얇은 패딩을 챙겨 입어야 하지만, 그새 봄이 오는 건지 나무가 연한 초록 새순을 틔우고 있었다.

하루는 정말 열심히, 아주 잘 살고 싶다가도, 또 하루는 정말 다 그만두고 아무것도 하기 싫었다. 할머니가 돌아가셨을 때처럼 자꾸 기분이 오락가락했다. 엄마는 그새 많이 회복한 듯했다. 운은 엄마 곁에서 멈추었던 NCS 필기시험과 전공 시험을 다시 준비하며 자기소개서를 새로 쓰고, 채용 공고에 지원하고, 몇 곳에 이력서를 내며 상반기 채용을 준비했다. 얼마 지나지 않아 지원했던 한 기업으로부터 서류 합격 통보를 받아 곧 필기시험을 보러가야 했다. 행복과자점에서 보낸 날들은 까맣게 잊힌 듯했다. 길지도 짧지도 않았던 반항이었나.

'난 어쩌고 싶은 거지? 이렇게 살고 싶나?'

창문 너머 노을 지는 풍경을 바라보며 운은 불현듯 인생이 너무 길다고 생각했다. 너무 길어서 진이 빠진다고.

간혹 김윤오가 떠올랐다. 그에게 답을 해주기로 했었는데. 하지만 그에 대해서 생각할 겨를이 없는 하루하루를 보냈다. 그가 없어서 힘들거나 죽을 것 같지는 않았다. 그저 허전하고, 김윤오였다면 이럴 때 어떻게 했을까, 문득문득 생각하고. 천연덕스럽게 농담을 건네던 그 얼굴이 보고 싶을 뿐이었다.

초봄으로 넘어가는 어느 날 산책을 마치고 돌아온 운에게 엄마가 말을 걸었다. 엄마와는 퇴원하고 본가에 들어와 지낼 때부터 별다른 대화를 하지 않았었다. 그런데 엄마가 운을 불러놓고 한참이나 망설이다 입을 열었다. 예전 일과 얼마 전 병실에서 했던 말을 한참이나 곱씹고 있었다고. 그게 계속 마음에 걸렸다고.

"미안해, 엄마가 아는 세상이 작아서. 운이를 위하는 길이라고는 그것밖에 몰라서. 그래서 자꾸 그런 얘길 하고, 너를 힘들게 한 것 같아…. 운이 네가 하고 싶은 일이 있으면, 다 해봤으면 좋겠어. 돌이켜 생각해보니까, 너 아직 많이 어리고 도전해봐도 되는 시기라는 걸 몰랐어. 엄마가 안정성만 찾으면서 널 몰아붙인 것 같아."

그 말을 끝으로 엄마가 운을 향해 양팔을 벌려 보였다. 운은
그 모습을 보며 울음을 삼킨 채 엄마에게 다가가 그 품 안에 안
겼다. 그리고 한참이나 말없이 숨을 죽이고 있었다.

운은 본가로 돌아온 날부터 행복과자점과 오랫동안 준비해왔
던 공기업 취업 준비 사이에서 깊이 고민했다. 당장 행복과자점
에서 보내는 날들은 즐거웠지만, 앞날은 여전히 불안정했다. 반
대로 공기업 취업 준비는 이제 더는 하고 싶지도 않고 지난하고
지긋지긋했지만, 늘 좇아왔던 이상과도 같은 안정성을 바라보며
익숙하게 선택해 온 길이었다.

아빠에 이어 엄마까지도 하고 싶은 걸 하라고 말했을 때, 운은
스스로에게 재차 물었다. 정말 자신이 원하는 게 무엇일까? 그
러나 뚜렷한 답은 나오지 않았다. 머릿속으로 한참이나 두 선택
지를 저울질해봐도 마찬가지였다. 여전히 갈팡질팡했다.

다만 행복과자점에서 지내는 동안에도 두고 온 듯한 미련이
마음 한쪽에 여전히 남아 있었다. 서울의 작은 자취방에서 도망
치듯 벗어나 그만두고 온 것 자체를 후회하진 않지만 그 안에 남
은 일말의 미련. 그래서인지 운은 제대로 된 답을 내지 못한 채
관성처럼 말했다.

"엄마, 나 이제 괜찮아. 쉴 만큼 쉬었으니까, 다시 한번 해볼게
할 수 있어."

그 말 속에 확신보다 불안이 훨씬 더 크게 자리하고 있었다.

제 말을 들은 엄마의 얼굴에 우려가 섞여 있었던가, 아니면 긴 방황을 마치고 돌아온 딸을 반기는 듯 환한 미소를 띠고 있었던 가. 표정을 읽을 수 없었다.

무엇을 할 수 있다는 건지, 스스로 내뱉고도 알 수 없다고 생 각했다.

하루를 잘 보내고 있다가도 불쑥불쑥 차오르는 불안이 잦아 졌다. 당장 오늘 하루를 잘 살아내자고, 현재를 살자고 다짐하던 게 무색했다. 지나고 나면, 지금도 그리운 추억이 되어버릴 텐데. 잘 알면서도 왜 자꾸만 현재를 온전히 살지 못할까.

◎　◎　◎

"여기예요."

은정이 활짝 웃는 얼굴로 자리에 서서 손을 흔들어 보였다.

"잘 지내셨어요?"

"네, 사장님은요?"

"오랜만에 본가에서 꼬박꼬박 밥을 먹어서 그런가 살이 좀 찐 것 같아요."

운이 웃으며 은정의 안부에 대답했다.

"어떻게 여기까지 오셨어요? 멀잖아요."

"친구 집이 근처거든요. 그래서 친구 만나러 왔다가, 사장님도 보고 케이크도 먹을 겸이요. 여기 사는 친구가 맛있다고 한 곳이거든요. 혹시 바쁘신데 제가 눈치 없이 부른 건 아니죠?"

"괜찮아요, 안 바빠요."

"다행이다."

운이 도착한 뒤 얼마 지나지 않아서 직원이 케이크와 함께 아이스 아메리카노 두 잔을 자리로 가져다주었다.

"소율이가 사장님 많이 보고 싶어 하더라고요."

"정말요?"

운은 오랜만에 듣는 마을 소식에 귀를 기울였다.

"네, 그래서 시내에서 케이크랑 쿠키도 자주 사다줬는데 이 맛이 아니라나? 소율이가 아주 대장금 뺨쳐요."

은정이 그렇게 말하며 작게 웃음을 터뜨렸다.

"그리고…."

은정이 뜸을 들이다가 다음 말을 이었다.

"윤오도요."

운이 그 말에 눈을 동그랗게 떴다.

"병든 닭처럼 애가 기운이 좀 없는 것 같기도 하고. 아무래도 동네에서 또래 친구가 사라진 게 큰가 봐요. 처음부터 없을 땐 잘만 지내더니 말이죠."

은정이 그렇게 말하며 쑥 크림케이크를 포크로 잘라서 한입 먹었다. 그리고 운에게도 권했다. 운도 그녀를 따라 케이크를 한 입 먹자, 쑥의 향긋한 향이 고소하고 부드러운 우유 크림과 어우러져 입안에 퍼졌다. 이전에 연준의 부모에게서 받은 쑥으로 만

든 파운드케이크의 묵직함과는 다르게 부드럽고 가벼운 느낌이
었다. 안 그래도 쭉 생크림케이크를 만들어보고 싶었는데, 이것
처럼 부드러우면 단골인 할머니들도 좋아하실 것 같다는 생각이
들었다.

"맛있죠?"

"네, 맛있어요."

"다행이다! 맞다, 바쁘지 않으면 봄쯤에 한번 들러요. 연준이
네가 곧 봄 쑥이 나오는데 봄 쑥 향이 진짜 좋다고, 저번에 파운
드 잘 먹어서 봄 쑥도 드리고 싶다고 그랬거든요."

운은 그 말을 들으며 자신이 봄쯤에는 또 어디에 있을까, 속으
로 생각했다. 은정도 어렴풋이 운의 마음을 알 것 같았다.

"근데 잘 지내는 거 맞아요?"

은정이 문득 물어오는 말에 운은 대답할 수가 없었다.

"힘이 없어 보여요. 우리 동네에서 지낼 때보다."

은정이 커피를 한 모금 들이켰다.

"곧 상반기 공채 시즌이죠? 저도 꽤 오래 취준을 했어서 이맘
때가 되면 아직도 그때가 생각나더라고요. 전에 사장님한테 지
금이 충분히 좋은 나이라고 했지만, 정작 제게 누가 그 나이로
돌아가고 싶냐고 묻는다면 싫거든요. 나의 기준점이 뭔지 모르
고, 정처 없이 헤매고, 계속해서 흔들리고. 안정감이라곤 하나도
없던 시기였으니까. 내가 어떻게 하고 싶은 건지, 뭘 해야 하는
건지. 끊임없이 흔들리기만 했어요. 그때는요."

그렇게 말하던 은정이 말을 그치고서 잠시 운을 바라보다가 다시 입을 열었다.

"실은 그날 의도치 않게 사장님이랑 부모님이 하시는 얘기를 듣게 됐거든요. 오지랖일 수도 있긴 하지만, 저희 부모님이 생각나서요."

그녀는 한차례 뜸을 들이다 말을 이어갔다.

"저희 집 형편이 그렇게 넉넉하지 않았다고 얘기했었잖아요. 자신에게 가장 필요한 거, 중요하다고 생각하는 걸 주는 게 사랑이라는 걸, 그걸 어렸을 땐 몰랐는데. 다 커서야 알게 됐어요."

은정이 운과 눈을 맞추며 가볍게 눈꼬리를 휘어 웃었다.

"저희 아버지는 다른 친구들 아버지처럼 스케이트를 같이 타주거나, 영화를 자주 보여주거나, 놀이동산에 데려가주시는 분은 아니셨어요. 그런데 다른 건 몰라도 먹고 싶은 건 잘 사주셨어요. 엄청 비싸서 큰일 나는 음식이 아닌 한은 말이에요. 하지만 그것보다도 어렸을 땐 하고 싶은 것도, 해보고 싶은 것도 많았는데. 그런 것들을 함께 해주지 않는 아버지가 미웠어요."

그녀가 말을 잇다가 다시 커피로 목을 축였다.

"나는 다른 친구들처럼 다양한 경험을 하지 못하고 커서 꿈이 없나, 그래서 내가 좋아하는 일을 찾지 못했나. 그렇게 생각하면서 속으로 부모님 탓을 해본 적도 있어요."

운은 캠핑장에서 들었던 은정의 크리스마스 선물 이야기를 떠올렸다. 그러다 이내 이어지는 말을 듣는 데 집중했다.

"나중에 알게 된 건데 저희 아버지가 어렸을 때, 먹고 싶은 음식을 마음대로 먹을 정도로 풍족하지 못하셨대요. 그래서 정말 당신 자식에게만큼은 먹고 싶은 걸 맘껏 먹게 해주고 싶으셨을 거라고. 어머니가 그렇게 말씀하시더라고요. 그때 생각했죠."

한참을 말하던 은정이 말을 고르듯 시선을 굴렸다.

"아버진, 당신이 알고 있는 것 중 가장 중요한 걸 사랑으로 주고 있었구나. 굶기지 않고, 먹고 싶은 걸 먹여주는 게 아버지에겐 큰 사랑이었구나. 그러니까, 전 그런 생각이 들어요. 사장님 부모님도, 세상의 많은 걸 경험해보진 못하셨고, 어려운 시대를 겪으면서 안정적인 직장이 가장 좋다고 생각하셨으니까 그렇게 그 직장에 들어가라고 고집하시지 않으셨을까…. 그게 내 자식에게 가장 좋은 일이니까, 그렇게 되었으면 하고 바라는 게 그분들의 사랑이 아니셨을까 하고요."

기나긴 이야기를 잇던 은정이 잠시 말을 멈추었다. 그리고 먼 창문 바깥의 풍경을 바라보다가 살짝 고개를 돌려 운을 응시했다. 그녀가 조심스레 다시 말문을 열었다.

"그런데 가장 중요한 건 결국 자식이 행복하길 바라는 마음이더라고요. 저도 소율이를 키우면서, 이제야 뒤늦게 부모님을 이해하게 됐어요. 그러니까 사장님은 사장님이 해보고 싶은 대로, 마음 가는 대로 하세요. 남이라서 무책임하게 하는 조언이 아니라. 해보고 아니다 싶으면, 그때 다른 일을 해도 괜찮다고 정말로 생각해서 그래요."

운은 버스 안에 앉아 차창에 머리를 기대고 눈을 감았다. 새벽에 가까운 이른 아침 버스는 주말이라 그런지 사람이 거의 없었다. 그녀는 은정이 했던 말을 다시 떠올렸다. 꽤 긴 말이었는데, 마치 음성파일을 듣듯 그녀의 말들이 선명하게 머릿속에 떠올랐다.

버스에서 내렸다. 그리고 또다시 시험장에 앉아서 안정액을 마셨다. 오랜만에 온 고등학교 교실은 고요했다. 운이 좋게 창가 자리에 배정받았다. 또 새로운 봄이 오려는 듯 창문 너머 옅은 초록이 드문드문 보였다. 한가한 주말의 아침, 거리로 몇몇 사람들이 오가는 모습이 눈에 들어왔다. 머지않아 종소리가 울리고, 1교시 인성 검사가 시작됐다. 답을 알 수 없는 문항들을 읽어내리며 받아 든 OMR카드 위로 흑색 컴퓨터 사인펜이 한참이나 오갔다. 마지막 한 칸까지 검게 칠하곤 뚜껑을 닫았다.

불현듯 그런 생각이 들었다. 결국 다시 같은 일을 반복하고 있는데, 예전보다 나아졌다고 할 수가 있나? 달라진 게 없는데.

필기시험을 마친 운은 시험장을 나섰다. 하늘에 뜬 해가 쨍쨍했다. 서울까지 올라온 김에 로스터리 서에 들렀다 갈 작정으로 지하철에 올라탔다. 오늘따라 한산한 지하철에 앉아, 휴대전화를 켜서 본가로 돌아온 뒤에 한 번도 들어가지 않았던 행복과자점 블로그에 들어갔다. 화면을 몇 번 터치하자, 자신의 지난 게

시물이 주르륵 스크롤 아래로 펼쳐졌다. 운은 그간 단골손님들이 단 안부를 묻는 댓글들이, 지난 몇 개월 동안 자신이 했던 일과 지내왔던 공간이 꿈이 아니었단 걸 증명해주는 것 같다고 생각했다. 그러다 몇 개의 댓글 중 며칠 전 마지막으로 쓰인 비밀 댓글을 읽고는 가슴이 철렁 내려앉았다.

유운.

오늘은 2월 21일이야. 시간 참 빠르지.

엊그제가 입춘이었던 것 같은데.

그 단어가 무색하게도 오늘은 눈이 오더라. 이게 끝눈일까.

여기선 항상 끝눈이라고 생각하면, 다음 눈이 또 오더라.

끝날 때까진 끝난 게 아니라는 말, 정말 많이 들었었는데.

여기선 눈으로 와닿아.

갑자기 그런 생각이 들었어.

네가 눈이었으면 좋겠다.

그럼 끝눈인 줄 알았는데,

아직 겨울이라는 것처럼 다시 나타날 것 같아서.

뭐, 그런 생각.

그냥 봄이 오기 전에 널 한 번 더 만나고 싶어.

그 긴 댓글을 곱씹어 읽으며, 유운은 생각했다.

역시 김윤오를 못 봐도 상관이 없지 않다고. 이렇게나 선명한 사실을, 그가 눈에서 멀어지고 나서야 깨달았다. 정말 냉정히 말해서 김윤오가 없이도 살 수는 있겠지만 평생 보지 못하고 산다면, 그건 싫었다. 이곳에 와서 지낸 며칠간, 그와 있을 때만큼 웃을 일이 없었다. 이제야 알 것 같았다. 각자 행복의 의미와 기준이 다른 것처럼, 제겐 좋아한다는 의미는 그런 것이라고. 그러니까, 자신 역시 김윤오를 좋아하고 있다고.

운은 지하철역에서 내려 몇 번이고 윤오의 글을 곱씹었다. 여전히 아무것도 이뤄놓은 게 없고, 된 게 없는데. 수많은 시간 끝에 결국 손에 제대로 쥔 건 하나도 없는데. 그런 자신이 한심하기만 한데. 그럼에도… 김윤오가 보고 싶었다.

어느샌가 그녀의 발걸음이 로스터리 서의 문 앞에 멈춰 섰다. 문을 여니 카운터에 서 있던 현서가 운을 발견하고 반사적으로 웃다가 이내 당혹스러운 표정을 지었다.

"안녕하세요."

"운 씨, 혹시 윤오 피하고 있던 건 아니죠?"

"네?"

뜬금없는 현서의 말에 운이 고개를 갸웃하다가, 뒤에서 들리는 중저음 목소리에 순간 멈칫했다.

"유운."

그녀가 뒤를 돌아보는 동시에 커다란 손이 제 손목을 가볍게 잡아챘다. 심장이 시끄럽게 뛰기 시작했다.

"오랜만이야."

김윤오였다. 마지막으로 보았을 때보다 옷차림이 한결 가벼워
졌다. 여전히 까만 눈동자는 반짝였고, 뛰어온 듯 검은색 머리칼
은 살짝 헝클어져 있었다.

"네가 왜 여기에 있어?"

"잊었어? 현서 형은 내 지인이잖아."

우연히 같은 날, 같은 시간대에 이곳을 방문할 확률이 얼마나
될까. 운은 그것을 헤아려보며 그를 쳐다보았다.

"어때, 유운. 이 정도 우연이면 우리도 나름대로 운명 같지 않
아?"

평소처럼 씩 웃으며 하는 말에 운은 입을 벌린 채 아무 말도
하지 못했다. 그리고 이런 둘의 모습을 관전하던 현서가 보다못
해 끝내 말을 보탰다.

"제삼자로서 양심 고백하자면, 김윤오는 하루도 안 거르고 내
리 3주를 여기에 상주해 있었어요. 그러니까 완전 우연은 아니라
는 거죠, 뭐."

현서가 어깨를 으쓱이며 말하자 운이 작게 헛웃음 쳤다. 그사
이 그들 뒤로 새로운 손님이 와서 줄을 서는 바람에 윤오는 재
빠르게 운 대신 주문을 했다. 그리고 여전히 운의 손목을 붙잡은
채, 빈 테이블까지 걸어가 그녀를 앉히고는 바로 현서가 내놓은
음료 두 잔이 담긴 트레이를 들고 테이블로 돌아왔다.

"왜 여기에 계속 왔어?"

운이 먼저 묻자, 윤오가 답지 않게 제 뒷덜미를 가볍게 만지작

거리며 망설이다가 대답했다.

"형이 네가 여기 왔었다고 하길래. 여기서 기다리면 또 오지 않을까 해서."

오랜만에 보는 윤오는 어제 본 것처럼 익숙했다. 여전한 모습이 김윤오다웠다. 운이 그런 생각을 하며 입을 다문 사이, 윤오는 그녀가 자신이 달갑지 않나 싶어서 말이 길어졌다.

"네가 연락하지 않고 잠수 타는 데는 이유가 있겠지 싶다가도, 그냥 그런 생각이 들었어. 사람들이 봄은 새롭게 시작하는 계절이라고 하잖아. 근데 네가 시작하는 새로운 봄엔 내가 없어도 상관없을까 봐. 난 그러기 싫은데. 그래서 무작정 여기 죽치고 있었어."

평소에도, 그리고 고백받고도 자신만 그를 의식하고 신경 쓴다고 생각한 것이 무색해졌다. 운은 무어라 대꾸할 말을 찾지 못하고 애꿎은 입술만 깨물었다. 그때, 테이블 위에 올려둔 휴대전화가 진동하며 익숙한 이름을 띄웠다.

[권재이]

운은 잠시 그것을 지켜보다가, 윤오를 향해 조심스레 말했다.

"잠시만, 전화 좀⋯."

운이 테이블 위 휴대전화를 들어 올려 자리를 벗어나려는 순간, 윤오의 손이 그녀의 손목을 가볍게 붙잡았다. 강하게 움켜쥔 것은 아니었지만, 그녀는 쉽사리 뿌리칠 수 없었다.

윤오는 한순간 숨을 고르더니 낮은 목소리로 입을 열었다.

“…너 지금 나랑 있잖아.”

그 전화 받지 마. 그가 덧붙이는 말에 운의 손이 멈칫했다. 차분한 목소리였으나, 그와 어울리지 않는 약간의 초조함이 엿보였다. 결국 운은 걸려 오는 전화를 받지 않고 그대로 테이블 위에 휴대전화를 뒤집어 올려놓았다. 그 모습을 보며 윤오가 자신의 검은 머리칼을 대충 위로 쓸어올리며 느지막이 말했다.

“유운. 나 사실 재이 씨가 너한테 고백하는 걸 들었어. 가던 길에, 누가 대신 전등을 고쳐줬다는 말을 듣고 되돌아갔었거든. 근데 바람에 문이 제대로 안 닫혔었나 봐. 열려 있길래 그냥 문을 열고 들어가려다가 둘이 하는 이야기를 조금 듣게 됐어.”

윤오가 잠시 말을 멈추었다 말을 이었다.

“정확히는 권재이 씨가 너한테 좋아하는 사람을 보러 온 거라고 했을 때. 그 얘길 듣고 더는 들으면 안 될 것 같아서 돌아갔어.”

운은 순간적으로 눈을 크게 뜨며 짧게 숨을 들이켰다. 생각지도 못한 이야기였다. 그가 자신과 재이 사이의 일을 알고 있다는 건.

“너도 아직 마음이 남아 있어?”

평소에 어떤 생각을 하는지 알 수 없던 김윤오의 표정이 오늘만큼은 명확히 보였다. 그답지 않게 긴장하고 있었다. 유리컵을 쥐고 있는 커다란 손에 약간 힘이 들어가 있었다. 웃고 있지 않은, 조급함이 서린 그의 얼굴 역시 눈에 들어왔다.

“그래서 돌아오지 않은 거야?”

이제 그 사람 옆에 머무르려고?

운은 그가 미처 묻지 못한 물음이, 그의 안에서 삼켜진 그 물음이 들리는 듯했다. 둘 사이에 일순간 적막이 이어졌다. 그녀는 입안이 버석하게 마르는 느낌이 들었다. 그도 제게 고백하려고 했을 때 이런 기분이었을까.

운은 한참이나 숨을 고르다가, 긴 한숨처럼 고백을 내뱉었다.

"김윤오. 나도 너 좋아해."

그 건조한 고백에 윤오는 충격적인 말이라도 들은 사람처럼 느리게 여러 번 눈을 깜빡거렸다. 늘 담담하던 윤오답지 않았다.

"내가 널 좋아할 때가 아닌데. 그런데도 널 좋아하고 있어서, 연락하지 못했어. 그게 한심해서."

남들은 다 자리 잡았을 나이에, 나는 아직도 헤매고만 있었다. 아무것도 제대로 선택하지 못한 채. 그런 내가 초라하기만 해서 차마 누군가를 진심으로 좋아할 여유가 없었다.

"…기억나? 저번에 내가 감기 때문에 앓아누웠을 때, 너한테 잠에 취해서 헛소리처럼 막 늘어놨잖아. 내 얘기…. 다시 생각해 보니까 그때랑 지금이랑 별반 달라진 게 없더라고. 여전히 제대로 자리 잡지도 못했고…."

"유운. 너 전혀 한심하지 않아."

횡설수설하듯 길게 이어지던 운의 말을 윤오가 단호하게 잘라 냈다.

"넌 항상 네가 하는 일에 최선을 다하잖아. 행복과자점 운영

할 때도 그랬고, 전에 취업 준비할 때도 분명 그랬겠지. 넌 한 번도 게을렀던 적도 없고, 대충 한 적도 없어. 지금껏 네가 할 수 있는 선에서 최선을 다해온 거야. 그런데 무슨 지금 이럴 때가 아니라면서 한심하다고 말하고 있어?”

그렇게 말하는 윤오의 눈은 장난기 하나 없이 진지했다. 운은 조금 잠긴 목소리로 다시 입을 열었다.

“김윤오. 나는 아직 잘 모르겠어. 널 좋아하지만, 지금의 나한텐 그것보다 더 중요한 게 있어.”

입술을 한 번 깨물고 나서야 다시 입을 열었다. 운의 목소리에 떨리는 숨이 묻어났다.

“…나는 스스로 생각해봤을 때 내가 괜찮고 떳떳한 사람이었으면 좋겠어. 그러려면 내가 있을 자리 정도는, 온전히 내 선택과 의지로 정해야 한다고 생각해. 아무 감정에도 휩쓸리지 않고.”

그렇게 내뱉으면서 목에서 울컥 뜨거운 것이 느껴졌다. 하지만 말을 멈추지 않았다.

“그런데 지금은 내가 행복과자점을 계속하고 싶어서 그곳으로 돌아가고 싶은 건지, 그게 아니면 너랑 함께 있고 싶어서인지, 또 그게 아니라면 그저 현실의 문제를 회피하고 있는 건지, 헷갈려.”

혼란스러웠다. 분명 김윤오를 좋아하지만, 그 감정에 휩쓸려 선택을 해버릴까 봐. 그래서 훗날 그를 탓하게 될까 봐. 두려웠다.

“나한테 시간을 좀 더 줘.”

370

운은 유리컵을 꽉 쥔 채 그 말을 끝으로 윤오의 대답을 기다렸다. 그녀는 제 눈가가 뜨거워지는 걸 느낄 수 있었다. 이어서 윤오의 커다란 손이 유리컵을 쥔 운의 손을 덮었다.

"유운, 알았으니까…. 울지마."

그제야 운은 자신의 눈에 눈물이 고여 있는 걸 깨달았다.

"다 상관없으니까. 얼마든지 기다려줄 테니까…. 이렇게 울지마."

낮게 가라앉은 목소리에 고개를 들어 그를 마주 보자, 오랜만에 보는 윤오가 염려하듯 얕게 미간을 구기며 저를 보고 있었다.

"근데 한 가지는 알아둬. 난 네가 어디 있든 상관없어. 네가 돌아온다고 해도, 돌아오지 않는다고 해도. 내가 거기로 가면 되는 거니까. 유운, 너는 다른 건 제쳐두고 네 생각만 해."

유운은 뿌옇게 번진 시야로 윤오 뒤로 보이는 커다란 통유리창 너머 한겨울 내내 메말랐던 나뭇가지에 움트고 있는 옅은 초록을 보았다. 어쨌거나 다시 나아갈 시간이었다.

그녀는 자리에서 일어났고, 그렇게 김윤오와 기약 없이 이별을 했다.

유운의 행복

권재이와의 관계를 정리하고 나서, 이제 다신 그를 볼 일이 없다고 생각했었다. 둘의 인연은 지난했으나 운은 의외로 한번 돌아서는 순간 관계를 깨끗이 정리하는 사람이었으니까. 설사 다시 만난다고 해도 그건 다른 이들의 틈바구니에 끼어서 스치듯 마주치는 정도일 것이라고 생각했다.

그럼에도 가끔씩 아직 일어나지도 않은 그 만남을 머릿속에서 미리 그려볼 때면, 자신은 그에게 어떤 표정을 지어야 할지 가늠해보곤 했다. 그리고 권재이는 어떤 얼굴을 할지도.

윤오와 로스터리 서에서 마주치기 며칠 전, 운이 재이와 재회했던 건 단순한 우연이었다. 아니, 단순한 우연이라기보다는 두 사람 가운데의 소진 때문이었다.

소진이 재이와 이야기를 나누다가 지나가듯 추천하던 카페 로스터리 서. 재이는 은근한 커피 마니아였고, 소진의 추천은 그의 흥미를 부추기기에 충분했다. 때마침 근처에 일이 있어서 들렀던 성수역에서 불현듯 그녀가 추천한 카페가 떠올린 재이는 로스터리 서에 갔고, 같은 날 운 역시 전에 받았던 원두에 대한 답례로 쿠키를 구워 갔다.

둘은 그렇게 우연히 로스터리 서가 있는 건물의 1층 계단 앞에서 마주쳤다. 까만 롱코트 차림의 재이가 먼저 이쪽으로 걸어오던 운을 발견했다. 그는 짐짓 놀란 기색을 띠고 멈칫했다. 그리고 곧 평소처럼 얼굴을 단정히 바꾸고는 그녀가 걸어오는 것을 바라보며 제자리에서 가만히 기다리고 서 있었다.

"안녕, 유운."

그가 옅은 미소 띤 얼굴로 인사했다. 뒤늦게 그를 발견한 운은 걸음을 멈칫하더니 이내 그대로 다시 발걸음을 움직여 그 앞에 도착했다.

"네가 여긴 어떻게….."

운이 잔뜩 의문이 묻은 표정으로 말을 줄였다.

"한소진이 여길 엄청 추천하길래. 근처에 온 김에 와봤는데."

그렇게 말하며 재이가 뒤돌아섰다.

"여기서 널 만날 줄은 몰랐네."

그렇게 말을 이으며 천천히 계단을 걸어 올라갔고, 운은 자연스레 그 뒤를 따랐다. 먼저 로스터리 서의 문 앞에 도착한 재이가 그녀를 돌아보았다. 그가 매끄럽게 웃었다.

"친구끼리 커피 한잔 마시는 건 괜찮지?"

운이 살짝 눈을 굴리다가 이내 고개를 가볍게 끄덕였다. 운은 카페로 들어가 현서와 인사를 나누었다. 그리고 이전에 소진과 앉았던 자리에 재이와 마주 앉았다. 그녀는 두어 달만에 마주 본 그의 얼굴이 이전보다 한결 밝아졌다고 느꼈다.

"가게는 잘하고 있어?"

재이가 불쑥 묻자, 운은 꼭 목에 따끔하게 무언가 걸린 듯한 기분이었다.

"지금은 본가에서 좀 쉬고 있어."

"그렇구나."

그가 운의 말에 별다른 물음 없이 그저 수긍했다.

"그럼 김윤오 씨도 안 만나?"

"그게 무슨…."

운이 무어라 말해야 할지 몰라 말끝을 흐리는 사이, 재이가 말허리를 잘랐다.

"그 사람이 너 좋아하잖아."

운은 말문이 턱 막혔다. 재이의 입에서 그런 말들이 나올 줄은 몰랐으니까.

"그리고, 너도 같은 마음 아니었어?"

그는 평안한 낯으로 폭탄 같은 말을 했다. 그녀가 입을 살짝 벌린 채로 한동안 대꾸하지 못하고 있자, 그가 작게 웃었다.

“유운. 미안해하지 않아도 돼. 아직 널 좋아하는 건 맞지만, 네 말대로 애매하게 보는 건 나도 싫거든.”

재이는 유리컵에 든 커피를 한 모금 마시고는 다시 말을 이었다.

“이 자리엔 친구로 앉아 있는 거야. 남은 감정은 나 혼자 정리 할게, 걱정 마.”

이건 내 몫이야. 순간 운과 눈이 마주친 재이가 짧게 덧붙였 다. 그는 제 눈을 반달로 접으며 맑게 웃었다. 운이 무던히도 좋 아하던 특유의 웃는 얼굴이었다.

“너도 오랫동안 그랬잖아. 그러니까 걱정하지 않아도 돼.”

항상 모든 일은 예상대로 흘러가지 않고 계획대로 되지도 않 지만, 그만의 이점도 있다고 간혹 생각하곤 했다. 지금처럼. 재이 와 어떤 얼굴로, 어떻게 다시 보게 될까. 마음의 준비도 없이 갑 작스럽게 맞닥뜨린 우려했던 상황은 생각보다 그리 어렵지 않게 흘러갔다.

유운은 찰나의 적막을 느끼며 재이를 힐긋 쳐다보았다. 유리 창을 통해 밀려드는 햇살이 그의 갈색 머리칼 위로 부서져 내렸 다. 연한 밤색 눈동자가 잘 세공된 갈색 유리알처럼 반짝거렸다. 재이의 눈동자는 따뜻한 색을 품고 있지만, 그의 표정은 대체로 건조했다. 방금까지 웃으며 저를 보고 이야기하던 낮은 온데간 데 없고, 말없이 유리창 너머를 바라보는 표정은 메마르기만 했 다. 그러다 불현듯 무언가 생각난 것처럼 재이는 다시 운에게로 시선을 옮겨왔다.

"가게는 계속 할 생각이야?"

운 스스로도 여전히 답을 찾지 못한 질문이었다. 곧바로 그에게 답하지 못하자, 그는 대수롭지 않게 여기곤 이어 말했다.

"지인이 회사에 괜찮은 사람 좀 소개해달라고 해서. 혹시 너만 괜찮으면 제안하고 싶었거든."

이 또한 예상치 못한 일이었다. 오늘 권재이를 마주친 것처럼.

◌ ◌ ◌

"…아!"

달리는 버스가 방지턱을 넘으며 크게 덜컹거렸다. 그 탓에 운은 창가에 기대었던 머리를 유리창에 약하게 박으며 눈을 떴다. 버스에 올라타고고선 윤오와 만나기 한참 전에 재이와 나눴던 대화를 떠올리며 잠들었는데, 한참 만에 눈을 뜨고 나니 차창 너머로 빠르게 지나가는 고층 건물들 사이로 느리게 해가 지고 있었다. 불현듯 어두운 창에 비쳤던 전의 제 얼굴이 떠올랐다. 지금 버스 유리창에 흐릿하게 비친 제 얼굴은 기차에서 본 얼굴처럼 색이 없지는 않았다.

윤오와 나눈 대화의 결말도, 재이에게 받은 제안도. 여태 물음표만 있을 뿐, 온점을 찍지 못했다. 여전히 제가 있어야 할 곳과 하고 싶은 일 사이, 갈피를 잡지 못했지만 한 가지는 분명해졌다.

운은 재이에게 연락해야겠다고 생각했다.

눈이 다 녹아내린 3월의 공기엔 아직 찬 기운이 가득했다. 오랜만에 온 대학가는 이제 막 활기 띨 준비를 하는 듯 조금은 분주했다. 저 멀리 재이의 모습이 보였다. 그가 운을 발견하곤 가볍게 웃었다. 운도 그를 따라 웃었다.

"잘 지냈어?"

운의 인사에 그가 잠시 후 대답했다. 그럭저럭 지냈어.

둘은 근처에서 가볍게 식사를 하고, 오랜만에 캠퍼스를 산책하며 여러 이야기를 나누었다. 그러다 재이가 불쑥 본론을 꺼냈다.

"그래서 생각은 해봤어? 전에 내가 말했던 제안."

오늘 운이 재이를 만난 건, 순전히 저번에 받은 제안에 답을 하기 위해서였다. 얼마 전, 그녀는 재이에게서 취업 제안을 받았었다. 그의 지인이 스타트업의 팀장인데, 경영지원팀에서 일할 괜찮은 팀원을 찾는다고 했다.

운이 네가 제격인 것 같다고, 같이 일하는 사람들도 괜찮고, 취업 플랫폼에서의 평점도 좋은 편인 곳이니 잘 생각해보라는 재이의 말에 운은 지난 며칠을 고민했다. 사실 충분히 넘치는 제안이라, 그대로 그 제안을 수락하고 싶다고 생각했었다. 하지만 끝내 거절하기로 마음먹었다.

"진짜 아쉽지 않겠어?"

쉽게 그렇다고 대답하지는 못했다. 스스로 해내고 싶다는 마음 하나로 거절하는 것. 아직 배가 덜 고파서 그런가 생각하기도 했지만. 마지막으로 남은 미약한 자존심 같은 거였다. 운은 거리를 혼자 걸어가며 하루 새에도 많이 달라진 주변의 풍경을 감상했다. 3월 말은 아직도 애매한 봄과 겨울의 경계에 놓여 있었다.

그러다 하루이틀 새에 날씨는 완연한 봄이 되었다. 운은 지하철역을 빠져나와 평소처럼 걸어가다가 발걸음을 멈추고서 천천히 주위를 둘러보았다. 그리고 길고 낮은 숨을 내뱉었다.

봄의 하루하루는 다르다. 이틀 전만 해도 나뭇가지가 아직 앙상하구나 싶었는데. 오늘 보니 낮은 나무엔 초록색 순이 텄고, 반만 개화했던 벚꽃은 만개했다. 라일락 향기는 짙어졌고, 하얀 백목련 봉오리가 맺혔다. 4월의 벚꽃 위로 다시 눈이 내렸고, 곧 연분홍색 벚꽃들이 저물고 나니 다시 한번 만물이 생장했다. 얼마 지나지 않아 여름이 도래하며 초록이 짙어질 풍경이 벌써부터 눈에 선했다.

계절을 따라 식물은 생애주기를 반복한다. 봄이 되면 겨우내 메말랐던 가지에 초록색 싹이 트고, 얼마 지나지 않아서 꽃이 핀다. 그렇게 생을 다할 때까지 반복한다. 운은 시간이 흐르면 절로 생애주기를 반복할 수 있다는 게 부러웠다.

보통 사람의 생애주기, 그러니까 평균의 궤도에 진입하려면 무던히도 노력해야 하는데. 그게 제일 어려운데. 한번 멈추면 그저 멈춘 채 나이만 먹을 뿐 성장하지 않는데. 식물은 가만히 있어도 시간이 해결해준다고 생각했다.

지난번에 보았던 상반기 첫 채용 필기시험에서는 합격 점수

커트라인에서 2점 차로 떨어졌다.

여기서 더 해보고 싶나? 스스로 물었지만, 그건 아니었다. 이제 정말 그만두어야겠다고 생각했다. 겨우 회복한 마음이 더 닳아버리기 전에. 방 안 한구석에 쌓아두었던 모의고사 문제집들과 각종 참고서를 한 번에 다 정리했다.

그 후로도 백 개가 조금 넘는 곳에 이력서를 넣었고, 한 중견기업 경영지원팀의 3개월짜리 계약직으로 일하게 되었다. 정규직 전환 가능성이 있다는 작은 문구가 붙어 있는 자리였다. 운은 그래도 어느 정도 일이 풀려간다고 생각했다.

"주임님, 퇴근 안 하세요?"

"아, 이제 하려고요."

운이 가방을 정리해서 자리에서 일어나며 대답하자 운의 책상 옆에 선 동료가 활짝 웃었다.

"저녁은 뭐 드세요? 괜찮으시면 요 앞에 새로 생긴 초밥집 들렀다 가실래요?"

"좋아요."

퇴근길, 평소 친하게 지내는 동료와 소소한 사담을 나누며 저녁을 먹고 헤어졌다. 집으로 돌아가는 길에 가로등 아래 환히 빛나는 새하얀 이팝나무 꽃이 보였다. 어느덧 벚꽃이 다 떨어진 늦은 봄이었다. 지나가는 계절을 느낄 때면 간혹 행복과자점이 있는 동네는 지금쯤 어떤 풍경일지 머릿속으로 그려보려 했다.

'김윤오는 지금 어떤 풍경을 보고 있을까?'

그도 이팝나무 꽃을 보았을지 문득 궁금했다.

운은 평일엔 9시부터 6시까지 일하고, 간혹 야근도 하고, 주말엔 좋아하던 베이커리나 카페의 원데이 클래스를 들었다. 나쁘지 않은 생활이었다.

이제는 낮이 밤보다 길었다.

운에겐 오랜만에 사람들 틈바구니에서 겪는 사회생활이 복잡한 머릿속을 환기하기에 제격이었다. 운은 맡은 일을 성실히 했다. 업무는 단순했으나, 하루 종일 사무실 안에서 고군분투하고 있노라면 하루하루가 빠르게 지나갔다. 생각할 시간을 갖기 위해 가벼운 마음으로 시작했던 일이었지만, 온종일 출퇴근에 모든 걸 쏟고 나니 번갯불에 콩 구워 먹듯이 한 달이 금세 지나갔다.

다시 시작한 회사 생활은 나쁘지 않았다. 마음이 가벼우니, 소외감이 들지 않았다. 그 조직에 정식으로 속하지 않아 겉돈다는 이방인 같은 마음이 한결 덜 하다고 느꼈다. 상황은 크게 바뀌지 않았으나, 제 마음가짐이 그러했다.

운은 한 달을 만근하고 생긴 휴가를 곧바로 쓰지 않고 두었다가, 마침내 오늘 썼다. 오랜만의 출퇴근에 온몸이 피로했던 차라서 그저 아무 일정도 없이 쉬려고.

오랜만에 보는 여유로운 평일의 풍경을 지나치며 운은 집 근처 카페로 갔다. 일찍 일어났지만, 오전에 한참 게으름을 피우다가 나오니 어느새 11시 남짓한 시각이었다. 평소 오가며 한번 들르고 싶던 카페에 들어가자마자 진한 커피 향이 확 풍겼다. 실내엔 주말 아침을 닮은 잔잔하고 나른한 팝송이 흘렀다. 아담한 카페였지만, 맞은편에 작게 흐르는 천 덕에 탁 트여 보여서 답답하지 않았다. 운이 책을 꺼내 테이블 위에 얹어두었다. 집에서 챙겨 온 얇은 단편집은 가볍게 읽기에 제격이었다.

책을 펼치다 말고, 오랜만에 도영의 블로그를 구경했다. 이전 게시글들을 구경하다가, 도영이 올린 일상 게시글을 다시금 읽게 되었다. 행복과자점의 원데이 클래스 이야기가 담긴 주간 블로그 챌린지 일기에는, 당시에 보지 못했던 20개 남짓한 댓글이 달려 있었다. 공개와 비공개가 뒤섞인 가운데 누군지 알 것 같은 댓글 하나가 보였다.

[Eun_11: 저도 영화와 함께하는 원데이 클래스는 처음이었는데 정말 좋았어요~^^]

둘은 언제부터 블로그 서로 이웃이었던 걸까. 운이 은정의 댓글을 보고 가볍게 웃었다. 은정의 댓글 아래로는 자신도 해보고 싶다며, 행복과자점 원데이 클래스 신청 방법에 대해서 묻는 몇 개의 댓글이 더 보였다.

그녀는 도영이 마지막으로 올린 게시글을 보았다. 불과 일주일 전에 새로 올린 디저트 카페 후기를 읽다가, 맨 마지막에 나온 익숙한 동네의 풍경 사진을 보고는 이만 시선을 거두고 휴대전화를 그대로 테이블에 내려놓았다. 고개를 들자, 카페 안의 전경이 눈에 들어왔다. 오전 시간이지만 조용한 소수의 손님들이 하나둘 자리를 잡고 각자의 시간을 보내는 풍경이 평화로웠다.

뜨거운 커피를 앞에 두고 책을 꺼내서 독서하는 중년 여성, 헤드셋을 쓰고서 다이어리를 쓰는 데 한창인 대학생, 조용히 담소를 나누는 여자와 남자. 노트북을 켜두고 개인 작업으로 바쁜 남자. 문득 다시 김윤오가 떠올랐다.

운은 바쁘게 하루를 보내면서도 이따금 거리에서 또래의 남자를 스쳐 지나거나, 노트북을 앞에 두고 고군분투하는 남자를 볼 때면 어김없이 윤오를 떠올렸다. 아니, 사실은 그런 사람들을 보지 않아도 때때로 그가 떠올랐다.

또 잠시 생각에 잠겼다가, 카페 진동벨이 울리는 것을 느끼고는 서둘러 자리에서 일어났다.

그녀는 주문한 아이스 카페라테와 프렌치토스트를 즐기며 모처럼 여유를 즐겼다. 캐러멜색으로 윤기가 도는 프렌치토스트 위로 반으로 자른 딸기 몇 알과 바닐라 아이스크림 한 스쿱이 녹아내리듯 얹어져 있었다. 그것을 디저트 나이프로 잘라서 입에 넣었다. 한동안 사무실 컴퓨터 앞에만 앉아 있었는데, 새삼 이곳에 앉아 풍경을 감상하며 먹는 디저트에 마음이 은근히 들떴다.

그래, 난 이런 걸 좋아했었지. 운이 카페라테를 한 모금 마셨다.

로스터리 서 사장인 현서가 일본 여행에서 느꼈던 것과 비슷한 것을 지금 느끼고 있는 걸까. 운은 다시 프렌치토스트 위의 딸기를 콕 집어 입에 넣으며 생각했다.

뭘 해 먹고살지, 한참을 생각해봐도 한참을 알 수가 없는데, 좋아하는 것만큼은 이토록 명확했다. 하지만 좋아한다고, 그저 좋아하는 대로 살아도 되는가. 그것에 대한 확신은 여전히 들지 않았다. 운은 앞으로 어떻게 살고 싶은지를, 자리에 앉아서 저 멀리 나뭇가지의 작은 나뭇잎을 바라보며 내내 생각했다.

종일 엑셀 함수를 뒤적거리며 업무 파일을 정리하는 일, 업무 메일이 몰려드는 메일함에 들어가 확인하고 회신하고, 끊임없이 이어지는 업무 관련 전화를 받는 일, 의미가 있든 없든 하는 페이퍼 워크. 아침에 대충 텀블러에 담아가 마시는 인스턴트 블랙커피, 점심을 먹고 아이스 아메리카노를 테이크아웃해 소소한 잡담을 나누는 30분 남짓의 휴식. 크게 즐겁지 않은, 괜찮은 것들. 하지만 그게 다였다. 이대로 살아가도 문제가 되지 않을 것 같다, 그 정도. 그저 나쁘지 않은 선택 같았다.

그러나 눈이 펑펑 내리던 날 김윤오의 말처럼, 이게 정말 살아가고 싶은 삶이냐고 묻는다면 그건 아니었다. 그냥 괜찮게 살아가는 것만이 다가 아니니까. 스스로 가장 원하는 모습으로 살아가고 싶다고 생각했다. 남 보기에 그럴듯한 것 말고. 스스로가 원하는 모습으로, 그렇게. 그게 진짜 행복일지도 몰랐다.

김윤오가 그랬다. 그땐 단순히 스케이트를 타는 것만이 꿈이 아니라 단상 위에 국가대표로 서서 메달을 목에 걸고 싶었다고. 그런 형태로 이루고 싶던 꿈이었다고. 운은 그 이야기를 속으로 여러 번 되뇌어보았다. 운 역시 단순히 잘살아가는 것만이 목표가 아니었다. 출퇴근 길, 한때 자신이 들어가고 싶었던 커다란 사옥을 지나쳐 걸을 때면 지나온 꿈을 생각했다. 그 꿈에 자신의 지분을 셈해보며. 몇 퍼센트나 됐을까? 타인은 얼마나 들어 있었을까, 스스로 되물었다.

애초에 이루고 싶던 꿈은 그게 아니었나.

한번 그를 떠올리자, 늦은 봄 작은 들꽃이 공원에 번지듯 피어나듯 생각이 번졌다. 내가 원하는 삶은 그럭저럭 괜찮게 살아가는 삶이 아니라… 운이 입안에 들어온 빨대를 잘근 씹었다.

이제야 현서가 제게 했던 물음에 겨우 답할 수 있을지도 모르겠다고 생각했다. 운이 접시에 남아 있던 프렌치토스트와 라테를 말끔히 비우곤 자리에서 일어났다. 잘 먹었다고 웃어 보이며 트레이를 반납할 때, 돌아온 카페 주인의 인사와 미소가 보기 좋다고 생각했다. 운은 그녀와 마주 웃었다.

가게를 나와 한참이나 밝은 낮에 이팝나무 아래를 지나가면서 걷던 중, 익숙한 남자의 뒷모습을 발견했다. 순간 숨이 멎는 듯했다.

운은 저도 모르게 숨 한번 내쉬지 않고, 황급히 뛰어가 남자의 옷자락을 쥐었다. 그 행동에 멀쩡히 이어폰을 긴 걸어가던 짧은 머리의 남자가 걸음을 멈추고 뒤돌아보았다.

"김윤…"

아. 운이 나지막이 탄식했다. 김윤오가 아니었다.

그렇지. 하필 오늘, 이 시간에, 여기에. 김윤오가 있을 리가 만무했다. 운은 스스로 우둔함에 헛웃음이 튀어나왔지만, 이내 삼키고 아는 사람인 줄 착각했다며 눈앞의 남자에게 사과했다. 뒤돌아선 남자의 뒷모습을 다시 보니 윤오와 조금도 닮지 않았다. 운은 멍하니 서서 멀어지는 그의 뒷모습을 바라보았다. 머리 스타일도, 평소 입는 옷차림새도, 체격도 엇비슷할 뿐. 조금만 들여다보아도 그와 전혀 다르다는 걸 알았을 텐데. 평소 자신의 눈썰미라면. 어쩌면 아닌 줄 알면서도, 김윤오이길 바랐던 건 아닌가.

내가 바라는 형태의 행복에 필요한 것들. 내가 하고 싶은 일, 함께 있고 싶은 사람, 지내고 싶은 공간…. 그 모든 것들이 내가 떠나온 곳에 있었다는 사실을 희미하게 깨달았다. 하지만 일을 다시 시작하면서 그간 지나온 모든 일들이 유의미하단 것 역시 알게 되었다. 이전에 했던 여러 아르바이트 경험도, 인턴 생활도, 은행에서의 계약직도, 지금의 기업 경영지원팀에서의 일도 모두.

돌이켜보면 운은 좋든 싫든 결국 맡은 일을 어떻게든 해내는 사람이었다. 그렇다면 훗날 어떤 일이 닥치더라도 결국 해결해낼 수 있는 사람이 아닐까. 그동안 스스로를 너무 편협하게만 바라본 건 아니었을까 하는 생각이 들었다. 그런 생각이 들자 한결 마음이 가벼워졌다. 자신을 가둬두었던 불안에서 조금이나마 벗어난 기분이었다.

계약했던 3개월을 채우고 나자, 회사에선 정규직 전환을 제안했다. 예전이라면 일말의 고민조차 없이 당연히 수락했을 터였다. 하지만 흔쾌히 수락하지 못하고 일주일을 꼬박 고민했다. 그토록 원하던 1지망 공기업은 아니지만 나름대로 안정적인 직장이었다. 한참이나 미련을 가졌던 안정감과 소속감을 줄 수 있는 탄

탄한 곳. 그럼에도 결국 거절했다.

조용히 소소하게 굴러가는 나쁘지 않은 일상이지만, 그게 다였다. 이전만큼 즐겁지도, 행복하지도 않았다. 그저 그랬다. 한때는 그토록 갖고 싶던 소속감이었는데. 적당히 만족스러웠지만, 운은 행복과자점을 선택했다. 그곳이 그리웠다.

한동안 회사에서 일하면서 지낸 날들은, 도시에 자리 잡을 계기가 되질 못했다. 오히려 운에게 분명히 일깨워주었다. 자신이 행복과자점을 생각보다 훨씬 더 좋아한다는 사실과 자신이 다른 일도 충분히 할 수 있는 사람이라는 믿음을.

얼마 없던 짐을 전부 빼서 백 팩에 담고 회사를 나섰다. 평소 퇴근시간보다 이른 낮이었다. 문득 하늘을 올려다보니 어느덧 두 개의 계절이 지나가 있었다. 여름의 밝은 해가 어김없이 내리쬐었다.

그녀는 버스에 올라타고서 창가에 기댄 채 휴대전화를 꺼내 들었다. 오랜만에 들어간 블로그는 시간이 멈춘 듯 예전 댓글들과 게시글이 그대로 있었다. 운은 블로그 게시글에 윤오가 남긴 장문의 댓글을 곱씹듯 읽다가, 그 아래로 답글을 달기 위해 손가락을 움직이기 시작했다. 한참이나 글을 썼다가 지우기를 반복했다. 답글을 마침내 완성하고 버스 창문 너머를 바라보니 온통 초록인 풍경이 계속해서 지나가고 있었다.

어느새 초록이 무성했다.

해가 중천에 뜬 지 오래였다. 블라인드를 쳐놓았지만 그 사이 사이 햇살이 새어 나오듯 흘러넘쳤다. 모든 것이 멈춘 듯한 방에 갑자기 단조롭게 울리는 전화 벨소리가 적막하던 실내 공기를 어그러트렸다.

침대 위에 죽은 듯이 누워서 미동도 없던 남자는 작게 신음하며 고운 미간을 구겼다. 한참 동안 울리던 단순한 리듬의 벨소리를 무시하려고 노력했지만, 한 번 끊겼던 벨소리가 다시 이어지자 남자는 눈도 뜨지 않은 채 한쪽 손을 뻗었다. 그리고 협탁 위를 대충 더듬다 휴대전화를 집어 들었다. 전화를 수신해 귀에 대자마자 익숙한 남자의 목소리가 잔소리처럼 새어 나왔다.

─너 또 밤새웠지?

"급히 처리할 일이 있어서…."

윤오가 잠긴 목소리로 서준에게 대꾸했다.

─그러니까 시간 관리 좀 잘하라니까. 변한 게 없어.

"아니, 이건 그냥 직업병이라고. 형."

그렇게 윤오가 침대에서 부스스한 얼굴로 일어나 거실로 나왔다. 부엌의 냉장고에서 꺼낸 물을 한 잔 들이켜고 나자, 그제야 정신이 좀 드는 것 같았다. 거실 가운데 시계를 보니 시간은 어느덧 해가 중천인 오후 3시였다.

─네가 이렇게 들쑥날쑥 출근하고 불성실해서 사람 새로 구

했다. 너 해고야.

"이 어정쩡한 시기에 누굴 구했는데? 동네 분이야?"

그렇게 말하며 그가 머릿속으로 후보군에 있는 몇몇 얼굴을 떠올렸다. 다들 각자 밭일로 바쁠 텐데. 한편으론 서준의 닦달에 못 이겨 했던 밭일에서 해방이라니, 다행이었다.

—있어. 너랑 다르게 성실한 사람.

"내가 아는 사람이야?"

—글쎄. 궁금하면 나중에 보든가.

윤오는 서준의 잔소리 곁들인 모닝콜 아닌 애프터눈콜을 끊었다. 전화를 끊고 나니, 화면 위로 블로그 어플 알림이 와 있었다. 한참이나 쓰지 않던 어플의 알림을 잠에서 덜 깬 눈으로 터치했다. 자신의 댓글에 대댓글이 달려 있었다.

조금 전까지 남아 있던 잠기운이 싹 달아났다. 순식간에 정신이 또렷해졌다.

시간은 늘 그렇듯 엄청 빠르게 흘러가.

별일이 있으면 있는 대로 없으면 없는 대로, 말이야.

올해 참 이상했잖아. 벚꽃이 피었는데, 그 위로는 또 눈이 내렸어.

그러다가 봄비가 내리고 나니까 며칠 사이에 벚꽃은 다 떨어지고,

거리에는 하얀 이팝나무 꽃들이 만개했더라.

그거 알아?

커다란 나무 위에 피는 눈꽃 치즈 같은 하얀 꽃은 이팝나무 꽃이고,

땅바닥에 작은 나무에서 피는 하얀 꽃은 조팝나무 꽃이야.

이름하고 생김새가 너무 비슷해서 매년 보면서도 헷갈리더라.

그렇게 헷갈리면서, 몇 번이고 곱씹고 나니까 하얀 이팝나무 꽃잎마저 어깨 위로 내리고 있더라. 몇 번의 비가 더 내리고, 공원이 토끼풀의 초록색으로 물들고 나면 곧 여름 장미가 또 피겠구나 싶었어.

올해는 여름 장미를 봐도, 우울하지 않더라.

대신 네가 생각났어. 김윤오.

늦겨울, 봄과 초여름을 지나면서 자꾸 네가 생각났어.

그러니까… 네가 생각나서, 널 보고 싶어서,

그리고 내 나름대로 답을 찾아서. 다시 그곳으로 돌아가려고 해.

이걸 네가 읽을 때쯤, 난 어디일까?

윤오의 심장이 망치질하듯 마구 쿵쾅거렸다. 몇 달이 다 지나도록 깜깜무소식이던, 유운이 남긴 댓글이었다.

먼저 연락할 수 없었는데, 유운이 쓴 댓글을 다시금 곱씹어 읽어보다 마침내 운에게 전화를 걸었다. 언제가 마지막이었는지 기억도 나지 않을 정도로 오랜만이었다.

뚜르르. 뚜르르. 귓속에 파고드는 전화를 연결하는 발신음을 따라 윤오의 맥박이 조금씩 빨라지기 시작했다.

―여보세요?

한참 만에 듣는 목소리에, 그는 괜히 든 것도 없는 위장이 다 울렁거리는 것 같았다.

"…유운. 잘 지냈어?"

―그럭저럭 지냈어. 넌?

"잘 지냈겠냐고…."

윤오는 태평하게 건네는 운의 안부 인사를 들으며 속으로 울컥했다.

"네가 블로그에 댓글 단 거 봤어."

―맨날 밤낮 바꿔서 잔다고 들어서, 지금 못 볼 줄 알았더니.

"누가 그래?"

―김 사장님이.

운이 가벼운 웃음소리를 곁들이며 대꾸했다. 몇 달 만에 나누는 대화인데도 어색하지 않다고 생각했다. 그는 스피커 너머 그녀의 작은 웃음소리를 들으며 자신도 모르게 바보 같은 함박웃음을 지었다.

"그래서, 너 지금 어딘데?"

―나?

음…. 운이 뜸을 들였다. 전화 스피커 너머로는 바깥의 소음이 선명했다. 익숙한 생활 소음이었다.

―김윤오네 집 앞.

윤오는 그 말을 듣자마자, 생각할 겨를도 없이 현관문을 열었다. 거짓말처럼 유운이 웃으며 문 앞으로 걸어 들어오고 있었다. 오랜만에 보는 유운은 길었던 머리를 단발로 잘랐고, 마지막에 보았던 흰 얼굴보다 약간 그을린 듯 건강해 보였다.

"오랜만이야. 잘 지냈…."

와락. 윤오가 숨 고를 새도 없이 뛰어가서 운의 말허리를 자르고 커다란 품에 그녀를 가두듯이 꽉 껴안았다. 운의 귓가에 빠르게 뛰는 윤오의 심장박동이 선명했다. 불규칙한 호흡에 제 숨마저 가빠오는 기분이었다.

"너 정말 지독하다…. 어떻게 좋아한다고 말하고서 이렇게 오래 연락 한번 안 할 수가 있어? 난 진짜 네가 보고 싶었는데…."

윤오의 어리광을 처음 본 탓에 일순간 놀랐다. 운은 자신을 껴안은 윤오의 갑작스러운 행동에 짐짓 놀란 듯 가만히 있다가, 이내 맞장구쳐주듯 커다란 그의 등을 가볍게 톡톡 두드렸다.

"미안."

"…그래서, 네 생각은 어떤데?"

윤오는 여전히 운은 껴안은 채로 나지막이 물었다. 어떤 선택이든 그곳에 자신이 함께였으면 좋겠다고 마음 깊이 생각하면서. 하지만 그런 마음을 아는지 모르는지 운의 입에선 쉽사리 대답이 나오질 않았다. 운은 그저 가만히 그 품에 안겨서 한동안 말이 없다가, 그만 놓아달라는 듯 윤오의 한쪽 팔을 툭툭 쳤다. 그제야 윤오가 느릿하게 제 품 밖으로 운을 꺼내놓았다. 운이 오랜만에 그의 까만 눈동자를 응시하며 활짝 웃었다. 그 모습에 윤오는 그간 쌓였던 섭섭함이 아주 조금 가시는 것 같았다.

"항상 모든 시간을 지나면서 그 당시엔, 그저 그랬거든. 그런데 자꾸 그때를 그리워하더라. 스무 살엔 열아홉을, 스물여섯에는 스물하나를. 스물아홉에는 스물여섯을.”

그녀가 잠시 머뭇거렸다. 그리고 다시 말을 이었다.

“돌이켜보면, 그땐 힘들기만 했는데 지나 보면 늘 그때를 그리워하고 있더라고. 그때 하고 싶었던 걸 할걸. 충분히 좋았던, 즐거웠던 날들은 온전히 즐겁게 보낼걸 하고. 결국, 또 지금을 그리워할 것 같아서. 그래서 돌아왔어. 그냥 하고 싶은 대로 하려고.”

운이 눈앞의 윤오를 마주 보며 다시 없을 만큼 환하게 웃었다. 그 얼굴을 보며 윤오는 하려던 말도 죄 잊어버린 채 가만히 운이 다음 말을 하기만을 기다렸다.

“나는 원래 남들이 말하는 것들에 맞춰서, 그걸 얻어서 행복하고 싶었어. 그러다가, 남들 기준이 아니라 내 기준에서 행복한 걸 찾고 싶어서 여기에 왔다고 생각했거든. 근데 그러면서도 한편으론 늘 불안했어. 그저 현실의 문제를 회피하고 싶었던 건 아닐까. 내 기준의 행복을 찾는답시고, 실은 여기에서 적당히 게으름 피우며 지내고 싶은 게 아닌가 하고. 그런데 멀어져보니까 알겠더라. 남들 눈에 어떻든, 나는 여기에서 이 일을 할 때가 제일 행복하단 걸.”

운은 오랫동안 발이 닿지 않는 바다에서 헤엄치는 것만 같아서 늘 불안했다. 하지만 그렇게 거쳐온 모든 불안이 운에게 스스로 헤엄치는 방법을 알려주었다.

“그러니까 이건 회피하는 게 아니라, 내 기준에서 선택한 행복인 거야. 각자가 다른데, 어떻게 행복의 형태가 같겠어. 아주 나중에는 어떻게 될지 모르겠지만, 지금은 여기서 행복과자점을 하고 싶어."

너도 있는 이곳에서. 운이 작게 덧붙이자, 윤오가 기다렸단 듯 자신보다 한참이나 낮은 운의 한쪽 어깨에 얼굴을 파묻었다. 열 띤 숨이 운의 어깨에 들러붙었다.

"나는…. 후회했어. 너한테 얼마든지 기다려주겠다고 말했던 거. 차라리 네가 답을 찾는 걸 도와준다고 할걸. 이렇게 영영 생이별처럼 몇 달이나 못 보고 지내는 건 줄 알았으면 안 그랬을 텐데, 하고."

그가 여전히 운의 어깨에 얼굴을 파묻은 채로 칭얼대듯 중얼거렸다. 자신보다 한참이나 커다란 남자가 제 앞에서 이토록 작아졌다. 어른스러워만 보인다고 생각했던 윤오의 모습이 지금은 귀여워 보였다.

"기다려줘서 고마워."

"유운. 나 진짜 할 말 많아. 너 못 보는 동안, 내가 얼마나…."

윤오가 말을 잇는 도중, 그의 왼뺨에 굵은 빗방울 하나가 떨어졌다.

"비 온다, 김윤오."

이어서 운의 이마에도 빗방울이 작은 구슬처럼 또르르 흘러내렸다. 한두 방울씩 바닥에 떨어지던 여름의 가늘던 빗줄기가 금세 굵어져 윤오와 운의 머리 위를 적시기 시작했다. 물기 어린 짙은 흙 내음이 올라오자 윤오가 운의 어깨에서 얼굴을 떼고 낮게 웃었다.

"들어가서 마저 얘기해. 하고 싶은 말이 한 트럭이니까."

유운은 그 말을 들으며 그의 손을 맞잡았다. 그리고 두 뼘은 더 위에 있는 얼굴을 올려다보았다. 김윤오가 유려하게 입꼬리를 휘어 올렸다.

"잘 왔어. 유운."

끝내 그치지 않을 것 같던 한겨울의 눈이 한여름의 비가 되어 내렸다.

도저히 잡을 수 없을 것 같던 행복이 돌고 돌아서 손에 쥐어졌다.

〈끝〉

오늘도 행복을 구워냅니다

초판 1쇄 인쇄	2025년 12월 22일
초판 1쇄 발행	2025년 12월 24일
지은이	김나을
총괄	김명래
책임편집	김명래
디자인	301페이지 이정현
책임마케팅	최혜령, 박지수, 도우리, 양지환
마케팅	콘텐츠 IP 사업본부
해외사업	한승빈, 박고은
경영지원	백선희, 권영환, 이기경, 최민선, 강아현
제작	제이오
펴낸이	서현동
펴낸곳	㈜오팬하우스
출판등록	2024년 5월 16일 제2024-000141호
주소	서울특별시 강남구 테헤란로 419, 11층 (삼성동, 강남파이낸스플라자)
이메일	info@ofh.co.kr

ⓒ김나을 2025

ISBN 979-11-7577-047-8 (03810)

한끼는 ㈜오팬하우스의 출판브랜드입니다.